KNAUR

Über die Autorin:
Madeleine Puljic wurde 1986 in Oberösterreich geboren. Sie absolvierte die Kunstschule in Wien und lebt heute in Hamburg. Neben ihren eigenen Romanen in den Bereichen Fantasy und Science-Fiction schreibt sie regelmäßig für die Serie *Perry Rhodan NEO*. Ihr Roman *Noras Welten – Durch den Nimbus* wurde 2017 mit dem 1. Deutschen Selfpublishing-Preis ausgezeichnet.

MADELEINE PULJIC

ALL LOVERS LOST

ROMAN

Der Sog der Nacht

KNAUR

Besuchen Sie uns im Internet:
www.knaur.de
Facebook: https://www.facebook.com/KnaurFantasy/
Instagram: @KnaurFantasy

Aus Verantwortung für die Umwelt hat sich die Verlagsgruppe Droemer Knaur zu einer nachhaltigen Buchproduktion verpflichtet. Der bewusste Umgang mit unseren Ressourcen, der Schutz unseres Klimas und der Natur gehören zu unseren obersten Unternehmenszielen. Gemeinsam mit unseren Partnern und Lieferanten setzen wir uns für eine klimaneutrale Buchproduktion ein, die den Erwerb von Klimazertifikaten zur Kompensation des CO_2-Ausstoßes einschließt.
Weitere Informationen finden Sie unter: www.klimaneutralerverlag.de

FSC www.fsc.org
MIX
Papier aus verantwortungsvollen Quellen
FSC® C014496

Originalausgabe Juni 2022
Knaur Taschenbuch

Ein Imprint der Verlagsgruppe
Droemer Knaur GmbH & Co. KG, München

Redaktion: Beate de Salve
Covergestaltung: Nele Schütz
Coverabbildung: Collage von Nele Schütz unter der Verwendung von Motiven von Shutterstock.com
Satz: Adobe InDesign im Verlag
Druck und Bindung: GGP Media GmbH, Pößneck
ISBN 978-3-426-52827-3

2 4 5 3 1

Für alle, die zweifeln oder nach dem Sinn des Lebens suchen.
Für alle, die das Unbekannte fürchten
oder das, was sie schon kennen.
Und für alle, die sich der Dunkelheit stellen.
Ihr seid nicht alleine.

TEIL I

Fremde in der Nacht

KAPITEL 1
LAZAR

Aus den Schatten einer Seitengasse heraus beobachtete Lazar die Sterblichen, die aus der U-Bahn strömten. Müde von ihrem Arbeitstag trotteten sie die Stufen der Haltestelle hoch. Sie waren leichte Beute, das graue Wetter und die Alltäglichkeit ihrer Umgebung machten sie unachtsam. Er brauchte nur zu warten, bis die Menge sich zerstreute.

Eine Frau in ihren Vierzigern schleppte sich unmittelbar an seinem Versteck vorbei. Den Kragen ihrer Übergangsjacke hatte sie gegen den einsetzenden Nieselregen hochgeschlagen. Ihr Blick war starr auf den Boden gerichtet, ihre Arme beladen mit Einkaufstüten und einer überdimensionierten Handtasche.

Lazar ließ sie ziehen. Jemand wie sie hatte Familie, jemanden, dem etwas auffallen könnte. Wozu ein Risiko eingehen? Er hatte Zeit, die Nacht war noch jung.

Er musste nicht lange auf seine nächste Chance warten.

Ein kleiner Mann mit Halbglatze eilte die Straße entlang. Nervös sah er sich um und drückte dabei eine abgegriffene Aktentasche fest an den hageren Körper, als fürchte er, jemand könnte ihm das alberne Ding entreißen. Lazar hatte kein Interesse daran. Für ihn zählte einzig das Blut in den Adern des Mannes – der angstbeschleunigte Pulsschlag, der ein verheißungsvolles Stakkato in Lazars Ohren hämmerte.

Der Typ war bestimmt keine Delikatesse, aber Lazar war nicht wählerisch. Auch er hatte einen harten Tag hinter sich. Eine Zehnstundenschicht im Lager forderte ihren Tribut, selbst von einem Vampir. Er brauchte Stärkung. Also sandte er seine Gedanken aus. Wie eine unsichtbare Hand streckte er sie dem Mann entgegen und schlang sie um den von Übermüdung geschwächten Geist.

Der Fremde verlangsamte seine Schritte. Irritiert blickte er in Richtung der Gasse, in der sein Jäger lauerte.

Lazar empfing eine diffuse Ahnung von Finanzgeschäften, von dräuenden Deadlines und Mobbing in einem Großraumbüro, ehe er die Gedanken des Menschen zurückdrängte. Er wollte die Sorgen seines Opfers nicht kennen, wollte so wenig über seine Beute wissen wie möglich. Stattdessen verstärkte er seinen mentalen Griff. Er lockte den Mann zu sich, mit einem Versprechen, das keinerlei Erklärung bedurfte. Weg von all dem, was ihn erschöpfte. Fort von dem Alltag, den Ängsten, der Ödnis. Hinein in die Dunkelheit.

Von einer animalischen Gier erfüllt, die er nicht unterdrücken konnte, beobachtete Lazar, wie der Sterbliche näher kam und ein paar Schritte in die Sackgasse tat. Außer Sichtweite der Passanten blieb er stehen. Lazar selbst war von durchschnittlicher Statur, trotzdem reichte ihm der dürre Kerl gerade einmal bis zur Schulter. Das würde ein kurzes Mahl werden.

Aus der Nähe betrachtet, wirkte der Kerl außerdem deutlich älter als aus der Ferne. Seine Haut war teigig, die kahle Stelle auf seinem Schädel war feucht vom Regendunst. Der Glanz auf seiner Stirn jedoch rührte von etwas anderem: Unappetitlicher Schweißgeruch umgab den Mann wie eine Wolke.

Angewidert kniff Lazar die Augen zusammen, aber der Hunger war stärker. Lazar fasste sein Opfer am Nacken und drehte den Kopf des Mannes zur Seite. Er atmete flach, als er sich über den schlecht rasierten Hals beugte, und konnte sich des Schweißgestanks dennoch nicht erwehren. Wütend versenkte er seine Reißzähne in dem wehrlosen Fleisch. Der Sterbliche zuckte, doch der Schmerz war ebenso schnell vorbei, wie er gekommen war, und der dürre Kerl versank erneut in die Trance, in die Lazar ihn versetzt hatte.

Blut spülte in Lazars Mund. Augenblicklich vergaß er den Gestank und den Schmutz seines Opfers. Erinnerungen seiner Beute füllten seine ganze Welt aus, Gefühle umspülten seine Sinne. Bilder, Farben, Geräusche wirbelten durcheinander, ein übermächtiges Crescendo, das die Welt um ihn einfach ausblendete. Und über allem dröhnte, pulsierte und vibrierte der Herzschlag des Mannes.

Dieses Spektakel machte Lazar jedes Mal aufs Neue trunken. Gierig labte er sich, schluckte Schwall um Schwall, bis der Puls des Mannes sich verlangsamte. Es kostete ihn gewaltige Überwindung, sich von seinem Opfer zu lösen. Es war nicht genug, er wollte *alles*. Die Empfindungen, zu denen er selbst nicht länger fähig war. Das heiße Blut, das seinen Hunger für kurze Zeit stillte. Er brauchte mehr.

Aber mehr zu nehmen, hätte den Menschen getötet – und das war eine Schwelle, die er niemals überschritt. Ausgesaugte Leichen warfen Fragen auf, in der heutigen Zeit mehr denn je. Tote verlangten nach Schuldigen, und damit konnten sie selbst für einen Unsterblichen gefährlich werden.

Also riss Lazar mit einem Fingernagel über die Kuppe seines Daumens und drückte einen einzelnen Tropfen Blut aus dem Schnitt. In einer raschen Bewegung strich er über die Bissspur. Das Gift, das in seinem Blut lauerte, tat auch an Sterblichen seine Wirkung: Innerhalb weniger Augenblicke schloss sich die verräterische Wunde an der Halsschlagader seines Opfers. Zurück blieb nur eine kaum wahrnehmbare Narbe – zwei winzige Punkte, etwas blasser als die umliegende Haut. Und ein Tropfen Blut, den Lazar einfach fortwischte.

Dann trat er einen Schritt zurück. Einmal mehr verschmolz er mit den Schatten der dunklen Gasse, ehe er den Griff um den Geist des Sterblichen löste.

Einen Moment lang stand der Mann mit glasigen Augen da. Schließlich blinzelte er, blickte sich verwirrt um – und sah die Hauptstraße hinter sich liegen.

»Falsch abgebogen?« Immer noch leicht betäubt, schüttelte er den Kopf und ging langsam zurück. »Ich brauch Kaffee …«

Bei seinen ersten Schritten taumelte er noch, aber er fing sich rasch. Nach ein paar Metern hatte er sein übliches Tempo wieder erreicht. Die schmächtige Gestalt hastete weiter und verschwand im Strom der Passanten.

Lazar warf einen raschen Blick auf die Straße. Es war alles wie zuvor, niemand hatte etwas bemerkt. Das wunderte ihn nicht. Menschen wollten nicht aus ihrer Bequemlichkeit gerissen werden. Sie waren bereits mit ihren eigenen kümmerlichen Existenzen überfordert, und das Leben in der Großstadt hatte sie gelehrt, lieber wegzusehen, als unnötige Aufmerksamkeit zu erregen.

Doch man musste vorsichtig sein. Die Welt war gefährlich für seinesgleichen, heute mehr denn je. Überall waren Kameras, jeder verfluchte Sterbliche trug eine bei sich.

Aus purer Gewohnheit wischte Lazar sich mit dem Ärmel über den Mund. Ein kleiner, blutiger Fleck blieb an dem zerschlissenen Stoff seines Pullovers zurück und brachte die Erinnerung an den Schweißgestank des Mannes mit sich. Übelkeit überrollte Lazar wie eine dunkle Welle.

Warum tat er sich das an? Nacht für Nacht diese erzwungene Nähe … Er ekelte sich vor den Menschen, die schon lange vor ihrem Tod nach Verwesung stanken, und dem Schmutz, in dem sie lebten. Am meisten jedoch widerte ihn seine eigene erbärmliche Existenz an. So mancher Vampir sah sich als unbesiegbar an, als Krone der Schöpfung, doch dieser Illusion hatte Lazar sich niemals hingegeben. Er wusste, was er war: ein Monster, das nur zu feige war, zu sterben. Ihn wunderte es nicht, dass so viele seiner Art den Freitod wählten. Der Lebenswandel, zu dem man gezwungen war, jahrhundertelang, zermürbte die Seele – bis sie irgendwann dem Druck nachgab und zerbrach.

»Lazar.«

Die leise Stimme erschreckte ihn nicht. Die Anwesenheit des anderen Vampirs war ihm nicht entgangen. Lazar hatte nur versucht, ihn zu ignorieren.

Genervt wandte er sich um. »Was willst du, Cassius?«

»Mich freut es auch, dich zu sehen.« Die schlanke Gestalt trat lautlos aus dem Dunkel.

Vor Lazar stand ein Mann mit schwarzen Haaren und aristokratischem Gesicht. Kurz flatterte sein dünner Ledermantel, dann hing das Kleidungsstück wieder so reglos herab, als hätte sein Träger sich keinen Millimeter bewegt.

Die dunkle Kleidung half ihnen, auf ihren Jagdzügen unsichtbar zu bleiben. Cassius jedoch betrachtete sein Aussehen als Waffe. Er benutzte es als Mittel, um seine Jagd zu perfektionieren, in jeder Epoche aufs Neue. Er betrachtete es als unter seiner Würde, den Menschen seinen Willen aufzuzwingen.

Nun, jeder von ihnen hatte seine eigene Jagdtechnik entwickelt. Für Lazar war das in Ordnung.

Cass dagegen kniff die Augen zusammen und seufzte gekünstelt. »Du solltest dir wirklich mal Gedanken über deine Ernährung machen, mein Freund.«

»Wir sind keine Freunde«, wehrte Lazar ab.

Der andere lachte leise. »Wie du meinst. Dann bin ich eben das, was einem Freund am nächsten kommt.«

Lazar schnaubte verächtlich. Cassius und er waren zwei Unsterbliche, die sich aneinander gewöhnt hatten und gemeinsam durch die Jahrhunderte gingen. Das bedeutete nicht, dass Lazar die Anwesenheit des anderen besonders schätzte. Vor allem, weil Cass ein unausstehlicher Besserwisser war.

»Als dein Freund sage ich dir jedenfalls: Du bist, was du isst.«

»Kannst du es nicht endlich gut sein lassen?« Lazar hatte keine Lust auf diese Diskussion. Nicht schon wieder.

»Ich mache mir eben Sorgen um dich«, beharrte Cassius. Er deutete die Gasse hinab zur Hauptstraße hin. »Würdest du nicht immer an diesen menschlichen Ratten nuckeln, würdest du dir auch nicht immer über dieselben Dinge den Kopf zerbrechen.«

Mit einem raschen Schritt trat er an Lazar heran. Der Blick seiner eisblauen Augen bohrte sich in Lazars braune.

»Ich kenne dich, Lazar. Ich weiß, warum es dich in solche Gegenden treibt. Es ist nicht die leichte Beute. Wenn du leichte Beute willst, gehst du in den Park oder holst dir betrunkene Partygänger. Stattdessen kommst du hierher, suchst dir den Abschaum und die Ungeliebten aus, bei denen du dich wahrscheinlich halb ankotzt, während du ihnen am Hals hängst. Du quälst dich mit Absicht. Und wenn du so weitermachst, weilst du nicht mehr lange unter uns.«

Lazar funkelte seinen Verfolger wütend an. Er brauchte niemanden, der für ihn den Babysitter spielte. »Ich tue, was nötig ist, um zu überleben.«

»Und genau da liegt dein Fehler.« Cassius schüttelte den Kopf. »Überleben ist nicht dasselbe wie leben. Such dir ein Hobby, verdammt!«

»So wie du?« Lazar schnaubte. »Du weißt, dass mir deine Methode zuwider ist. Ich will nicht mit ihnen reden.«

Menschen waren Nahrung. Sie als etwas anderes zu sehen, würde es nur schwerer machen. Für Cassius mochten sie ein amüsanter Zeitvertreib sein, aber Lazar wusste, wozu er selbst fähig war. Besser, er brachte sich nicht in Versuchung.

Sein Gefährte zuckte mit den Schultern. »Wie du meinst. Aber meine sind wenigstens sauber.«

Mit einem missmutigen Brummen wandte Lazar sich ab. Für ihn war das Gespräch beendet, für Cassius offensichtlich noch nicht.

»Warte«, bat er. Der Spott war aus seiner Stimme verschwunden. »Ich brauche deine Hilfe.«

»Für dein *Hobby?*«

Cassius zog die schmalen Augenbrauen zusammen. »Mach dich nur lustig über mich. Dieses Problem geht uns beide an! Jemand tötet in unserer Stadt.«

Lazar hielt mitten in der Bewegung inne.

»Du redest nicht von einem Menschen«, schlussfolgerte er, denn das hätte Cassius nicht der Rede wert befunden. Der Täter musste einer von ihnen sein, ein Unsterblicher.

Ausgesaugte Leichen warfen Fragen auf. Jeder wusste das. Jeder hielt sich daran – sofern er überleben wollte.

»Weißt du, wer es ist?«

»Noch nicht.« Cass' Ausdruck verfinsterte sich. »Aber wer es auch ist – er jagt in meinem Revier. In meinen Klubs.«

»Dann bist vielleicht du derjenige, der seine Ernährungsweise überdenken sollte.«

Die Klubs waren ohnehin ein riskantes Jagdgebiet. Es hatte seine Gründe, dass Lazar sie immer gemieden hatte.

»Und was soll das jetzt noch bringen?« Cassius knurrte. »Wenn die Vetrani erst einmal auf Hamburg aufmerksam geworden sind, werden sie hier keinen Stein auf dem anderen lassen. Glaubst du wirklich, dass sie dann nicht auch dich finden werden?«

Mit seiner Jagdmethode blieb Lazar jedenfalls eher unter ihrem Radar als Cassius. Dennoch hatte sein Gefährte recht. Die *Vetrani in Dei*

Signo waren zwar nur ein Teil des globalen Netzwerks von Vampirjägern, es war ihnen jedoch nicht ohne Grund gelungen, sich die meisten anderen europäischen Orden einzuverleiben. Die Krieger Gottes waren Bluthunde. In den vergangenen Jahrhunderten hatten sie es geschafft, die Unsterblichen nahezu auszulöschen.

Cassius ballte seine Hände zu Fäusten und rammte sich dabei die Fingernägel ins Fleisch. Der Geruch von Blut drang in Lazars Nase.

»Sie haben gerade erst einen von uns in Prag erwischt«, stieß er aus. »Viktor war kein Neuling, sondern fast so alt wie ich. Und jetzt zieht jemand eine Spur aus Leichen durch Hamburg. Sie führt zu mir – und damit auch zu dir.«

Cassius hatte recht: Dieses Problem ging sie beide an.

KAPITEL 2
SINA

Die Tür des Krankenzimmers schwang auf. Ertappt ließ Sina das Buch sinken und sah der Pflegerin entgegen, die mit einem Tablett in den Händen eintrat.

Marla war eine Springerin. Sina kannte sie zwar von der Kardiologie, hatte jedoch noch keinen Dienst mit ihr zusammen gehabt. Also setzte sie nur ein freundliches Lächeln auf. »Hallo.«

»Du bist noch hier?« Die Krankenschwester runzelte die Stirn. »Ich dachte, du schaust nur kurz nach der Patientin.«

Sina schüttelte den Kopf. »Ich habe Feierabend.«

Und genau genommen war Frau Ullrich auch nicht mehr ihre Patientin, aber das musste sie Marla nicht unbedingt auf die Nase binden.

Ihre Auskunft entlockte der Schwester ohnehin nur ein irritiertes Schulterzucken. »Wie geht es ihr heute?«, erkundigte sie sich mit einem Nicken in Richtung des Krankenbetts.

Frau Ullrich hatte die Augen geschlossen, tiefe, regelmäßige Atemzüge hoben ihre Brust. Im Schlaf glätteten sich die Falten in ihrem

Gesicht, was sie jünger – und glücklicher – wirken ließ. Die Träume nahmen ihr den Schmerz des Vergessens.

Allerdings war Frau Ullrich gerade eben noch wach gewesen – so weit ihr das möglich war. Entweder hatte sie einen beneidenswerten Schlaf, oder sie war eine begnadete Schauspielerin.

Sina wusste jedoch, worauf die Krankenpflegerin hinauswollte: Es war Zeit für das Abendessen. Ein guter Tag bedeutete, dass die Patientin dabei nur geringe Hilfe benötigte, um nichts zu verschütten. Ein schlechter Tag, dass man ihr bei jedem Bissen und jedem Schluck assistieren musste.

Sina streckte die Hand nach dem Tablett aus. »Ich kann das übernehmen.«

»Sicher?« Marla blinzelte verwundert. »Du bist doch eine von Dr. Steinhäusers Studentinnen. Ich weiß nicht, ob er das gutheißen würde.«

Die Antwort auf diese Frage kannte Sina selbst: Das würde er nicht. Sie war angehende Ärztin, und in den Augen ihres Ausbilders sollten Studierende das Praxisjahr nutzen, um sich in Professionalität zu üben. Das wiederum bedeutete, Abstand zu wahren und keine Patienten bevorzugt zu behandeln. Ärzte waren kein Pflegepersonal, das war Steinhäusers Meinung.

Allerdings war Frau Ullrich schon seit Wochen nicht mehr Sinas Patientin. Sie hatte die alte Dame betreut, bevor diese von der Kardiologie auf die Palliativstation verlegt worden war, und sie brachte es nicht über sich, die arme Frau jetzt einfach im Stich zu lassen – ganz gleich, was Doktor Steinhäuser dazu sagte. Frau Ullrich hatte keine Familie, die sie hätte besuchen können, Sinas Familie dagegen wohnte vierhundert Kilometer weit entfernt. Also was schadete es, wenn sie der alten Frau abends ein wenig Gesellschaft leistete?

Sina hielt weiterhin die Hand ausgestreckt. »Von mir wird Steinhäuser es nicht erfahren«, versicherte sie.

»Okay ...« Nach kurzem Zögern übergab Marla ihr das Tablett. Ein paar Minuten Pause ... Das war ein Geschenk, das in der Pflege niemand leichtfertig ablehnte. »Danke dir!«

Sina lächelte. »Klar, kein Problem.«

Kaum hatte sich die Tür hinter der Schwester geschlossen, öffnete Frau Ullrich die Augen. »Was gibt es denn?«, fragte sie. Ihre Hand zitterte, als sie die Abdeckung des Tellers anhob. Enttäuscht sah sie auf die belegten Brote darunter. »Keinen Pudding?«

»Nachtisch gibt es nur beim Mittagessen«, erklärte Sina geduldig. »Möchten Sie, dass ich die Brote klein schneide?«

»Ach was.« Frau Ullrich griff nach dem Käsebrot. Als sie hineinbiss, klackte ihr Gebiss leise.

Sina schmunzelte. Es war einer von Frau Ullrichs guten Tagen.

Aber die Hand, die das Brot hielt, zitterte immer stärker. Die Käsescheibe sackte herab und plumpste auf die Bettdecke. Tränen stiegen der alten Frau in die Augen.

»Einen Augenblick, ich helfe Ihnen.« Sanft wischte Sina die Butter fort.

Das war das Schlimmste an dieser Krankheit: die klaren Momente, in denen die Patientin genau merkte, dass ihr sowohl Körper als auch Geist nicht länger gehorchten und sie sich Stück für Stück mehr verlor. Alles, was ihr einmal wichtig gewesen war, verschwand. Ihre Erinnerungen, ihre Gegenwart, ihre Autonomie.

Frau Ullrich war einmal Professorin für Kunstgeschichte gewesen, hatte man Sina erzählt. Ab und zu blitzte dieses umfangreiche Wissen durch und offenbarte eine Frau mit scharfem Verstand und pikantem Humor. Aber diese Tage wurden seltener. Morgen würde sie sich nicht mehr daran erinnern, wer Sina war – oder dass sie ihr die Abenteuer von Pu dem Bären mittlerweile bestimmt zum zwanzigsten Mal vorlas.

Das Handy in der Seitentasche von Sinas Kittel vibrierte, doch sie ignorierte es. Stattdessen schnitt sie das Brot in mundgerechte Stücke und half Frau Ullrich, diese zum Mund zu führen.

»Ich schaffe das schon«, beharrte die alte Frau.

»In Ordnung.« Sina ließ die Hände sinken.

»Lesen Sie lieber weiter, Kind. Ich will wissen, ob sie … ob sie das … das Wuschel fangen.«

»Gern.« Das war zwar nicht das Kapitel, das sie vorhin gelesen hatte, aber das war nicht ungewöhnlich.

Sie wollte nach dem Buch greifen, als die Tür erneut aufging.

»Wir sind noch nicht fertig«, sagte Sina, doch die Krankenschwester schüttelte den Kopf.

»Dr. Steinhäuser ist unterwegs hierher.« Sie trat ein und schloss die Tür hinter sich. »Du solltest gehen. Ich übernehme hier.«

»Danke.« Sina biss sich auf die Unterlippe. Der Koordinator des Praktischen Jahres war Kardiologe. Was tat er auf der Palliativstation? So viel war klar: Wenn Steinhäuser ihretwegen kam, sollte sie ihm besser nicht über den Weg laufen.

»Wir lesen morgen weiter, ja?«, wandte sie sich an ihre Patientin, doch Frau Ullrich sah bereits durch sie hindurch. Der lichte Moment war vorbei.

Sina legte das Buch zurück in die Schublade des Nachtschränkchens, zupfte die Decke ihrer Patientin zurecht und warf gewohnheitsmäßig einen Blick auf den Monitor neben dem Kopfende des Krankenbettes. Die bunten Linien zeichneten gleichförmige Zacken auf den schwarzen Hintergrund. Für jemanden in Frau Ullrichs Alter waren die Vitalparameter in Ordnung, ihr Kreislauf war stabil. Damit war die Behandlung in den Augen der Kardiologen abgeschlossen. Für Dr. Steinhäuser zählten nur die Werte auf dem Krankenblatt, nicht die Patienten selbst. Und laut den Werten ging es der Patientin gut. Wie es in ihr drinnen aussah, interessierte den Arzt nicht, das war eine Angelegenheit für Physiotherapeuten und Krankenpfleger, nicht für eine Medizinstudentin im zwölften Semester.

»Danke für die Warnung«, murmelte sie Marla im Vorbeigehen zu.

»Kein Problem. Schönen Abend!«

»Danke, ebenso.«

Sina schloss die Tür zu Frau Ullrichs Zimmer hinter sich und bog ihren schmerzenden Rücken durch. Erst der Dienst auf der Kardio, danach das lange Sitzen auf dem harten Plastikstuhl. Sie war fix und fertig. Zeit, nach Hause zu gehen und sich in die Wanne zu legen.

Im Vorbeigehen winkte sie einer anderen Schwester zu, die am Stationsschalter Dienst tat. Dann erkannte sie die hochgewachsene, grauhaarige Gestalt im weißen Kittel, die den Flur entlangkam, und bog hastig Richtung Fahrstuhl ab, während die Pflegerin mit müdem Gesichtsausdruck ihr Winken erwiderte.

Sina zwängte sich in den Aufzug, kaum dass sich die Türen öffneten, und drückte sofort auf den Knopf, der sie wieder schloss. Endlose Sekunden vergingen, in denen sie auf den Flur starrte, in der Erwartung, jeden Moment ihrem Oberarzt gegenüberzustehen.

Endlich setzten sich die beiden Stahlflächen in Bewegung und schirmten sie ab. Sina atmete auf. Doch statt sich vollends zu schließen, stoppten die Türen des Aufzugs plötzlich und glitten wieder auf. Vor ihr stand genau der Mann, dem Sina zu entgehen versucht hatte.

»Frau Neubert.« Durch seine Brillengläser maß Steinhäuser sie mit strengem Blick.

Schlagartig fühlte Sina sich winzig klein. Das grau melierte Haar des Oberarztes war dezent nach hinten gekämmt, der Mund zu einem missbilligenden Strich zusammengekniffen. Im Gegensatz zu ihr trug der Kardiologe keinen Arztkittel über seiner weißen Krankenhausmontur. Wozu auch? Ihn hielt garantiert niemand irrtümlich für einen Pfleger. Er war ein Mann, außerdem bestimmt schon Mitte fünfzig. Und allein sein herrisches Auftreten machte deutlich, dass er jemand mit Autorität war.

Auffordernd hob Steinhäuser eine buschige Augenbraue. »Warum sind Sie hier?«

»Ich …« Verdammt, wusste dieser Kerl überhaupt, wie einschüchternd er auf seine Studierenden wirkte? »Ich habe nur eine ehemalige Patientin besucht.«

Er nickte. »Davon habe ich gehört. Aber meine Frage lautete: Warum?«

»Warum denn nicht?«, rutschte es Sina heraus.

Sofort biss sie sich auf die Zunge, doch es war zu spät. Steinhäusers Miene wurde hart.

»Weil es nicht mehr Ihre Patientin ist«, erklärte er knapp. »Ihre Aufgaben liegen anderswo.«

»Das weiß ich. Es war ein privater Besuch, ich habe mich schon ausgetragen.«

Gut, sie hätte vermutlich die Krankenhauskleidung ablegen sollen, um zu verdeutlichen, dass sie nicht länger im Dienst war. Aber dass der Oberarzt sie extra abfing, nur um ihr das zu sagen?

»Sie müssen lernen, loszulassen«, mahnte Steinhäuser. »Denken Sie daran, auf welcher Station Sie sich hier befinden.«

Als ob Sina das vergessen könnte. Auf der Palliativstation landeten die unheilbar Kranken. Diejenigen, bei denen nur noch Symptome und Komplikationen behandelt werden konnten, nicht mehr das zugrunde liegende Problem. Diese Patienten starben, doch gerade deshalb kam Sina hierher. Frau Ullrich hatte niemanden, der ihr beistand.

»Ich mag sie«, fasste Sina zusammen. »Da kann ich sie doch in meiner Freizeit besuchen?«

Der Oberarzt sah das offensichtlich anders. »Empathie ist eine Sache, Frau Neubert. Mangelnde Abgrenzung eine andere. Sie sollten sich nicht zu sehr einbringen. Für das letzte Trimester haben Sie sich auf der Onkologie beworben, nicht wahr?«

»Ja?« Der abrupte Themenwechsel verwirrte Sina.

Steinhäuser nickte. »Dort werden Sie noch weit mehr Patienten verlieren als auf der Kardiologie, das ist Ihnen hoffentlich klar. Und das erfordert Professionalität auf allen Ebenen.«

Wieso sagte er das? Hielt er sie etwa für zu emotional, um ihren Job zu erledigen?

»Ich schaffe das«, versicherte Sina.

»Das hoffe ich.« Mit einem müden Seufzen trat er aus dem Aufzug, wandte sich dann aber noch einmal um. »Sie machen Ihre Sache bisher gut, ich würde Sie ungern verlieren. Aber Sie müssen lernen, ein gesundes Maß an Abstand zu wahren, andernfalls sieht es nicht gut für Sie aus.«

Fassungslos starrte Sina ihn an. Hatte er gerade gedroht, sie durch die Examensprüfung rasseln zu lassen – und das nur, weil er ihre Anteilnahme für eine Schwäche hielt? War ihre Empathie für ihn etwa ein Zeichen dafür, dass sie für den Arztberuf nicht geeignet war?

Die Aufzugtüren schlossen sich, doch Sina fühlte sich unfähig, auf den Knopf zu drücken.

Falls Steinhäuser sie wirklich als zu emotional einstufte und bei Dr. Dybvik gegen sie unkte, damit dieser ihre Bewerbung hintanstellte, konnte sie das Trimester auf der Krebsstation vergessen. Kurzfristig eine neue Praktikumsstelle zu bekommen, war so gut wie unmöglich. Und wenn sie auch noch durch die Prüfung fiel …

Sina schluckte. Ein vergeudetes Semester konnte sie sich nicht leisten, ihr Samstagsjob reichte ohnehin kaum, um ihre Rechnungen zu bezahlen. Als jemand, der nicht aus einer Akademikerfamilie stammte, hatte sie sich ihren Studienplatz hart erarbeitet und alles selbst finanziert. Sie hatte immer mehr Einsatz zeigen müssen als ihre Kommilitonen. Und jetzt wurde sie dafür auch noch bestraft?

Steinhäuser konnte sie mal kreuzweise! Er war genau die Art von Arzt, die sie nie sein wollte: ein Gott in Weiß, der seine Patienten nur als Fälle betrachtete, als Zahlen in der Statistik. Nein, er war wahrlich kein Vorbild.

Sina würde das Hammerexamen bestehen. Auf ihre Weise.

Entschlossen drückte sie die Taste für das Erdgeschoss.

Wieder vibrierte ihr Handy, und diesmal zog Sina es aus der Tasche.

Mädelsabend!!!, schrieb ihre ehemalige Studienkollegin und beste Freundin in Hamburg. *Brezel dich auf – es ist* Gothic Night!

Sina stöhnte. Die Verabredung mit Levke hatte sie vollkommen vergessen. Oder vielmehr verdrängt. Das Letzte, worauf sie nach der Konfrontation mit Steinhäuser Lust hatte, war, sich in einem finsteren Nachtklub zu betrinken. Das würde sie doch erst recht runterziehen!

Aber sie hatte es versprochen. Ihre Freundin hatte gerade eine fiese Trennung mit viel kaputtem Geschirr und einem noch kaputteren Herzen hinter sich, ein wenig Ablenkung würde Levke guttun. Und Sina selbst brauchte auch einmal wieder etwas anderes als Prüfungssorgen und die halb verdurstete Topfpflanze in ihrem Einzimmerapartment.

Aber ausgerechnet *Gothic Night?* Sina schauderte. Seit ihrer Schulzeit war sie nicht mehr im Grufti-Look herumgelaufen.

Andererseits … Es war zumindest einmal etwas anderes. Vielleicht würde es ja ganz lustig werden. Nach dem Schreck mit Steinhäuser konnte sie ein paar Drinks jedenfalls gut gebrauchen.

Einfach mal feiern und Spaß haben. Was war schon dabei? Es war schließlich nur ein Klub.

KAPITEL 3
LAZAR

Die fröhlichen Stimmen der Kneipenbesucher und die bunten Lichter der Laufhäuser blieben hinter ihnen auf der Reeperbahn zurück. Stattdessen empfing sie nun das schnelle Wummern von Basstönen.

Lazar verzog den Mund. Wieso hatte er sich auf diesen Mist nur eingelassen? Er warf Cassius einen missbilligenden Blick zu.

Sein *Freund* verdrehte die Augen und packte ihn am Arm. »Du wirst es überleben.« Damit zog er Lazar unbarmherzig auf den schwarz getünchten Kellerabgang zu, über dem eine blutrote Neonleuchte den Namen *Sacre Cœur* verkündete.

Lazar brummte verdrossen. Cassius war überzeugt, das Jagdmuster des Eindringlings durchschaut zu haben. Die Etablissements, in denen die verdächtigen Mordopfer zuletzt gesehen worden waren, entsprachen in der Tat seiner eigenen Jagdrunde, was nahelegte, dass Cassius und der fremde Vampir einen ähnlichen Geschmack besaßen. Entsprechend hatte der Vorschlag, den Rest von Cassius' Stammlokalen abzuklappern, zunächst vernünftig geklungen. Da hatte Lazar allerdings auch noch nicht geahnt, wie viele davon es in St. Pauli gab. Das *Sacre Cœur* war bereits der fünfte Klub, den sie aufsuchten, und bisher keine Spur von dem Unsterblichen. Allmählich bezweifelte Lazar, dass sie auf diese Weise fündig werden würden.

Er persönlich verstand auch nicht, weshalb Cassius sich so an dieses Revier klammerte. Die Gegend war heruntergekommen. Billige Nachkriegsbauten quetschten sich zwischen marode Gründerzeithäuser, an den Wänden prangten stümperhafte Graffiti. Die meisten dieser Gebäude waren seit Jahren renovierungsbedürftig, wenn nicht seit Jahrzehnten. Der einzige Reiz, den Lazar hier sah, lag in der unmittelbaren Nähe zum Rotlichtmilieu. Nirgendwo sonst wurden so wenige Fragen gestellt – zumindest, was die Besucher betraf. Willkommen war, wer zahlen konnte.

Der breitschultrige Türsteher des *Sacre Cœur* warf ihnen bloß einen finsteren Blick zu, ehe er mit einem Nicken die metallverstärkte Tür aufstieß. Augenblicklich schwoll die Bassmusik an, verdichtete sich zu einer Art Melodie, zusammengehalten von dem blechernen Getöse eines Schlagzeugs. Die Musik drückte ihnen auf die empfindlichen Ohren, der Rhythmus vibrierte in Lazars Zwerchfell. Der Gestank aneinandergedrängter Menschen in einem schlecht durchlüfteten Raum waberte ihm entgegen, vermengt mit dem künstlichen Rauch einer Nebelmaschine.

Ohne zu zögern, stieg Cassius die Treppe hinab und tauchte in das zuckende Licht ein. Lazar folgte ihm mit weit weniger Enthusiasmus.

Die fortgeschrittene Stunde machte sich bemerkbar, der Klub war gut besucht. Dutzende schwarz gekleidete Gestalten bewegten sich auf der Tanzfläche. An ihren Hälsen glänzten Ketten und Stachelhalsbänder; Netzstoffe und dunkles Latex schimmerten an ihren Körpern. Im flackernden Licht wirkten die Bewegungen der Tanzenden abgehackt und grotesk, als würden sie nicht von ihrem eigenen Willen gelenkt, sondern von Stromstößen, die durch ihre Leiber zuckten. Weitere Gäste drängten sich an den runden Stehtischen am Rand des niedrigen Raums oder in der Nähe des Tresens, um sich mit Getränken versorgen zu lassen.

Lazar fragte sich, wie Cassius das aushielt. Der ältere Vampir schien das alles sogar zu genießen! Einem Raubtier gleich blickte er sich um, auf der Suche nach dem leichtesten Opfer. Oder vielmehr: nach dem lohnendsten.

Es war ein Fehler gewesen, ihn hungrig aufbrechen zu lassen. Lazar war nicht mitgekommen, um zuzusehen, wie Cassius sich an betrunkenen Discobesuchern labte. Heute Nacht jagten sie etwas anderes, und dafür sollten sie ihre Sinne beisammenhalten.

Er wollte seinem Begleiter bereits vorschlagen, erst einmal eine Mahlzeit einzunehmen, als ihn ein nervöses Kribbeln in der Magengrube aufmerken ließ. Sie waren nicht alleine. Er spürte die Anwesenheit eines weiteren Unsterblichen. Aber wo?

Lazar ließ seinen Blick über die Menge schweifen. Der infernalische Lärm, die beißende Luft und das unstete Licht bereiteten ihm Kopfschmerzen und machten es ihm schwer, sich auf seine vampirischen Sinne zu konzentrieren.

Er schloss die Augen, versuchte, den Krach und Gestank auszublenden.

Links von ihm … An der Bar. Einer der Barkeeper? Nein, die waren eindeutig menschlich, auch wenn ihre bleiche Gesichtsfarbe etwas anderes suggerieren sollte. Das war nur Schminke. Was Lazar spürte, war Alter, Macht. Ein Unsterblicher, zweifellos. Älter als er, womöglich sogar älter als Cassius.

Lazar widmete sich den Gestalten am anderen Ende des Tresens. *Da.* Er entdeckte sie im selben Moment, als Cassius neben ihm verkündete: »Na, wenigstens hat sie Geschmack.«

Sie. Es handelte sich nicht um irgendeinen Gegner, sondern um eine Vampirin. Unwillkürlich krampfte sich Lazars Hand zur Faust.

Wie Cassius schien sie sich zwischen all den Sterblichen durchaus wohlzufühlen. Ihre Haltung war entspannt, ihr spitzenbesetztes Mieder und der schwarze Rüschenrock fügten sich nahtlos in die Szenerie der übrigen Klubbesucher. Doch das war es nicht, was Cassius gemeint hatte.

Die Unbekannte beugte sich zu einer jungen Frau, deren dunkle Locken einen scharfen Kontrast zu der blonden Mähne der Vampirin bildeten. Ihr leerer Blick hing an den blutrot geschminkten Lippen der Unsterblichen, die ihr in einer zärtlichen, fast schon tröstlich wirkenden Geste über die Wange strich. Mitleid empfand die Vampirin jedoch sicher nicht mit ihrem Opfer. Sie wisperte einen Befehl, und die Sterbliche rutschte von ihrem Hocker. Gefangen in tiefer Trance ließ sie sich von ihrer Todesbringerin an der Hand nehmen und folgte ihr ergeben durch die Schar der Tanzenden. Zur Treppe und hinaus ins Freie, wo sie zweifellos in einer finsteren Gasse ihr Ende finden würde, ihres Lebens beraubt und weggeworfen wie ein Stück Müll.

Lazar wollte den beiden in den Weg treten, doch Cassius hielt ihn zurück.

»Warte«, mahnte er. »Draußen können wir sie leichter stellen.«

Es kostete Lazar erstaunlich viel Kraft, den beiden Frauen nicht hinterherzustürmen. Es war eine Sache, von Toten und Opfern zu sprechen, solange sie gesichtslos blieben. Zuzusehen, wie diese junge Frau ihre letzten Schritte tat, war etwas ganz anderes. Es weckte Erinnerungen, die er lieber begraben lassen wollte.

Er musste das unterbinden. Andernfalls war er nicht besser als die Unsterbliche, die dem Mädchen das Leben stahl.

Endlich löste Cassius seinen Griff. »Komm.«

Er musste Lazar nicht zweimal bitten. Sie eilten die Treppe hoch, an dem missmutigen Türsteher vorbei. Frische Nachtluft empfing sie – sofern man bei dem beißenden Gestank von Urin von »frisch« reden konnte. Dennoch atmete Lazar auf. Hier oben war es nicht länger ein Problem, der Aura der Unsterblichen nachzuspüren. Allerdings würde zweifellos auch die Vampirin bemerken, dass sie nicht länger allein war. Im Klub war sie von ihrer Beute abgelenkt gewesen, doch diesen Vorteil würden sie bald verlieren. Sie mussten sich beeilen.

Das Glück war auf ihrer Seite. Die Vampirin war ungeduldig, und ihre menschliche Begleitung verhinderte, dass sie schnell vorwärtskam. Sie fanden die beiden nur eine Ecke weiter, im Halbdunkel zwischen zwei Straßenlampen, wo die Unsterbliche gerade ihre Zähne ausfuhr und grob den dünnen Stoff des Shirts vom Hals ihres Opfers riss.

Als sie die Schritte ihrer Verfolger hörte, sah sie auf. Ein unwilliger Ausdruck erschien auf ihrem filigranen Gesicht.

»Ich teile nicht«, knurrte sie.

Cassius trat vor. »Davon bin ich auch nicht ausgegangen«, entgegnete er. »Die wievielte blutleere Leiche wird das hier? Die vierte?«

Die Vampirin lachte. »Soll ich etwa mitzählen?«

Grob stieß sie die Sterbliche zu Boden. Das Mädchen reagierte nicht, als sein Kopf aufs Pflaster schlug, es blieb einfach liegen.

»Was wollt ihr?«, fauchte die Unsterbliche. »Habt ihr nichts Besseres zu tun, als mir nachzustellen? Was seid ihr, Aasgeier? Sucht euch gefälligst eigene Beute.«

»Es geht nicht um das Mädchen«, entgegnete Cassius. »Es geht um dich.«

Erneut lachte sie. »*Ich* spiele außerhalb eurer Liga. Wobei …« Die Vampirin neigte nachdenklich den Kopf zur Seite, während sie Lazar und Cassius musterte. Genießerisch leckte sie sich die Lippen. »Es ist lange her, dass ich unsterbliches Blut getrunken habe.«

In Erwartung eines Kampfes spannte Lazar seine Muskeln an. Erneut hielt Cassius ihn zurück, doch auch er zeigte nun seine Reißzähne.

»Du mordest in unserem Revier«, erklärte er. »Und das auf nachlässigste Weise. Jemand mit deiner Erfahrung sollte seine Spuren besser verwischen. Du ziehst Aufmerksamkeit auf dich. Und auf uns.«

»Tue ich das?« Die Vampirin zog eine mitleidige Schnute. »Habt ihr etwa Angst vor ein paar schwachen Menschlein?« Sie grinste. »Oder den *Vetrani?*« Ihre Finger tanzten durch die Luft, als spräche sie von einem Schreckgespenst, mit dem man Kinder zur Artigkeit erzog.

Lazar knurrte. »Wenn du sie nicht fürchtest, ist es ein Wunder, dass du noch existierst.« Die Vetrani waren alles andere als ein Schauermärchen, er hatte einige ihrer Opfer gekannt – und teilweise gesehen, was von ihnen übrig geblieben war. Ein Reißwolf war harmlos dagegen.

»Vielleicht bin ich einfach besser als sie, ist dir diese Idee noch nicht gekommen?« Die Vampirin trat einen Schritt auf Lazar zu, wobei sie achtlos über die bewusstlose Frau zu ihren Füßen hinwegstieg. »Ganz gleich, wie gut sie organisiert sein mögen, es sind *Menschen.* Und Menschen sind schwach, dumm und beschränkt.« Sie zuckte mit den Schultern. »Sollten sie mich dennoch bemerken, verschwinde ich eben aus der Stadt.«

Cassius bleckte die Zähne. »Und dabei lieferst du ihnen jeden anderen Vampir in Hamburg aus!«

»Also euch beide?« Sie hob eine sorgfältig gezogene Augenbraue. »Warum sollte mich das kümmern?«

Ihre absolute Gleichgültigkeit war bemerkenswert.

»Willst du dir wirklich nicht nur die Vetrani, sondern auch deine eigene Art zum Feind machen?«, fragte Lazar ungläubig.

Mit einer Bewegung, die schneller geschah, als ein Mensch sie hätte erfassen können, war die Unsterbliche heran. Sie griff jedoch nicht an, streckte nur eine Hand nach ihm aus. Lazar erstarrte.

»Du gefällst mir«, gurrte die Vampirin. »Vielleicht bist du ein wenig naiv, aber damit kann ich arbeiten.« Ihre dunkel lackierten Fingernägel strichen über seine Unterlippe. »Du würdest einen guten Diener abgeben. Komm mit mir, und ich zeige dir, wie du dich von deiner Angst befreist.«

»Danke, ich verzichte.« Er stieß sie von sich. »Du bist nicht die Erste, die meint, mich abrichten zu können.«

Einen Moment lang sah er tatsächliches Interesse in ihren Augen aufblitzen, doch dann trat Cassius neben ihn und drängte die Unsterbliche zurück. Cass' Finger zuckten, als würde er unsichtbare Krallen ausfahren.

»Du willst Hamburg verlassen?«, fragte er. »Dann tu es jetzt.«

Die Vampirin bleckte die Zähne. »Und wenn nicht?«

»Werden wir dafür sorgen, dass du es bereust.«

»Ihr beide?« Sie lachte hämisch, und ihre Reißzähne blitzten im Licht der Straßenlaternen. »Euch zerquetsche ich wie Fliegen.« Ohne Vorwarnung ging sie auf Lazar los.

Er empfing sie mit einem Faustschlag, dem sie jedoch mühelos auswich. Sie bog den Rücken nach hinten durch, wirbelte in der Luft herum und knallte Cassius den Absatz ihres Stiefels ins Gesicht.

Cassius knurrte. Blut troff aus seinem Mund.

Lazar wollte nachsetzen, aber da hörte er ein Wimmern. Er warf einen kurzen Blick zurück in die Gasse und fluchte.

Das Mädchen! Die verdammte Vampirin hatte die Trance gelöst. Ganz gleich, ob absichtlich oder weil sie durch den Kampf abgelenkt gewesen war – die Sterbliche war bei Bewusstsein. Sie hatte sich aufgerappelt und starrte mit großen Augen zu ihnen herüber, versuchte zu begreifen, was sie sah. Jeden Augenblick würde sie schreien.

Hastig erwog Lazar seine Möglichkeiten. Sie befanden sich nicht weit von der belebten Reeperbahn, wo sich eine Unmenge von Menschen auf die eine oder andere Weise vergnügte, und das *Sacre Cœur* lag nur eine Straßenecke entfernt. Zumindest die Leute vor dem Klub würden sie hören. Vielleicht würden sie eingreifen, vielleicht auch nicht. Es spielte keine Rolle. Ein einziger Schaulustiger mit Handy genügte, und die Vetrani würden ihre Gesichter zu sehen bekommen.

Die junge Frau durfte nicht schreien. Er musste sie zum Schweigen bringen. Jetzt.

Ihm blieb keine Zeit für Feingefühl. Die Gedanken, die er der Sterblichen sandte, waren keine tastenden Finger – es war eine mentale Faust, die er mitten in ihren Geist rammte. Sie verdrehte die Augen und sackte erneut zusammen. Lazar sprang vor und fing sie auf, ehe sie ein weiteres Mal auf den Pflastersteinen aufschlagen konnte. Sanft ließ er sie zu Boden gleiten. Ein Fehler, wie ihm gleich darauf klar wurde.

Cassius schrie auf und brüllte seinen Namen. Lazar fuhr herum. Sein Freund lag auf der Straße und versuchte aufzustehen, doch irgendetwas stimmte nicht. Sein linkes Bein gab immer wieder nach. Dunkle Feuchtigkeit glänzte an seiner Hose. Doch Cassius wollte keine Hilfe. Hektisch deutete er nach oben.

Lazar legte den Kopf in den Nacken – gerade rechtzeitig, um zu sehen, wie die Vampirin spinnengleich die Fassade des Backsteinhauses erklomm und sich auf das Dach hievte.

»Worauf wartest du?«, rief Cassius. »Hol sie dir!«

Unschlüssig blieb Lazar stehen. Sein Freund war verletzt. Vampirische Wunden heilten zwar schnell, aber nicht augenblicklich. Außerdem hatte Cassius diese Nacht noch nichts getrunken, was die Heilung zusätzlich verzögerte. Das Mädchen hingegen würde garantiert in Panik geraten, wenn Lazar es aus seiner Kontrolle entließ. Und das würde unweigerlich geschehen, sobald er sich entfernte. Die Sterbliche würde die halbe Reeperbahn zu Hilfe rufen – und Cassius keine Gelegenheit geben, ungesehen zu verschwinden.

Lazar hatte keine Wahl. Er blieb stehen. »Sie hat gesagt, dass sie die Stadt verlassen will. Das wird sie jetzt erst recht tun.«

»Ja. Aber erst, nachdem sie sich ein anderes Opfer gesucht hat!« Mit einem Knurren kam Cassius auf die Beine. Er presste eine Hand an den blutgetränkten Stoff seiner Hose. »Morgen früh wird es eine neue Leiche in Hamburg geben.«

»Aber nicht hier.« Lazar schüttelte den Kopf. »Sie muss trinken. Davon hätten wir sie so oder so nicht abhalten können.«

Cassius stieß einen leisen Fluch in seiner Muttersprache aus. Dann nickte er in Richtung der Sterblichen. »Ist sie tot?«

»Nein.« Ihr Puls ging zwar flach, aber Lazar konnte ihn deutlich hören. Und er fühlte das Flackern ihrer Gedanken unter seiner Umklammerung. Das Mädchen lebte.

»Gut.« Humpelnd kam Cassius näher. »Hilf mir mal, ja?«

Es dauerte einen Moment, bis Lazar begriff, was sein Begleiter vorhatte. Energisch trat er ihm in den Weg. »Nein!«

Cassius zog die Augenbrauen hoch. »Du verarschst mich, oder?« Er wollte sich an Lazar vorbeischieben, aber in seinem geschwächten Zustand war es nicht schwer, ihn zurückzudrängen.

Lazar blieb eisern. »Wir haben sie nicht vor dieser Irren gerettet, damit *du* dich jetzt an ihr vergehst!«

»Sie lebt doch, oder nicht?« Cassius stieß ihm gegen die Brust. »Das ist mehr, als sie ohne uns gehabt hätte. Ich brauche Blut, also spiel nicht den Samariter.«

»Nein.« Das Mädchen hatte genug durchgemacht.

Natürlich hatte Cass recht. Es sollte keine Rolle spielen, wen er aussaugte. Doch die Begegnung mit der Vampirin hatte alte Erinnerungen heraufbeschworen. Womöglich waren sie es, die ihn empfindlich werden ließen. Aber der Gedanke, dass Cassius seine Zähne in die junge Frau schlug, während er selbst sie im Zustand der Besinnungslosigkeit gefangen hielt, sorgte dafür, dass sich alles in Lazar zusammenkrampfte. Es war falsch.

»Das ist nicht unsere Art. Weder meine noch deine.«

Cass stieß ein ungläubiges Lachen aus. »Du verfluchter Mistkerl! Erst lässt du mich im Stich, weil du dich lieber um diese Sterbliche kümmerst, und jetzt das?« Er schüttelte den Kopf, Zorn und Schmerz verzerrten seine Züge.

Lazar wusste, was ein derartiger Blutverlust bei einem ohnehin hungrigen Vampir bedeutete. Er sah auf die junge Frau hinab, die zu seinen Füßen auf dem feuchten Boden lag. Ihre Lider flatterten. Sie war stärker, als er es für möglich gehalten hätte, kämpfte gegen seine Kontrolle an.

»Zum Teufel mit dir«, schimpfte Cass. »Mach doch, was du willst. Demnächst ernährst du dich wirklich noch von Ratten.« Damit drehte er sich um und humpelte davon.

Cassius hatte recht. Er *brauchte* Blut.

Lazar sah auf die bewusstlose Frau in seinem Arm hinab, deren dunkles Haar ihr in sanften Locken in die Stirn fiel. Sein Entschluss stand fest.

Ihres bekommt er nicht.

KAPITEL 4
LAZAR

Vorsichtig half Lazar der jungen Frau auf die Beine. Sie schwankte, ließ es jedoch bereitwillig zu, dass er sich einen ihrer Arme um die Schultern legte und seinen um ihre Taille schlang. Immer noch war sie in Trance gefangen, doch lange würde er sie nicht mehr darin halten können. Er musste sie aufwecken. Allerdings nicht hier. Wenn sie in einer düsteren Seitengasse zu sich kam, würde sie garantiert erneut in Panik geraten – besonders angesichts der Blutspur auf dem Boden. Er musste sie in eine Umgebung bringen, in der sie sich sicher fühlte, an einen vertrauten Ort. Sosehr ihm der Gedanke auch widerstrebte – die beste Lösung wäre, in den Klub zurückzukehren. Dort lag ihre letzte Erinnerung, bevor erst die Vampirin und dann er selbst ihren Geist zurückgedrängt hatten.

Also verstärkte Lazar seinen Griff um das Mädchen, hakte die Finger in die Gürtelschlaufen ihrer schwarzen Jeans und lotste sie zurück zum Eingang des *Sacre Cœur.* Schön vorsichtig, einen Schritt nach dem anderen.

Jetzt, wo die Aufregung von ihm wich, nahm er die Nähe der Sterblichen immer deutlicher wahr. Er fühlte die Wärme ihres Körpers an seinem, roch den leichten, blumigen Duft ihres Shampoos. Hunger regte sich in ihm, und es kostete ihn enorme Willenskraft, nicht selbst das zu tun, wovon er Cassius abgehalten hatte. Dabei hatte er bereits getrunken! Aber die weichen Konturen, die er unter dem Shirt ertastete, ihr Kopf, der an seiner Schulter ruhte, ihr Atem, der seine Wange streifte …

Unwillkürlich zog er sie in eine engere Umarmung und atmete ihren Geruch ein. Wie lange war es her, dass er die Nähe einer Frau genossen hatte? Hatte er sich das nach seiner Verwandlung überhaupt jemals gestattet? Die Jahrhunderte verwischten seine Erinnerungen, und doch fühlte sich ihr Körper an seinem seltsam vertraut an, als wäre sie für ihn bestimmt …

Lazar schüttelte die Eindrücke ab und konzentrierte sich auf den Weg. Er war nicht er selbst. Die Begegnung mit der Vampirin sowie die unerträgliche Nähe zu dermaßen vielen Menschen setzten ihm zu. Sobald er in seine selbst gewählte Einsamkeit zurückkehrte, würde er sich besser fühlen. Der Klub war nicht mehr weit. Er musste das Mädchen bloß absetzen, dann konnte er aus ihrem Leben verschwinden. Nur noch ein paar Schritte.

Allerdings hatte er die Rechnung ohne den Türsteher gemacht. Der breitschultrige Mann, der ihn bereits beim ersten Mal mit unverhohlenem Missmut angesehen hatte, trat ihm nun in den Weg, die Arme in die Seiten gestemmt.

»Kein Ausschank an Betrunkene«, erklärte er finster. »Das Mädel kann ja kaum noch stehen.«

Lazar unterdrückte den Impuls, den Kerl mit Gewalt beiseitezuschieben. »Ich will sie auch nicht abfüllen. Wir suchen nur nach ihrer Freundin.«

»Ja, klar.« Als Türsteher hatte der Kerl bestimmt schon jede Ausrede gehört. Er rührte sich keinen Millimeter. »Ich kann der Kleinen ein Taxi rufen oder für dich die Polizei. Deine Entscheidung.«

Unter anderen Umständen hätte Lazar dem Mann für seinen Einsatz vermutlich Respekt gezollt, doch im Augenblick machte sein Berufsethos den Türsteher zu einem Widerstand, den es zu überwinden galt. Und Lazar fehlte die Geduld, das auf die nette Tour zu erledigen.

»Lass mich durch.«

Er legte mehr als nur Überzeugung in seine Stimme. Die Augen des Mannes wurden groß und leer. Ohne ein weiteres Wort trat er zur Seite.

Diese Beeinflussung hatte jedoch ihren Preis. Lazars Griff um den Geist des Mädchens glitt ab. Sie stöhnte, versuchte, sich von ihm zu lösen. Hastig schob er sie durch die Tür. Sobald sie außer Sicht waren, würde der Türsteher sie vergessen, und Lazar könnte sich wieder ganz der jungen Frau an seiner Seite widmen. Ein letztes Mal zwang er sie unter seine Kontrolle und führte sie die Treppe hinab in den Nachtklub, in dem sich in der Zwischenzeit noch mehr Gäste eingefunden hatten. Diese verdammten Menschen waren einfach überall!

Aus dem Augenwinkel bemerkte Lazar zwei Gestalten, die sich eng umschlungen auf dem Treppenabsatz an die Wand pressten. *Cassius.* Er hielt einen jungen Kerl fest. Seine Hände umklammerten die Handgelenke des Sterblichen auf Schulterhöhe, sein Mund klebte am Hals seines Auserwählten.

Das war Cassius' bevorzugte Jagdmethode: Er suchte sich ein Opfer, das ihm gefiel. Meist waren es Frauen, aber letztendlich war ihm das Geschlecht egal. Er zog die unglückliche Person in eine dunkle Ecke und gab ihr einen »Kuss«. Im Gegensatz zu Lazar brauchte er dafür keine mentalen Fähigkeiten. Sein etwas fragwürdiger Charme genügte, um zu bekommen, was er wollte – und er wusste, wie weit er gehen musste. Nach seinem Biss waren die Betroffenen völlig durcheinander, und Cassius konnte sie leicht davon überzeugen, dass sie einfach nur zu viel getrunken hatten. Er bugsierte sein Opfer in ein Taxi, das natürlich nicht er bezahlte, und verschwand aus ihrem Leben. In der darauffolgenden Nacht besuchte er ein anderes Lokal, und das Spiel begann von vorn.

Cassius wechselte die Klubs wie Lazar die Haltestellen und Seitengassen. Bis er wieder im *Sacre Cœur* angekommen war, hatten die Betroffenen und alle anderen Anwesenden sein Gesicht vergessen. Niemand schöpfte Verdacht. Das jedenfalls behauptete Cassius.

Lazar drängte sich an seinem Freund vorbei und führte seinen Schützling zu einem der Tische abseits der Tanzfläche. Kurz entschlossen stieß er einen schlaksigen Kerl von seinem Hocker und ignorierte den Protest des Sterblichen. Er packte den Sitz, zog ihn an einen winzigen Tisch und ließ das Mädchen darauf fallen. Dann endlich wagte er es, den mentalen Griff zu lösen.

Erleichtert atmete er auf. Die Beeinflussung aufrechtzuerhalten, hatte ihn ungemeine Kraft gekostet. Kein Wunder, dass ihn in der Nähe der Sterblichen ungute Gedanken befielen. Er war froh, wenn er diesen Ort hier hinter sich lassen konnte.

Die junge Frau blinzelte und sah sich um, als würde sie aus einem Traum erwachen. Ihr Blick fand seinen, und ein unsicheres Lächeln erschien auf ihrem Gesicht. »Tut mir leid!« Sie musste schreien, um die krachende Musik zu übertönen. »Ich war wohl gerade nicht ganz da. Worüber haben wir geredet?«

Lazar wollte sich zurückziehen. Er hätte es tun sollen, aber irgendetwas hielt ihn zurück. Ihre dunklen Locken, der sanfte Blick ihrer Augen, der weiche Mund … Er fragte sich, wie sie unter dem düsteren Make-up aussehen mochte. Und ehe er so recht wusste, was er tat, erwiderte er ihr Lächeln.

Es lag nicht in seiner Absicht, war nur ein Reflex, eine Erinnerung an die Zeit, als er noch unter Menschen gewandelt war. Dennoch merkte er, wie allein dieser kurze Austausch die Distanz, die er stets so sorgfältig bewahrte, ins Wanken brachte.

Betont gelassen hob er die Schultern. »Den Sinn des Lebens?«

Sie hob zweifelnd die Brauen. Im ersten Moment dachte er, sie würde einfach aufstehen und gehen.

Stattdessen beugte sie sich vor. »So viel Zeit hast du?«, fragte sie mit schlecht gespieltem Ernst. Schalk blitzte in ihren Augen und ließ ihre Mundwinkel verdächtig zucken.

»Eigentlich …« *Eigentlich nicht.*

Das sollte er sagen, auch wenn er über mehr Zeit verfügte, als sie es sich in ihren schlimmsten Albträumen ausmalen konnte. Aber er war wie gebannt von ihrer Nähe.

Erneut schlug ihm ihr Geruch entgegen, umhüllt von den Alkoholschwaden und anderen Ausdünstungen des Klubs. Menschlich, weiblich. Beute … und mehr.

Er räusperte sich. »Eigentlich wollte ich mich gerade vorstellen.« Es war ein Fehler, das wusste er, noch ehe er die Worte aussprach. Und doch ließ er sie zu. »Ich bin Lazar.«

Wieder lächelte sie, und diesmal lag keine Unsicherheit darin. »Sina.« Sie verdrehte die Augen und lachte, so leise, dass selbst Lazar den Klang im Donnern der Bässe nur erahnte. »Also eigentlich Kristina, aber … na ja …« Ihre Hand tastete über den kleinen Tisch, so als suchte sie ein Glas. Wenn sie eines besessen hatte, war es an der Bar zurückgeblieben, als die Vampirin sie zum Abendmahl auserkoren hatte.

Erneut befiel Lazar ein schlechtes Gewissen. Gerade noch hatte er sie davor bewahrt, als Cassius' Snack zu enden, und nun suchte er selbst ihre Nähe? Das war doch sonst nicht seine Art. Menschliche Ratten, das war sein Beuteschema! Nicht aus Selbsthass, sondern weil es sicherer war. Keine Verfolger, keine Sympathien ... keine Reue.

Dann geh!, forderte sein Verstand ihn auf. *Hau endlich ab! Geh nach Hause und vergiss sie.*

Stattdessen hörte er sich fragen: »Möchtest du etwas trinken?«

Sina lächelte erleichtert. »Gute Idee.« Sie rutschte von ihrem Hocker herunter und ging an ihm vorbei in Richtung Bar.

»Okay.« Eigentlich hatte er geplant, ihr etwas zu bringen, aber offenbar war diese Tradition aus der Mode gekommen.

Als wäre nun er derjenige in Trance, folgte Lazar ihr durch die stetig dichter werdende Menge der Klubbesucher. Die Berührungen der fremden Leiber spürte er kaum, all seine Sinne waren auf die Frau vor sich ausgerichtet.

Zugleich fühlte er eine wachsende Unruhe in sich. Was tat er da? Wieso war er noch hier? Hatte er nicht verschwinden wollen, sobald er sie abgesetzt hatte? Die Gefahr war gebannt, er hatte seine Pflicht erfüllt. Warum also sträubte sich alles in ihm dagegen, Sina zurückzulassen? Sie war nur ein Mensch! Und es war schließlich nicht so, als würde dieses Getränk etwas ändern. Er würde gehen und sie nie wiedersehen.

Abrupt blieb er stehen, als er begriff, dass es genau das war, was ihn zurückhielt.

Er *wollte* sie wiedersehen, sie kennenlernen. *Eine Sterbliche!*

Der Gedanke war idiotisch. Nein, mehr als das: Er war gefährlich, für ihn ebenso wie für sie.

Davon abgesehen hatte Lazar ohnehin keine Ahnung, wie er so etwas überhaupt anstellen sollte. Es war eine Ewigkeit her, dass er mit jemandem auf diese Weise gesprochen hatte. Jahrhunderte! Neben der Bekanntschaft mit Cassius waren knappe Gespräche mit seinen Kollegen die einzige soziale Interaktion, die Lazar sich leistete – und selbst die beschränkte er auf das absolute Minimum. Soweit er sich erinnerte, war seine Frau die Letzte gewesen, die …

Die Erinnerung rief ihn augenblicklich zur Besinnung.

Lazar warf einen Blick zur Bar, wo Sina sich inzwischen darum bemühte, die Aufmerksamkeit einer Barkeeperin auf sich zu lenken. Ihr Shirt war am Kragen zerrissen, ihre Hose staubig von der Straße. Sie war dem Tod heute Abend nur knapp entgangen.

Das war es, was Vampire taten: Sie labten sich an Sterblichen und ließen sie danach fallen wie Unrat. Wenn ihm das Leben dieses Mädchens irgendetwas bedeutete, dann musste er daraus verschwinden. Jetzt. Ehe es zu spät war.

»Was nimmst du?« Sinas Stimme riss ihn aus seinen Gedanken.

Sie wartete auf seine Antwort. Offen und ohne Argwohn sah sie ihn an. *Ihn.* Nicht das Monster, das er in sich fühlte, sondern den Mann, der er einmal gewesen war – und von dem er nicht einmal geahnt hatte, dass es ihn noch gab. Ob er es wollte oder nicht, seine Entscheidung war längst gefallen.

Er kramte ein paar Geldscheine hervor und schob sie über den Tresen.

»Das Gleiche wie du.«

KAPITEL 5
SINA

Die Garderobe des Fitnesscenters war leer. Sina war die Erste, die zur Yogastunde erschien. Kein Wunder – die meisten Leute hatten samstags etwas Besseres zu tun, als um acht Uhr morgens den herabschauenden Hund zu praktizieren. Sie selbst wäre ebenfalls am liebsten zurück ins Bett gekrochen. Aber das Dehnen und die Anstrengung würden ihr helfen, die Nachwirkungen der *Gothic Night* aus ihrem müden Körper zu vertreiben und fit für ihre Mittagsschicht in *Bodos Burger* zu werden – sofern sie bei den Meditationsübungen nicht einschlief.

Sie ließ ihre Sporttasche auf die Bank der Umkleide plumpsen und schlüpfte aus ihren Sneakers.

Während sie sich umzog, trafen nach und nach die anderen Kursteilnehmerinnen ein. Die meisten von ihnen grüßte Sina mit einem Nicken. Außer einem gemeinsamen Trainingsplan verband sie mit den anderen Frauen nur wenig.

Sie griff nach dem Handtuch und ihrer Wasserflasche und wollte gerade in den Kursraum gehen, als Levke die Umkleide betrat.

Sina ließ die Flasche sinken. Ihre Freundin sah in etwa so aus, wie sie selbst sich fühlte. Unter ihren Augen zeichneten sich dunkle Ringe ab, die zum Teil von unvollständig entferntem Mascara stammten. Ihr Gesicht war aufgedunsen von zu viel Alkohol und das sonst so gepflegte kastanienrote Haar zu einem lockeren Knoten zusammengefasst – eine Frisur, die Levke nur in Erwägung zog, wenn alles andere versagte.

Im Gegensatz zu Sina schien sie allerdings überraschend gute Laune zu haben.

»Na du?«, grüßte sie mit einem breiten Grinsen.

Sina legte die Stirn in Falten. »Hattest du einen schönen Abend?«, murrte sie.

Überrascht zog Levke die Brauen hoch. »Du etwa nicht?«

»Du hast mich sitzen lassen!« Sina ignorierte die genervten Blicke der anderen Frauen. »Wie war das von wegen Mädelsabend?«

Ihre Freundin sah sie an, als würde sie in fremden Zungen sprechen. »*Du* bist doch diejenige, die sich anderweitig umgesehen hat!«, behauptete sie. »Und, bin ich dir etwa böse? Nein. Ich gönne dir deinen Spaß! Ich hab mir dann nur eben auch eine andere Begleitung gesucht.«

Sina schüttelte den Kopf. »Wovon redest du?« Lazar hatte sie nur angesprochen, weil sie allein in einer rappelvollen Disco herumgesessen und vermutlich ziemlich mitleiderregend ausgesehen hatte.

»Du wolltest Getränke holen«, erinnerte Levke sie. Mit einer geschmeidigen Bewegung glitt sie aus ihrem Pullover. Darunter trug sie bereits ihr Sporttop. »Und das Nächste, was ich sehe, ist, wie du an der Bar mit dieser Frau flirtest.«

»Mit einer *Frau?*«

Levke grinste. »Finde ich gut, dass du neue Sachen ausprobierst.«

»Aber ich habe nicht …« Das Gespräch wurde immer bizarrer!

Klar, Lazars Haare waren etwas länger, als sie es normalerweise für gut befand. Aber mit einer Frau war er nun wirklich nicht zu verwechseln, seine Statur war eindeutig männlich. Genau das wollte Sina ihrer Freundin erklären, doch da schob sich ein ungebetenes Bild vor ihr geistiges Auge: eine blonde Frau, mit blutroten Lippen und einem Dekolleté, von dem man selbst als heterosexuelle Frau nur schwer den Blick abwenden konnte. *Marcella.*

Sina runzelte die Stirn. War das eine Erinnerung?

Das Bild verschwand so schnell, wie es gekommen war. Vielleicht hatte sie sich die Szene nur eingebildet. Sie hatte zwar einiges getrunken in der Nacht – hauptsächlich, um ihre Nervosität unter Kontrolle zu bekommen –, aber definitiv nicht genug für einen Blackout. Sie konnte sich an jedes Detail der letzten Nacht erinnern.

Levke hatte sich inzwischen ihrer Socken entledigt und schien von Sinas Verwirrung nichts mitzubekommen. Mit drei gewaltigen Schlucken trank sie ihre Wasserflasche leer, dann wischte sie sich über den Mund und füllte die Flasche am Waschbecken neu auf.

»Na ja, falls es dich tröstet – meine tolle Begleitung hat es nicht mal bis zum Taxi geschafft, bevor er sich übergeben hat, immerhin in einen Mülleimer. Es war trotzdem nichts, was ich fortführen wollte.«

»Das verstehe ich.« So viel zu Levkes Plan, sich über ihre Trennung hinwegzutrösten. »Tut mir leid für dich.«

»Was soll's. War trotzdem gut fürs Ego.« Als eine der anderen Kursteilnehmerinnen ein empörtes Schnauben ausstieß, fuhr Levke lauter fort: »Ja, sich flachlegen lassen kann Wunder bewirken. Sollten Sie auch mal probieren!«

Entrüstet zog die Frau von dannen.

Levke verdrehte die Augen und wandte sich wieder Sina zu. »Wozu lernen wir denn die ganzen Verrenkungen, wenn wir sie nicht einsetzen?«

»Es ist Yoga«, murrte Sina. »Kein Tantra.«

Levke zwinkerte ihr zu. »Tu nicht so, als hätte es nicht trotzdem seine Vorteile.«

Sina zuckte mit den Schultern. Auf diese Diskussion wollte sie sich nicht einlassen. Dann hätte sie nämlich zugeben müssen, dass sie sich nicht einmal daran erinnern konnte, wann sie das letzte Mal die Gelegenheit gehabt hatte, das auszuprobieren.

Ganz sicher hätte Levke sie daraufhin erst recht zum Notfall erklärt. Aber es war nun mal so, dass ihr neben Job, Prüfungsvorbereitungen und Praktikum nicht allzu viel Zeit für Liebschaften blieb; irgendwie musste sie schließlich ihre Miete bezahlen. Und wenn sie einmal ein freies Wochenende hatte, verbrachte sie es im Normalfall damit, ihre Familie in Köln zu besuchen und damit ihr schlechtes Gewissen zu beruhigen.

Ihre Mutter verstand immer noch nicht, weshalb man für ein Medizinstudium unbedingt nach Hamburg musste. Das mit dem Flüggewerden war etwas, was nicht so recht in ihr Weltbild passte. Genau deshalb war es Sina so wichtig gewesen, diesen Schritt zu tun, und sie hatte es auch nie bereut. Der Abstand tat ihr gut, nur die Zugfahrten waren die Hölle.

»Also.« Mit verschwörerischem Grinsen beugte Levke sich zu ihr herüber. »Die Blonde und du?«

»Da war nichts.«

»Und warum schaust du dann so übernächtigt aus?«

Sina schnaubte. Wortlos wickelte sie das Handtuch um ihr Handgelenk und gleich wieder ab.

»Da war ein Mann«, gab sie schließlich zu und bereute es im selben Moment.

»Ach?« Levke war ganz Ohr, und natürlich ließ sie es nicht bei dieser Auskunft bewenden. »Und weiter?«

»Nichts weiter.« Das war es ja. »Wir haben etwas getrunken und geredet. Das war's.«

Wobei, genau genommen … Getrunken hatte nur sie etwas, Lazar hatte sein Alsterwasser kaum angerührt. Und geredet hatte eigentlich auch nur sie. Er hatte zugehört. *Richtig* zugehört, was ihrer Erfahrung nach bei Männern ja schon fast an ein Wunder grenzte, vor allem bei Zufallsbekanntschaften in irgendwelchen Klubs. Und das, obwohl sie vermutlich mal wieder viel zu viel von Krankenhausdiensten und schlechten Science-Fiction-Filmen erzählt hatte. Nicht das beste Flirtmaterial, wie ihr gerade klar wurde, aber ihn schien es nicht gestört zu haben.

Auch sonst unterschied sich Lazars Verhalten deutlich von dem der Typen, die Sina von der Uni her kannte. Die ganze Zeit über hatte er seine Hände bei sich behalten, selbst als sie aus dem dröhnenden Klub in die Gasse davor gewechselt waren, um sich nicht länger anbrüllen zu müssen. Keine anzüglichen Kommentare, obwohl er keine Sekunde lang die Augen von ihr genommen hatte. Und als sie erklärt hatte, dass sie vor ihrer nächsten Schicht ein paar Stunden schlafen müsse, hatte er sie schlicht und einfach zur U-Bahn begleitet und sich äußerst höflich verabschiedet. Kein Abschiedskuss. Nur ein langer Blick, der ihr das Gefühl vermittelt hatte, dass womöglich auch für ihn die Nacht zu früh geendet hatte.

»Klingt nach einem vergeudeten Abend«, befand Levke. »Wenn du ihn nicht mal mit nach Hause nehmen wolltest …«

Sie hatte leicht reden! Mit ihrer selbstbewussten Art, den hüftlangen Haaren und einer Figur, die jeden Hollywoodstar neidisch machen würde, brauchte ihre Freundin bloß mit den Wimpern zu klimpern, und schon standen die Kerle bei ihr Schlange – allerdings nicht alle auf die angenehme Weise.

Levke war es gewohnt, im Mittelpunkt zu stehen, und sie genoss die Aufmerksamkeit. Sina dagegen bemühte sich normalerweise, irgendwo im Strom mitzuschwimmen.

Umso ungewohnter war es für sie, dass ein fremder Mann ihr glaubhaft das Gefühl vermittelte, etwas wirklich Besonderes zu sein. Die meisten Männer schreckte es eher ab, wenn sie hörten, dass sie bald einen Doktortitel tragen würde.

Sina seufzte. Vermutlich hatte sie sich getäuscht, was Lazars Interesse anging. Oder sie war derart verpeilt, dass sie seine Annäherungsversuche nicht bemerkt und ihn unwissentlich abgewiesen hatte. Beides wäre nicht das erste Mal gewesen. Männer und sie, das war keine gute Kombi.

»Lassen wir das Thema einfach.«

Levkes Augenbrauen wanderten erneut nach oben. »Also hättest du gerne?« Als sie keine Antwort erhielt, bohrte sie nach. »Habt ihr wenigstens Telefonnummern ausgetauscht?«

»Er hat nicht danach gefragt.«

»Sina!« Levkes entrüsteter Aufschrei sicherte ihnen endgültig die Aufmerksamkeit der verbliebenen Frauen in der Umkleide. »Du bist dir schon klar darüber, dass wir im einundzwanzigsten Jahrhundert leben, oder? Frauen können durchaus den ersten Schritt machen!«

»Ich weiß.«

Das war auch nicht das Problem. Hätte Lazar in irgendeiner Weise durchblicken lassen, dass er ein Interesse an ihr hatte, das über ein Gespräch hinausging … Aber er hatte sich in allem zurückgehalten, und sie hatte sich nicht blamieren wollen. Also hatte sie geschwiegen, und jetzt war es zu spät. So oder so, sie hatte es verbockt. Da lernte sie einmal einen spannenden Typen kennen, und was machte sie? Redete von Gefäßerkrankungen.

»Sina …«

Ehe sie den nächsten belehrenden Kommentar abbekam oder noch weitere Leute über ihr missglücktes Liebesleben aufgeklärt wurden, winkte Sina ab und machte sich auf den Weg in den Yogaraum. Dort galt absolutes Ruhegebot, was die Erwiderung ihrer Freundin im Keim erstickte. Zumindest für die nächste Stunde konnte Sina sich auf etwas anderes konzentrieren als Levkes Flirttipps.

Vielleicht konnte sie sogar den mysteriösen Kerl vergessen, der ihr mehr im Kopf herumspukte, als sie zugeben wollte. Für eine Beziehung hatte sie ohnehin keine Zeit. Probleme hatte sie wahrlich genug, auch ohne Mann.

KAPITEL 6
LAZAR

Das Rattern der Förderbänder dröhnte Lazar trotz seines Gehörschutzes überlaut in den Ohren, ebenso das Scheppern, mit dem der Inhalt der nächsten Lieferung vor ihm in die Kiste prasselte: Bücher, Blu-Rays, eine hässliche Figur aus Hartplastik.

Lazar sortierte die Produkte, damit sie den Versand einigermaßen unbeschädigt überstanden. So rasch, dass ihm die nachfolgenden Gegenstände nicht auf die Finger fielen, dabei aber stets darauf bedacht, sich nicht *zu* schnell zu bewegen. Die Kameras, die dafür sorgen sollten, dass keiner der Lagerarbeiter etwas klaute, stellten für ihn eine ganz andere Herausforderung dar. Ständig musste er aufpassen, dass er sich nicht durch eine unbedachte Bewegung verriet, dass er nicht mehr Kraft oder Geschwindigkeit aufbrachte als ein Sterblicher und dass er nicht auf Leute reagierte, ehe sie ihm auf die Schulter tippten. Kameras waren die Pest!

Aber es war immer noch besser, sich bei einer idiotischen Arbeit wie dieser hier auf die Finger schauen zu lassen, als sich auf andere Weise dem misstrauischen Auge der Behörden auszusetzen. Sein Job im Lager war stumpf und nach menschlichen Maßstäben zweifellos aufreibend. Dafür legte in solchen Bereichen niemand allzu großen Wert auf die Ausbildung oder auch nur den Aufenthaltsstatus der Mitarbeiter.

Natürlich wäre ihm ein bequemerer Beruf lieber gewesen, einer, der seinen Qualitäten entsprach. Professor an irgendeiner Universität zum Beispiel, Geschichte wäre ein naheliegendes Fachgebiet. Aber für so etwas brauchte man Abschlüsse, Doktorarbeiten … einen Lebenslauf, den er nicht vorzuweisen hatte. Je höher man hinauswollte, desto mehr Dokumente musste man fälschen, und umso größer wurde die Gefahr, die Aufmerksamkeit der menschlichen Behörden zu erregen. Danach war es nur eine Frage der Zeit, bis man ins Visier der Vetrani geriet.

Lazar stemmte die befüllte Lieferkiste auf das Förderband, zog die nächste leere Box heran und drückte auf den staubigen Bildschirm, um die entsprechenden Waren anzufordern. Ein Rumpeln, ein Rasseln, und ein Schwall CDs ergoss sich in den Plastikcontainer. Lazar seufzte. Nein, das hier war definitiv kein Traumjob – aber er zahlte seine Miete. Lazar hatte wesentlich Schlimmeres hinter sich.

Er stutzte, als ihm eine dünne, grauschwarze Hülle in die Hände fiel. Erst vor wenigen Stunden hatte er eines ihrer Lieder gehört. Letzte Nacht …

Lazars Finger verkrampften um die quadratische Plastikhülle, seine Hände zitterten. Was hatte er sich nur dabei gedacht?

Cassius verspottete ihn für seine Menschenscheu, aber es war keine Selbstkasteiung, die Lazar von den Sterblichen fernhielt. Es war das Wissen, dass er ihnen so ähnlich war. Trotzdem würde er nie wieder einer von ihnen sein, und sich ihrer Nähe auszusetzen, machte ihm das nur umso bewusster. Er war ein Raubtier, von Hunger getrieben. Und Sina …

Tief in seinem Innern wusste er, warum es ihm in ihrer Gegenwart besonders schwerfiel, seine Natur zu akzeptieren. Nur zu gut erinnerte er sich an ihren Blick, der ihm zu vermitteln schien, dass er ihr alles – einfach *alles* – anvertrauen konnte.

Dieser Schein trog, das wusste Lazar. Sie durfte niemals erfahren, was er wirklich war. Er zweifelte nicht daran, dass Sina ein guter Mensch war, aber genau deshalb musste er sich von ihr fernhalten. Wer mit dem Teufel tanzte, landete im Fegefeuer, auf die eine oder andere Weise. Ihm war klar, dass sie ohne ihn besser dran war.

Das änderte nur leider nichts an dem sehnsüchtigen Ziehen in seiner Brust. Er *wollte* sie wiedersehen, wollte ihrer Stimme lauschen, ihren Geruch in sich aufsaugen – nur ihren, nicht den all der verschwitzten Menschen um sie herum. Und ja verdammt, er wollte sie berühren, ihre Wärme und Lebendigkeit fühlen, für einen winzigen Moment nur. Er sehnte sich nach einer Erinnerung an das, was er nicht haben durfte. Vielleicht würde ihm ein solcher Moment durch weitere hundert Jahre helfen.

Bei dem Gedanken verzogen sich seine Lippen zu einem schiefen Lächeln. Am Leben gehalten von einer Sterblichen – Cassius wäre begeistert. Andererseits: Warum sollte ihn das kümmern? Cass war schließlich auch nur daran gelegen, nicht allein gegen die Ewigkeit antreten zu müssen. Auf seine Weise wandelte Cassius genauso am Abgrund wie er selbst, nur war er sich dieser Tatsache bewusst.

Lazar erschrak, als eine Hand auf seine Schulter klatschte. Er fuhr herum, riss sich den Gehörschutz vom Kopf und bedachte den feisten Mann, der hinter ihn getreten war, mit einem finsteren Stirnrunzeln. Diesmal hatte er seinen Kollegen tatsächlich nicht gehört, und das irritierte ihn noch mehr als die Bierfahne, die ihm aus dem Mund seines Gegenübers entgegenwehte.

Der Mensch – Werner – deutete mit einem Kopfnicken auf die CD, die Lazar immer noch in der Hand hielt.

»Bist du ein Fan?« Ohne eine Antwort abzuwarten, fuhr er fort: »Hab sie live gesehen, vor ein paar Jahren.«

»Aha.« Lazar warf die Platte zurück zu den anderen, verschloss die Kiste und schob sie auf das zweite Förderband. »Wie lange noch bis Schichtende?«

»Halbe Stunde«, antwortete sein Kollege. »Lust, danach noch ein Bierchen zu zischen?«

»Nein.« Er hatte gehofft, dass das genügen würde, um den Kerl loszuwerden, aber der machte keine Anstalten, zu verschwinden. Lazar seufzte. »Brauchst du was?«

Werner zappelte herum, die Hände hinter den Latz seines Blaumanns geklemmt. »Ich wollte nur fragen … Na ja, wegen Dienstag … Meine Kleine hat Einschulung, und ich … Könntest du mit mir die Schicht tauschen?«

»Klar.« Wenn er damit dieses Gespräch beenden konnte …

»Danke, Kumpel!«

Wieder klatschte eine fleischige Hand auf Lazars Schulter. Nur mit Mühe konnte er ein Knurren unterdrücken.

Der Sterbliche grinste ihn an. »Du bist gar nicht so übel, wie du immer tust.«

Statt eine Antwort zu geben, schob sich Lazar den Gehörschutz über die Ohren und wandte sich ab. Diesmal verstand sein Kollege den Wink mit dem Zaunpfahl. Lazar hörte, wie Werners Schritte sich entfernten, und atmete auf.

Die letzte halbe Stunde verbrachte er in gewohntem Schweigen. Er war froh, als er sich endlich am Anweisungsbildschirm ausloggen und die Schutzkleidung abstreifen konnte.

Der Weg nach draußen führte am Pausenraum vorbei, wo Werner saß und ihm fröhlich zuwinkte. Lazar fluchte innerlich. Er sollte wohl besser auf dem Wochenplan nachsehen, auf welchen Tauschhandel er sich da eigentlich eingelassen hatte. Das Ergebnis fiel harmlos aus: eine Frühschicht gegen die Nachmittagsschicht, für die er selbst eingeteilt gewesen war. Sollte ihm recht sein. Es war ja nicht so, als hätte er tagsüber etwas Besseres zu tun.

Mit kontrolliertem Schwung stieß Lazar die schwere Brandschutztür auf, die aus dem Lager führte, und blinzelte gegen die Helligkeit an, die draußen herrschte. Hamburg zeigte sich von seiner freundlichen Seite – was bedeutete, dass ihm die verfluchte Sonne genau ins Gesicht knallte.

Geblendet tastete er die Taschen seiner Jacke ab, bis er seine Sonnenbrille fand und sich den erlösenden Farbschleier vor die Augen schieben konnte. Das Licht war auch hinter den getönten Gläsern noch grell, aber es stach ihm wenigstens nicht mehr mit aller Brutalität in die empfindlichen Augen. Davon abgesehen war Lazar froh, endlich der staubigen Luft der Betriebshalle zu entkommen. Er atmete tief ein und roch das kühle Wasser der Elbe, aber auch das Öl der Hafenanlagen und das abgestandene Bratfett aus der Kantine. Und noch etwas anderes: Verwesung.

Argwöhnisch kniff er die Augen zusammen und schnupperte. Die Spur war schwach, doch unverkennbar. Am Morgen war ihm der Geruch noch nicht aufgefallen.

Lazar sah sich um. Rechts ging es zur Hauptstraße, wo ein einsamer Kerl an der Bushaltestelle lehnte und Zeitung las, links führte die Straße zwischen den Lagergebäuden und Büros hindurch bis zu den Laderampen. Lazar folgte seiner Nase in Richtung Bushaltestelle.

Gut zwanzig Meter von der Hauptstraße entfernt fand er sich vor einer kleinen Sackgasse wieder, in der mehrere Müllcontainer standen. Ein Straßenköter zerrte knurrend an etwas, das sich unter einer der Tonnen verfangen hatte und ziemlich übel roch.

Lazar tat gerade einen Schritt in die Richtung des Tieres, als das gammelige Fleischstück mit einem Schnalzen zerriss. Hastig schlang der Hund die eine Hälfte hinunter, ehe er sich daranmachte, auch nach dem Rest zu scharren. Vermutlich handelte es sich um eine Ratte oder etwas anderes in der Größenordnung.

Merkwürdig. So tot, wie das Ding roch, lag es sicher schon länger dort. Hatte der Hund es ausgebuddelt? Oder hatte der Gestank der Mülltonnen den Verwesungsgeruch bisher bloß überlagert?

Lazar schüttelte den Kopf. Als ob das eine Rolle spielte! Er hatte wirklich andere Sorgen als die Fressgewohnheiten eines Straßenköters.

Er wandte sich ab – und blickte geradewegs in das Gesicht einer Frau, die wohl gerne eine Dame gewesen wäre. Sie stand an der Hauptstraße, den falschen Pelz um das viel zu kurze Kleid geschlungen, und beobachtete ihn. Als sie sah, dass er sie bemerkt hatte, stemmte sie auffordernd einen Arm in die Taille, wodurch der Mantel noch weiter aufklaffte. Da er nicht reagierte, verzog sie den lippenstiftroten Mund und stöckelte davon.

Amüsiert sah ihr der Mann an der Haltestelle hinterher. Dann faltete er seine Zeitung zusammen und erhob sich, um in den Bus zu steigen.

Lazar nahm dieselbe Linie, allerdings in die entgegengesetzte Richtung. Seine Wohnung lag in Hamm, der Heimweg kostete ihn eine gute Stunde. Es war Samstag, also ging er in den Supermarkt an der Ecke und kaufte seine wöchentliche Ration willkürlich zusammengewürfelter Lebensmittel. In der Küche zog er den Sack mit den Einkäufen der Vorwoche aus dem Kühlschrank und ersetzte ihn durch den neuen. Die Tüte mit den abgelaufenen Lebensmitteln trug er in den Müllraum und warf sie ungeöffnet in den Restmüll. Wer niemals einkaufte oder Müll wegbrachte, machte sich verdächtig. Hamburg war groß, aber die Anlage, in der seine Wohnung lag, war dennoch überschaubar. Die Nachbarn kannten ihn. Und sie tratschten gern.

Nachdem diese zur Routine gewordene Pflicht erledigt war, fiel der Tatendrang von Lazar ab. Er warf einen Blick auf die Uhr an seinem Handgelenk. Kurz nach vier. Zeit genug, um in ein paar Buchläden herumzustöbern. Seine Lust, unter Menschen zu gehen, hielt sich zwar in Grenzen, aber Cassius hatte recht – jeder brauchte ein Hobby. Es war zu früh, um bereits auf die Jagd zu gehen, und wenn er die Wand anstarrte, würde die Zeit auch nicht schneller vergehen. Also griff Lazar nach seiner dunklen Jacke und machte sich auf den Weg zur nächsten Buchhandlung.

Er schlenderte zu Fuß los. Der Abend war noch jung, es gab keinen Grund zur Eile. Er genoss die kühle Abendluft, die Stille der heraufziehenden Dämmerung.

Die vergangene Nacht musste ihn allerdings gründlicher durcheinandergebracht haben, als er geahnt hatte, denn obwohl er gedacht hatte, in Richtung der nächsten Buchhandlung zu gehen, fand er sich bald an einem Alsterausläufer wieder.

Weshalb er ausgerechnet vor einem pseudofeinen Burgerlokal landete, verstand er jedoch erst, als er die junge Frau erkannte, die sich zwischen den Tischen hindurchschob und unförmige schwarze Teller auf ihrem linken Unterarm stapelte.

Sie trug das dunkle Haar zu einem lockeren Pferdeschwanz hochgebunden und im Gegensatz zu der Nacht zuvor kaum Make-up. Das blassrosa Shirt und die ausgewaschene Jeans ließen sie außerdem völlig anders wirken als im *Sacre Cœur.* Dennoch hatte Lazar keine Probleme, sie zu erkennen.

Er hatte Sina gefunden.

KAPITEL 7
SINA

Mit einem erzwungenen Lächeln ignorierte Sina die unangebrachten Kommentare der Jungs an Tisch siebzehn. Sie sammelte die benutzten Steinplattenteller ein – mal ehrlich, konnte Bodo nicht auf normales Geschirr setzen? – und hoffte, dass die Kerle dem Interesse an ihr wenigstens auch beim Trinkgeld Ausdruck verleihen würden. Ihrer Erfahrung nach waren die aufdringlichsten Kunden allerdings meistens die geizigsten. Jedenfalls dann, wenn sie sich abgewiesen fühlten.

Levke hätte die Typen am ausgestreckten Arm verhungern lassen und trotzdem ein heftiges Trinkgeld kassiert. Wie gern hätte Sina den Job mit ihrer Freundin getauscht, aber sie hatte nun mal keine Ahnung von Kosmetikartikeln. Davon abgesehen passten die Zeiten von Levkes Aushilfsjob in der Drogerie nicht zu Sinas Krankenhausdiensten. Sie konnte nicht an zwei Orten zugleich sein, und *Bodos Burger* lag wenigstens nur ein paar Straßen von ihrer Studentenbude entfernt – nicht, dass sie das ihren Kollegen oder gar irgendwelchen Gästen verraten würde.

Sina stapelte den letzten Teller auf ihren Unterarm, schnappte sich mit der freien Hand noch ein leeres Bierglas und wich der *zufälligen* Bewegung des Rothaarigen ganz links aus, die auf ihren Hintern abgezielt hatte.

Arschloch. Sina biss die Zähne zusammen und zog sich schnell aus seiner Reichweite zurück, ehe sie sich von dem Tisch abwandte. Dabei fiel ihr Blick durch das Fenster … und auf die düstere Gestalt, die dort draußen im Schatten der Linden stand.

Sina erstarrte. War das etwa Lazar? Nein, unmöglich!

Aber je länger sie nach draußen starrte, desto sicherer war sie sich. Ein unheimliches Gefühl machte sich in ihr breit. Was tat ihre Bekanntschaft aus dem Nachtklub hier? Wie hatte er sie gefunden?

Hastig wich sie ins Innere des Restaurants zurück. Sie stellte die Teller an der Küche ab und winkte ihrer Kollegin zu.

»Ich mach kurz Pause.«

Tanja nickte. »Soll ich die Siebzehn übernehmen?«, fragte sie mit Blick auf die aufdringlichen Jungs.

Das war kein unübliches Angebot. Tanja war knapp fünfzig, Bodos Geschäftspartnerin und die heimliche Matrone des Ladens. Wer Probleme mit Gästen hatte, kam zu ihr.

Die Burschen dort waren allerdings Sinas geringstes Problem.

»Nein, alles gut«, versicherte sie und streifte die Schürze ab. »Ich muss nur mal kurz raus.«

Sie war bereits drauf und dran, den Laden zu verlassen, um Lazar zur Rede zu stellen, doch ein Blick durch die breite Fensterfront des Restaurants zeigte, dass der Platz unter den Bäumen verlassen war.

Unschlüssig blieb Sina auf dem Flur stehen. Hatte sie sich den Besucher nur eingebildet? So übermüdet war sie eigentlich nicht, und es war ja auch nicht so, als würde sie ständig an Lazar denken …

»Hallo.«

Sina zuckte zusammen. Sie wirbelte herum und konnte nicht sagen, ob ihr Herz vor Schreck klopfte oder aus einem anderen Grund.

Er stand unmittelbar vor ihr. Groß, düster, geheimnisvoll. Und unheimlich, irgendwie.

»Was …« Das Wort war kaum mehr als ein heiseres Krächzen. Sina räusperte sich und setzte erneut an. »Was machst du hier?«

»Entschuldige. Ich wollte dich nicht erschrecken.« Seine Stimme war dunkler, als es im Klub den Anschein gehabt hatte. »Ich habe dich von draußen gesehen, und …« Er zuckte mit den Schultern, als wüsste er selbst nicht weiter.

»Rein zufällig, hm?«

Er blinzelte überrascht. »Du hast mir gesagt, dass du hier arbeitest.«

Hatte sie das? Sie konnte sich nicht erinnern. Aber sie hatte wohl ziemlich viel erzählt …

Ihr Schweigen schien ihm bewusst zu machen, dass er sich gerade wie ein Stalker verhielt. »Tut mir leid, ich hätte nicht … Eigentlich war ich auf dem Weg in die Buchhandlung. Es war gar nicht meine Absicht, hierherzukommen. Vergiss es einfach.«

»Warte.« Ehe er sich abwenden konnte, legte Sina ihm eine Hand auf den Arm.

Lazar zuckte zusammen, als hätte sie ihm einen Stromschlag verpasst. Aber vielleicht kam ihr dieser Gedanke auch nur, weil ihre eigenen Finger von der Berührung zu kribbeln begannen. Sie fühlte die Härte seiner Muskeln unter ihrem Griff. Zögernd ließ sie los.

»Mir tut es leid.« Sie blies die Backen auf und atmete langsam aus. »Ich habe gerade eine etwas unangenehme Begegnung hinter mir und noch gut zwei Stunden, bis ich Feierabend habe. Willst du was essen?«

Er ließ seinen Blick durch das Lokal gleiten, als könne er so die Qualität der Burger abschätzen – oder als suche er nach dem Ursprung ihrer unangenehmen Begegnung.

»Heute nicht«, sagte er schließlich, dann wandte er seine Aufmerksamkeit wieder ihr zu. »Darf ich später wiederkommen? Wenn du … Feierabend hast?«

Nervös biss sich Sina auf die Unterlippe. Das Zögern in seiner Frage war ihr keineswegs entgangen. Die Frage, die dahinter lauerte, ebenso wenig. Wollte sie ihn wiedersehen, oder sollte er sie in Ruhe lassen? War das im *Sacre Cœur* ein harmloser Flirt gewesen – falls man es überhaupt als solchen bezeichnen konnte –, oder wollte sie die Bekanntschaft vertiefen und herausfinden, wohin das führen konnte?

Hatte sie nicht am Morgen noch bedauert, dass sie Lazar wohl nicht wiedersehen würde? Andererseits hatte sie wirklich keine Zeit für Herzschmerz und den ganzen Mist. Wie weh das tun konnte, hatte Levke gerade eindrucksvoll bewiesen. Trotzdem … Allein der Blick, den er ihr aus seinen dunklen Augen zuwarf, weckte eine erwartungsvolle Wärme in ihrem Bauch.

»Um sechs«, sagte sie, ehe sie sich zu sehr in Überlegungen verlor.

Er lächelte, doch in seinen Blick schlich sich ein Bedauern, das Sina nicht zuordnen konnte. »Ich werde da sein«, versprach er.

»Okay.«

Einen Moment lang stand er noch unschlüssig im Gang, dann nickte er und spazierte zur Tür hinaus.

Verwundert schüttelte Sina den Kopf. Irgendetwas an dem Kerl war seltsam. Aber gerade das machte ihn so reizvoll. Ihr kam er vor wie das genaue Gegenteil von den idiotischen Halbstarken, die an der Uni herumlungerten. Oder in *Bodos Burger.*

Mit einem Seufzen band Sina sich die Schürze wieder um und wappnete sich für die Trinkgeldrunde an Tisch siebzehn.

Pünktlich zum Ende ihrer Schicht stand Sina im Waschraum des Personals, die Hände auf das Waschbecken gestützt, und sprach ihrem Spiegelbild lautlos Mut zu. *Ein Date.* Auf vieles war sie heute vorbereitet gewesen, aber darauf nicht. Sie wischte sich über die müden Augen, was natürlich keinerlei Auswirkung auf die Ringe darunter hatte, und schnupperte verstohlen an ihrem Shirt. Manche Stoffe hatten die Tendenz zu müffeln, selbst wenn man sie nur eine Stunde trug. Dieses Shirt zählte zum Glück nicht dazu.

Sie band sich den Pferdeschwanz neu und strich mit nassen Händen die Härchen glatt, die sich aus der Frisur zu befreien versuchten. Bis sie das *Bodos* verlassen hätte, würden sie sich zwar erneut kräuseln, aber mehr konnte sie im Augenblick nicht tun. Lazar musste sie nehmen, wie sie war. War das nicht genau das, was alle wollten? Immer bemühte man sich, am Beginn einer Bekanntschaft den bestmöglichen Eindruck zu machen. Kaum war man sicher, das Interesse seines Gegenübers geweckt zu haben, ließ man sein Alltags-Ich von der Leine und wunderte sich, dass man plötzlich anders wahrgenommen wurde.

Tja, sie würde eben direkt zu Phase zwei übergehen.

Sina atmete tief durch und stieß sich vom Waschbecken ab. Vielleicht würde er ja gar nicht kommen …

Er war da. Wieder stand er einem lebendigen Schatten gleich unter den Linden, nur dass er diesmal ein Buch in der Hand hielt. Als er ihren neugierigen Blick bemerkte, hob er es hoch.

Sina schmunzelte. »Douglas Adams?«

Lazar zuckte mit den Schultern. »Du hast behauptet, darin würde man die Antwort auf die Frage nach dem Sinn des Lebens finden.«

Hatte sie das wirklich gesagt? Es klang jedenfalls nach ihr. *Per Anhalter durch die Galaxis* gehörte zwar nicht unbedingt zu ihren Lieblingsfilmen, aber das Buch war ein Klassiker. Wenn sie unsicher wurde, sprudelten allerhand dumme Witze aus ihr heraus, und der Abend im *Sacre Coeur* hatte sie definitiv verunsichert.

So ernst allerdings, wie Lazar das sagte, wusste sie nicht, ob er verstanden hatte, dass ihre Empfehlung als Scherz gedacht war. Egal. Zumindest hatte er sich damit eine gute Lektüre eingehandelt.

»Also …« Nervös strich Sina sich eine widerspenstige Locke aus der Stirn und hinters Ohr. »Ich nehme an, essen gehen ist immer noch keine Option?«

Lazars Nasenflügel bebten, als würde er den Fettgeruch von *Bodos Burger* an ihr erschnuppern. Er wandte den Blick ab.

»Eher nicht.« Dann, als würde ihm einfallen, dass eine Erklärung hilfreich sein könnte, fügte er hinzu: »Mein Hunger hält sich nicht an gängige Standards. Ich … arbeite im Schichtdienst.«

»Ah.« Sina nickte mitfühlend. Auch wenn sie im Praktikumsjahr von wechselnden Schichten noch weitestgehend verschont blieb, sie kannte dieses Problem von ihren Kollegen. Der ständige Wechsel im Tagesablauf brachte nicht nur die Schlafphasen durcheinander.

»Was arbeitest du?«, fragte sie.

Lazar verzog den Mund. »Es ist nicht gerade ruhmreich.«

Mit einem frustrierten Schnauben deutete Sina auf das Restaurant hinter sich. »Irgendwelchen Schnöseln überteuerte Burger zu servieren, ist auch nicht gerade ein Highlight, oder?«

Amüsiert hob er eine Augenbraue. »Also würdest du die Küche nicht empfehlen?«

»Das habe ich nicht gesagt!« Die Burger waren gut – nur weit entfernt von Sinas Preisklasse. Was allerdings vor allem daran lag, dass sie es sich nicht vorstellen konnte, in einem Zimmer im Studentenwohnheim oder gar in einer WG zu leben, ganz gleich, wie günstig das sein mochte. Sie war nicht aus ihrem Elternhaus ausgezogen, um sich in Hamburg mit nervigen Mitbewohnern herumzuschlagen. Ihre Wohnung war winzig, aber sie gehörte ihr allein. Und ihre Unabhängigkeit war es allemal wert, dass sie sich die Hälfte der Zeit von Nudeln mit Fertigsoße ernährte – gegen Ende des Monats auch ohne Soße.

Das war jedoch nicht der Punkt.

Sina kniff die Augen zusammen. »Du weichst aus.«

Lazar verzog den Mund, als wollte er es abstreiten. »Ich rede nicht gern über mich«, gestand er schließlich.

Das war ihr nicht entgangen. So interessant war sie nicht, dass man ihr die ganze Nacht lang lauschte, wenn einem die eigene Geschichte auf den Lippen brannte.

»Das behaupten immer diejenigen, die am meisten zu erzählen hätten«, neckte sie ihn.

»Oder diejenigen, die etwas zu verbergen haben.«

Er sagte das mit einer solchen Ernsthaftigkeit, dass Sina den Mund zuklappte. Ein ungutes Gefühl machte sich in ihr breit. Was wusste sie schon über diesen Kerl? Er war gut darin, persönlichen Fragen auszuweichen. Auch im *Sacre Cœur* hatte er immer wieder das Gespräch auf sie gelenkt. Unwillkürlich wich sie einen Schritt zurück, da seufzte er.

»Lagerlogistik.« Er verzog die Lippen zu einem schiefen Lächeln, als müsste er sich für diesen Umstand entschuldigen, und nannte ihr den Namen eines großen Vertriebsdienstleisters. »Ich arbeite dort im Versandlager.«

Sina stieß die Luft aus, die sie unbewusst angehalten hatte. So viel zu der düsteren Aura. Warum war sie nur so nervös? Sie konnte sogar verstehen, dass das kein Job war, auf den er stolz war. Immerhin wusste sie aus eigener schmerzlicher Erfahrung, wie manche Studenten auf Menschen aus Arbeiterfamilien herabsahen. Sie hatte hart arbeiten müssen, um sich zwischen den Akademikerkindern an der Uni zu beweisen. Für sie war ein solcher Job kein Grund, irgendjemanden zu belächeln. Mit seinen schlanken Händen, dem belesenen Auftreten und seiner fast schon antiquiert wirkenden Zurückhaltung entsprach Lazar allerdings auch nicht gerade ihrer Vorstellung eines Lagerarbeiters, so naiv diese auch sein mochte.

»Na, immerhin bist du kein Serienmörder«, scherzte sie.

Lazar nickte nüchtern. »Ich tue mein Bestes.«

Stirnrunzelnd betrachtete Sina ihr Gegenüber. Seit über fünf Jahren lebte sie nun in Hamburg, aber an den eigenwilligen Humor der Norddeutschen hatte sie sich immer noch nicht ganz gewöhnt.

Umso überraschter war sie, als er ihr galant den Arm zum Einhaken anbot. »Darf ich dich nach Hause bringen?«

Ha! Was das anging, waren Männer dann doch alle gleich.

»Nein.« Sina genoss den verblüfften Ausdruck, der sich auf seinem Gesicht breitmachte, ehe sie die Hand in seine Armbeuge schob. »Aber du darfst mich gern in die Pizzeria begleiten. *Ich* habe nämlich einen Bärenhunger.«

KAPITEL 8
LAZAR

Sina hatte nicht übertrieben. Fasziniert beobachtete Lazar, wie die schlanke junge Frau ihre Mahlzeit mit einem solchen Eifer verdrückte, als wäre sie am Verhungern.

Lazar nippte an seinem Rotwein. Der Geruch nach Knoblauch und Tomatensoße hing in der Luft, intensiv, aber nicht abstoßend. Wenn er den Gedanken an die Magenschmerzen verdrängte, die ihm spätestens morgen bevorstanden, gelang es ihm sogar, das schwere Aroma der vergorenen Trauben zu genießen.

Mit einem zufriedenen Seufzen lehnte Sina sich schließlich zurück und wischte sich über den Mund.

»Du hättest wirklich ein Stück abhaben können«, meinte sie.

»Danke, aber ich bin versorgt.« Das war eine Lüge. Der Hunger nagte in ihm, doch ein Stück käseüberbackener Teig würde daran nichts ändern.

Sina zuckte mit den Schultern, griff nach ihrem Glas und trank den Weißwein darin in kleinen Schlucken aus.

Unwillkürlich heftete sich Lazars Blick an Sinas Kehle – und die Schlagader, die so verheißungsvoll an ihrem Hals pulsierte. Sein Hunger wuchs, angestachelt von einer Gier, die tiefer ging als bloßer Blutdurst. Er wollte nicht einfach nur trinken. Er wollte *Sina,* auf jede nur erdenkliche Weise. Verdammt, was hatte er sich da bloß eingebrockt?

Es kostete ihn einige Mühe, sich von dem Anblick loszureißen. »Tut mir leid, ich muss gehen.«

Mit einem überlauten Klirren landete Sinas Glas auf der Tischplatte. Lazar blickte auf und las Verunsicherung in ihrem Gesicht.

»Habe ich was Falsches gesagt?«, fragte sie.

»Nein, es ist nur … ich habe die Zeit übersehen.« Er schenkte ihr ein Lächeln, von dem er hoffte, dass es überzeugend wirkte. »Das haben die Abende mit dir so an sich.«

Er schien den richtigen Ton getroffen zu haben, denn ihre Körperhaltung entspannte sich.

»Okay.«

Sie langte nach ihrer Handtasche, doch ehe sie ihr Portemonnaie hervorkramen konnte, hob Lazar die Hand.

»Ich bezahle.«

»Auf keinen Fall!« Entschlossen legte sie ihre Geldbörse auf den Tisch. Voller Unbehagen verfolgte Lazar, wie sie die beiden einzigen Geldscheine daraus hervorzog. »Du hast nur ein Glas Wein getrunken, und ich habe total reingehauen! Außerdem hast du schon gestern gezahlt.«

»Es macht mir nichts …«, begann er, doch sie wischte seinen Einwand beiseite.

»Mir auch nicht. Ich bin eine emanzipierte Frau.« Sie streckte ihm die Zunge heraus und brachte ihn damit vollends aus dem Konzept. »Aber du könntest mir deine Telefonnummer geben«, fügte sie mit einem Schulterzucken hinzu. »Dann müsstest du mich nicht stalken, wenn du mich wiedersehen willst.«

»Ich habe dich nicht gestalkt!« Er seufzte. »Es tut mir leid, aber ich kann nicht.«

So selbstbewusst Sina ihre Worte auch geäußert hatte, das leise Zittern um ihre Mundwinkel verriet ihm, dass ihr diese Aufforderung keineswegs leichtgefallen war. Hastig presste sie die Lippen aufeinander, um es zu verbergen. Aus irgendeinem Grund maß sie dieser Angelegenheit große Bedeutung bei. Umso mehr betrübte es ihn, dass er ihrer Bitte nicht nachkommen konnte.

»Ich weiß meine Nummer nicht auswendig.« Das war gelogen; er besaß einfach kein Telefon. »Wenn du mir deine gibst, kann ich mich bei dir melden …« Aufmunternd zwinkerte er ihr zu. »… und mein nächstes Stalking ankündigen.«

Vollends überzeugt wirkte sie nicht, aber schließlich kritzelte sie eine zwölfstellige Zahlenfolge auf einen Zettel und schob ihn über den Tisch. Als sie die Hand zurückzog, streiften ihre Finger Lazars Handrücken. Es war nur ein winziger Augenblick, doch die Hitze ihrer Fingerspitzen brannte wie Feuer auf seiner Haut. Er musste dem Impuls widerstehen, ihr Handgelenk zu packen, es festzuhalten und an seine Lippen zu führen, an seine Zähne …

Er stemmte sich in die Höhe. »Bis bald.«

Es war offenkundig, dass sein Verhalten auf die Sterbliche befremdlich wirkte, aber daran konnte er nichts ändern. Er musste hier weg, fort aus ihrer Nähe, ehe er sich zu etwas verleiten ließ, das er gar nicht wollte.

Eine abgemagerte Obdachlose später hatte er endlich das Gefühl, wieder völlig Herr seiner selbst zu sein. Mehr noch, er fragte sich, warum ihn Sinas Anwesenheit überhaupt derart durcheinandergebracht hatte. Es war nicht das erste Mal, dass er hungrig unter Menschen ausharren musste. Je nach Schicht kam es sogar vor, dass er einen kompletten Dienst absolvierte, ohne zuvor getrunken zu haben. Gestört hatte ihn das nie, schließlich war er keine willenlose Bestie. Kein Neuling, der seiner Gier hilflos ausgeliefert war.

Möglicherweise lag es an dem Heroin, das durch die Adern der heimatlosen Drogensüchtigen gerauscht war und das nun in seinem Magen brodelte, doch die Sorge um Sinas Wohlergehen war gänzlich von ihm gewichen. Menschen sprangen schließlich auch nicht durch das Fenster der nächstbesten Dönerbude, nur weil sie noch nicht zu Mittag gegessen hatten. Es war ein Drang, ein niederer Instinkt. Er hatte es im Griff.

Beruhigt von dieser Erkenntnis, konzentrierte Lazar sich nun auf das nächste Hindernis, das vor ihm lag: Cassius. Auf Distanz konnte er seinesgleichen nicht aufspüren, doch er kannte seinen langjährigen Gefährten gut genug, um zu wissen, wo er nach ihm suchen musste.

Lazars Schritte waren beschwingt, fast fröhlich. Und er schwankte ein wenig, was definitiv auf den indirekten Drogenkonsum zurückzuführen war. Ausnahmsweise störte er sich nicht daran, es machte sein Vorhaben sogar leichter. Cassius um einen Gefallen zu bitten, wäre ihm nüchtern bestimmt schwerer gefallen.

Nach einem kurzen Blick auf die Uhr beschloss Lazar, es zuerst an der Wohnung des Unsterblichen zu versuchen. Für einen Nachtklubbesuch war es zu früh, also bestand dort die beste Chance, Cassius anzutreffen. Im Gegensatz zu Lazar gab der ältere Vampir sich allerdings nicht mit einem kleinen unauffälligen Apartment in einer Arbeitergegend zufrieden. Nein, der werte Herr besaß eine Maisonette in der Stadtmitte, mit Blick auf die Elbe, umgeben von Büros und Lichtern. Cassius fühlte sich wohl unter den Menschen, inmitten ihres Trubels, ihrer Technik. Er hatte ein Gespür für dieses moderne Zeitalter, das Lazar irgendwann in den vergangenen Jahrzehnten abhandengekommen war. Ganz gleich, ob es um Aktien oder technische Gerätschaften ging, Cass kannte sich aus. Das war der Grund, weshalb Lazar ihn brauchte: Cassius war sein Anker in der Gegenwart.

Er drückte den obersten der namenlosen Knöpfe, die in der verchromten Türleiste eingelassen waren. Das Licht oberhalb des dezenten Kameraauges leuchtete blau auf und erlosch sofort wieder. Mit einem leisen Summen schnappte die Eingangstür auf.

Dieses Treppenhaus war das exakte Gegenteil von Lazars eigenem: eine breite Halle, die dunklen Marmorplatten sauber poliert, geschmackvoll von Wandleuchten indirekt erhellt – und mit einem funktionierenden Aufzug ausgestattet.

Als Lazar die oberste Etage erreichte, stand die Sicherheitstür zu Cassius' Wohnung offen und gab den Blick frei auf einen geräumigen Raum, der vollauf dem Klischee des schicken Junggesellenapartments entsprach: Wohn- und Schlafzimmer als Einheit, mit einer dunkelgrauen Couchlandschaft ausgestattet, die ebenso überdimensioniert wirkte wie die gewaltige Bildleinwand auf der einen und das breite Doppelbett auf der anderen Seite des Zimmers. Lazar verdrehte die Augen, als er die schwarze Satinbettwäsche darauf bemerkte.

»Hast du es gelesen?« Cassius trat aus der Tür, die zur Küche führte. Sein Hemd stand offen, das halblange Haar hing ihm nachlässig ins Gesicht. Wut sprach aus jeder Bewegung des Unsterblichen. Seine ungesunde Hautfarbe machte deutlich, dass er noch nicht getrunken hatte – und seiner Aufmachung nach zu urteilen, hatte er auch nicht vor, diesen Umstand in nächster Zeit zu ändern.

»Gelesen?« Lazars Blick glitt nach unten – auf seine leeren Hände. Das Taschenbuch, das er eben erst erstanden hatte, war fort. In seiner Eile musste er es in der Pizzeria vergessen haben.

Cass gab ihm keine Gelegenheit, den Verlust zu bedauern. Mit einem ungeduldigen Schnauben hielt er ihm ein flaches elektronisches Gerät hin und deutete auf den Zeitungsartikel, der darauf abgebildet war. »Das da.«

Lazar runzelte die Stirn. Er überflog den Artikel und stieß einen leisen Fluch aus. Offenbar war eine weitere Tote aufgetaucht.

»An der Davidwache?«

»Nur ein paar Hundert Meter vom *Sacre Cœur* entfernt.« Cass raufte sich die Haare, tigerte zurück in die Küche und nahm ein Glas in die Hand, dessen Inhalt nach Blut roch. Kaltem Blut. Cassius drehte es zwischen den Fingern und stellte es wieder beiseite, ohne es an die Lippen geführt zu haben. »Dieses Weib macht sich über uns lustig!«, fauchte er. »Oder sie will mir die Behörden auf den Hals hetzen.«

»Du übertreibst.« Sie hatten der Unsterblichen ihr auserkorenes Mahl abspenstig gemacht. Kein Wunder, dass sie sauer war. Darin eine persönliche Vendetta zu sehen, war zu viel des Guten.

»Du hast leicht reden! Warum sonst sollte sie eine Leiche direkt an der Polizeistation drapieren?« Cassius bleckte die Fangzähne. »Wir hätten sie töten sollen.«

Lazar hatte keine Lust, sich auf diese Diskussion einzulassen. »Du musst dich von den Klubs fernhalten«, sagte er stattdessen.

»Was du nicht sagst. Und dann? Meinst du etwa, das löst unser Problem?«

Nein. Vermutlich hatten sie die Untote mit ihrem Einschreiten erst recht aufgestachelt. Vielleicht wäre sie einfach weitergezogen, wenn Cassius nicht der Meinung gewesen wäre, sie der Stadt verweisen zu müssen.

Lazar verbiss sich eine entsprechende Bemerkung. Was geschehen war, konnten sie nicht mehr ändern. Womöglich war sie trotz allem bereits fort.

»Warte ab, was heute Nacht passiert«, riet er. »Sie war ausgehungert. Es war klar, dass sie sich ihr Opfer anderswo suchen würde.«

Cassius schüttelte den Kopf. Erneut griff er nach seinem Glas, und diesmal stürzte er den Inhalt mit angewidertem Gesichtsausdruck hinunter.

»Ich scheiß auf dein Verständnis«, fauchte er. »Ja, sie musste trinken. Aber das da«, er deutete mit dem blutverschmierten Glas auf das Tablet in Lazars Händen, »das ist eine Provokation. Sie zeigt uns den Stinkefinger.«

»Tut sie.« Lazar konnte es ihr nicht einmal verdenken. Es war klar, dass sie sich mit ihrer Auseinandersetzung die Vampirin zur Feindin gemacht hatten. »Was schätzt du, wie alt sie ist?«

Cassius kniff die Augen zusammen und überlegte. »Bei ihrem Lebensstil hätte ich ja behauptet, dass sie nicht allzu lange unbemerkt bleibt, aber es hat sich nicht angefühlt, als wäre sie ein Frischling.« Er spülte das Glas ab und stellte es zum Trocknen auf die blank polierte Abtropffläche. »Mentale Manipulation ist deine Stärke, nicht meine. Du hast die Auswirkungen ihres Banns erlebt. Was sagt dein Gefühl?«

»Älter als ich auf jeden Fall«, gab Lazar unumwunden zu. »Älter als du?« Er zuckte mit den Schultern. »Sie ist mächtig, aber mein Eindruck ist, dass sie sich zu sehr auf ihre Fähigkeiten verlässt. Sie ist hochmütig, und das können wir ausnutzen.« Er seufzte. »Wenn es sein muss, können wir sie aufspüren und unschädlich machen.«

»Vorausgesetzt, sie macht nicht dasselbe zuerst mit uns.« Mit einer müden Geste strich sich Cassius über das Gesicht, das immerhin ein wenig Farbe zurückgewonnen hatte. »Ich sage dir, gekränkte Frauen sind die Hölle.«

Lazar stieß ein humorloses Lachen aus. »Das sagt ausgerechnet ein Weiberheld wie du.«

»Ah.« Cassius hob belehrend einen Finger. »Ich kränke sie nicht, das ist der wichtige Teil an der Sache. Außerdem …« Er schnupperte geräuschvoll in Lazars Richtung. »… bin nicht *ich* derjenige, der hier nach Frau riecht.«

»Stimmt, das …« Verlegenheit machte sich in Lazar breit. Behutsam platzierte er das Tablet auf dem Küchentisch und legte die Finger auf die glatte Oberfläche. »Das ist der eigentliche Grund, weshalb ich gekommen bin.«

Cassius zog überrascht die Augenbrauen hoch. »So?«

Plötzlich war es Lazar unangenehm, das Thema auf diese Weise angesprochen zu haben.

»Nicht so wichtig.« Er winkte ab. »Ich brauche einfach ein Handy. So etwas …« Er wedelte über dem Tablet herum. »Nur in klein. Modernes Zeug, du weißt schon. Und ein paar Erklärungen dazu, wie man es benutzt.«

So leicht ließ Cassius natürlich nicht locker. Er schnupperte erneut. »Geht es um die Kleine von gestern Nacht?«, hakte er nach.

»Sina.« Lazar bleckte die Zähne. Es gefiel ihm nicht, wie Cass über sie sprach. Und noch weniger, dass er ihren Geruch erkannt und ihn damit ertappt hatte.

Sein Gefährte lachte auf. »Na, wenigstens suchst du dir endlich mal anständige Beute.« Als Lazar nichts erwiderte, verstummte sein Lachen. Misstrauisch neigte Cassius den Kopf zur Seite. »Wozu genau brauchst du ein Smartphone?«

»Spielt das eine Rolle?«

»Natürlich tut es das! Welchen Mist hast du jetzt schon wieder vor?« Als Lazar beharrlich schwieg, schüttelte er verständnislos den Kopf. »Du hast sie getroffen. Schön. Und jetzt? Reicht dir einmal nicht, oder was?«

»Ich habe nicht von ihr getrunken!« Er wusste selbst nicht, wieso ihn dieser Vorwurf derart traf.

»Genau da liegt das Problem!«, fauchte Cass. »Was willst du von ihr? Beiß sie. Fick sie, wenn es das ist, was du brauchst. Aber dann lass, verdammt noch mal, die Hände von ihr! Sie ist eine Sterbliche, du Idiot. Und du willst was? Ein Date?« Er stieß ein missbilligendes Schnauben aus. »Du klammerst dich an eine Illusion.«

Seine Worte trafen Lazar wie Schläge. Sie fachten eine Wut in seinem Inneren an, die er schon längst erloschen geglaubt hatte.

»Selbst wenn«, entgegnete er barsch. »Was geht es dich an? Du bist nicht mein Aufpasser!«

»Ach nein? Wer muss dich denn jedes Mal aus dem Dreck ziehen, wenn du mal wieder nicht mit dir selbst zurande kommst?« Cassius trat so nah an ihn heran, dass Lazar zu ihm aufblicken musste. Er war nur wenige Zentimeter größer als Lazar, doch Cassius legte all die Stärke seiner Jahrhunderte hinein. »Was glaubst du, wie lange du verbergen kannst, was du bist? Was erhoffst du dir von diesem Blödsinn?« Er schnalzte mit der Zunge. »Vielleicht sollte ich hoffen, dass du diese dämliche Unsterbliche auf ihre Spur lockst. Je eher die Kleine stirbt, desto besser für dich.«

Lazar schlug zu. Sein Fausthieb traf Cassius am Oberkiefer und brachte ihn bedenklich zum Knacken. Blut schoss aus der Nase des Vampirs, und als Cassius den Mund öffnete, verzerrte sich dieser zu einem tiefroten Schlund, aus dem blutbespritzte Fangzähne ragten.

»Raus«, keuchte er.

»Cass, es tut mir leid …«

Der Untote spuckte Blut auf den Boden und wischte sich über den Mund. »Ach, verpiss dich.«

KAPITEL 9
SINA

Den ganzen Sonntag lang wartete sie vergebens auf eine Nachricht von Lazar. Obwohl sie, hätte Levke danach gefragt, jegliches Warten vehement abgestritten hätte. Sie hatte Wichtigeres zu tun. Ihren Prüfungsstoff durchzugehen zum Beispiel. Doch sosehr Sina auch versuchte, sich auf ihre Notizen zu konzentrieren, immer wieder ertappte sie sich dabei, dass ihre Finger das Display des Smartphones entsperrten, auch wenn keine einzige Nachricht einging.

Sogar Levke schwieg beharrlich. Vermutlich war sie sauer, weil Sina ihr nach dem Yoga ausgewichen war.

Aber was hätte sie schon erzählen sollen? Selbst jetzt wusste sie nicht, wie sie das Wiedersehen mit Lazar einordnen sollte. Sie fühlte sich abgewiesen. Dabei war er derjenige gewesen, der sie aufgesucht hatte!

Schließlich gab Sina es auf. Weitere Details der Laborbefundauswertung würde sie auf diese Weise ohnehin nicht in den Kopf bekommen. Sie griff nach dem Telefon und rief Levke an.

Beim dritten Klingeln ging ihre Freundin ran. Ihr »Hi« klang reserviert, doch als Sina anbot, ihr beim Kistenauspacken zu helfen, taute sie auf.

»Klar, komm rüber. Du kannst mir helfen, den Schuhschrank aufzubauen.«

Sina stöhnte. Sie ahnte, dass ihre Freundin damit kein kleines, klappriges Ding meinte wie das neben Sinas Eingangstür. Jeder hatte seine Schwächen. Bei Sina war es das DVD-Regal gewesen, das sich nach ihrem Umzug innerhalb kürzester Zeit gefüllt hatte, bei Levke waren es Schuhe und Klamotten.

»Aber nur, wenn ich die Playlist aussuchen darf«, verlangte Sina. »Verschon mich mit Ed Sheeran!«

Levkes Lachen drang aus dem Telefon, und von einer Sekunde auf die andere war ihr kleiner Streit vergessen.

Sina grinste, als sie auflegte und sich ihre Jacke schnappte. Manchmal war es wichtig, sich auf die Dinge zu besinnen, die ihr guttaten. Plaudernachmittage mit ihrer Freundin gehörten definitiv dazu.

Am Montag war Sina mitten in der morgendlichen Visite, als sie den Vibrationsalarm einer eingehenden Nachricht in der Tasche spürte. Augenblicklich beschleunigte sich ihr Herzschlag. War er das?

Ein leises Räuspern ließ sie zusammenzucken.

Sie sah auf, direkt in das tadelnde Gesicht von Dr. Steinhäuser. Richtig, die Visite. Sie musste sich konzentrieren.

Hastig warf sie einen Blick in die Akte. Was hatte der Patient geantwortet? Schmerzen im Thorax, was kein Wunder war. Dem Mann war ein dreifacher Bypass gelegt worden, wofür man seinen gesamten Brustkorb aufgesägt hatte.

Doch so gravierend ein solcher Eingriff für den Patienten war, für das Krankenhauspersonal war es reine Routine. Die Operation war zwei Tage her, und der Vierundsechzigjährige war gerade von der Intensivstation auf die Kardiologie verlegt worden. Das Schlimmste sollte er überstanden haben, aber möglicherweise war das Schmerzmittel zu niedrig dosiert.

Im Kopf ging Sina andere mögliche Ursachen für das Schmerzgefühl durch. Eine Entzündung, Nachblutungen … Am wahrscheinlichsten war jedoch gewöhnlicher Wundschmerz nach der OP oder ein Engegefühl durch den Verband. Dennoch musste sie auf Nummer sicher gehen. Komplikationen waren selten, aber wenn sie auftraten, konnten sie schnell tödlich enden.

»Darf ich mir Ihre Brust einmal ansehen?«, fragte Sina.

Der Patient nickte, und Sina zupfte Einweghandschuhe aus dem bereitliegenden Karton. Behutsam löste sie den Verband und besah sich die darunterliegende Naht. Kein frisches Blut, keine Rötung. Soweit sie das von außen beurteilen konnte, hatten die Chirurgen gute Arbeit geleistet.

»In Ordnung, das sieht alles gut aus. Ich komme nach der Visite noch einmal, um Ihnen Blut abzunehmen, dann können wir uns die Entzündungswerte anschauen. Wenn Sie möchten, können wir auch das Schmerzmittel noch etwas höher dosieren.«

Der Mann nickte müde.

»Wie viel?«, fragte Dr. Steinhäuser mit einer Stimme, die jeder fürchtete, der schon einmal eine Prüfung bei ihm hatte ablegen müssen.

Nervös geworden kontrollierte Sina die Werte in der Patientenakte, doch alles war im Normbereich.

»Herr Wenk bekommt viermal täglich fünfhundert Milligramm Metamizol«, sagte sie daher mit fester Stimme. Sie wusste, wie unangenehm solche Gespräche über den Kopf des Patienten hinweg für den Betroffenen sein mussten, deshalb wandte sie sich direkt an den Operierten. »Sie wurden gerade erst von der Infusion auf Tabletten umgestellt, richtig? Dann können wir die Dosis für die nächsten Tage auf ein Gramm erhöhen. Sie bekommen ab jetzt zwei Tabletten, die Sie bei Bedarf einnehmen können. Falls das nicht reicht, können wir Tramadol dazugeben, in Ordnung?«

Der Patient wirkte erleichtert, auch wenn er vermutlich nur die Hälfte verstanden hatte. »Danke.«

Steinhäuser nickte kaum merklich und wandte sich zum Gehen.

Sina atmete auf. Gemeinsam mit einem weiteren Studenten legte sie dem Patienten einen neuen Verband an, ehe sie dem Oberarzt nach draußen folgten.

Sobald sich jedoch die Tür des Krankenzimmers hinter ihnen schloss, richtete Steinhäuser seinen strafenden Blick auf Sina. »Ich bitte um Konzentration, Frau Neubert.«

»Natürlich.«

»Ablenken lassen können Sie sich, wenn Sie Feierabend haben. Ihre Patienten sind hier, nicht auf der Palliativ. Verstanden?«

Ertappt presste Sina die Lippen zusammen. Rein objektiv betrachtet mochte er recht haben, aber sie konnte doch ihr Mitgefühl nicht einfach abschalten! Allerdings wusste sie, dass sie diese Diskussion gar nicht erst anzufangen brauchte.

Unterwürfig senkte sie den Kopf. »Ja.«

»Gut.« Damit wandte Steinhäuser sich dem Studenten neben Sina zu und deutete auf das nächste Zimmer. »Herr Radik, Ihr Patient.«

Die Visite dauerte bis kurz nach elf. In der Zeit vibrierte Sinas Hosentasche weitere viermal. Sobald Dr. Steinhäuser das Team endlich entließ, entschuldigte Sina sich bei ihren Kollegen und verschwand aufs Klo. Neugierde war schon immer ihre Schwäche gewesen.

Ihr Herzschlag beschleunigte sich, als sie auf die unbekannte Nummer tippte.

Hallo, Sina. Bitte entschuldige, dass es so lange gedauert hat. Ich war nicht mehr auf dem neuesten technischen Stand.

Ich sende dir nun meine Telefonnummer.

Die dritte SMS enthielt dieselbe Nummer, von der die Nachrichten gesendet worden waren. Darauf folgte ein: *Hier ist Lazar.*

Für diese vier Mitteilungen hatte er gut zwanzig Minuten gebraucht, danach hatte er gut eine Stunde lang geschwiegen. Die letzte Nachricht war gerade einmal ein paar Minuten her: *Hast du zufällig mein Buch mitgenommen?*

Sina schmunzelte. *Habe ich,* antwortete sie. *Was kriege ich dafür?*

Angespannt wartete sie auf eine Antwort, doch das Handy schwieg. Vermutlich war Lazar beschäftigt, schließlich hatte er einen Job. Und sie sollte auch zu ihrem zurückkehren.

Sie steckte ihr Smartphone ein, dann wusch und desinfizierte sie sich gewohnheitsmäßig die Hände, obwohl sie gar nicht zur Toilette gegangen war. Als sie ein Papierhandtuch aus dem Spender zupfte, fühlte sie das vertraute Vibrieren in ihrer Hosentasche.

Keine Pizza.

Stirnrunzelnd betrachtete Sina die beiden Worte, unschlüssig, wie genau sie Lazars Antwort interpretieren sollte. Wollte er etwas anderes essen? Oder sie nicht wiedersehen? War es eine Aufforderung für mehr? Falls dem so war … wollte sie das überhaupt?

Sie musste nur auf ihr heftig klopfendes Herz hören und auf das erwartungsvolle Kribbeln in ihrem Unterleib, um die Antwort auf *diese* Frage zu finden. Ja, sie sehnte sich nach mehr. Es war lange her, dass sie sich zu einem Mann hingezogen gefühlt hatte. Sie hatte die Nase voll davon, in angetrunkenem Zustand auf Studentenpartys mit irgendwelchen Typen herumzufummeln. Lazar war ein aufmerksamer, gutaussehender Mann, außerdem roch er gut.

Aber die körperliche Seite war nur ein Teil der Anziehung, die er auf sie ausübte. Er gab ihr das Gefühl, sie als Mensch zu schätzen. Und er hatte etwas Düsteres, Geheimnisvolles an sich, das Sinas Neugier kitzelte. Er war nicht wie andere Männer – und genau das ließ sie zögern: Sie konnte ihn nicht einschätzen.

Sina hatte keine Lust, eine Beziehung mit jemandem einzugehen, der es nicht ernst meinte. Aber … wollte er überhaupt eine Beziehung? Bisher hatte er nicht einmal einen Versuch unternommen, sie ins Bett zu bekommen. Vielleicht war sie einfach nur eine Freundin für ihn, jemand, mit dem er gut reden konnte. Vielleicht war er schwul.

Enttäuschung explodierte in Sinas Brust. Sie biss sich auf die Lippe. Verdammt, wann hatte sie eine solche Hoffnung entwickelt? Sie hatte den Kerl erst zweimal gesehen!

Doch alle Rationalität half nichts gegen das Gefühl des Verlustes, das sie bei dem Gedanken überkam, nur eine Freundin für ihn zu sein. Natürlich wollte sie diese Freundschaft, aber eben nicht nur.

Das Handy vibrierte erneut. *Was hältst du von Kino?*

Gut, also wollte er sie wiedersehen. Und dann?

Frustriert stieß Sina die Luft aus. Es hatte keinen Sinn, sich den Kopf über das Wenn und Aber zu zerbrechen. Sie musste ihn fragen.

Ihre Finger huschten über das Display. Sie schickte die Nachricht ab, ehe sie ihre Worte bereuen konnte. *Ist das ein Date?*

Diesmal brachte sie es nicht über sich, das Telefon einzustecken. Angespannt wartete sie auf seine Antwort.

Als das Handy vibrierte, hätte sie es beinahe fallen gelassen. Lazars Antwort bestand aus einem einzigen Wort.

Ja.

Sie verabredeten sich für halb acht, was Sina ausreichend Gelegenheit geben würde, nach ihrem Dienstende noch bei Frau Ullrich vorbeizusehen. Vorausgesetzt, sie schaffte es endlich, sich auf das Abtippen von Dr. Steinhäusers Aktennotizen zu konzentrieren. Wenn sie noch länger herumtrödelte, würde er sie in den kommenden Tagen garantiert dazu verdonnern, fehlende Befunde bei den diversen Hausärzten nachzufordern, und *das* war eine Aufgabe, die noch weit undankbarer war als das Abtippen – trotz der wirklich grauenvollen Handschrift des Oberarztes. Wieder einmal fragte sie sich, warum Dr. Steinhäuser sich so nachhaltig gegen jede Art der Digitalisierung sträubte.

Sina seufzte und verbannte jeden Gedanken an das bevorstehende Date aus ihrem Kopf. Das war gar nicht so leicht, denn ihr Handy vibrierte mittlerweile im Minutentakt. Allerdings war es nicht Lazar, der sich nicht zurückhalten konnte, sondern Levke.

Sie war Sinas Sicherheitskontakt: Wann immer eine von ihnen sich verabredete, bekam die andere den Namen sowie die Kontaktdaten des Betroffenen und am Ende des Dates eine »Alles in Ordnung«-Meldung. Entsprechend hatte Sina ihre Freundin auch über den bevorstehenden Abend informiert – mit dem Ergebnis, dass Levke sie nun mit Ratschlägen, Belehrungen und Modetipps bombardierte.

Schließlich hielt Sina es nicht länger aus, und sie stellte den Vibrationsalarm ab. Auf diese Weise gelang es ihr tatsächlich, bis sechzehn Uhr nicht nur die Abschriften fertigzustellen, sondern auch noch die Patientenakten für die Visite am folgenden Tag vorzubereiten. Die Befunde für ihren Bypass-Patienten waren noch nicht aus dem Labor gekommen, dafür hatte sie die EKG-Daten einer Patientin ausgewertet, die eine Ablation hinter sich hatte.

Sina speicherte alles ab und trug sich aus, ehe sie sich umzog und den Aufzug hoch zur Palliativstation nahm.

Marla, die Springerin, saß am Anmeldeschalter. Sie winkte Sina zu, doch ihr Blick ging ins Leere. Ihre Stirn war leicht gerunzelt, so als würde ihr etwas Sorge bereiten.

»Ist alles in Ordnung?«, fragte Sina.

»Ja, alles okay.« Die Pflegerin schenkte ihr ein müdes Lächeln. »War nur ein langer Tag. Die Familie von Herrn Völlner war gerade hier. Es war ein sehr unschönes Gespräch.«

»Verstehe.« Angehörige, die das Offensichtliche nicht wahrhaben wollten, konnten einem den Tag zur Hölle machen. »Und Frau Ullrich?«

»Schläft.« Marla grinste. »Oder zumindest tut sie mal wieder so, wenn ich reinschaue.«

Sina lachte. »Sie wird sich schon an dich gewöhnen.«

Die Springerin zuckte mit den Schultern und seufzte. »Falls ich so lange hier bleibe.«

Sina winkte ihr zu und betrat das Zimmer von Frau Ullrich. Die Patientin hatte die Lider geschlossen, aber das war nicht überraschend.

»Frau Ullrich?« Leise trat Sina ans Krankenbett. »Sind Sie wach?«

Die alte Dame schlug die Augen auf und bedachte Sina mit einem wässrigen Blick. Langsam zog sie die Augenbrauen zusammen. »Maria?«

»Nein.« Sina setzte ein aufmunterndes Lächeln auf. »Ihre Tochter kommt bestimmt bald.«

Mit einem Seufzen wandte Frau Ullrich sich ab. »Sie hat immer so viel zu tun. Sie ist Architektin, wissen Sie?«

Und bereits seit fünf Jahren tot, aber daran musste Sina die arme alte Frau nicht unbedingt erinnern. Stattdessen zog sie den Besucherstuhl heran und ließ sich darauf nieder.

»Erzählen Sie mir von ihr«, bat sie.

Frau Ullrich musterte sie misstrauisch. »Warum?«

»Es klingt, als wäre sie eine interessante Person.«

»Wer?«

»Ihre Tochter.«

Das Gesicht der alten Frau erhellte sich. »Maria. Ist sie hier?« Suchend glitt ihr Blick durch den Raum.

Sina biss sich auf die Lippe. »Sie kommt bestimmt bald.«

Heute war kein guter Tag für ihre Patientin.

KAPITEL 10
LAZAR

Lazar schloss die Augen und schnupperte. Die Wärme seines letzten Opfers kreiste in seinen Adern und dämpfte den Jagdtrieb, doch das änderte nichts an dem, was er war. Sina stach aus dem Gemisch der umliegenden Gerüche hervor wie eine verlockende Fährte. Er brauchte nicht auf die Umgebung zu achten oder sich auf Sinas Instruktionen zu besinnen. Den Weg zu ihrer Wohnung fand er auch so.

Ihre Tür bestand nur aus dünnem Sperrholz und vibrierte unter seinem Klopfen. Missbilligend runzelte Lazar die Stirn. Nicht gerade geeignet, um Eindringlinge auszusperren, von Vampiren ganz zu schweigen. Im Inneren der Wohnung erklang ein leises Fluchen, das ihn schmunzeln ließ.

»Ich komme gleich!«, drang Sinas Stimme durch die Tür.

Weitere Flüche folgten. Etwas rumpelte, Schritte näherten sich – barfuß, dem Geräusch nach zu urteilen. Dann öffnete sich die Tür, und Lazar schnappte nach Luft.

Seine Instinkte, denen er sich eben noch anvertraut hatte, drohten ihn zu überwältigen. Er roch das Wasser, das in winzigen Tröpfchen in Sinas hochgebundenen Haaren hing. Das Duschgel, das ihren Geruch halb übertünchte, halb Teil davon war. Die Feuchtigkeit ihrer Haut, wo sie sich zu hastig abgetrocknet hatte. Ihre hellblaue Bluse war nicht richtig zugeknöpft und gab den Blick auf ihren Hals frei.

»Tut mir leid, ich bin noch nicht ganz …«

Weiter kam sie nicht. Die Gier übermannte Lazar mit einer solchen Heftigkeit, dass er sich nicht länger zurückhalten konnte: Er prallte förmlich gegen ihren Körper.

Sina zuckte zusammen, doch da hatte er bereits die Arme um sie geschlungen. Seine Hände fuhren ihren Hals entlang, gruben sich in das feuchte Haar und zogen ihren Kopf näher. Ehe er wusste, was er tat, hatte sein Mund ihre Lippen gefunden. Er küsste sie mit einer Intensität, aus der Jahrhunderte der Einsamkeit sprachen.

Sina wich nicht zurück, der kurze Moment der Überraschung war verflogen. Nun erwiderte sie seinen Kuss innig, umfasste ihrerseits seine Taille und zog ihn enger an sich heran. Ihre Lippen öffneten sich.

Als Lazar ihre Zähne an seiner Unterlippe spürte, stöhnte er leise auf und schob alle Bedenken beiseite. Begierig drängte er sie weiter in die Wohnung hinein. Mit einer Hand hielt er Sina weiterhin an sich gepresst, mit der anderen tastete er bereits hinter sich und warf die Tür ins Schloss.

Sina machte sich daran, ihm die Jacke von den Schultern zu zerren, doch der Ärmel verfing sich an seinem Unterarm. Knurrend befreite sich Lazar von dem lästigen Kleidungsstück. Noch während die Jacke zu Boden fiel, umfasste er Sina erneut. Seine Hände glitten unter ihre Bluse, ertasteten weiche, erhitzte Haut.

Mit erstaunlicher Kraft packte Sina ihn am Kragen seines Shirts und zog ihn vorwärts. Lazar folgte ihr bereitwillig, umso mehr, da er die Richtung erkannte, in die sie ihn lotste. Kaum hatte er das Schlafsofa ausgemacht, schob er Sina dorthin. Eng umklammert fielen sie auf die Couch, ohne auch nur für einen Moment die Lippen voneinander zu lösen.

In letzter Sekunde dachte Lazar daran, sich mit den Armen abzufangen. Dennoch keuchte Sina auf, als sein Körper auf ihrem landete. Das Geräusch allein brachte ihn halb um den Verstand. Er hungerte nach ihrer Nähe, nach ihrer Berührung.

Seine Finger fanden die Knopfleiste ihrer Bluse und begannen, sie zu öffnen. Er küsste die nackte Haut darunter, folgte der Rundung ihrer Brüste mit den Lippen. Ihr rascher Herzschlag klang überlaut in seinen Ohren, trieb ihn immer weiter an.

Sina krallte die Finger in seine Haare und zog ihn näher. Lazar konnte ihre Erregung riechen, sie in den atemlosen Küssen spüren, mit denen sie seine Schultern und seinen Nacken bedeckte.

Ihm selbst erging es nicht anders, er zitterte regelrecht unter den ungewohnten Empfindungen. Er wollte mehr, wollte *alles.* Gierig umfasste er ihr Bein, zog es an seine Schulter und drängte näher.

Sina bäumte sich ihm entgegen, voller Erwartung, voller Lust. Lazar wandte seine Aufmerksamkeit weiter nach oben. Er bedeckte ihren Hals mit Küssen … und verharrte über ihrer Kehle. Seine Erregung wandelte sich in etwas Tödlicheres. Er konnte das Blut, das durch ihre Adern floss, beinahe riechen, konnte jeden einzelnen, lockenden Pulsschlag darin sehen. Süße Verheißung, nur Millimeter von seinen Reißzähnen entfernt. Er brauchte nur den Mund an diesen willigen Hals zu legen und die zarte Haut mit einem einzigen Biss zu durchstoßen …

Mit einem entsetzten Keuchen riss er sich los.

Sina blinzelte verwirrt. »Was ist?«

Hastig wandte er sich ab. Er wollte nicht, dass sie seinen Hunger sah. Das Raubtier in ihm, das bereit war, sie wie ein beliebiges Stück Fleisch auszusaugen.

»Nicht«, warnte er, als sie die Hand nach ihm ausstreckte. Seine Stimme klang rau, kaum menschlich. Lazar schluckte und wich vom Sofa zurück. »Es tut mir leid.«

»Aber … hey, jetzt warte doch!«

Er konnte nicht. Stolpernd flüchtete er aus ihrer Wohnung, ohne darauf zu achten, ob seine Bewegungen denen eines Menschen entsprachen oder nicht. Er musste hier raus, weg von ihr, fort aus dieser Wohnung.

Keine Sekunde länger hielt er es in Sinas Nähe aus. Zu groß waren die Gier und das Verlangen, zu übermächtig seine Instinkte. Die Bestie in ihm wollte nur noch eines: zerfetzen, zerbeißen, sich an dieser Sterblichen laben. In ihrem Blut ertrinken, bis es keine Reue mehr gab, keine Vergangenheit und keine Zukunft, sondern nur noch das Jetzt. Die Farben ihrer Erinnerungen, die Intensität ihrer Gefühle, die Erregung, die pure Wollust. Er wollte Sina verschlingen, sich ihr Blut und ihr Leben einverleiben, diese sanft glimmende Vitalität, die ihn bereits im Nachtklub zu ihr hingetrieben hatte.

Zugleich schreckte er allein vor dem Gedanken zurück, sie auch nur anzurühren. Er wollte Sina nicht als Beute sehen, denn sie war so viel mehr. In ihrer Gegenwart hatte er sich beinahe wieder wie ein Mensch gefühlt. Warum gelang es ihm nicht, sich darauf zu besinnen?

Stundenlang lief Lazar durch Hamburgs Straßen, ohne seiner Umgebung auch nur die geringste Beachtung zu schenken. Es war ihm völlig gleich, wohin er ging – solange er sich nur bewegte. Die Bewegung half ihm, sich auf seine Gedanken zu konzentrieren und die Triebe zu unterdrücken, die ihn in die entgegengesetzte Richtung drängten: zurück in Sinas Nähe.

Er war kein Monstrum. Er war ein Jäger, geschaffen, um zu töten, aber kein willenloses Untier. Er war in der Lage, sich zu beherrschen. Es musste ihm einfach gelingen, gegen seine Instinkte zu agieren, denn wenn nicht, wenn er keinen Weg fand, diesen Hunger zu bezwingen, der in ihm tobte … Dann wäre Sina verloren. Er würde zu ihr zurückkehren, das wusste Lazar mit tödlicher Gewissheit. Wann immer die Einsamkeit ihn einholte, wann immer seine Selbstbeherrschung auch nur einen Augenblick nachließ, würde die Gier ihn einholen. Er hatte einen Vorgeschmack auf das bekommen, was er sich verwehrte, und das Raubtier in ihm würde nicht vergessen. Sina gehörte ihm – und der Einzige, der ihr jetzt noch helfen konnte, war er selbst.

KAPITEL 11
SINA

Na, einen schönen Abend gehabt?« Selbst am Telefon konnte Sina Levkes breites Grinsen vor sich sehen. »Bist du überhaupt zum Schlafen gekommen, oder warum rufst du so früh an?«

Sina seufzte. »Mein Dienst beginnt in zehn Minuten. Ich wollte mich nur kurz vorher melden.«

»Also?« Auf der anderen Seite der Verbindung erklang das typische Schrubben einer Zahnbürste. Levke war Langschläferin, was auch der einzige Grund dafür war, dass Sina sie nicht schon eher aus dem Bett geklingelt hatte. »Erzähl«, forderte ihre Freundin mit vollem Mund.

»Ich weiß nicht, ob es da überhaupt etwas zu erzählen gibt.« Sina ließ sich auf eine Parkbank gegenüber dem Krankenhaus sinken und scharrte mit der Schuhspitze im Kies. »Er hat mich einfach sitzen lassen.«

»Er hat dich versetzt?« Geräuschvoll spuckte Levke aus. »Der Arsch.«

»Nein, er …« Himmel, war das peinlich. Sina senkte die Stimme. »Er war da. Und wir haben …«

»… miteinander geschlafen?«, sprang Levke ein, als Sina nicht weiterredete.

»Nein.« Verschämt sah sie sich um, aber niemand war in Hörweite. »Nur rumgemacht. Und dann ist er plötzlich aufgesprungen und abgehauen.«

»Vor dem Sex?«

»Ja.« Seufzend rieb sich Sina die Stirn. »Dass ein Typ nach dem Sex abhaut, kann ich ja noch irgendwie nachvollziehen. Aber davor?«

Levke schnaufte. »Vielleicht hat er ja eine Freundin. Und im Eifer des Gefechts ist ihm plötzlich eingefallen, dass fremdzugehen keine gute Idee ist.«

Aus Levke sprach bittere Erfahrung. Und so ungern Sina diese Möglichkeit auch erwog, es würde zumindest einiges erklären. Schwul war Lazar jedenfalls eindeutig nicht. Nur, wenn er tatsächlich vergeben wäre, hätte er dann die Zeit, sie jeden Tag aufzusuchen? Aber warum sonst machte er sich jedes Mal fluchtartig davon?

»Du musst mit ihm reden«, erklärte Levke bestimmt.

»Ach was.« Sina feixte. Das war Levkes Lieblingsrat, und normalerweise lag sie damit auch richtig. Doch dieses Mal? Dass Sina die Dinge beim Namen genannt und ein ausdrückliches Date verlangt hatte, hatte ihr diesen Schlamassel schließlich erst eingebrockt. Davon abgesehen würde sie nach der Abfuhr, die Lazar ihr erteilt hatte, den Teufel tun und ihm auch noch nachlaufen! Was sie wollte, hatte sie bereits auf die peinlichste Art und Weise demonstriert.

Ja, weibliche Selbstbestimmung und so weiter. Aber irgendwo hatte alles seine Grenzen.

Mit einem Seufzen schloss Sina die Augen und ließ den Kopf nach hinten fallen. »Ich war diejenige, die nach seiner Telefonnummer gefragt hat«, erinnerte sie ihre Freundin. »Ist jetzt nicht er mal am Zug?«

»Süße, das hängt ganz von dir ab.« Levke klapperte mit Kleiderbügeln. Sina konnte sich bildhaft vorstellen, wie sie den eben erst eingeräumten Kleiderschrank nach dem besten Outfit für den Tag durchforstete. »Willst du was von dem Kerl oder nicht?«

Sina schluckte. »Ja.«

»Dann schmoll nicht, sondern frag nach, was das soll. Und wenn er keine vernünftige Antwort zu bieten hat, schieß ihn auf den Mond.«

»Bei dir klingt das so einfach.«

»Klar. Ratschläge zu geben ist immer einfach. Die Umsetzung ist das Schwierige.«

Ein vernehmliches Räuspern ließ Sina hochfahren. Dr. Steinhäuser stand neben ihrer Bank und blickte mit hochgezogenen Brauen auf sie herab. Augenblicklich war Sina auf den Beinen.

»Ich muss aufhören.« Hastig beendete sie das Telefonat und steckte das Handy weg.

»Sie sollten Ihre Art der Freizeitgestaltung überdenken, wenn Sie bereits auf dem Weg zur Klinik einschlafen«, kommentierte der Oberarzt.

Sina war derart überrumpelt, dass sie kein Wort herausbrachte.

»Denken Sie wirklich, ich weiß nichts von Ihren anhaltenden Besuchen auf Station sechs?« Steinhäuser maß sie mit finsterem Blick. »Ihre Patienten haben ein Anrecht auf Ihre volle Konzentration, Frau Neubert. Die Betonung liegt auf *Ihre.* Wenn Sie schon Patienten bevorzugen, dann wenigstens die, für die Sie die Verantwortung tragen.«

Betreten sah Sina zu Boden. »Natürlich, Dr. Steinhäuser«, pflichtete sie ihm bei, doch so leicht ließ er sie diesmal nicht davonkommen.

»Sie halten mich für kaltherzig«, stellte er fest. »Aber ich sage Ihnen das in bester Absicht: Sie können nicht alle retten. Sie sind hier, um zu lernen. Und wenn Sie sich nicht auf Ihre eigentliche Arbeit und Ihr Studium besinnen, sehe ich schwarz für Ihre Prüfung.«

»Ich tue wirklich mein Bestes!« Sina schämte sich für den trotzigen Klang in ihrer Stimme, aber Steinhäusers Vorwürfe waren einfach unfair. Sie rackerte sich seit Jahren den Hintern ab, um ihr Studium in Bestzeit zu absolvieren. Sie kümmerte sich um ihre Patienten, weit mehr als ihre Mitstudenten. Und er machte sie zur Schnecke, weil sie ein wenig Privatleben hatte?

»Das hoffe ich.« Der Kardiologe nickte in Richtung Klinik. »Die Menschen dort drinnen vertrauen auf Ihre Kompetenz. Enttäuschen Sie sie nicht.«

KAPITEL 12
LAZAR

Das Rattern der Maschinen und Laufbänder dröhnte ihm überlaut in den Ohren. Seine Sinne waren immer noch überreizt, obwohl er bis zum Beginn der Schicht durch die Stadt gelaufen war. Beruhigt hatte ihn das nicht. Selbst bei all dem Lärm und Dreck der Halle war er sich der Präsenz seiner Kollegen nur allzu bewusst. Er roch ihren Schweiß und spürte die Hitze, die sie verströmten. Mittlerweile verfluchte er sich dafür, dass er sich hatte breitschlagen lassen, Werners Frühschicht zu übernehmen. Vielleicht, wenn er noch ein wenig mehr Zeit gehabt hätte, um runterzukommen, wenn er noch einmal getrunken hätte …

Schmerz explodierte in seiner Hand. Erschrocken riss Lazar die Finger unter der schweren Plastikkiste hervor und verbarg die blutende Schramme unter dem anderen Arm, ehe die Überwachungskamera die Wunde erfassen konnte – und damit auch die Geschwindigkeit, mit der sie sich schloss. Was tat er hier? Er musste vorsichtiger sein, verdammt!

Cassius hatte recht. Die fremde Vampirin hatte für genug Aufruhr gesorgt, um die Aufmerksamkeit der Vetrani auf Hamburg zu lenken, falls die Vampirjäger die Hansestadt nicht ohnehin schon im Auge behielten. Gerade jetzt durfte er keinen unlogischen Unfallbericht und kein verräterisches Überwachungsvideo riskieren, so pixelig es auch sein mochte.

Mit zusammengebissenen Zähnen wartete Lazar, bis der Blutgeruch schal wurde. Er sah sich um, fand einen schmutzigen Lappen und wischte damit möglichst unauffällig seinen Arm ab. Sauber wurde er dadurch zwar nicht, aber Schmieröl war allemal besser als Blut.

Schluss mit diesen Gedanken, die ohnehin zu nichts führten! Er war nicht wie diese Mörderin. Seit zweihundert Jahren hatte er nicht mehr getötet, sondern sich mühelos beherrscht. Warum sollte es ihm ausgerechnet jetzt nicht mehr gelingen?

Lazar schob die verfluchte Kiste auf das hintere Förderband und orderte die nächste. Noch drei Stunden bis Schichtende. Die Ablenkung durch die Arbeit half ihm, wieder zu sich selbst zu finden. Seine Sinneseindrücke reduzierten sich auf ein erträgliches Maß, das raue, empfindsame Gefühl verschwand. Dennoch war er froh, als er dem Lärm der Lagerhalle endlich entfliehen konnte. Er eilte am Pausenraum vorbei, ohne seinen Kollegen auch nur einen einzigen Blick zuzuwerfen. Freundschaften interessierten ihn nicht. Normalerweise.

Sina allerdings weckte eine Gier nach Leben in ihm, die er lange verloren geglaubt hatte. Vermutlich war es nicht weiter verwunderlich, dass sie da auch an seiner tödlichen Seite rührte. Aber gerade deshalb würde er nicht zulassen, dass sein Hunger zwischen ihnen stand.

Noch während Lazar die Tür ins Freie aufstieß, zog er das Handy hervor, das Cass ihm so widerwillig verschafft hatte. Was auch immer ihn mit Sina verband, er wollte es nicht einfach aufgeben. Was ihn zu ihr hinzog, war mehr als bloße Blutgier. Und er wollte herausfinden, worin dieses »Mehr« bestand.

Entschlossen tippte er eine Nachricht und schickte sie ab. Er würde Sina wiedersehen, und wenn er dafür jede Nacht drei Sterbliche aussaugen musste, bis ihm das Blut zum Hals heraushing.

Lazar steckte das Handy ein, sah auf und erschrak. Da war sie wieder, die Frau mit dem übertriebenen Lippenstift und dem Prostituierten-Outfit. Nur trug sie diesmal ausgeblichene Jeans und einen schmuddeligen Wollpulli. Auch das auffällige blonde Haar war verschwunden, stattdessen trug sie einen nachlässigen Kurzhaarschnitt. Sie stand an der Bushaltestelle und tippte auf einem Smartphone herum. Damit hätte sie perfekt ins Bild des gelangweilten Fahrgasts gepasst, wäre ihr Blick nicht immer wieder kurz hochgehuscht – zu ihm.

Misstrauisch verlangsamte Lazar seine Schritte. Beobachtete sie ihn etwa? Die Frau steckte ihr Telefon weg und packte stattdessen eine Brottüte aus. Der Geruch von Frikadellen und Krautsalat drang zu ihm herüber. Sie biss in das belegte Brot und wippte zufrieden mit dem Fuß, während sie kaute.

Dennoch kam ihm die Situation suspekt vor. Statt weiter zur Bushaltestelle zu gehen, bog Lazar in die schmale Sackgasse ein. Augenblicklich umgab ihn der Gestank der Mülltonnen.

Er sah sich um. Seine Erinnerung hatte ihn nicht getrogen: Keine der Kameras erfasste diesen Bereich. Nur ein paar verstaubte Fenster der Lagerhalle starrten blind in die Gasse.

Ohne Umschweife sprang Lazar auf eine der Mülltonnen und von dort auf das Fensterbrett im zweiten Stock. Mit ein paar kräftigen Klimmzügen erklomm er die restliche Fassade und zog sich auf das Flachdach. Dort ließ er sich auf das raue Blech sinken und schob sich an den Rand des Gebäudes, sodass er nach unten spähen konnte. Die Feuchtigkeit des Hamburger Herbstwetters drang durch den Stoff seiner Hose, doch Lazar spürte es kaum. Angespannt beobachtete er den Eingang der Gasse. Falls ihm jemand folgte, blieben ihm zwei Möglichkeiten: zu verschwinden oder seine Verfolger auszuschalten. Wenn er erst einmal aufgeflogen war, musste er untertauchen.

Minutenlang harrte er auf dem Dach der Lagerhalle aus. Niemand kam.

Schließlich stieß er den Atem aus und richtete sich auf. Da hatte er es: Er war überreizt. Kein Wunder bei dem Wirbel, den Cassius machte.

Dennoch wählte Lazar vorsichtshalber den Weg über die Dächer. An der Hauptstraße warf er einen Blick nach unten. Die Bushaltestelle war verwaist, von der Frau nichts mehr zu sehen. Vermutlich war sie in den Bus gestiegen.

Er war völlig umsonst wie ein Idiot die Fassade hochgeklettert.

TEIL II

Bittersüße Symphonie

KAPITEL 13
SINA

Wir müssen reden.

Bedrückt ließ Sina das Handy sinken, nachdem sie Lazars Nachricht gelesen hatte. Das klang nach Schlussmachen. Levke hatte recht, vermutlich hatte er schon jemanden, und sie war nichts als ein Ausrutscher. Wollte sie sich das wirklich ins Gesicht sagen lassen? Eher nicht.

Du musst mir nichts erklären, schrieb sie deshalb schweren Herzens zurück.

Das will ich aber. Ich schulde dir eine Entschuldigung.

Sina unterdrückte ein Seufzen. Sie schloss die Augen, sank in ihrem Sitz zusammen und lehnte die Stirn an die kühle Fensterscheibe der Hochbahn. Warum tat er das? Um sein Gewissen zu beruhigen?

Wieder vibrierte ihr Handy. Widerwillig öffnete sie die Augen.

Bitte gib mir noch eine Chance.

Okay … Das klang nun nicht mehr nach Schlussmachen. Unschlüssig ließ Sina ihre Finger über dem Antworten-Feld verharren. Vielleicht hatte er wirklich eine gute Entschuldigung parat. Irgendein Trauma, das er aus vorherigen Beziehungen mitgenommen hatte oder so. Die Frage war: Änderte das etwas? Würde sie es verkraften, wenn er sie beim nächsten Mal genauso abrupt verließ?

Eigentlich hielt sie sich für eine gefestigte Person, aber die Zurückweisung hatte dennoch wehgetan. Sie wusste nicht, ob sie damit umgehen konnte, wenn das bei Lazar an der Tagesordnung stand.

Willst du was von dem Kerl oder nicht?, hatte Levke sie gefragt.

An Sinas Antwort hatte sich seit dem Morgen nichts geändert. Ja, sie wollte Lazar wiedersehen, wollte noch einmal seine Küsse spüren, in seine Arme sinken und all die Gefühle zulassen, die unter seiner Berührung aus ihr herausgebrochen waren.

In Ordnung, tippte sie. Wenn seine Entschuldigung nichts taugte, konnte sie ihm schließlich immer noch den Laufpass geben. *Bei mir?*

Nein. Ich möchte absolut offen zu dir sein. Und ich weiß nicht, ob du mich danach noch in deiner Nähe haben willst.

Was sollte das denn schon wieder bedeuten?

Ehe sie nachfragen konnte, sandte er ihr die Adresse eines Cafés am Jungfernstieg.

Ich bin um sechs da.

Es war kein gemütliches Café, wie Sina es erwartet hatte, sondern ein neumodischer Coffeeshop: eng, überfüllt und mit einer Indie-Rock-Playliste beschallt. Sie betrat den Laden um fünf vor sechs und erwog nur Sekunden später, zurück in den Nieselregen zu flüchten. Romantische Atmosphäre sah anders aus.

Was sie zurückhielt, war ihre verfluchte Neugier – und die vage Hoffnung, dass es eine Erklärung gab, die ihr nicht das Herz brechen würde. Denn ob sie es wollte oder nicht: Sie mochte Lazar. Zu sehr, um einfach aufzugeben, solange sie noch die geringste Chance auf ein Happy End sah.

Also bestellte sie sich einen Cappuccino, der so viel kostete wie drei Packungen Fertignudeln mit Soße, und stellte bereits nach dem ersten Schluck fest, dass er sein Geld nicht wert war. In ihrem Frust hatte sie ihn dennoch beinahe ausgetrunken, bis Lazar endlich auftauchte. Sein Haar wirkte unordentlich, als hätte er es zu hastig zusammengebunden. Sein Shirt war staubig, und die ohnehin dünne Jacke hing offen von seinen Schultern herab. Ohne etwas zu bestellen, trat er an den kleinen Stehtisch, den Sina ergattert hatte. Er kam nicht um das Tischchen herum, sondern blieb auf der anderen Seite stehen. Keine Umarmung und erst recht kein Kuss. Sina ahnte Schlimmes.

»Hallo.« Seine Stimme klang distanziert, so als würde er den geringsten Gefühlshauch scheuen. Wollte er nichts preisgeben, ihr keine Hoffnungen machen? Oder empfand er einfach nichts?

Sina biss sich auf die Innenseite der Lippe, bemüht, sich die in ihr brodelnden Emotionen nicht anmerken zu lassen.

»Hi.« Ihre Stimme klang erbärmlich brüchig.

Lazar stieß hörbar den Atem aus. »Es tut mir leid, dass ich einfach gegangen bin.«

Sie lachte auf. »›Gegangen‹ würde ich das nicht gerade nennen.«

»Davongelaufen eben«, stimmte er ihr zu. »Ich wollte dich nicht erschrecken.«

»Auch da würden mir ein paar treffendere Ausdrücke einfallen.«

Lazar atmete durch. »Ich hatte Angst, dir wehzutun«, gestand er, so leise, dass Sina sich vorbeugen musste, um die Worte überhaupt verstehen zu können.

Verständnislos schüttelte sie den Kopf. »Aber genau das hast du getan!«

»Nein.« Endlich sah er ihr in die Augen, doch sein Blick war ebenso ausdruckslos wie seine Stimme, was seine Worte nur umso unheimlicher machte. »Körperlich, meinte ich.«

In Sinas Kopf schrillten sämtliche Alarmglocken los. Abrupt wich sie zurück. Was wollte er damit andeuten? Hatte er sich nicht unter Kontrolle? War er etwa ein Schläger? Er wirkte so zurückhaltend, aber vielleicht waren gerade das die Schlimmsten.

Bilder aus der Notaufnahme blitzten vor ihrem geistigen Auge auf. Frauen, die angeblich gegen Türen gelaufen oder die Treppe hinuntergefallen waren. Eine hatte sogar behauptet, von einem verdammten *Bus* angefahren worden zu sein, um die Schwere ihrer Verletzungen zu rechtfertigen.

Lazar machte keine Anstalten, sich ihr zu nähern, er stand da wie ein reumütiges Hündchen. Auch das passte ins Schema: zuerst verprügeln, dann Blumen schenken.

Wieso nur musste sie so ein Pech haben? Er hatte so nett gewirkt! So anders …

Nervös sah Sina sich um. Niemand beachtete Lazar oder seine Worte. Sie war auf sich allein gestellt. Krampfhaft schluckte sie gegen den Druck in ihrem Hals an.

»Warum sagst du mir das?«, presste sie hervor.

»Weil ich dich nicht verlieren will.« Er hielt seine Stimme gesenkt. »Ich möchte das mit uns hinkriegen. Was auch immer da zwischen uns ist – ich will es. Aber ich brauche deine Hilfe.«

»Meine *Hilfe?*« Bei aller Nächstenliebe, was erwartete er denn von ihr? Sie war in keiner Weise geeignet, jemandem zu helfen, der ihr gerade selbst erklärt hatte, dass er eine Gefahr für sie darstellte! Sie war Medizinerin, keine Psychologin. »Du bist doch wohl hoffentlich in Therapie!«

Noch während sie die Worte aussprach, verfluchte sie sich dafür. Sensibilität: null. Vernunft: im Minusbereich. Sie sollte nicht nachfragen, sondern abhauen. Aber wegsehen war noch nie ihre Stärke gewesen.

Lazar schüttelte den Kopf. »So einfach ist es nicht«, behauptete er.

»Das ist es nie.« Sina verschränkte die Arme vor der Brust und sah abwartend zu ihm auf. »Wolltest du nicht absolut offen sein? Das waren doch deine Worte. Ich kann dir nicht helfen, wenn du nicht ehrlich zu mir bist.«

»Du hast recht, aber …«

»Kein Aber! Du hast versprochen, mir alles zu erklären. Entweder tust du das, oder ich gehe.« Nur wenn sie wusste, worin sein Problem bestand, war sie vielleicht in der Lage, ihm eine Stelle zu empfehlen, wo man ihm tatsächlich helfen konnte. Um ihren Worten die Schärfe zu nehmen, fügte sie etwas sanfter hinzu: »Ich bin Ärztin, Lazar.« Bald jedenfalls. »Was es auch ist, ich kann damit umgehen. Aber ich will keine Lügen.«

Unschlüssig betrachtete er sie, als versuchte er abzuschätzen, wie viel Wahrheit er ihr anvertrauen sollte. Er fürchtete ihre Reaktion ebenso wie sie sein Geständnis – und das, was es für sie beide bedeuten würde. Langsam beugte er sich über den winzigen Stehtisch.

Sina zögerte, hin- und hergerissen zwischen dem Impuls, noch weiter zurückzuweichen, und ihrer Neugier. Schließlich siegte Letzteres, und sie trat wieder an den Tisch.

»Ich bin kein Mensch.«

Sina runzelte die Stirn. Das war jetzt nicht sein Ernst, oder? Sie suchte in seinem Gesicht nach der kleinsten Andeutung eines Lächelns, nach etwas, das ihr verriet, dass er einen Scherz gemacht hatte. Aber in seinem Blick lag nichts als Angst. Glaubte er wirklich, was er sagte?

»Willst du das noch weiter ausführen?«, fragte sie.

Lazar wirkte irritiert, aber was hatte er erwartet? Es war das einundzwanzigste Jahrhundert, das Zeitalter der Aluhut-Träger.

»Ich bin älter, als ich aussehe«, fuhr er zögerlich fort. »Zweihundertsiebenunddreißig Jahre, um genau zu sein.«

Na klar.

»Und was genau bist du?«, hakte Sina nach. »Ein Alien? Cyborg? Babylonischer Dämon?«

»Ein Vampir.«

Das war jetzt irgendwie enttäuschend.

»Ich will dir ja nicht den Spaß verderben, aber es ist helllichter Tag.«

Er schmunzelte. »Das ist mir bewusst.«

Allmählich wurde Sina sauer. »Weißt du, wenn du mich loswerden willst, hättest du das auch einfach sagen oder dich schlicht nicht mehr melden können! Wozu zitierst du mich hierher, nur um mir irgendwelche abstrusen Geschichten aufzutischen?«

»Ich …« Er blinzelte verblüfft. »Sina, ich lüge nicht.«

Nein, natürlich nicht.

Sie seufzte. War ja klar. Wenn sie einmal einen netten Kerl traf, musste der ja einen an der Klatsche haben.

»Vergiss es einfach.« Sie schnappte sich ihre Umhängetasche und drängte an ihm vorbei. Es war ihr mittlerweile gleichgültig, ob er sich über sie lustig machte oder derart verrückt war, dass er diesen Mist tatsächlich glaubte.

Der Regen hatte aufgehört, also hielt sie nichts mehr in diesem ohnehin unangenehmen Café. Sie schlüpfte ins Freie und stapfte Richtung S-Bahn-Station. Sollte Lazar seine Hirngespinste, Rollenspiele oder was auch immer mit irgendjemand anderem ausleben. Dr. Steinhäuser hatte recht: Sie musste sich auf ihre Prüfung konzentrieren.

»Sina, warte!«

Sosehr es sie auch schmerzte, sie ignorierte Lazars Ruf. Sie konnte ihm nicht helfen. Und auf ihn einlassen wollte sie sich unter solchen Umständen erst recht nicht.

Er packte sie am Arm. Sina wirbelte herum und versuchte, sich von ihm loszureißen, doch Lazars Griff war eisern. Zwar tat er ihr nicht weh, aber er hatte auch eindeutig nicht vor, sie freizugeben.

»Sina. Bitte, rede mit mir.«

»Lass mich los!« Angst wallte in ihr auf und sorgte dafür, dass ihre Stimme schrill und laut klang.

Augenblicklich ließ er seine Hand sinken. Er sah aus, als hätte sie ihn getreten. Dabei war er doch derjenige, der sie festgehalten hatte!

Sina schlang ihren Mantel enger um sich. Sie hatte sich nicht die Mühe gemacht, die Knöpfe zu schließen, und jetzt drang die abendliche Herbstkälte durch ihren Pullover. Das war es jedoch nicht, was sie frösteln ließ.

»Fass mich nie wieder so an«, forderte sie.

»Es tut mir leid. Ich hätte dir das nicht sagen dürfen …«

»Schon gut«, wehrte Sina ab. Sie wollte nur noch nach Hause. »Vergiss es einfach.«

»Ich wünschte, das könnte ich.« Schmerz trat in seinen Blick. »Aber dieses Risiko kann ich nicht eingehen.«

KAPITEL 14
LAZAR

Sie hatte ihn nicht ernst genommen, aber damit hatte er gerechnet. Was ihn überraschte, war sein Widerwille, das Notwendige zu tun: einmal mehr in ihren Geist einzugreifen und die Erinnerung auszulöschen – nicht nur an das, was er ihr soeben erzählt hatte, sondern an alles, was sie miteinander geteilt hatten. Er musste sich vollständig aus ihrem Gedächtnis löschen.

Es gab keine Alternative. Sina die Wahrheit wissen zu lassen, brachte nicht nur ihn selbst in Gefahr.

Aber war die Lüge nicht ebenso tödlich? Dort draußen lauerte immer noch eine Vampirin, die erneut für Schlagzeilen gesorgt hatte – diesmal war das Opfer am Elbstrand gefunden worden – und die bereits einmal Interesse an Sina gezeigt hatte. Würde er es sich verzeihen, wenn er sich aus Sinas Leben zurückzog und sie ein weiteres Mal in die Fänge der fremden Untoten geriet? Wenn *sie* die nächste blutleere Leiche war, die man in Hamburg fand – abgelegt wie ein Stück Müll?

Nein, er brachte es nicht über sich, einfach ihre Erinnerungen zu löschen und sie ihrem Schicksal zu überlassen. Er konnte sie nicht aufgeben. Noch nicht.

»Erinnerst du dich an den Abend im *Sacre Cœur?*«, fragte er.

Sina nickte, ohne ihre verschlossene Haltung aufzugeben.

»Jemand war bei dir, als ich in den Klub gekommen bin. Eine Frau.«

Sie schnaubte. »Was hat meine Freundin damit zu tun?«

»Nicht deine Freundin. Jemand anders. Ich denke nicht, dass du diese Frau davor schon einmal gesehen hast.«

»Da war niemand.«

Ihr Blick verriet jedoch etwas anderes. Lazar konnte regelrecht sehen, wie die Erinnerung darum kämpfte, an die Oberfläche zu gelangen. So mächtig schien die Unbekannte also doch nicht zu sein.

Sina fasste sich an die Stirn und schauderte. »Levke hat mich mit einer Frau gesehen. Ich habe es nicht ernst genommen, aber da war …« Ihre Lippen bebten, suchten nach dem richtigen Wort. »Marcella.«

Lazar bleckte die Zähne. Damit hatte die Unbekannte also nun einen Namen. Vielleicht half ihnen das, sie aufzuspüren. Von den Klubs hielt sie sich mittlerweile fern, aber solange jede Nacht eine neue Leiche auftauchte, änderte das gar nichts.

»Sie wollte dich töten«, erklärte er Sina. »Und sie ist noch in der Stadt.«

Sina schüttelte sich, als könnte sie auf diese Weise ihre Erinnerung ein weiteres Mal loswerden. Mit einem unsicheren Lachen fragte sie: »Und du willst jetzt meinen Aufpasser spielen?«

»Ich habe nicht das Gefühl, dass du das zulassen würdest«, entgegnete er. »Ich will einfach, dass du vorsichtig bist. Und … niemandem von mir erzählst.« Er würde ihr glauben, auch wenn er damit sein Leben aufs Spiel setzte.

Sie seufzte. »Warum hältst du so an dieser Geschichte fest?«

»Weil es die Wahrheit ist.« Ehe sie noch einmal widersprechen konnte, öffnete Lazar seine Lippen, gerade so weit, dass sie beobachten konnte, wie sich seine Fangzähne aus dem Kiefer schoben – bereit, Fleisch zu durchbohren und Blut fließen zu lassen.

Erschrocken schnappte Sina nach Luft. Lazar schloss den Mund und zog die Reißzähne zurück.

»Scheiße, das kann doch nicht ...« Sinas Herzschlag hämmerte in seinen Ohren, übertönte die geschäftigen Geräusche der Passanten. Sie bemühte sich, ruhig und gefasst zu bleiben, doch ihr Körper verriet sie. Lazar konnte ihre Angst riechen. Umso mehr beeindruckte es ihn, dass sie nicht die Flucht ergriff, sondern mühsam um Fassung rang, bis sie schließlich langsam ausatmete und die Schultern straffte.

»Okay«, sagte sie. »Jetzt habe ich wirklich ein paar Fragen.«

Lazar lächelte. Nichts anderes hatte er erwartet.

»Ich bin ganz der Deine. Aber vielleicht ...«, einladend deutete er die Promenade entlang, »... sollten wir das bei einem Spaziergang klären.«

Er machte nicht den Fehler, ihr seinen Arm anzubieten. Auch wenn sie nicht noch weiter vor ihm zurückwich, zeigte ihre Körperhaltung deutlich, dass sie sich in seiner Nähe keineswegs wohlfühlte. Er konnte von Glück sagen, dass sie seiner Aufforderung folgte. Doch bereits ihre erste Frage führte Lazar auf dünnes Eis.

»Diese Frau wollte mich also töten. Und was ist mit dir?«

»Ich nicht.«

»Aber was *willst* du von mir?« Sina schüttelte den Kopf, als wäre ihr das Konzept, mit jemandem Zeit zu verbringen, den man nicht töten wollte, vollkommen fremd.

Beiß sie. Fick sie, wenn es das ist, was du brauchst. Aber dann lass, verdammt noch mal, die Hände von ihr.

Lazar biss die Zähne zusammen und schob die Hände in die Jackentaschen. Er würde sich nicht auf Cassius' Niveau herablassen, so viel stand fest. Gerade deshalb war ihre Frage gar nicht so leicht zu beantworten.

»Ich weiß es nicht«, gestand er schließlich. »Ich bin gern bei dir. Reicht das denn nicht?«

Eine grüblerische Falte erschien auf Sinas Stirn. »Und das gestern?«

Lazar seufzte. »Okay, vielleicht reicht es nicht«, gab er zu. »Ich … ich möchte einfach nur die Zeit genießen.«

Anklagend deutete sie in Richtung des Cafés. »Gerade eben hast du noch gesagt, du wolltest mir körperlich wehtun!«

»Sschh!« Sie war laut geworden, vermutlich ohne es zu merken. Doch er durfte nicht riskieren, dass Unbeteiligte ihr Gespräch mit anhörten. »Ich *wollte* dir nicht wehtun«, erklärte er deshalb leise, aber bestimmt. »Ich wollte es verhindern. Für mich ist die Situation auch neu. Ich … normalerweise rede ich nicht mit Sterblichen.«

»Aber mit mir schon?« Ungläubig schüttelte Sina den Kopf. »Warum? Ich bin nichts Besonderes.«

»Das sehe ich anders.«

Sina schnaubte.

»Ich genieße die Gespräche mit dir«, beharrte Lazar. »Und ja, ich fühle mich zu dir hingezogen. Sehr sogar.« Als sie nichts erwiderte, fuhr er fort: »Ich kann dir keine Familie bieten, auch keine Zukunft.« Allmählich wurde ihm klar, weshalb er sich all die Zeit von Sterblichen ferngehalten hatte. Er hatte noch viel weniger mit ihnen gemein, als er gedacht hatte. Trotzdem … »Das bedeutet nicht, dass es mir nicht ernst wäre.«

Sina blinzelte verblüfft. »Also … willst du eine … Beziehung?«

Wieso verwunderte sie das so? Er hatte doch bestätigt, dass ihre Verabredungen Dates waren.

»Ich fühle mich wirklich geschmeichelt, aber …« Sie biss sich auf die Unterlippe. »Ich bin mir nicht sicher, ob ich damit umgehen kann. Ich meine …« Zum ersten Mal, seit er ihr sein wahres Gesicht gezeigt hatte, sah sie ihn direkt an. »Tötest du Menschen?«

Er verstand, wie sie darauf kam, aber … »Nein.«

»Aber diese … Marcella … schon.«

»Unglücklicherweise, ja. Ich versuche, das zu unterbinden. So bin ich in diesem Klub gelandet.«

»Aber du trinkst Blut«, vergewisserte Sina sich.

Lazar hielt ihrem forschenden Blick stand. Wenn ihre Neugier sie zum Bleiben verleitete, würde er ihr alle Fragen beantworten. Vielleicht würde sie ihm dann wieder vertrauen.

»Ja, ich trinke Blut«, bestätigte er.

»Jede Nacht?«

»Ja. Aber dabei kommt niemand zu Schaden.«

Ihr Blick machte deutlich, dass sie ihm das nicht glaubte. »Mit Blutverlust ist nicht zu spaßen«, erklärte sie ernst. »Hast du Freiwillige für so was?«

Hörte er da einen Anflug von Eifersucht in ihren Worten?

Er schmunzelte. »Wieso? Würdest du den Part übernehmen wollen?«

Ihr entsetzter Gesichtsausdruck sprach Bände. »Nein!«

»Keine Sorge, davon bin ich auch nicht ausgegangen. Ich habe doch gesagt, dass ich dich nicht verletzen möchte.«

Sina wirkte nicht sonderlich beruhigt. »Also tut es weh.«

Das war zwar keine Frage, dennoch antwortete Lazar, so ehrlich er konnte. »Es ist eine blutende Wunde, ohne Schmerzen geht es wohl nicht.« Er seufzte. »Aber ich bin umsichtig. Ich heile die Wunden, die ich verursache.«

Sina wirkte nicht gerade überzeugt. »Wie?«, wollte sie wissen.

Lazar hob die Hand und drehte sie im Licht der Straßenlaternen. »Manches von dem, was mich am Leben hält, kann ich weitergeben, wenn auch in sehr geringem Maße.« Auf ihren irritierten Blick hin fuhr er fort: »Ich benutze mein eigenes Blut dazu.«

Sina verzog das Gesicht. »Und es gibt Leute, die sich darauf einlassen?«

»Sie erinnern sich nicht daran. Deshalb besteht auch keine Notwendigkeit, sie zu töten.«

Abrupt blieb Sina stehen. »Was?«

Er fluchte innerlich. Er hatte sie beruhigen wollen, doch der Versuch war kläglich gescheitert.

»Ich töte nicht«, versicherte er. »Niemals.«

»Aber warum erinnern sie sich dann nicht daran?« Schutz suchend zog sie ihren Mantel um sich. »Warum erinnere ich mich nicht richtig an Marcella?«

Das war also ihre Sorge! Erleichtert atmete Lazar auf.

»Sie hat dich nicht gebissen«, beschwichtigte er. »Sie wollte es, aber ich habe sie daran gehindert. Den Rest weißt du.«

Sina schüttelte den Kopf. »Wie soll ich dir das glauben?« Sie blickte sich um, als würde sie am liebsten in den nächsten Bus springen. Der Abgang zur U- und S-Bahn lag nicht weit entfernt, doch Sina blieb und sah ihm ins Gesicht. »Woher weiß ich, dass du mich nicht genauso manipulierst? Liest du meine Gedanken?«

»Ich kann keine Gedanken lesen …«

»Das ist nicht der wesentliche Punkt!«

»… und ich manipuliere dich auch nicht, Sina. Denkst du wirklich, dass ich mich dann mit dir auf offener Straße hinstellen würde, um das durchzudiskutieren?« Er stieß ein frustriertes Schnauben aus. »Ja, ich könnte dich willenlos und wehrlos machen, aber genau das möchte ich nicht. Verstehst du das nicht? Du bist mir wichtig! Du als Mensch. Ich möchte dich kennenlernen, als Frau. Deine Gedanken, deine Art. Ich will Zeit mit dir verbringen, um nichts anderes geht es mir.«

Sinas Augenbrauen krümmten sich, was ihrem Gesicht einen schuldbewussten Ausdruck verlieh. »Entschuldige«, murmelte sie. »Ich frage dich aus, als wärst du Teil einer klinischen Studie.«

Unwillkürlich musste Lazar lächeln. Er streckte die Hand aus und war erleichtert, als Sina nicht zurückwich. Sacht strich er über ihre Wange. »Du kannst mich alles fragen, was du willst. Solange du mich noch als Person siehst. Als Mann. Und nicht als Testsubjekt, das du auf einen Seziertisch schnallen willst.«

Erschrocken riss Sina die Augen auf. »Das würde ich nie …«

»Ich weiß.« Seine Hand ruhte nun an ihrer Wange, nahm die Wärme ihrer Haut auf. »Genau deshalb vertraue ich dir.«

Sie sah ihn bloß an, aus diesen dunklen Augen, die so vertraut wirkten, so viel älter als der Rest ihrer sterblichen Hülle. Ihre Lippen waren leicht geöffnet. Sollte er es wagen …?

Just in diesem Moment musste sie gähnen. Rasch schlug sie sich eine Hand vor den Mund, aber der Augenblick der Versuchung war vorüber.

»Tut mir leid.« Sina wedelte mit der Hand, als könnte sie ihre Müdigkeit dadurch vertreiben. »Ich habe nicht viel Schlaf bekommen letzte Nacht.«

Und das war seine Schuld. Sie brauchte es nicht auszusprechen, sie beide wussten es.

Nervös leckte Lazar sich über die Lippen. »Darf ich dich nach Hause bringen?«

Sina zögerte.

»Ohne Hintergedanken«, versprach er. »Ich möchte nur, dass du sicher heimkommst.«

Die Erinnerung an ihre Begegnung mit der Vampirin – eine Begegnung, die offensichtlich noch bruchstückhaft in ihrem Gedächtnis lauerte – ließ Sina zusammenschrecken. Lazar wollte ihr nicht unnötig Angst einjagen, doch es war inzwischen dunkel geworden. Zweifellos würde Marcella bald auf die Jagd gehen.

Sina biss sich auf die Unterlippe. »Okay«, meinte sie schließlich.

Die Fahrt mit der Hochbahn verbrachten sie schweigend. Sina starrte aus dem Fenster in die Dunkelheit, als würde sich ihr plötzlich eine ganz neue Welt offenbaren. Rief sie sich ihre Freunde und ihre Familie ins Gedächtnis? Fragte sie sich, wer von ihnen unsterblich war ... und wer bereits einmal zum Opfer geworden war? Versuchte sie sich vorzustellen, wie er die Stadt sah? Würde sie jemals wieder unbeschwert durch die Nacht gehen?

Zu gerne hätte Lazar sie nach ihren Gedanken gefragt, doch er argwöhnte, dass sie diese im Augenblick lieber nicht mit ihm teilen wollte. Vielleicht überlegte sie auch, wie sie ihn loswerden konnte, ohne das Risiko einzugehen, sich dadurch sofort zur Beute zu machen.

»Willst du mit nach oben kommen?«, fragte sie, sobald sie die S-Bahn-Station verlassen hatten.

»Du musst das nicht tun«, versicherte er. »Wenn du Zeit brauchst, oder Abstand ...«

»Nein.« Sie umklammerte ihre Handtasche. »Ich glaube, wenn du jetzt gehst, werde ich nicht den Mut haben, dich noch einmal zu treffen. Und ich glaube, das würde ich mein Leben lang bereuen.«

Er war sich nicht sicher, wie er diese Aussage einordnen sollte, doch Sina nahm ihm die Entscheidung ab. Sie hob den Kopf und sah ihn an, mit einem Blick, der keine Lüge duldete.

»Du wirst mir nicht wehtun?«

»Niemals.« Sanft legte Lazar seine Hände um ihre, hob ihre Fingerspitzen an seine Lippen und hauchte einen Kuss darauf. »Ich werde dich nicht verletzen, Sina. Eher leide ich selbst. Genau deshalb bin ich gestern gegangen. Ich war nicht darauf vorbereitet, was du in mir auslöst. Das ist jetzt anders.«

Seine Finger strichen über ihre Knöchel, legten sich sacht um ihr Handgelenk und ertasteten das Pochen in ihren Adern. Allzu deutlich vernahm er den Lockruf ihres Blutes. Aber er widerstand.

»Ich werde nie wieder riskieren, in deiner Gegenwart die Kontrolle zu verlieren«, versprach er.

»Wie kannst du dir da so sicher sein?«, wisperte sie.

Diesmal war es keine Angst, die aus ihr sprach. In ihren Augen lag dieselbe Sehnsucht, die er selbst verspürte.

Zwischen ihnen lagen nur Zentimeter. Er fühlte ihren warmen Atem auf seiner Haut, roch ihren Duft, ihre Lebendigkeit.

»Vertrau mir«, flüsterte er.

Sie erhob sich auf die Zehenspitzen. Ihre Lippen streiften seine in einem vorsichtigen, keuschen Kuss.

Sanft nahm er sie in die Arme. Eine Berührung, die so leicht war, dass sie ihm fast wie ein Traum erschien – und doch bedeutete sie alles. Ihre Lippen fanden sich erneut, lagen warm aufeinander, endlose Atemzüge lang.

Schließlich löste Sina sich von ihm. Allerdings nur, um ihn bei der Hand zu nehmen.

»Komm«, sagte sie, und er folgte ihr bereitwillig.

KAPITEL 15
ROMINA

»… liegt laut unseren Mathematikern eine siebenprozentige Steigerung der Anämiefälle in Hannover vor.«

»Interessant«, murmelte Romina Korn. Die Leiterin der Einheit Nord hörte ihrer Korrespondentin nur mit halbem Ohr zu. Sie heftete ihren Blick auf die Statistiken, die der Beamer an die Wand des Besprechungsraums warf, doch auch die nahm sie nur beiläufig wahr. Ja, Menschen, die über Anämie klagten, waren ein Indiz, wenn man nach einem neuen Fall suchte. Allerdings hatte sie bereits einen Fall, und das unmittelbar vor ihrer Nase. Irgendwelche Verdachtsfälle in Hannover waren dagegen reine Routine, solange sie sich nicht erhärteten.

Frustriert fuhr Romina sich durch das kurze Haar. Sie wollte diese Besprechung bloß noch hinter sich bringen.

»Beisteiner, behalten Sie das im Auge«, ordnete sie an.

»In Ordnung.«

Der Agent klang wenig begeistert, doch das war Romina egal. Ganz gleich, wie viele Jahre er schon im Dienst war, es ging hier nicht darum, wer den meisten Ruhm einheimsen wollte. Es ging einzig und allein um Ergebnisse. Beisteiner war ein fähiger Mann, aber mit den Ereignissen in Hamburg am wenigsten vertraut. Entbehrlich machte ihn das nicht, beim momentanen Stand der Ermittlungen konnte er jedoch nicht viel zur Lösung des Falls beitragen. Und sollte sich das ändern, war Hannover nur zwei Autostunden entfernt, mit dem Hubschrauber sogar nur eine. Das war zu verkraften.

Romina nippte an ihrem kalt gewordenen Früchtetee und bedeutete der Korrespondentin, fortzufahren. Die Statistiken verschwanden von der Wand und machten dem Bild eines unscheinbaren Asiaten mit Brille Platz.

»Diesen Vampir haben die Japaner identifiziert«, erläuterte die junge Agentin. »Die Daten sind schon an unsere Kontakte bei der Polizei und im Gesundheitsministerium gegangen.«

»Hat die Gesichtserkennungssoftware etwas ergeben?«

»Bislang nicht. Wir scannen die sozialen Medien und öffentliche Überwachungskameras, aber er gilt als Einzelgänger. Wahrscheinlich hält er sich eher an kleinere Städte oder Campingplätze. Angeblich ist er unterwegs ans Mittelmeer, aber man kann ja nie wissen.«

Romina winkte ab. Dann war er vermutlich längst dort angekommen. Damit fiel er ins Gebiet der *Phýlaka*. Der griechische Orden war noch älter als ihr eigener, und ihr Einflussbereich umspannte die gesamte Mittelmeerküste. Sollten die sich um diesen Blutsauger kümmern. Sie hatte selbst einen an der Backe.

»War es das?«, fragte sie. Zustimmendes Gemurmel ihrer Teamleiter. »Gut. Dann an die Arbeit.«

Wie sie Besprechungen hasste. Besonders, wenn sie eigentlich Wichtigeres zu tun hatte. Und sie hatte *immer* Wichtigeres zu tun, das brachte ihre Position so mit sich.

Romina schnappte sich ihre Teetasse und marschierte in ihr Büro. Als sie die Tür hinter sich zuzog, fiel ihr Blick wie üblich auf den überdimensionierten Monitor an der Wand: eine Livedarstellung all der Untoten, die sie identifiziert und mit GPS-Trackern versehen hatten und die sie nun als ahnungslose Späher einsetzten. Es war nur eine Handvoll Punkte, über den gesamten Globus verteilt. Wenn man jedoch bedachte, dass jeder einzelne Punkt für eine wesentlich größere Dunkelziffer an Untoten stand …

Romina knallte ihre Tasse auf den Schreibtisch. Die *Vetrani in Dei Signo* hatten – ebenso wie die meisten anderen Orden – geschworen, diese Parasiten auszulöschen. Wissentlich zu dulden, dass Vampire frei herumliefen, war nicht nur gegen ihre Prinzipien, sondern widersprach auch ihrer moralischen Überzeugung. Kein Mensch sollte als Lebendfutter herhalten müssen.

Manchmal jedoch musste man das geringere Übel wählen. Ein paar der harmloseren Exemplare zu verschonen, um die wirklich Schlimmen aufzuspüren … Diese Taktik hatte sich in den vergangenen Jahren mehrfach bezahlt gemacht. Passen musste ihr das Ganze trotzdem nicht.

Es klopfte.

»Ja?«

Hans Mellner, einer ihrer Teamleiter, steckte den Kopf zur Tür herein.

Augenblicklich beschleunigte sich Rominas Herzschlag. Sie winkte den Agenten heran. »Haben Sie was Neues?«

»Wie man es nimmt.« Er hielt einen Ordner hoch. »Aber schauen Sie selbst. Das hier ist der Kerl. Jens Banesch.«

Die Akte, die Mellner ihr auf den Tisch legte, erschien ihr nicht gerade üppig. Romina Korn schlug den dünnen Papierordner auf und betrachtete die beiden Ausdrucke darin.

»Ein besseres Foto haben wir nicht?«

»Nein. Die Adresse und die Telefonnummer, die uns sein Arbeitgeber genannt hat, führen ebenfalls ins Leere. Jede Wette, dass der Name genauso falsch ist.«

Was kein Beweis, aber ein gutes Indiz wäre. Eines von vielen. Trotzdem reichte es nicht, um auszuschließen, dass Banesch ein Mensch war. Ein Krimineller, ein Illegaler – oder einfach nur jemand, der sehr viel Pech hatte. Sie wussten es nicht. Der verdammte Köter hatte ihnen die Observierung versaut. Es war unmöglich zu sagen, ob der Verdächtige auf den Gammelköder reagiert hatte oder auf den Hund. Ein Mensch hätte den Geruch des verfaulten Hähnchens nicht bemerkt, nicht bei der Distanz. Ein Untoter schon. Mellner behauptete, gesehen zu haben, wie Banesch geschnüffelt hatte, aber Romina war sich da nicht so sicher.

Heute jedoch war der Verdächtige in einer Sackgasse verschwunden und nicht wieder aufgetaucht. Wenn der Kerl also nicht Houdini war …

… konnte er immer noch ein Freeclimber sein. Romina fluchte.

»Das reicht alles nicht. Wenn wir Banesch ausschalten wollen, brauchen wir einen Beweis.« Etwas Eindeutigeres als das Zeug in der Akte. »Wir müssen herausfinden, wer der Kerl ist.«

Sie konnten einen Verdächtigen erst liquidieren, wenn sie hundertprozentig sicher waren, dass es sich dabei um einen Untoten handelte.

Derjenige, dem sie auf der Spur waren, hatte bereits sechs Tote in Hamburg hinterlassen – und das waren nur diejenigen, die sie als

Vampiropfer identifiziert hatten. Falls Banesch also ihre Zielperson war, mussten sie mit aller Härte zuschlagen. Genau deshalb hatte sie sich persönlich der Observation angeschlossen.

Aber wie er Romina angestarrt hatte … Beim ersten Mal hatte sie noch geglaubt, ihn vielleicht mit der Rolle der Prostituierten ködern zu können. Das war ein Schuss in den Ofen gewesen. Doch heute hatte er sie angesehen, als wüsste er genau, wer sie war. Hatte er sie entlarvt? War er deshalb geflohen? Oder spielte er nur mit ihnen?

Was wäre geschehen, wenn sie ihm in die Sackgasse gefolgt wäre? Es widersprach allen Prinzipien der Vetrani, niemals stellte man einen potenziellen Untoten alleine. Diese Regel existierte aus gutem Grund, und Romina hielt sich daran. Dennoch wurmte es sie, zu wissen, dass sie so nah dran gewesen war.

Ein Zeuge hatte Banesch auf St. Pauli gesehen, ehe die Leiche an der Davidwache aufgetaucht war. Immer noch kein Beweis, aber ein weiteres Indiz.

Zur Hölle mit Wahrscheinlichkeiten! Mellner hatte recht, der Kerl *war* ihr Zielobjekt, Romina spürte es bis in die Fingerspitzen. Sie hätte ihn ausschalten und damit weitere Tote verhindern können.

Der Schichtleiter der Lagerhalle hatte sich bereit erklärt, sie sofort zu informieren, sollte Banesch noch einmal auftauchen. Das würde ihnen jedoch frühestens morgen weiterhelfen. Außerdem bezweifelte sie, dass der Verdächtige an seine Arbeitsstelle zurückkehrte, nachdem er zuletzt über die Sackgasse geflohen war. Sie hatten ihn aufgeschreckt. Nun mussten sie handeln, ehe er untertauchen konnte – oder sein Muster erneut änderte.

Entschlossen klappte Romina die Akte zu und schob sie Mellner entgegen.

»Geben Sie das den anderen Orden weiter«, befahl sie ihrem Agenten. »Falls wir aufgeflogen sind, wird er womöglich das Land verlassen. Wenn nicht, wird in wenigen Stunden die nächste Leiche auftauchen.«

Von Nacht zu Nacht wurden die Morde schlimmer, doch sie konnten nicht jeden verdammten Klub auf St. Pauli überwachen. Dazu fehlte ihnen schlichtweg das Personal. Sie brauchten Unterstützung.

»Holen Sie mir Hauptkommissar Dahlmann ans Telefon.« Einen

Untoten zu stellen, war kein Job für die Polizei, aber womöglich konnten Dahlmanns Leute ihnen dabei helfen, ihn aufzuspüren. »Wir müssen den Mistkerl kriegen. Wir wissen, wo er jagt. Jetzt müssen wir nur noch herausfinden, wo er tagsüber unterkriecht.«

KAPITEL 16
LAZAR

Er betrachtete Sina, während sie schlief. Ein Vampir benötigte weniger Schlaf als ein Mensch, doch auch sein Körper verlangte nach Ruhe. Und Sina zu spüren, ohne jeden Vorbehalt, ihrem trägen, gleichmäßigen Herzschlag zu lauschen, bis ihn selbst die Müdigkeit übermannte … Mehr brauchte er gar nicht, zumindest nicht heute. Er war glücklich, sie einfach halten zu können – so sehr, dass er erst hochschreckte, als Sinas Handywecker losplärrte.

Lazar stöhnte und presste die Hände an seine empfindlichen Ohren. Sina dagegen grunzte, streckte den Arm aus und schlug damit nach dem Telefon. Dabei hatte sie eindeutig nicht einkalkuliert, dass zwischen ihr und dem lärmenden Ding ein ausgewachsener Mann lag. Ihre Hand traf Lazar mitten auf die Nase, was ihm ein weiteres Stöhnen entlockte.

Nun war auch Sina wach. »Oh Gott, entschuldige!«

Lazar grinste. »Schon gut.« Wenn das der Preis für eine Nacht mit ihr war, dann zahlte er ihn gerne. Umso mehr, da Sina sich vorbeugte und ihm einen raschen Kuss auf die Lippen hauchte.

»Ich muss duschen.« Damit war sie auch schon über ihn hinweggeklettert und in dem winzigen Badezimmer verschwunden, das zu ihrer Wohnung gehörte.

Lazar strich sich die Haare aus der Stirn und machte sich auf den Weg in die Kochnische, um ein Frühstück für sie zuzubereiten. Den Kühlschrank zu finden war einfach; für Teller, Tasse und Besteck war schon etwas mehr Sucharbeit notwendig. Das wahre Problem war der neumodische Herd. Zwar ähnelte das Ding dem Exemplar in seiner eigenen Küche, bislang war Lazar jedoch nie in die Verlegenheit gekommen, irgendwelche Küchengeräte tatsächlich zu benutzen.

Davon abgesehen: Mochte Sina lieber Tee oder Kaffee zum Frühstück? Den Wasserkocher konnte er noch bedienen, aber wo war eine Kanne?

»Was machst du da?« Sina klang amüsiert, was vermutlich daher rührte, dass er vor ihrem Küchenschrank auf dem Boden hockte und sich durch Töpfe und Pfannen wühlte.

Verschämt kam er auf die Beine. »Ich wollte dir Kaffee machen.«

Sina lachte und bedachte ihn mit einem weiteren Kuss, ehe sie an ihm vorbeigriff und eine schlanke schwarze Maschine anschaltete. Das Gurgeln von heiß werdendem Wasser erklang.

»Du bist lieb.« Sie inspizierte die Ansammlung von Marmeladen, Aufstrichen, Brotscheiben und Butter auf dem Tisch – und das einzelne Gedeck. »Isst du nichts?«

»Nein.« Es tat gut, sich nicht länger verstellen zu müssen.

Er nahm auf dem freien Stuhl Platz und beobachtete zufrieden, wie Sina sich ihr Frühstück zubereitete: Brot mit gesalzener Butter und Erdbeermarmelade, dazu Kaffee mit viel Milch. Kein Zucker.

Sina wiederum musterte ihn nachdenklich. »Was ist mit Rotwein?«, wollte sie wissen.

Lazar blinzelte. »Was soll damit sein?«

»Ich überlege die ganze Zeit, ob ich dich im *Sacre Cœur* etwas trinken gesehen habe, aber ich kann es nicht mit Sicherheit sagen. In der Pizzeria hast du definitiv Rotwein getrunken.«

»Ah.« Er seufzte. »Das habe ich danach auch ziemlich bereut.« Auf ihren fragenden Blick hin erklärte er: »Ein vampirischer Organismus ist nicht auf die Verwertung von Nahrung ausgelegt. Ich kann sie nicht verdauen.«

Sina verzog das Gesicht. »Okay, ich glaube, ich verzichte auf die Details.«

Er schmunzelte. »Ich dachte, du bist Ärztin und dich schockiert nichts?«

»Das bedeutet noch lange nicht, dass ich mir so was beim Essen anhören muss.« Demonstrativ biss sie in ihr Marmeladenbrot.

Dafür hatte er Verständnis. »Hast du sonst noch Fragen?«

»Jede Menge. Ich weiß nur nicht, wie frühstückskompatibel die sind.«

Lazar lehnte sich zurück. »Ich habe Zeit.«

Tatsächlich wusste er nicht einmal, zu welcher Schicht er an diesem Tag eingeteilt war. Im Augenblick war es ihm auch völlig gleichgültig. Sollte der Schichtleiter ihn doch melden. Ein schlecht bezahlter Job ohne Anforderungsprofil würde sich auch anderswo finden.

Nachdenklich nippte Sina an ihrem Kaffee. Ihr Blick glitt an Lazar vorbei zum Fenster. Warmes Herbstlicht fiel von draußen auf den Küchentisch – und auf ihn.

»Warum bist du kein Staubhaufen?«, fragte sie rundheraus.

»Wäre dir das lieber?«

»Du weichst schon wieder aus!«

»Du hast recht. Entschuldige.« Jahrhundertelang gepflegte Gewohnheiten ließen sich nur schwer abstellen. »Es ist bloß schwer zu erklären, warum etwas *nicht* so ist, wie es in Filmen dargestellt wird. Es entsprechen nun mal nicht alle Mythen der Wahrheit.«

»Aber manche schon?«

»Manche schon.« Lazar schloss die Augen und spürte der Wärme auf seiner Haut nach. Er mochte Tageslicht, jedenfalls in Maßen. »Ich gehe nicht gern in die Sonne, weil meine Sinne empfindlicher sind als die eines Menschen. Ich höre besser, rieche mehr, sehe in der Nacht … Alles hat Vor- und Nachteile.« Er grinste. »Es hat seine Gründe, warum ich in Hamburg sitze und nicht in Barcelona.«

Sina brummte. »In England hättest du noch mehr Regen.«

»Ich mag kein britisches Essen.«

»Gut, das ist gewöhnungsbedürftig, aber …« Sina brach ab und blinzelte. »Oh.«

Lazars Grinsen wurde breiter. »Stell es dir wie Fast Food vor.«

»Du merkst da wirklich einen Unterschied?«

»Schmeckst du den Unterschied zwischen Bio- und Billigfleisch?«

Angewidert verzog sie den Mund. »Das ist kein netter Vergleich.«

»Weil ich von Menschen rede und du nur von Tieren?« Er beugte sich vor. »Ich bin unsterblich, Sina. Nenn mich überheblich, aber ein

Mensch hat mit einem Schwein mehr gemein als ich mit den Leuten, von denen ich trinke. Und *ich* muss niemanden schlachten. Meine Nahrung geht anschließend heim zu ihrer Familie.« Sofern es eine gab.

Betroffen sah Sina auf die Wurstpackung, die vor ihr auf dem Tisch lag. »Ich verstehe.« Sie war merklich blass geworden. Schließlich stand sie auf und räumte die Überreste des Frühstücks weg.

Bei der Wurst zögerte sie. Lazar ahnte, dass das die letzte Packung Fleisch war, die in ihrem Kühlschrank landete.

Von allen Dingen, die sie seit gestern Abend erfahren hatte, nahm ausgerechnet *das* sie mit? Er wurde aus den Menschen nicht schlau. Vielleicht hatte er auch einfach zu viel Zeit versäumt. Moralische Werte wandelten sich ebenso wie alles andere.

Mit einem vernehmlichen Seufzen stopfte Sina die Packung in die hinterste Ecke des Kühlschranks und knallte die Tür zu. Als sie sich umdrehte, räusperte sie sich verlegen.

»Dann … wird man also nicht automatisch zum Vampir?«, wollte sie wissen.

»Nur durch einen Biss?« Lazar zog die Augenbrauen hoch. Die Vorstellung, dass jeder Vampir jede Nacht mindestens einen neuen Unsterblichen erzeugte, rangierte irgendwo zwischen lächerlich und besorgniserregend. »Damit wäre die Menschheit innerhalb kürzester Zeit ausgerottet.«

»Du hast recht.« Sina schüttelte den Kopf. »Aber wie passiert es dann? Ich meine … Du warst doch mal ein Mensch, oder?«

Lazars gute Laune verflog. Natürlich hätte er diese Frage vorhersehen müssen. Es lag allein an ihm, dass er sie verdrängt hatte.

Als er nicht antwortete, weiteten sich Sinas Augen. »Wurdest du so geboren? Ich wollte dir nicht zu nahe treten …«

»Ich war ein Mensch.« Die Worte kamen schroffer hervor, als er beabsichtigt hatte, aber vielleicht hielt das Sina wenigstens von weiteren Fragen in diese Richtung ab.

Leider tat es das nicht.

»Aber wie …«

»Man stirbt!«

Wut, Ohnmacht, Angst. All diese Gefühle stürmten auf Lazar ein, trieben ihn auf die Beine. Jahrhundertealte Erinnerungen, denen er nicht entkommen konnte. Er verschränkte die Arme vor der Brust und zwang sich, stehen zu bleiben. Sinas Wohnung war zu klein, um einen rastlosen Vampir zu beherbergen.

»Und wie …«

»Ich bin kein Testsubjekt, Sina!«, unterbrach er sie unwirsch. »Ich verstehe, dass gerade dich der Vorgang interessiert. Aber ich habe keine medizinischen Antworten für dich, nur eine persönliche Erfahrung. Und die würde ich lieber vergessen.«

Hunger, Wut, Tod. Er schüttelte den Kopf, als könnte er damit die Bilder verscheuchen, die in ihm aufstiegen. Das Gefühl der kalten Erde unter seinen Fingern. Die unermessliche Gier, die in seinen Eingeweiden und seinen Gedanken angeschwollen war, bis sie alles andere ausgelöscht hatte. Bis er sich ihr ergeben hatte. *Ihr.*

Lazar knurrte, kämpfte gegen den uralten Hass, der ihn einmal mehr zu übermannen drohte, und fuhr auf, als er eine Berührung spürte.

Sina zuckte nicht zurück, obwohl Lazar ahnte, dass sein Äußeres gerade nichts Menschliches mehr an sich hatte. Seine Reißzähne waren gebleckt, und die Bestie, die in seinem Inneren tobte, musste deutlich in seinem Blick zu sehen sein.

Sie hätte ihn fürchten sollen. Stattdessen nahm sie ihn sanft in die Arme, setzte sich seiner Nähe aus, als könnte er sie nicht mit einer einzigen Bewegung zerbrechen wie eine Puppe.

Zitternd holte er Luft, atmete Sinas Geruch ein und ließ sich von ihr in die Gegenwart zurückholen. Da war kein Kellergewölbe, kein kalter Erdboden. Sie standen hier inmitten einer warmen Wohnung, im Sonnenschein. Und er hatte dafür gesorgt, dass er nicht hungrig war.

Niemals wieder würde er in ihrer Nähe hungrig sein.

Später wusste er nicht mehr zu sagen, wie lange sie einander so gehalten hatten. Seine Erinnerungen verblassten, ließen ihn wund und verletzlich zurück, doch Sinas Anwesenheit legte sich wie Balsam auf seine Seele. Er zog sie näher an sich heran, schmiegte sich an ihren Körper und genoss ihre weiche Wärme. Deutlich spürte er ihren Herzschlag an seiner allmählich kälter werdenden Brust.

Das blecherne Gebimmel eines Popsongs ließ Sina zusammenzucken. Hastig wand sie sich aus seiner Umarmung.

»Das ist meine Freundin«, murmelte sie verschämt, während sie das Smartphone aus der Hosentasche zog. Sie wandte sich von ihm ab und nahm das Gespräch an. »Hallo, Levke.«

»Sina, meine Güte!« Die Freundin klang aufgebracht. »Warum meldest du dich denn nicht?«

»Tut mir leid, ich war … abgelenkt.«

»Also hat das mit der Versöhnung geklappt?«

»Ähm …« Sina warf ihm einen knappen Blick zu und wurde rot. »Ja?«

Lazar bemühte sich, ein möglichst neutrales Gesicht zu machen. Wie lange würde es dauern, bis ihr klar wurde, dass er auch ihre Gesprächspartnerin hörte?

»Na, das klingt ja nicht sehr überzeugt«, kommentierte Levke. »War der Sex so schlecht?«

Seine Gesichtszüge entgleisten, und damit war seine Tarnung passé.

Sina riss die Augen auf, starrte das Telefon an, dann wieder ihn. »Ich melde mich später. Ich kann jetzt nicht so gut reden …«

Bedeutete das etwa, dass sie diese Frage durchaus beantworten wollte?

Argwöhnisch legte Lazar den Kopf schief. Wie viel besprach Sina mit dieser Freundin? Wie sehr konnte er ihr vertrauen?

»Alles klar, bist du schon in der Klinik?«

»Nein, es ist ja erst …« Sina beugte sich zurück, um einen Blick auf die Wanduhr über der Tür zu werfen, und erschrak. »Scheiße! Ich muss los. Ciao!«

Ohne weitere Umschweife beendete sie das Gespräch. Auch für Lazar hatte sie nur noch einen hastigen Kuss übrig.

»Ich bin bis fünf im Krankenhaus. Mach einfach die Tür hinter dir zu, wenn du gehst.« Damit war sie auch schon bei besagter Tür hinaus.

War das ein Rauswurf? Unschlüssig blieb Lazar in der ihm fremden Wohnung stehen, umgeben von Sinas Geruch, ihrem Leben. Dann zog er sein eigenes Telefon aus der Tasche.

KAPITEL 17
CASSIUS

Die Bilder der Toten wirkten klinisch und distanziert. Sie hätten von einem Polizeifotografen stammen können, doch diese Fotos hatte einer der Schaulustigen am Elbstrand geschossen.

Teleobjektive. Nicht mal im Traum hätte Cassius gedacht, dass er für diese Dinger einmal dankbar sein würde. Und mittlerweile ließen sich sogar die gewöhnlichsten Handykameras damit ausstatten.

Er wusste selbst nicht, wonach er suchte. Irgendetwas, das die offiziellen Behörden übersehen hatten. Etwas, das ihm einen Hinweis darauf gab, wie er diese verfluchte Vampirin aufspüren und unschädlich machen konnte. Der Polizeibericht, den sein Kontaktmann ihm besorgt hatte, war diesbezüglich wenig hilfreich gewesen.

Der Gaffer hatte jedoch von einer anderen Stelle aus fotografiert – und mit deutlich anderen Interessensschwerpunkten.

Cassius hatte die Bilder auf einer einschlägigen Seite im Dark Web aufgestöbert. Die Tote lag nackt und mit gespreizten Beinen im Sand, die Augen weit aufgerissen. Ihre Schenkelinnenseite war zerfetzt. Die Polizei ging zweifellos von einem männlichen Täter aus, dachte an ein Sexualverbrechen. Dabei war es der Mörderin nur um die Beinschlagader gegangen. Cassius war kein Experte für Sickerverhalten, aber er würde wetten, dass trotz der verheerenden Wunde kaum ein Tropfen Blut im Sand zu finden gewesen war.

Die ersten Leichen waren diskret entsorgt worden, doch seit Lazar und er die Untote gestellt hatten, platzierte die Vampirin ihre Beute auf dem Präsentierteller. Warum? Doch nicht bloß aus gekränkter Eitelkeit, schließlich riskierte sie damit, selbst aufzufliegen.

Weshalb glaubte sie, vor den Vetrani gefeit zu sein?

Aus dem Augenwinkel bemerkte Cassius eine Veränderung. Er sah auf sein Handy, das lautlos blinkte. Überrascht las er den Namen auf dem Display. Lazar wusste, wo er ihn finden konnte. Wieso rief er an? War er etwa endlich in der Moderne angekommen? Vermutlich musste Cassius dankbar sein, dass Lazar sich diese kleine Sterbliche eingetreten hatte, sonst würde der Kerl, was Technik anging, immer noch im letzten Jahrhundert festhängen – wenn überhaupt.

Hämisch grinsend nahm Cassius ab. »Na, hat die Kleine dich abserviert?«

»Das hättest du wohl gerne.« Sein Gefährte klang in der Tat nicht gerade unglücklich. »Ich habe etwas für dich.«

Cassius rieb sich die Stirn. »Wenn es nicht der Kopf dieser dämlichen Untoten auf einem Silbertablett ist …«

»Nicht ganz. Aber ich kenne ihren Namen.«

Cassius horchte auf. »Und woher?«

»Sina. Die *Kleine,* wie du sie nennst.« Das erklärte Lazars selbstgefälligen Ton. Der Idiot fühlte sich in seiner unglückseligen Beziehung bestätigt, bloß weil seine Sterbliche zu etwas nütze war.

Dennoch beugte Cassius sich interessiert vor. »Sie konnte sich erinnern?«

Das verriet einiges über ihre Gegnerin. Entweder war sie nicht so mächtig, wie sie es gerne wäre, oder sie spielte auf gefährliche Weise mit dem Feuer.

»Aber wieso sollte sie einem Opfer ihren Namen verraten?«

»Jeder benutzt einen anderen Ansatz, um sich Sterbliche gefügig zu machen«, erinnerte Lazar ihn. »Vielleicht ist das ihrer.«

Namen täuschten Nähe vor, eine Vertrautheit, die den inneren Widerstand des Gegenübers schwinden ließ. Vermutlich war der Name, den die Untote genannt hatte, genauso falsch wie alles andere an ihr. Aber er war eine Spur – vor allem, da sie bestimmt nicht damit gerechnet hatte, dass die Sterbliche überlebte.

Cassius zog seinen Laptop heran. »Wie heißt sie?«

Ein paar Sekunden später ging die Beschreibung der Vampirin um die Welt. Marcella war nicht gerade unauffällig, was ihr Äußeres anging. Vielleicht kannte einer von Cassius' Kontakten sie. Unsterbliche waren nicht so gut vernetzt wie die Vampirjäger, dafür gab es zu wenige von ihnen. Doch sie hatten ihre Mittel und Wege.

Jemand wie diese Marcella war gefährlich, für jeden von ihnen. Normalerweise überlebten solche Vampire nicht lange. Entweder erwischten die Jäger sie, oder die Unsterblichen regelten das unter sich. Niemand konnte einen mordenden Psychopathen gebrauchen, Vampire lebten davon, dass sie unerkannt blieben.

Wenn Lazar mit seiner Einschätzung richtiglag und Marcella alt genug war, um es mit ihnen aufzunehmen, musste sie ihr Unwesen schon eine ganze Weile treiben. Das wiederum deutete darauf hin, dass sie zum einen ein großes Gebiet durchstreifte – vermutlich war sie international tätig, vielleicht sogar mit einem der Containerschiffe nach Hamburg gekommen. Zum anderen legte es nahe, dass sie sich durchaus zurückhalten konnte. Andernfalls wäre sie irgendwann im Lauf der Jahrzehnte unschädlich gemacht worden. So großmäulig sie auch getan hatte, sie wusste ihre Spuren zu verwischen, sonst hätten die Vetrani oder einer der anderen Orden sie bereits aufgespürt. An Polizeiberichte kamen die ebenso gut heran wie er.

Marcella war schlauer, als er ihr zugestehen wollte. Dass sie ihren Modus Operandi verändert hatte, machte sie jedoch möglicherweise unvorsichtig. Würde das reichen, um sie aufzuspüren?

Es dauerte nicht allzu lange, bis die ersten Antworten eintrudelten. Die meisten davon waren enttäuschend. Entweder wussten die Vampire nichts, oder sie wollten nichts preisgeben.

Verfluchte Untote. So viel zur Solidarität der Unsterblichen.

Dann allerdings änderte sich der Tonfall der Nachrichten. Es gab durchaus Gerüchte von einem Mörder, doch die Spur war zerfasert. Unsterbliche, die als gefestigt gegolten hatten, waren dem Blutrausch erlegen und ausgelöscht worden. Wie Viktor, der Kerl, den die Vetrani in Prag erledigt hatten.

Vampire starben, wann immer jemand der Quelle der Bluttaten zu nahe kam. Und nicht nur sie.

Der aktuellste Bericht, den Cassius schließlich erhielt, kam aus Russland. Die Ereignisse dort waren zwar schon gut zwanzig Jahre her, aber Vampire verfügten über ein ausgezeichnetes Gedächtnis. Und mit Pjotrs E-Mail fand Cassius auch die Antwort auf die Frage, weshalb Marcella die Vetrani nicht fürchtete: Wenn die Geschichte des Russen stimmte, hatte sie dort den halben orthodoxen Vampirjägerorden ausgelöscht, ehe sie spurlos verschwunden war.

Cassius sank in seinem Stuhl zurück und tippte nachdenklich mit dem Zeigefinger an seine Unterlippe. Marcella war unberechenbar. Sie war eine Psychopathin, keine Frage. Wenn sie sich jedoch tatsächlich den Vampirjägern entgegenstellen konnte, war sie möglicherweise eine wertvolle Verbündete.

Oder aber die Gefahr, die von ihr ausging, war wesentlich größer, als er bisher angenommen hatte.

KAPITEL 18
SINA

Sina schaffte es gerade noch rechtzeitig zum Beginn ihrer Schicht ins Krankenhaus. Sie überstand die Visite, ohne sich eine weitere Rüge einzuhandeln, was allerdings vor allem daran lag, dass Dr. Steinhäuser seinen freien Tag hatte. Denn entgegen seinem Ratschlag gelang es ihr im Augenblick ganz und gar nicht, sich auf ihre Patienten und die bevorstehende Prüfung zu konzentrieren.

Wie auch? Mit dem Wissen, dass Vampire existierten, kam ihr die Medizin wie eine Lüge vor. Was wussten sie tatsächlich über den menschlichen Körper, wenn er in der Lage war, durch eine wie auch immer geartete Modifikation Jahrhunderte zu überdauern und seinen gesamten Organismus dahin gehend zu verändern, dass er auf Blut als Nahrung angewiesen war?

Sina wusste von einer Stoffwechselerkrankung, die ebenfalls dazu führte, dass Menschen Blutstoffe zu sich nehmen mussten. Doch das war nur ein einzelnes Symptom einer zwar unheilbaren, aber durchaus behandelbaren Krankheit. Es veränderte nicht die komplette Physis eines Menschen.

Und da war noch etwas anderes. Lazars Behauptung, mit seinem Blut heilen zu können … War das eine Metapher gewesen? Sie hatte nicht den Eindruck, dass er ein Mann der blumigen Worte war, also sollte sie seine Aussage wohl wörtlich nehmen: Vampirblut war in der

Lage, die Wundheilung anzuregen. Stellte sich die Frage: Was noch? Was könnte eine solche Substanz bewirken, wenn sie bekannt und synthetisiert verfügbar wäre?

Natürlich hatte sie nicht vor, Lazar auf einen Labortisch zu schnallen und zu sezieren. Sie wollte auch gar nicht verstehen, wie er funktionierte. Sollten die Vampire ihre Geheimnisse für sich behalten. Falls sein Blut tatsächlich Heilkräfte besaß, würde ihr eine kleine Probe davon genügen, um sie zu untersuchen und herauszufinden, wozu es imstande war.

Wie viele Menschen könnten gerettet werden, die nun in der Notaufnahme, im Rettungswagen oder auf dem OP-Tisch starben, weil ihre Verletzungen zu gravierend waren, ihre Blutungen nicht schnell genug gestoppt werden konnten? Welche Krankheiten könnten damit bekämpft werden?

Sina dachte an Frau Ullrich, die sich mit jedem Tag ein Stück weiter selbst verlor. An die Kinder auf der Krebs- und die Patienten auf der Unfallstation. Ganz egal, wie sehr sich das Ärzteteam bemühte, welche pharmazeutischen Mittel entwickelt und welche lebenserhaltenden Maßnahmen ergriffen wurden – viele von ihnen würden das Krankenhaus nicht lebend verlassen, und andere würden nie wieder so leben können wie zuvor. Wie vielen von ihnen könnte geholfen werden? Wie viel Leid könnte Menschen erspart bleiben, wenn die Existenz der Unsterblichen kein Geheimnis wäre?

Wie sollte Sina sich darauf konzentrieren, Menschen aufzuschneiden und mit Nadel und Faden wieder zusammenzuflicken, wenn sie wusste, dass andere Möglichkeiten zum Greifen nah wären?

Doch sie hatte versprochen zu schweigen. Und selbst wenn sie das nicht getan hätte – mit wem hätte sie schon darüber sprechen sollen? Sie wusste ja selbst nicht, ob sie nicht einfach nur verrückt war, das alles zu glauben. Lazar könnte ihr die wildesten Geschichten aufgetischt haben.

Aber diese Zähne … Sina schauderte. Direkt vor ihren Augen hatten sich mehrere Zentimeter lange Reißzähne aus seinem Kiefer geschoben. Ein Partytrick war das ganz sicher nicht gewesen. Sie wollte sich lieber gar nicht erst vorstellen, welche Wunden ein Biss mit diesen Hauern verursachte.

KAPITEL 19
LAZAR

Es trieb Lazar nicht gerade zurück in die Lagerhalle. Wieder in seine alten Muster zu verfallen und sich in erbärmlichen Aushilfsjobs zu verstecken, kam ihm nach den offenen Gesprächen am Morgen seltsam falsch vor. Allerdings erschien es ihm ebenfalls unangebracht, in Sinas Abwesenheit allein in ihrer Wohnung zu hocken. Und da Sina ohnehin beschäftigt war, konnte er sich seine Kündigung ebenso gut persönlich abholen. Das würde den Prozess zumindest beschleunigen.

Als er die Halle betrat, war es bereits kurz nach zehn Uhr vormittags, sein Dienst hätte vor mehr als zwei Stunden begonnen. Noch am Pausenraum wurde er von Werner Kubic abgefangen – dem Kerl, dessen Frühschicht er am Dienstag übernommen hatte.

»Da bist du ja endlich!«, keuchte der Arbeiter. »Ich hab für dich eingestempelt, aber der Chef ist misstrauisch. Ich glaube, er sucht dich!«

Verwundert blieb Lazar stehen. »Du hast mich gedeckt?«

»Sicher.« Werner schien ehrlich überrascht zu sein. »Du hast mir ja auch geholfen.«

Ja, aber dabei hatte Lazar nicht seinen Job riskiert. Er konnte sich vorstellen, dass sein Kollege die Anstellung hier nötiger hatte als er.

»Danke …«

»Da nich' für.« Werner klatschte ihm noch eine Hand auf die Schulter, dann verschwand er in Richtung seiner Ladestation.

Unschlüssig blickte Lazar ihm hinterher. Damit, dass er in Ruhe seine Schicht zu Ende machen konnte, hatte er nicht gerechnet. Konnte es tatsächlich so einfach sein?

Ohne große Eile, so als wäre es ein ganz gewöhnlicher Arbeitstag, ging er zu seinem eigenen Posten. Der Monitor war im Stand-by-Modus. Lazar sah hoch zur Überwachungskamera. War wirklich niemandem aufgefallen, dass er den Beginn seiner Schicht verpasst hatte?

Ein einzelner Piepston ließ ihn aufhorchen. Er fischte sein Telefon heraus und las Sinas Nachricht.

Sehen wir uns heute Abend?

Sie wollte ihn wiedersehen! Das Hochgefühl, das ihn bei diesem Gedanken durchflutete, löschte alle Bedenken kurzzeitig aus. Einen Moment lang erwog er sogar, einfach umzudrehen, dieser dreckigen Halle den Rücken zu kehren und nicht zurückzukommen. Aber damit hätte er Werner vermutlich wirklich in Schwierigkeiten gebracht.

Muss noch arbeiten, schrieb er deshalb zurück. Er aktivierte seinen Monitor und startete die erste Bestellung. *Um acht?*

Das würde ihm nach Schichtende ausreichend Zeit geben, um auf die Jagd zu gehen.

Gerne! Wo?

Stimmen wurden laut. Hastig tippte Lazar die Adresse seiner Wohnung und steckte sein Handy weg. Dann beugte er sich vor, sodass er durch die Lücken der Metallregale spähen konnte.

Eine der Stimmen kannte er, sie gehörte dem Schichtleiter. Die andere war weiblich, herrisch. Er konnte sich nicht erinnern, sie schon einmal aufgeschnappt zu haben. Die beiden bewegten sich in seine Richtung. Hätte er unmittelbar mit der Arbeit losgelegt und dabei den Ohrschutz getragen, hätte er über den Lärm der Anlage hinweg vermutlich nicht einmal mitbekommen, dass sie sich näherten.

Den Glatzkopf des Schichtleiters erspähte er zuerst. Die Frau neben ihm war kleiner, ihre kurzen Haare hatte sie streng im Nacken zusammengefasst. Dennoch erkannte Lazar sie ohne Probleme. Kälte kroch in seine Glieder und lähmte für einen Augenblick seine Gedanken. Die Frau von der Bushaltestelle!

Das war nun bereits das dritte Mal, dass sie ihm begegnete, und jedes Mal sah er sie in einer neuen Aufmachung. Ein Zufall war das nicht – und der Schichtleiter führte sie geradewegs auf ihn zu.

Lazar wartete nicht ab, was die zwei von ihm wollten. Er stürmte los, fort von den beiden und hin zum Notausgang. Seine Schritte dröhnten auf den dünnen Metallplatten der Zwischenetage.

»Halt!«, rief die Frau.

Er dachte gar nicht daran, ihr den Gefallen zu tun. Hinter sich hörte er das helle Klacken ihrer Stiefelsohlen. Sie hatte seinen Gang erreicht und zog eine Waffe. Der Schichtleiter schrie entsetzt auf.

Lazar umklammerte den nächstbesten Metallpfeiler und schwang sich mit den Beinen voran durch das danebenliegende Regal. Gemeinsam mit einem ganzen Stapel von Puzzles stürzte er auf der anderen Seite zu Boden. Hinter ihm knallte ein Schuss, doch die Kugel prallte gegen Metall.

Lazar schnellte hoch und rannte weiter. Er beschränkte sich nicht länger auf die Geschwindigkeit eines Menschen. Jede Vorsicht war vergessen. Aufgeflogen war er ohnehin – eine gewöhnliche Sterbliche war das auf keinen Fall.

Mit einem Satz sprang er auf eines der Fließbänder, das unter seinem Aufprall bedenklich zitterte. Der Lärm schreckte einen Arbeiter auf. Lazar ignorierte ihn, kletterte die Rampe aufwärts und erklomm die nächste Ebene.

Die Vetrani-Agentin – was sonst sollte die Frau sein? – war irgendwo unter ihm zurückgeblieben, doch so leicht würde er ihr nicht entkommen. Es gab nur zwei Wege, die aus der Halle führten: den Haupteingang, durch den sie hereingekommen sein musste, und die schmale Verbindungstür, die zur Anlieferungshalle führte.

Allerdings hatte sich dort zweifellos ebenfalls ein Vampirjäger postiert, Vetrani agierten niemals einzeln.

Lazar blickte hoch. Irgendwo über ihm verlief die Lüftungsanlage, die ihn auf das Dach führen würde. Er sprang auf das Regal zu seiner Linken und kletterte daran nach oben, bis er den Roboter erreichte, der an den Regalverstrebungen entlangsauste, um die bestellte Ware einzusammeln. Er klammerte sich an das Gerät und ließ sich davon höherschleppen, bis die breiten Rohre nur noch wenige Meter über ihm waren.

Doch auf einmal kam der Roboter abrupt zum Stillstand, zitterte … und raste abwärts.

Instinktiv stieß Lazar sich ab. Seine Finger fanden eine Metallstrebe und krallten sich daran fest. Ungeschliffener Stahl schnitt in seine Handflächen. Lazar biss die Zähne zusammen, zog sich hinauf und blickte nach oben. Das Lüftungsrohr verlief gute sechs Meter über ihm, und sein Stand war miserabel. Eine andere Möglichkeit gab es jedoch nicht – also sprang er.

Sein Oberkörper prallte gegen das mannsdicke Rohr, das fragile

Konstrukt wankte unter seinem Gewicht. Lazar klammerte sich daran fest, doch eine der Drahthalterungen riss und schnalzte ihm ins Gesicht. Greller Schmerz fuhr durch seinen Kiefer, Blut drang ihm ins Auge. Lazar ließ nicht los. Mit aller Kraft krallte er sich in das dünne Aluminium des Lüftungsrohrs und zog sich weiter, hangelte sich an dem Rohr entlang nach oben, bis er die unverputzte Decke der Lagerhalle erreichte.

Nun gab es nur noch einen Weg: mit Gewalt durch das Dach. Lazar umfasste die Deckenverschraubung der Belüftungsanlage mit der Linken, zog sich hoch und riss mit der Rechten das Rohr aus der Verankerung. Achtlos stieß er es beiseite. Das Rohr schwankte in der Luft, nur noch von ein paar Metallseilen an der Decke gehalten.

Schwitzend und fluchend zog Lazar sich durch das Loch nach oben. Kühle Abendluft wallte ihm entgegen. Er drückte sich durch den kurzen Luftschacht und kroch auf das Flachdach.

Die Schnitte an seinen Handflächen waren bereits wieder verheilt. Nichtsdestotrotz fühlten die Stellen sich noch wund an, als er sich mit den Händen von der rauen Dachpappe abstieß und taumelnd aufstand.

In diesem Augenblick traf ihn die erste Kugel, sie biss in seine Schulter. Die Wucht des Aufpralls riss Lazar herum, sodass er seinen Angreifer erblickte. Auch diese Gestalt war ihm bekannt: der verfluchte Typ mit der Zeitung! Sie hatten ihm also zu zweit aufgelauert.

Lazar bleckte die Zähne. Wie lange hatten sie ihn schon beobachtet? Was wussten sie über ihn?

»Du solltest aufgeben, Untoter«, forderte der Kerl.

Als ob! Lazar knurrte. Warum heilte die Schusswunde nicht? Sie schmerzte schlimmer und schlimmer. Er brauchte mehr Zeit.

Drohend machte er einen Schritt auf den Vetrani-Agenten zu. Eine zweite Kugel traf ihn, diesmal ins Bein. Fauchend fuhr Lazar herum, doch da war niemand.

»Wir haben Scharfschützen postiert«, erklärte der Sterbliche.

»Und du glaubst, sie sind schnell genug, um dich zu retten?«

»Vielleicht nicht. Aber dich erwischen sie auf jeden Fall.«

Nur, wenn er sich zu einem Angriff hinreißen ließ. Die Verlockung war groß. Blut tränkte sein Hemd, lief ihm in einem heißen Strom das Bein hinab. Lazar keuchte. Irgendetwas stimmte nicht mit ihm. Das waren keine gewöhnlichen Schusswunden. Er musste hier weg!

Ein letztes Mal bleckte er die Zähne. Dann trat er einen Schritt zurück, mitten hinein in das klaffende Loch der Belüftungsanlage.

Der Sturz schien überhaupt nicht enden zu wollen. Lazar hielt die Arme eng an den Körper gepresst, aber das half nichts. Er rasselte an den Regalen entlang, riss sich dabei Haut und Fleisch in Fetzen vom Leib. Dann war der Boden heran. Lazar versuchte, seinen Aufprall abzumildern, aber das angeschossene Bein gab unter der Belastung nach. Seine Knochen knirschten. Wäre er ein Mensch gewesen, wären sie zersplittert wie Glas. Doch auch ein unsterblicher Körper hielt nicht allem stand.

Lazar fiel auf die Knie. Blut tropfte von seiner Schulter auf den Boden. Er brauchte Nahrung, um zu heilen. Aber sich dem Blutrausch hinzugeben, während die Vetrani ihn umzingelten, würde sein sicheres Ende bedeuten.

Keuchend sah Lazar sich um. Die Tür zur Lkw-Ladezone bildete den nächsten Ausgang, also schleppte er sich dorthin. Durch die Verbindungstür hindurch und auf das offene Rolltor zu, hinter dem mehrere Zwölftonner darauf warteten, mit Paketen beladen zu werden. Entsetzte Rufe erklangen aus Richtung der Gabelstapler, die dort zugange waren. Auch wenn es ihm selbst vorkam, als käme er kaum vom Fleck, in den Augen der Sterblichen musste er sich immer noch übermenschlich schnell bewegen, seine Furcht trieb ihn unerbittlich weiter.

Er sprang von der Laderampe auf den Asphalt der Ladezone hinunter und versuchte, den Schmerz zu ignorieren, der ihm dabei durch die lädierten Beine fuhr. Schreie, Warnrufe, noch mehr Schüsse. Geduckt taumelte er zwischen den Lkws hindurch, lief in Schlangenlinien von der Lagerhalle fort.

Was ihn zur Straße lenkte, war eher Instinkt als Vernunft. Blutend und hungrig, wie er war, wäre es reiner Selbstmord gewesen, ausgerechnet auf eine Menschenmenge zuzuhalten. Doch sein Ziel war auch nicht die Bushaltestelle, sondern der Kanaldeckel, der in die Platten des Gehwegs eingelassen war.

Ihn aufzuhebeln, kostete Lazar wertvolle Sekunden. Ein weiterer Schuss traf ihn, diesmal in den unteren Rücken. Mittlerweile ließ der Blutverlust seine Muskeln unkontrolliert zittern.

Lazar riss das schwere Eisengitter hoch, schleuderte es beiseite und ließ sich in die übel riechende Dunkelheit darunter fallen.

Kühles Wasser, vermischt mit Fäkalien, Reinigungsmitteln und fragwürdigeren Substanzen, klatschte um seine Knöchel. Hier unten war er im Vorteil. Nur ein paar Schritte, und die Finsternis ballte sich wie eine Verbündete um ihn. Ein paar Abzweigungen, und seinen Verfolgern würde es nicht mehr ohne Weiteres gelingen, ihn aufzuspüren. Und was den Rest anging …

Keuchend hielt Lazar inne. Er tastete über die bloß liegende Haut an seinem Rücken. Die Wunden, die er sich beim Sturz zugezogen hatte, hatten sich geschlossen, doch die Schusswunden bluteten noch immer. Lazar biss die Zähne zusammen und grub sich die Finger ins Fleisch. Er wühlte in den Tiefen der Wunde herum, bis er auf glatten Stahl stieß. Mit einem schmerzerfüllten Grunzen riss er sich den Fremdkörper aus dem Leib und kniff die Augen zusammen. In der Dunkelheit war es auch für ihn nicht leicht, Details auszumachen, aber er sah genug. Kein Wunder, dass ihm dieses Projektil zugesetzt hatte! Das Ding besaß winzige Klingen, die sich beim Aufprall entblättert haben mussten.

Seit Jahrhunderten perfektionierten diese verfluchten Orden, ob sie nun religiös oder weltlich motiviert waren, ihre Jagd auf die Unsterblichen. Und sie ließen sich ihre Methoden einiges kosten. Womöglich waren diese Dinger sogar mit Ortungssendern ausgestattet.

Lazar zerquetschte das Projektil und warf es ins Abwasser. Dann verfuhr er mit den anderen Wunden ebenso wie mit der ersten.

KAPITEL 20
SINA

Ihren Dienst brachte Sina mehr schlecht als recht hinter sich. Ihre Unkonzentriertheit gipfelte schließlich darin, dass sie beim Erneuern einer Venenkanüle den Zugang erst beim dritten Stich fand. Es war ihr letzter Versuch, sonst hätte sie an einen Assistenzarzt übergeben müssen, und auf die Spötteleien, die darauf folgten, konnte man als PJlerin gut verzichten. Ihre arme Patientin schob es auf ihre schlechten Adern, doch Sina machte sich nichts vor – unter anderen Umständen hätte sie besser getroffen.

Als ihre Schicht vorbei war, stattete sie Frau Ullrich noch einen kurzen Besuch ab. Diesmal schlief die alte Frau tatsächlich. Ihre Werte hatten sich verschlechtert, waren aber weiterhin im grünen Bereich. Sina zupfte die Decke zurecht und verabschiedete sich dann von dem diensthabenden Pfleger.

Insgeheim war sie froh, an diesem Tag direkt nach Hause fahren zu können. Sie schrieb Lazar eine Nachricht, erhielt jedoch keine Antwort. Womöglich schlief er, immerhin war es helllichter Tag. Was wusste sie schon? Ihre Wohnung fand sie jedenfalls verlassen vor.

Allein zu Hause herumzusitzen, hielt sie allerdings auch nicht aus, also brach sie bald darauf wieder auf. Wenn sie sich beeilte, war sie rechtzeitig in der *Hamburger Meile,* um Levke im Drogeriemarkt abzuholen. Sie könnten eine Kleinigkeit essen und ihre Frauengespräche nachholen.

Vor zwei Jahren hatte ihre Freundin das Medizinstudium geschmissen, um sich zur Maskenbildnerin ausbilden zu lassen. Bislang blieb ihr der Traum von der großen Bühne verwehrt, also tat Sina ihr Bestes, um ihre Freundin an genau diesen Traum zu erinnern, damit sie nicht ihr Leben lang Parfümregale auffüllte. Levke wiederum hatte es sich zur Aufgabe gemacht, Sina durch den letzten Studienabschnitt zu bugsieren – und ihr gelegentlich ins Gedächtnis zu rufen, dass das Studium nicht alles war.

Genau das war der Grund, weshalb Sina nun mit verwirrtem Herzen und ihrer bequemen Realität beraubt zu ihrer Freundin wollte. Sie brauchte ein bisschen Normalität – und die Nähe eines Menschen, dem sie vertraute.

Levke war begeistert von dem Spontanbesuch und stattete Sina sogleich mit Proben der neuesten Parfümkollektion aus. Sinas Protest handelte ihr bloß zusätzlich eine winzige Tube Handcreme und eine Zahnpasta mit Extra-White-Effekt ein.

Anschließend hakte Levke sich bei ihr unter und zog sie zur Food Lounge, wo Sina sich ein vegetarisches Curry bestellte, während ihre Freundin sich ein Fischbrötchen holte.

»Also?«, fragte Levke, als sie sich an einem der kleinen Tische wiedertrafen und ihr Essen auspackten.

Verunsichert zuckte Sina mit den Schultern. Jetzt, da sie ihrer Freundin gegenübersaß, wusste sie nicht, wo sie anfangen sollte. Alles würde zu weiteren Fragen führen, und die konnte sie nicht beantworten, wenn sie Lazars Geheimnis nicht preisgeben wollte.

»Wir haben nur gekuschelt«, sagte sie schließlich.

Levke ließ ihr Fischbrötchen sinken. »Nachdem du ihn beim letzten Mal direkt ins Bett gezerrt hast?« Sie setzte einen mitleidigen Blick auf. »Hat er Probleme da unten?«

»Quatsch. Ich ... ich weiß einfach nicht, ob das mit uns eine Zukunft hat.«

»Hm.« Ihre Freundin schob sich den Rest ihres Brötchens in den Mund und wischte sich mit einem Feuchttuch, das penetrant nach künstlicher Zitrone roch, die Hände sauber. »Kann ich verstehen.«

Sina horchte auf. »Ach? Gibt es etwas, was ich wissen sollte?«

In langsamen Schlucken trank Levke ihr Wasser aus. Als sie die Flasche abstellte, seufzte sie. »Es ist Dietmar.«

»*Dietmar?*« Ungläubig ließ Sina ihren Löffel sinken. »So wie in Ich-Arsch-vögle-hinter-deinem-Rücken-halb-Ottensen-Dietmar?«

Levke verzog den Mund. »Er hat mir Blumen geschickt.«

»Ich hoffe, du hast sie in die nächste Biotonne geworfen!«

»Es sind Sonnenblumen!«

»Toll.« Dann hatte sich der Idiot also gemerkt, welche Blumen seine

Ex mochte. »Das macht es natürlich ungeschehen, dass er dir das Herz gebrochen und dich aus der Wohnung geschmissen hat!«

Levke schnaubte. »Ich weiß, wie sich das anhört.«

»Offensichtlich nicht.« Sina schüttelte den Kopf. »Wenn ich dir mit so einer Geschichte kommen würde, würdest du mich fragen, gegen welchen Laternenpfahl ich gelaufen bin.«

»Du hast ja recht.« Ihre Freundin machte ein unglückliches Gesicht. »Vielleicht ist genau das der Grund, warum ich deine Meinung hören wollte. Melissa meint nämlich, wenn mein Herz an ihm hängt, sollte ich ihm noch eine Chance geben.« Sie seufzte. »Natürlich hängt mein Herz an ihm. Sonst hätte ich doch viel früher mitbekommen, was er abgezogen hat.«

»Aber jetzt, da du es weißt …« Auffordernd hob Sina die Augenbrauen.

Levke verdrehte die Augen. »Werde ich es nicht vergessen. Schon gut.« Sie fischte ein Minzbonbon aus der Tasche und warf es sich gekonnt in den Mund. »Aber die Blumen behalte ich trotzdem.«

KAPITEL 21
LAZAR

Später wusste er nicht mehr zu sagen, wie genau er den Weg nach Hause überstanden hatte. Der Schaden, den die Projektile ihm zugefügt hatten, war enorm. Irgendetwas stimmte nicht mit ihm, seine Verletzungen heilten nicht. Geschwächt vom Blutverlust, kroch Lazar durch die stinkende Dunkelheit der Kanalisation, bis er sicher war, seine Verfolger losgeworden zu sein.

Schließlich fand er einen Aufgang, der ihn wieder an die Oberfläche brachte.

Die altmodische Metalltür aufzubrechen, kostete beinahe mehr Kraft, als Lazar aufbringen konnte. Normalerweise hätte ein bloßer Ruck genügt, um die Verriegelung zu zerbrechen. Nun fühlte es sich an, als hätte er sich an dem verdammten Ding auch noch die zweite Schulter ruiniert.

Ächzend blickte er sich um. Inzwischen war es dunkel geworden, was bedeutete, dass er mehrere Stunden in der Kanalisation umhergeirrt war. Sein Weg hatte ihn an die Seitenwand eines schmalen Flussbetts geführt. Fettgeruch eines nahe gelegenen Fast-Food-Restaurants wehte zu ihm herüber und drehte ihm beinahe den Magen um, aber immerhin verschaffte der Gestank ihm eine Orientierungshilfe. Er hatte die Elbnebenflüsse großteils hinter sich gelassen. Nun trennte ihn nur noch die trostlose Mischung aus Industriegebiet und Wohnanlagen von den kleinen Parks, in denen er mit etwas Glück Beute finden würde. Von dort war es dann nicht mehr weit zu seiner Wohnung.

Er hielt sich an Seitengassen und Industriestraßen, froh über den wenigen Schutz, den die Nacht ihm bot, drückte sich an Autohändlern, Bestattern und Reparaturwerkstätten vorbei. Seine Hoffnung auf leichte Beute erfüllte sich nicht, und ihm fehlte die Kraft, um rasch und effektiv zu jagen. Es gelang ihm ja kaum, sich aufrecht zu halten. Er musste dringend nach Hause.

Ein sicherer Unterschlupf war im Augenblick das Wichtigste. Auch wenn jede Zelle seines Körpers nach Nahrung verlangte – zerfetzt und blutüberströmt, wie er war, würde er zu viel Aufsehen erregen. Die Vetrani kannten sein Gesicht, kannten vermutlich alle Daten, die er an seiner Arbeitsstelle hinterlassen hatte. Sie würden ihn aufspüren, eher früher als später. Aber Hamburg war groß, und solange er ihnen keinen Anhaltspunkt gab, wo sie ihn finden konnten, würde ihre Suche eine Weile dauern. Mit etwas Glück so lange, dass er unbemerkt die Stadt verlassen konnte.

Als er endlich das heruntergekommene Wohnhaus erreichte, in dem sich sein Apartment befand, zitterte Lazar vor Anstrengung. Seine Sinne spielten verrückt. Die Welt hatte an Farbe verloren, dafür hatte alles andere an Intensität gewonnen. Sein Körper verlangte nach Blut, trieb ihn zur Jagd. Er hörte die Stimmen aus den angrenzenden Wohnungen, das Klappern von Tellern, das Rauschen einer Dusche. Und er roch die Sterblichen. So nah, so verlockend.

Geifer lief ihm im Mund zusammen. Lazar schleppte sich zur Treppe, unsicher, an welcher Tür er sich am Ende wiederfinden würde. Er gab sich seinem Hunger hin, folgte der verheißungsvollsten Spur, eine Etage um die andere nach oben, bis er seine Beute vor sich spürte. Ein süßer Geruch von Lebendigkeit, der ihm entgegenwallte, ein rascher Herzschlag im Halbdunkel des Flurs. Jemand kauerte auf dem Boden, nur ein paar Meter von ihm entfernt.

Lazar fuhr die Reißzähne aus und stolperte los.

Seine Beute bemerkte ihn und kam auf die Beine. »Lazar?«

Die Stimme ließ ihn augenblicklich innehalten.

Nein! Nicht sie …

Aber es war Sina. Und sie kam auf ihn zu. »Um Himmels willen, wie siehst du denn aus?«

Lazar wich zurück. »Bleib weg von mir.« Seine Stimme glich eher einem unartikulierten Knurren als menschlichen Worten.

Möglicherweise war das der Grund, weshalb dieser dumme Mensch nicht auf ihn hörte.

Sina streckte eine Hand nach ihm aus. »Was ist passiert?«

Lazar krallte die Finger in die Wunde an seiner Schulter. Der Schmerz zwang ihn in die Knie, trieb ihn an den Rand der Bewusstlosigkeit. Aber er hielt Lazar auch davon ab, sich auf die Sterbliche zu stürzen, die viel zu nah an ihn herankam.

Die Welt um ihn herum verschwamm zu grauen Flecken, Schatten tanzten vor seinen Augen. »Geh …«, keuchte er.

»Von wegen! Du brauchst Hilfe!«

Die brauchte er tatsächlich. Allerdings nicht von ihr.

Lazar zwang seine blutverschmierten Finger in die Tasche seiner Jacke. Seine Hand zitterte so stark, dass ihm das Telefon entglitt. Scheppernd fiel es zu Boden.

»Cassius«, brachte er hervor. »Ich brauche … Cass …«

Weiter kam er nicht. Die Schatten stürzten auf ihn ein, die Welt verschwand. Stille empfing ihn wie ein dunkler Verbündeter und löschte den Schmerz in seinem Körper aus.

KAPITEL 22
CASSIUS

Cassius lehnte an seinem Esstisch, das Kinn nachlässig auf eine Hand gestützt. Mit den Fingern der anderen scrollte er durch die Bankverwaltungs-App seines Laptops, verschob ein paar Zahlen von einem Konto in Schweden auf eines in Hawaii, hob von einem seiner deutschen Konten einen fünfstelligen Betrag ab und investierte ihn in Aktien von Firmen, die mit Kaffee und Bananen handelten. Er mochte Bananen, auch wenn er noch nie eine probiert hatte.

Üblicherweise waren seine Investitionen durchkalkuliert und wohlüberlegt, aber Langeweile verleitete ihn zur Willkür. Manchmal hatte ihm das unerwartete Gewinne eingebracht, oft genug auch ein paar Verluste. Es spielte keine große Rolle. Schließlich war es nicht so, als wäre er auf das Einkommen angewiesen. Mit ausreichend Zeit und Geld war es nahezu unmöglich, langfristig gesehen *keinen* Gewinn einzufahren. Er besaß Dutzende Immobilien, die meisten davon in Europa. Der Großteil war vermietet und wurde verwaltet, aber sollte er sich demnächst zur Flucht überwinden, hätte er die freie Wahl.

Marcella sorgte immer noch täglich für eine neue Leiche. Konnte sie ihre Toten nicht einfach in die Elbe werfen wie vernünftige Mörder? Doch so nachlässig Marcella auch mit ihren Opfern umging, bislang hatte ihn das keinen Schritt näher an die durchgeknallte Vampirin herangebracht.

Cassius schnalzte mit der Zunge und verdoppelte spontan seine monatliche Spende an diverse internationale Umweltschutzorganisationen. Er hätte ihnen noch mehr Geld zugeschanzt, wenn das nicht so auffällig gewesen wäre. Wenn jemand die Folgen des Klimawandels zu spüren bekam, dann ein Unsterblicher. Zweifellos wussten das auch die Vetrani. Alibihalber fügte er deshalb ein paar Spendenanweisungen für Waisenhäuser und Katzenheime hinzu.

Katzen konnte er zwar nicht ausstehen, aber irgendwie musste er ja die Bananen ausgleichen.

In diesem Moment begann sein Handy zu blinken, und Cassius seufzte. Seit Lazar den Nutzen dieses Dings erkannt hatte, hörte Cassius in einer Woche mehr von seinem Gefährten als zuvor innerhalb eines ganzen Monats.

Cassius nahm das Gespräch über Lautsprecher an. Ohne sich mit einer Begrüßung aufzuhalten, murrte er: »Bitte sag, dass du was rausgefunden hast.«

Ein zittriges Keuchen drang aus dem Telefon.

Er runzelte die Stirn. »Lazar?«

Jemand schniefte. Es klang jedoch nicht nach einem Mann, sondern vielmehr …

»Hallo?« Eine Frauenstimme.

Scheiße.

»Bitte, ich … wir brauchen Hilfe …«

Scheiße, scheiße, scheiße!

Wie war noch mal ihr Name gewesen? »Sina?«

»J… ja.«

»Was ist los?«

»Lazar. Er … es ist überall Blut. Ich habe seine Wunden verbunden, aber … keine Ahnung, ich kann ihn doch nicht ins Krankenhaus bringen!«

Eine Information nach der anderen sickerte in Cassius' Bewusstsein. Lazar war verletzt. So schwer, dass sich seine Wunden nicht von selbst geschlossen hatten. Und Sina war bei ihm.

Fuck. »Wo seid ihr?«

»In seiner Wohnung, das ist …«

»Ich weiß, wo das ist!«, schnauzte er sie an. »Verschwinde von dort. Sofort!«

Lazar hing an dieser Sterblichen, und psychisch war er im Moment alles andere als stabil. Wenn er sie umbrachte, würde der Idiot sich das nie verzeihen. Und das wiederum durfte Cassius nicht zulassen, sonst war er bald völlig allein.

»Ich bin schon auf dem Weg.«

Er unterbrach die Verbindung und schnappte sich seinen Schlüssel. Insgeheim belegte er Lazar mit sämtlichen Schimpfwörtern, die ihm einfielen. In welchen Schlamassel hatte sich der Idiot jetzt wieder gebracht? Aber Cassius kannte die Antwort. Es gab nur zwei Möglichkeiten, wer seinen Freund derart zugerichtet haben konnte: ein anderer Vampir oder die Vetrani. Auf die eine oder andere Weise steckte Marcella dahinter, davon war Cassius überzeugt. Falls Lazar ihretwegen starb, würde er ihr eigenhändig die Kehle rausreißen.

KAPITEL 23
SINA

Er atmete nicht. War das normal für einen Vampir? War er überhaupt wirklich einer? Was, wenn das alles nur blödes Gerede gewesen war und sie ihn hier verbluten ließ?

Nervös biss Sina auf ihrem Daumennagel herum. Sie hatte Lazar mit Müh und Not in seine Wohnung gezerrt, nachdem sie die Tür mit seinem Schlüssel aufgeschlossen hatte. Nun lag er da wie tot. Und da sollte sie einfach abhauen und darauf vertrauen, dass irgendjemand kam und ihm half?

Andererseits: Wirklich helfen konnte sie ihm ja offensichtlich auch nicht. Sie hätte einen Krankenwagen rufen sollen, nicht diesen mysteriösen Cassius. Lazar war verletzt, litt vielleicht an inneren Blutungen. Was für eine Ärztin war sie, dass sie einfach dasaß und nichts tat? Wenigstens seinen Puls sollte sie kontrollieren.

Sie beugte sich vor, da traf plötzlich etwas mit Wucht ihre Schultern und riss sie zur Seite. Sina prallte mit dem Rücken an die Wohnzimmerwand und schrie auf. Ihr Schrei erstarb, als sie in das wutverzerrte Gesicht eines fremden Mannes blickte, der aus dem Nichts aufgetaucht war. Eiskalte Furcht schoss ihr durch den Körper. Sie fühlte sich wie eine Maus, die einer wütenden Schlange in die Augen starrte.

»Warum bist du noch hier?«, fuhr er sie an. Sein Zorn traf sie wie ein weiterer Hieb, dazu brauchte er nicht einmal laut zu werden. »Habe ich nicht gesagt, du sollst verschwinden?«

Dann war das also Cassius? Sina fröstelte.

Ein Vampir.

Bei Lazar mochte sie noch Zweifel gehabt haben, aber dieser bleiche Kerl machte sich nicht die Mühe, ihr irgendeine Menschlichkeit vorzutäuschen. Seine spitzen Reißzähne schwebten nur Zentimeter vor ihrem Gesicht, in seinen Augen lag ein bedrohliches Glitzern.

Sina unterdrückte ein Schaudern.

»Ich konnte ihn nicht einfach allein lassen!«, verteidigte sie sich. Selbst in ihren Ohren klang der Einwand lahm. Was hatte sie denn schon ausgerichtet?

Der Vampir sah das offensichtlich ähnlich. »Doch, *genau das* hättest du tun sollen!«

Cassius warf einen Blick auf Lazar und stieß ein frustriertes Knurren aus. Suchend sah er sich um. Er eilte in die Küche, wo er die Kühlschranktür aufriss und wild zu schimpfen begann, erst in einer slawischen Sprache, dann auf Deutsch.

»Im Ernst, keine einzige Konserve, aber Schrottessen für Sterbliche!«, fluchte er. »Wie blöd kann man sein?«

Etwas schepperte. Vorsichtig lugte Sina um die Ecke. Cassius hatte eine Plastiktüte aus dem nahe gelegenen Supermarkt auf den Boden geknallt. So wie es aussah, war das der gesamte Inhalt des Kühlschranks gewesen. Zwischenfächer besaß das Ding keine, und es sah auch nicht aus, als wäre es mit Strom versorgt. Wie Lazar selbst gesagt hatte: Ein Vampir benötigte keine Nahrung. Jedenfalls keine normale.

»Blut …« Das war es, wonach Cassius suchte! »Er braucht Blut, oder?«

Der Untote fuhr zu ihr herum und kniff die Augen zusammen. »Vergiss es, Kleine.«

Von wegen! Entschlossen streifte sie ihren Mantel ab. Sie war Ärztin, und noch wichtiger, sie war Lazars Freundin. In jedem Sinn des Wortes.

»Ich habe Blut«, beharrte sie. »Ich kann ihm helfen.«

»*Du* hast genug getan. Jetzt geh endlich, bevor noch irgendjemand hier etwas bereut!«

»*Irgendjemand?*« Offensichtlich meinte er damit nicht nur sich selbst. Ihr Blick glitt zurück zu Lazar, der immer noch reglos auf dem

Boden lag – auf die Couch hatte sie ihn nicht hochgehievt bekommen –, in seinem eigenen Blut.

Sina presste die Lippen zusammen und gab sich einen Ruck. »Bitte. Ich möchte helfen.«

Cassius bleckte die Zähne. Diesmal wirkten sie menschlich – im Gegensatz zu dem, was er sagte. »Er wird es sich nicht verzeihen, wenn er dir etwas antut, verstehst du das nicht?«

Sina kämpfte die Angst nieder, die sich ihrer bemächtigen wollte. Lazar würde ihr nicht wehtun. Er hatte es versprochen. Außerdem war sie nicht allein.

»Dann hilf mir«, bat sie den Mann, von dem sie im Grunde nicht mehr wusste als seinen Namen. »Sorg dafür, dass er nicht zu weit geht.«

Der Vampir neigte den Kopf zur Seite und betrachtete sie nachdenklich. Er wollte Lazar retten, das sah sie ihm an. Warum zögerte er dann?

»Bist du wirklich sicher, dass du das willst?«, vergewisserte er sich.

Beinahe hätte Sina aufgelacht. Wie sollte sie sicher sein? Sie hatte keine Ahnung, worauf sie sich da gerade einließ.

Es wird wehtun, rief sie sich in Erinnerung, so viel hatte Lazar ihr bereits verraten.

Trotzdem musste sie ihm helfen. Der hippokratische Eid endete nicht, nur weil jemand unsterblich geworden war.

»Ich bin sicher.«

Cassius schnaubte. »Schön«, stieß er aus. »Dann komm.«

Unsanft packte er sie am Arm und schob sie auf den leblosen Verletzten zu.

»Handgelenk«, schärfte er ihr ein. »Nicht den Hals, sonst bekomme ich dich nicht rechtzeitig los.«

Er lockerte seinen Griff, ließ die Hand tiefer gleiten und umfasste Sinas Handgelenk. Sie fühlte seine Finger nach ihrem Puls tasten, und automatisch beschleunigte sich ihr Herzschlag. Allen Worten zum Trotz hatte sie sich bis jetzt nicht in Gefahr gewähnt. Diese simple Geste jedoch machte deutlich, was hier tatsächlich auf dem Spiel stand. Cassius befürchtete nicht, dass Lazar sie verletzen könnte – davon ging er aus. Hier ging es um ihr *Leben* – und sie war im Begriff, es einem Mann anzuvertrauen, den sie überhaupt nicht kannte.

Plötzlich musste sie gegen den immer stärker werdenden Impuls ankämpfen, sich loszureißen und aus der Wohnung zu flüchten. Stattdessen zwang sie sich neben Lazar auf die Knie.

»Sei vorsichtig«, mahnte Cassius.

»Er ist bewusstlos.«

»Glaub mir, das ist er nicht.«

Sina schluckte. »Was soll ich tun?«, flüsterte sie.

Ehe Cassius antworten konnte, riss Lazar die Augen auf. Erschrocken zuckte Sina zurück.

Lazar war schneller. Er packte zu, erwischte ihren Arm und schlug ohne Umschweife seine Zähne hinein.

Sina schrie auf, doch der Schmerz des Bisses war nichts, verglichen mit der Qual, die sie empfand, als er an ihr zu saugen begann. Die romantische Vorstellung, die sie insgeheim über diesen Akt gehegt hatte, barst wie eine Seifenblase. Nichts daran war gefühlvoll oder erotisch. In tiefen, gierigen Schlucken zog Lazar das Blut aus ihren Adern. Sina glaubte, es bis in die Kapillaren hinein zu spüren. Ihre Muskeln krampften, und sie wollte nur noch eines: weg.

Weg von diesem Mann, den sie in ihr Herz gelassen hatte und der sich nun von ihr ernährte, sie austrank, als wäre sie eine viel zu kleine Saftpackung.

Sina unterdrückte das Schluchzen, das in ihrer Kehle brannte. Sie hatte versprochen, dass sie das hier schaffen würde. Sie musste durchhalten.

Tränen liefen ihre Wangen hinab, brennend heiß gegen die Kälte, die sich in Sinas Innerem ausbreitete. Sie fühlte ihre Finger kaum noch, und vor ihren Augen waberte ein roter Schleier. Sina wollte ihn fortblinzeln, doch jedes Mal, wenn sie die Augen schloss, fiel es ihr schwerer, sie danach wieder zu öffnen.

Wie aus weiter Ferne hörte sie eine Stimme. Sie versuchte, sich auf die Worte zu konzentrieren, aber sie schienen von so weit her zu kommen. So weit weg …

»… reicht jetzt, verdammt!«

Jemand riss sie zurück. Sie stürzte zu Boden und schlug mit dem Kopf auf das Laminat. Grelles Licht explodierte vor ihren Augen und verdrängte den roten Schleier.

Schlagartig fiel die Müdigkeit von ihr ab. Nur der Schmerz blieb. Und als sie das animalische Knurren hörte, das neben ihr erklang, kam noch etwas anderes hinzu: eine tiefgreifende Furcht. Eine Art Urinstinkt, der sie zur sofortigen Flucht trieb.

Diesmal gehorchte Sina. Hastig rappelte sie sich auf. Doch der Weg zur Wohnungstür war von den beiden Vampiren versperrt, die auf dem Boden miteinander rangen. Sina war nicht sicher, wer von ihnen die Oberhand gewinnen würde – und was das für sie bedeuten würde.

Ängstlich wich sie zurück. Mit der freien Hand drückte sie die Wunde an ihrem Unterarm ab, während sie verzweifelt nach einem anderen Ausweg suchte. Ihr Blick fiel auf eine offen stehende Tür. *Das Badezimmer!*

In ihrem derzeitigen Zustand konnte sie unmöglich an zwei Blutsaugern vorbei, zuerst musste sie die Blutung stoppen!

Die karge Ausstattung des Badezimmers raubte ihr jedoch die letzten Illusionen. Hier gab es kein Verbandszeug, nicht einmal Toilettenpapier. Lazar hatte dafür keine Verwendung. Er war ein Vampir.

Mit einem Mal brach alles aus ihr heraus. Die Schluchzer, die sie bis eben noch so mühevoll zurückgehalten hatte, schüttelten ihren Körper. Sie wollte nach Hause, zurück in die Sicherheit ihres kleinen Apartments, ihres eigenen Lebens.

Reiß dich zusammen, Sina!

Krampfhaft versuchte sie, Luft zu holen. Das oberste Prinzip in der Ambulanz lautete: erst die Versorgung. Die Nerven wegschmeißen konnte sie, wenn sie in Sicherheit war.

Sie fand ein benutztes Duschtuch und wickelte es sich notdürftig ums Handgelenk. Von einem Druckverband war sie damit weit entfernt, das Handtuch würde die Blutung nicht einmal annähernd stoppen. Lazar hatte ihre Adern regelrecht zerfetzt. Sie würde verbluten, wenn sie nicht zuvor auf andere Weise das Leben verlor. Sie brauchte etwas, um den Druck zu erhöhen.

Konzentrier dich!

Die Tür hinter ihr schnappte auf. Sina wirbelte herum. Es war Cassius, der ihr den Weg nach draußen versperrte, nicht Lazar. Beruhigend war das nicht. Er wirkte derangiert, das Haar hing ihm in wirren Strähnen ins Gesicht.

»Gib mir deine Hand«, forderte er.

Instinktiv presste Sina ihren verletzten Arm an die Brust, was dem Vampir ein genervtes Schnauben entlockte. Er griff nach ihrem Handgelenk, bog ihr den Arm gewaltsam nach unten und riss das blutgetränkte Handtuch fort. Sina wehrte sich, doch gegen den Unsterblichen hatte sie keine Chance. Sosehr sie auch zerrte, seine Hand rührte sich keinen Millimeter.

»Hör auf mit dem Blödsinn! Ich will dir nur helfen.« Er führte seine eigene Hand an den Mund – und biss sich in die Kuppe seines Daumens.

Vampirblut.

Sinas Widerstand erstarb. Sie hatte keine Kraft mehr, um sich zu fürchten. Apathisch beobachtete sie, wie Cassius sein Blut über ihre Bisswunde strich, mit einer Geste, die verriet, wie wenig Bedeutung er der Sache beimaß. Für ihn war das Alltag. Aber nicht für sie. Weitere Tränen sammelten sich in Sinas Augen.

»Was macht das mit mir?«, wisperte sie.

»Gar nichts.« Cassius ließ sie los. »Du hast Blut verloren, das ist alles. Geh heim. Ruh dich aus, trink ein Vitaminpräparat.«

Er maß sie mit einem Blick, den Sina nicht deuten konnte. Einen Moment lang dachte sie, dass er noch etwas sagen würde, doch er schüttelte nur den Kopf und trat zur Seite.

Eilig drückte Sina sich an ihm vorbei nach draußen. Aus dem Augenwinkel sah sie Lazars gekrümmte Gestalt auf dem Boden liegen. Er stieß ein tiefes Stöhnen aus, das ihr das bestialische Knurren von vorhin in Erinnerung rief.

Sina zögerte nicht länger. Sie floh.

KAPITEL 24
LAZAR

Das Erste, was Lazar registrierte, waren gewaltige Kopfschmerzen. Er stöhnte und presste die Hände an seine Schläfen. Erst da drangen nach und nach die restlichen Leiden in sein Bewusstsein: das Ziehen in seinen Muskeln, ein anhaltendes, unangenehmes Prickeln an den Stellen, wo die Vetrani ihn getroffen hatten.

Er fluchte. Wann hatte er sich zuletzt dermaßen beschissen gefühlt?

»Hier.« Ein kühles, unförmiges Etwas traf ihn seitlich am Kopf und klatschte ihm dann zwischen die Füße. »Trink das.«

Lazar blinzelte. Sah zuerst auf die Blutkonserve, die da auf dem Laminat lag – *Warum war der Boden blutverschmiert?* – und im Anschluss hoch zu Cassius. Die Bewegung allein jagte einen neuen Schmerzschauer durch sein Hirn. Er verzog das Gesicht.

»Womit habe ich das verdient?«, fragte er.

»Gar nicht«, kommentierte sein Gefährte nüchtern. »Ich setze es auf deine Rechnung.«

Lazar brummte. Er biss in die Blutpackung und würgte, als ihm die kalte, zähe Flüssigkeit in den Mund quoll. Der Geschmack von Plastik war dabei noch das geringste Übel. Er sah absolut nicht ein, weshalb das hier irgendwie besser sein sollte als frisches Rattenblut. Ein hungriger Vampir würde jedoch so ziemlich alles trinken.

Nur dass sein Durst nicht so groß war, wie er eigentlich hätte sein müssen. Hatte Cassius ihm bereits eine Konserve eingeflößt?

Stirnrunzelnd betrachtete Lazar die leere Packung in seinen Händen, dann die rote Flüssigkeit, die um ihn herum verteilt war. Er schnupperte, witterte sein eigenes Blut. Und darüber …

Lazar erstarrte. »Nein.«

Das durfte nicht sein. *Nicht sie!*

Mit der Erkenntnis kam jedoch auch die Erinnerung zurück, jedenfalls einzelne Bruchstücke davon. Sina, die weinte. Der Geschmack ihres Blutes, süß und getränkt von ihrer Fürsorge, ihrer Lebensfreude, ihrer Jugend – ihrem Schmerz.

Nein, nein, nein!

Panisch sah er sich um, doch da war keine Spur von ihr.

»Sie ist weg«, informierte Cassius ihn. »Keine Sorge, ihr geht es gut.«

Mit einem Satz war Lazar auf den Beinen. »Wie konntest du das zulassen?« Er packte Cassius am Kragen und stieß ihn gegen die nächste Wand.

Sein Gefährte schubste ihn ohne Mühe zurück. »Reiß dich zusammen!«

Lazar dachte nicht daran. »Findest du das etwa amüsant?«, fauchte er. »Wenn ich sie schon nicht selber beiße, dann wirfst du sie mir zum Fraß vor?«

Er wollte erneut auf den Verräter losgehen, doch sein Körper gehorchte ihm noch nicht richtig.

Wieder wehrte Cassius ihn ab. »Ich habe *gar nichts* getan!«, grollte er. »*Du* bist derjenige, der sie in Gefahr gebracht hat!«

»Das habe ich nicht!« Im Gegenteil, er hatte dafür gesorgt, dass er ihr nichts tun konnte!

»Sie hätte überhaupt nicht hier sein sollen!«, fuhr Cassius ihn unvermittelt an. »In deiner Wohnung … Was hast du dir dabei gedacht?«

»Sagt ausgerechnet derjenige, der jede Nacht eine andere abschleppt!«

»Aber die wissen nicht, was ich bin!«, brüllte Cass. »Sina *wusste* es! Sie wusste, was du bist!« Resigniert schüttelte er den Kopf. »Andererseits ist das vermutlich der einzige Grund, wieso du noch lebst. Sie hätte dich sonst ins nächstbeste Krankenhaus verfrachtet.«

Stattdessen hatte sie Cassius gerufen. Was er allerdings selbst hätte tun können, wenn er sich nicht hätte ausknipsen müssen, weil sie vor seiner Wohnung auf ihn gewartet hatte. Cassius hatte recht, es war seine Schuld. Nur …

»In Ordnung.« Er warf die leere Blutkonserve beiseite. »Also, was ist passiert?«

»Sie hat mich angerufen. Ich habe versucht, sie loszuwerden, aber sie wollte unbedingt bleiben. Es war ihre Wahl, Lazar. Sie wollte es. Dir zuliebe. Ich habe sie beschützt, so gut ich konnte. Vertrau mir, es geht ihr gut.« Cassius seufzte. »Sie muss dich wirklich lieben. Oder sie ist komplett verrückt.«

Vielleicht auch beides. Lazar schüttelte seine Lethargie ab. »Ich muss mich bei ihr entschuldigen.«

Er wollte zur Tür hinaus, doch Cassius hielt ihn zurück.

»Erstens: Schau lieber mal in den Spiegel. Du siehst aus, als hättest du in einem Schlachthaus gewütet.«

Bestürzt sah Lazar an sich hinab. Er trug immer noch dieselbe Kleidung wie bei seiner Auseinandersetzung mit den Vetrani. Oder vielmehr das, was davon übrig war.

»Und zweitens«, fuhr Cassius leiser fort, »gib dem Mädchen Zeit. Sie hat gerade deine schlimmste Seite erlebt. Das muss sie erst einmal verdauen.«

Lazar stöhnte. Dass er sich an die letzten Stunden kaum erinnern konnte, bewies, wie sehr ihm die Kontrolle entglitten war. Allein die Vorstellung, welchen Eindruck Sina von ihm gewonnen haben musste, schmerzte.

Ja, sie hatte gewusst, was er war. Aber es am eigenen Leib zu erleben, war doch etwas völlig anderes. Ein von Blutdurst getriebener Vampir war zu allem fähig, das wusste Lazar nur zu gut. In einem solchen Zustand hatte man nichts Zivilisiertes mehr an sich. So ungern er es sich eingestand – im Augenblick war gerade er vermutlich kein Trost für Sina.

Seines Antriebs beraubt, sank er auf das Sofa und schloss die Augen. »Scheiße.«

»Allerdings.« Die Kissen wankten, als Cassius neben ihm Platz nahm. »Verrätst du mir jetzt endlich, wie es überhaupt dazu gekommen ist?«

Wenn es nach ihm gegangen wäre, hätte er lieber ein paar Stunden geschlafen und danach ebenso lange geduscht, um all das Blut loszuwerden, das an ihm klebte. Aber Cassius würde ja doch keine Ruhe geben, bis er erfahren hatte, was er wissen wollte. Also erzählte Lazar ihm von der Begegnung mit den Vetrani, ohne dabei auch nur die Augen zu öffnen.

Erst als er geendet hatte und Cassius immer noch schwieg, sah er zu seinem langjährigen Begleiter hinüber. Der saß da, als wäre er aus Stein gemeißelt. Nur sein linker Ringfinger tippte einen leisen Rhythmus auf die Sofalehne.

»Was?«, fragte Lazar. So ernst hatte er den älteren Vampir selten erlebt.

»Bist du sicher, dass sie dir nicht gefolgt sind?«

Lazar schob nachdenklich den Unterkiefer hin und her. »Dann hätten sie beendet, was sie in der Lagerhalle begonnen haben. Es war ja nicht so, als hätte ich mich sonderlich zur Wehr setzen können.«

»Trotzdem. Sie haben dich auf dem Radar. Und wenn sie dich dort aufgespürt haben, dann ist es nur eine Frage der Zeit, bis sie auch hier auftauchen.«

»Nein.« Es gab keine Verbindung zwischen seiner Arbeitsstelle und dieser Wohnung. Er hatte unterschiedliche Namen benutzt, verschiedene Geburtsdaten, andere Bankkonten. Da müssten die Vetrani schon verdammt tief graben, um die eine nicht existente Person mit der anderen in Verbindung zu bringen.

»Unterschätz ihre Mittel nicht«, warnte Cassius. »Wenn sie erst einmal herausfinden, wo du wohnst, finden sie auch jeden, mit dem du Kontakt hast. Mich eingeschlossen.«

Amüsiert hob Lazar eine Augenbraue. »Ist das deine Art, dich von mir zu absentieren?«

»Das sollte ich eigentlich tun«, murrte Cassius. »Aber wie lange hältst du schon durch ohne mich?« Er schüttelte den Kopf. »Am besten, du verkriechst dich erst einmal hier.« Mit deutlicher Missbilligung sah er sich in Lazars Wohnung um. »Solange es Tote in Hamburg gibt, werden die Vetrani nicht aufhören, nach einem Vampir zu suchen. Unsere beste Chance besteht darin, dass sie Marcellas Spur folgen, sobald sie die Stadt verlässt. So oder so sollten wir warten, bis die Lage sich beruhigt hat. Hier haben wir ein Netzwerk, auf das wir zurückgreifen können. Man verlässt den Bunker nicht, solange die Bomben hageln.«

»Also …«

»Also hältst du gefälligst die Füße still«, mahnte Cass. »Wir warten, bis es sicher ist, und dann verschwinden wir. Bis dahin …«, er stemmte die Hände auf die Oberschenkel und erhob sich mit einem müden Seufzen, »… besorge ich dir ein paar Konserven.«

KAPITEL 25
SINA

»Willst du mir nicht sagen, was los ist?« Beruhigend rieb Levke ihr über den Rücken.

Sina schüttelte den Kopf. Sie wünschte sich, sie könnte weinen. Oder schreien. Oder einfach vergessen, was vorgefallen war. Unwillkürlich strich sie über die winzigen Narben an ihrem Unterarm. Niemand, der nicht genau wusste, was geschehen war, würde etwas bemerken. Äußerlich hatte sich nichts geändert.

In ihrem Inneren sah es anders aus.

Mit zitternden Händen hob sie ihr gut gefülltes Weinglas und trank es in großen Schlucken leer. Dann griff sie nach der Flasche Sauvignon Blanc und füllte ihr Glas genauso voll wie vorhin.

Ihre Freundin musterte sie streng. »Ist er fremdgegangen?«, fragte sie.

Sina entfuhr ein frustriertes Lachen. »Wenn es mal das wäre …«

Schockiert riss Levke die Augen auf. Dann schob sie die Ärmel ihres taubenblauen Wollpullis hoch. »Wenn er dich geschlagen hat, bring ich ihn um.«

Sie meinte es eindeutig ernst. Und der Gedanke, dass ihre Freundin sich damit unwissentlich einem Monster entgegenstellen würde, ernüchterte Sina augenblicklich. Hastig trank sie ein paar weitere Schlucke.

»Er hat mir nicht wehgetan.« *Lügnerin.* Sie seufzte. »Es ist einfach … Es gibt da … *Dinge* an ihm, von denen ich nicht weiß, ob ich damit umgehen kann. Er führt nicht dasselbe Leben wie ich, verstehst du?«

Levke nickte verständnisvoll. Dabei konnte sie unmöglich wissen, was Sina wirklich meinte.

Sina wünschte, sie wäre ebenso ahnungslos wie ihre Freundin. Wenn sie niemals einen Blick hinter Lazars Fassade geworfen hätte … Sie schauderte bei der Erinnerung an seinen Gesichtsausdruck, als er sich in ihr Handgelenk verbissen hatte.

Ihre Gefühle für ihn waren nach wie vor dieselben, das war das Schlimmste daran. Sie sehnte sich nach der Geborgenheit, die er ihr geschenkt hatte. Sogar nach der prickelnden Aufregung, die sie verspürt hatte, nachdem er ihr sein Geheimnis anvertraut hatte. Durch ihn hatte sie sich besonders gefühlt. Da war das Ganze allerdings auch nur eine Erzählung gewesen, eine Art romantisches Märchen.

Nach dem, was in seiner Wohnung passiert war, sah sie die Dinge in einem anderen Licht. Völlig egal, was sie für ihn empfand – Lazar war ein Monster, und daran war absolut nichts Romantisches. Wäre Cassius nicht gewesen, hätte er sie umgebracht. Sie konnte von Glück reden, dass sie ihm diesmal entkommen war. Wie sollte sie ihm da noch einmal vertrauen? Er behauptete zwar, sich zurückhalten zu können, aber wie lange würde ihm das tatsächlich gelingen? Er hatte sie auch zuvor schon einmal als Nahrung angesehen.

»Wie kommst du mit dem Lernen voran?«, fragte Levke und riss sie damit aus ihren düsteren Überlegungen.

Sina zuckte mit den Schultern. »Geht. Ich hatte in der letzten Zeit einfach zu viel anderes Zeug um die Ohren …«

Ihre Freundin verpasste ihr einen Klaps auf den Arm, der Sina zusammenzucken ließ.

»Andere Sachen?«, schimpfte Levke. »Du wirst dir dein Studium auf keinen Fall von einem Kerl versauen lassen, hast du mich gehört? Das war dein Traum! Mich hat mein Vater dazu gedrängt, aber du *wolltest* Medizin studieren! Du hast so hart dafür gearbeitet! *Niemand* ist es wert, dass du deinen Traum vernachlässigst. Und jemand, der dafür sorgt, dass du in meiner Küche hockst wie ein Häufchen Elend, erst recht nicht!«

Zerknirscht stimmte Sina ihr zu. Sie hatte sich von Lazar in eine Welt reißen lassen, die sie eigentlich nichts anging. Dabei hatte sie beinahe vergessen, was ihr wirklich wichtig war. Ob es Untote gab oder nicht, änderte nichts daran, dass Menschen Hilfe benötigten. Sie war Ärztin, verflucht. Oder wollte es zumindest werden. Aber dazu musste sie ihr Leben wieder in den Griff bekommen.

Nachdrücklich schob sie das halb volle Weinglas von sich. »Ich sollte besser Schluss machen, ich muss morgen fit sein.«

Levke spreizte Daumen und Zeigefinger zu einer angedeuteten Pistole und deutete damit auf sie. »Bingo. Das ist mein Mädchen.« Mit einem Zwinkern griff sie nach Sinas Glas. »Keine Sorge, ich kümmere mich um den Rest. Man will ja nichts verkommen lassen.«

Sina lachte. »Mach das.« Sie sammelte ihre Sachen auf und umarmte ihre Freundin zum Abschied. »Tut mir leid, dass ich dich vollgejammert habe.«

»Zum einen hast du kaum ein Wort gesagt, meine Liebe«, tadelte Levke. Sanfter fuhr sie fort: »Und zum anderen ist das genau das, wofür Freundinnen da sind. Mach dir keinen Kopf.« Sie drückte Sina einen Kuss auf die Wange. »Komm gut heim und melde dich, wenn du zu Hause bist.«

»Mache ich. Danke.«

Auf dem Weg die Treppe hinunter öffnete Sina die HVV-App, um ein Ticket für die U-Bahn zu lösen. Ihr Herz krampfte sich zusammen, als sie dabei auf eine ungelesene SMS von Lazar stieß.

Endlose Sekunden verharrten ihre Finger über dem Display. Dann löschte Sina die Nachricht, ohne sie auch nur geöffnet zu haben.

TEIL III

Der Klang der Stille

KAPITEL 26
SINA

Ja, natürlich komme ich euch bald wieder besuchen, Mama. Es ist einfach nur gerade so viel zu tun, weißt du?«

»Das verstehe ich ja, Kristina.« Die Enttäuschung war ihrer Mutter dennoch deutlich anzuhören. »Läuft es denn gut mit deinem Praktikum?«

»Absolut!«, log Sina, darum bemüht, das korrekte Maß Euphorie in ihre Stimme zu legen. Sie sah nach links und rechts und überquerte die Straße zu ihrem Haus. »Der Oberarzt, der mich betreut, ist sehr zufrieden mit mir.«

Das war eine glatte Lüge. Steinhäuser hatte sie immer noch auf dem Kieker, da konnte er Wohlwollen vortäuschen, so viel er wollte. Und Frau Ullrich ging es seit Tagen schlechter, was auf der Palliativstation verständlicherweise niemanden wunderte – eine Verbesserung war bei den dort stationierten Patienten selten zu erwarten. Aber Sina fiel es schwer, der liebenswerten Dame beim Sterben zuzusehen, entsprechend konnte sie Steinhäusers Bedenken inzwischen sogar nachvollziehen. Trotzdem versuchte sie, der alten Frau ihre verbliebene Zeit wenigstens so angenehm wie möglich zu gestalten. Frau Ullrich hatte keine Verwandten, die sie besuchen konnten – und Sina keine, die sie besuchen wollte.

Sie wusste nur zu gut, dass sie ihrer Familie nichts vormachen könnte, wenn sie erst einmal an ihrem Tisch saß. Ihre Mutter würde ihren Kummer bemerken und nicht eher Ruhe geben, bis sie eine zufriedenstellende Erklärung bekam. Und die hatte Sina nicht. Denn selbst wenn sie ihren Eltern die Wahrheit verriet, würden die ihr wohl kaum Glauben schenken. Sie konnte sich niemandem anvertrauen.

Sina zog ihren Schlüssel aus der Tasche und warf einen Blick zum Himmel hinauf. Eine graue Wolkenschicht lag über der Stadt, sodass es trotz der frühen Stunde düster wirkte. Sobald erst der Winter kam, würde sie es nicht mehr im Hellen nach Hause schaffen. Auch wenn Lazar bestens demonstriert hatte, dass die Sonne sie nicht vor Vampiren schützte, fühlte sie sich bei Tageslicht doch sicherer. Und schließlich konnte sie schlecht mit einer Knoblauchzehe um den Hals herumlaufen.

Sie drückte die Tür zum Treppenhaus auf. »Ich muss jetzt Schluss machen, okay? Ich bin gleich zu Hause.«

»In Ordnung. Meld dich bald wieder, ja?«

»Natürlich. Ich hab dich lieb.«

Das Licht im Treppenhaus ging automatisch an. Sina beendete das Telefonat, zog die Post aus ihrem Briefkasten und blätterte die Flugblätter durch, während sie die Treppe in den ersten Stock hinaufstieg. Werbung, Werbung, ein Gutschein für die nahe gelegene Pizzakette. Zumindest war etwas Nützliches dabei.

Sie schloss ihre Haustür auf, tastete nach dem Lichtschalter und warf die Prospekte in den Papierkorb. Das Licht flammte auf – und Sina schreckte zurück. Mitten in ihrer Wohnung stand ein Mann. Hastig zerrte Sina ihr neu erworbenes Pfefferspray aus der Tasche.

Cassius warf einen Blick auf die kleine Spraydose und rümpfte die Nase. »Und wie genau soll dir das Ding da helfen?«, fragte er.

»Ihr habt empfindliche Sinne.« Jedenfalls hatte Lazar das behauptet, und inzwischen glaubte Sina jedes seiner Worte. »Das Zeug brennt schon für einen normalen Menschen wie Hölle.«

»Stimmt.« Cassius zuckte kurz, eine Bewegung, die so rasch geschah, dass Sina sie kaum wahrnahm. Im nächsten Augenblick hielt er ihr Pfefferspray hoch. »Dazu müsstest du allerdings etwas schneller sein.«

Jede Illusion von Sicherheit verpuffte. Ängstlich wich Sina zurück, bis sie gegen ihr Schuhschränkchen stieß.

»Was willst du?« Ihre Stimme klang lächerlich schrill.

Wie er in ihre Wohnung gelangt war, wollte sie lieber gar nicht erst wissen. Er sollte einfach nur verschwinden.

Cassius dachte jedoch nicht daran, ihr diesen Gefallen zu tun. Langsam schlenderte er auf sie zu, bis er so nah vor ihr stand, dass sie den Kopf beinahe in den Nacken legen musste, um zu ihm aufzublicken.

»Ich will«, grollte er, »dass du endlich aufhörst, die zarte Mimose zu spielen.«

Sina blinzelte. »Was?«

»Du hast mich schon verstanden. Warum gehst du Lazar aus dem Weg?«

»Das tue ich gar nicht.« Sie wich seinem Blick aus, aber das bedeutete, dass sie ihm beinahe schon den Rücken zuwenden musste, wenn sie nicht unmittelbar auf seine Brust starren wollte. Ihre Finger rieben nervös über den Pizzagutschein. »Ich hatte einfach viel zu tun. Lazar ist ja nicht mein einziger Lebensinhalt, und …«

»Blödsinn.« Die Stimme des Vampirs blieb ruhig, doch in seinen Augen loderte Zorn. »Seit Tagen gehst du nicht ans Telefon, du ignorierst seine Nachrichten. Mach Schluss mit ihm, wenn du nicht klarkommst, aber lass ihn gefälligst nicht in der Luft hängen!«

»Das kann ich nicht.« Sina schluckte. Sie hasste ihre eigene Schwäche, doch das war nun mal die Wahrheit. Sie hatte Angst vor ihm.

Cassius' Lippe zuckte verächtlich. »Und ich dachte, du empfindest etwas für ihn.«

»Das tue ich, aber …«

»Aber *was?*«

Wieder blitzten die Bilder jener Nacht vor ihr auf. Lazars Ausdruck, der eher tierisch als menschlich gewirkt hatte. Verzweiflung, Hunger, Lust … all das hatte sie in seinem Gesicht gelesen, während sie gegen Pein und Angst gekämpft hatte. Existierte der Mann, den sie in ihm gesehen hatte, überhaupt? Oder war er nur ein Hirngespinst gewesen?

Mit einem Brummen trat Cassius einen Schritt zurück, sodass sie endlich aufatmen konnte.

»Mach Lazar nicht für deinen Fehler verantwortlich«, mahnte er. »*Du* hast darauf bestanden, ihn dein Blut trinken zu lassen. Er hätte das niemals gewollt. Es war *deine* Entscheidung, also tu jetzt nicht so, als hätten wir dich nicht gewarnt.«

»Das weiß ich.« Es änderte jedoch nichts an dem, was sie fühlte. »Was interessiert dich das überhaupt?« Trotzig schlang sie die Arme um ihren fröstelnden Körper und wich in den Wohnzimmerbereich aus. »Ich gebe zu, ihn zu ghosten, war nicht nett. Aber das ist noch lange kein Grund, dass *du* mir auflauerst.«

Der Vampir machte keine Anstalten, ihr zu folgen. Aus den Augen ließ er sie allerdings auch nicht, sein finsterer Blick folgte ihr unnachgiebig durch die Einzimmerwohnung.

»Er leidet«, entgegnete er scharf. »Deinetwegen. Du hast keine Ahnung, was du angerichtet hast. Lazar hat dir vertraut.«

»Wovon redest du?« *Sie* war diejenige, die gebissen worden war! Für jemanden wie Lazar musste so etwas doch an der Tagesordnung stehen.

Cassius schüttelte sacht den Kopf. »Das solltest du lieber ihn fragen.«

»Warum? Er hat ja nicht mal den Anstand besessen, selbst hier aufzutauchen.«

»Und wie hättest du reagiert, wenn er es getan hätte?« Cassius warf ihr die Pfefferspraydose vor die Füße. »Etwa auch so?«

Ertappt biss Sina sich auf die Unterlippe.

»Er hat mich nicht geschickt«, erklärte der Vampir kühl. »Lazar weiß nicht, dass ich hier bin. Und ich würde dir raten, es ihm auch nicht zu verraten. Ich sollte nicht der Grund dafür sein, dass du zu ihm zurückkehrst.«

Das klang, als wäre es beschlossene Sache. Sina strich über das Bücherregal neben sich und zerrieb die dünne Staubschicht zwischen ihren Fingern, als könnte sie damit mehr Zeit herausschinden als ein paar mickrige Sekunden.

»Ich bin noch nicht bereit, ihm gegenüberzutreten«, gestand sie schließlich. Vielleicht würde sie das nie sein.

»Menschen.« Er sagte das mit solcher Verachtung, dass sie zusammenzuckte. »Lazar kommt nicht, weil er wie ein Gefangener in seiner Bruchbude hockt, solange wir nicht wissen, ob diejenigen, die ihn beinahe umgebracht haben, noch in der Stadt sind. Zufrieden?«

Sinas Herz machte einen schmerzhaften Satz, der ihr verriet, dass der Vampir ihr keineswegs so gleichgültig war, wie sie es gerne gehabt hätte.

»Also war das … kein Unfall?«, vergewisserte sie sich.

Cassius schnaubte. »Ist es das, was du dir einredest?«

Sina presste die Lippen zusammen. Sie redete sich überhaupt nichts ein. Aber so leid es ihr für Lazar tat, an der Situation änderte das nichts.

Es machte keinen Unterschied, aus welchem Grund er die Kontrolle verlor. Er war eine Gefahr.

»Lazar hat sich außer Gefecht gesetzt, nur damit du vor ihm in Sicherheit bist«, fauchte Cassius. »Und du gibst ihm das Gefühl, er hätte dir wer weiß was angetan!« Als sie nichts erwiderte, hieb er so heftig auf das Billy-Regal neben ihr, dass es schepperte. »Wir hätten dich in diesem verdammten Klub verrecken lassen sollen.«

KAPITEL 27
LAZAR

Linus Erhart. Michael Heidenkamp. Vincent Halden.

Lazar betrachtete die Ansammlung an fremden Namen, die allesamt sein Gesicht trugen. Lauter verschiedene Identitäten, und jede einzelne davon bestand aus nicht viel mehr als dem, was er hier sah. Ein Name, ein Personalausweis, ein paar Papiere … gerade gut genug, um einer oberflächlichen Überprüfung standzuhalten. Es reichte, um unterzutauchen. Er könnte sich in ein Taxi setzen und in den nächsten Vorort kutschieren lassen. Oder irgendjemanden dafür bezahlen, dass er ihn im Kofferraum aus der Stadt schaffte. Auf der Autobahn weiter per Anhalter. Es gab Wege. Die Vetrani waren nicht überall.

Er sollte Hamburg verlassen. Was hielt ihn schon hier? Bloß Erinnerungen, und die lauerten auch anderswo. Er sollte einfach eine Identität wählen und ein anderes Leben beginnen, aber er konnte nicht. Unterzutauchen würde bedeuten, sich einzugestehen, dass es kein Zurück gab. Und Sina aufzugeben … dazu war er noch nicht bereit.

Lazar schreckte auf, als sein Telefon losbimmelte. Er wollte sich keiner falschen Hoffnung hingeben, doch als er Sinas Namen auf dem Display las, war alle Zurückhaltung vergessen. Er sprang auf, getrieben von seiner inneren Unruhe. »Hallo?«

Seine Freude zerbarst so schnell, wie sie gekommen war.

»Hey.« Sie klang unsicher, distanziert … traurig. »Wie geht es dir?«

Er stieß ein verzweifeltes Lachen aus. Welche Antwort war einer solchen Situation angemessen? Seine Wunden waren verheilt, dank ihr. Wie es in seinem Inneren aussah, war eine andere Sache.

»Ich bin okay«, wich er aus. »Und dir?«

»Ich … Es tut mir leid. Ich war nicht fair zu dir.« Am anderen Ende der Leitung hörte er sie angestrengt durchatmen. »Wir sollten reden.«

Die Anspannung in ihrer Stimme war nicht zu überhören. Hatte sie Angst vor ihm? Oder glaubte sie, er würde sie abweisen? Dass er sie nicht länger brauchte, weil er ihr Blut bereits gekostet hatte? Was war er für sie? Monster, Freund, Geliebter?

»Ich bin für dich da«, murmelte er. Ganz gleich, was sie von ihm benötigte – er würde es ihr gewähren.

»Können wir uns treffen?«

Lazar blieb stehen, schloss die Augen und legte den Kopf in den Nacken.

»Natürlich.« Zum Henker mit den Vetrani. »Soll ich zu dir kommen?« Er konnte sich vorstellen, dass sie nicht sonderlich erpicht darauf war, seine Wohnung zu betreten. »Oder lieber ein Café?«

»Café klingt gut.« Etwas klickte leise auf ihrer Seite der Verbindung, wie die Mine eines Kugelschreibers, die jemand rein- und rausdrückte. »Oder … vielleicht ist es besser, wenn wir einfach spazieren gehen.«

Lazar war kein Experte für Beziehungsangelegenheiten, aber er hatte genug Erinnerungen von Sterblichen in sich aufgenommen. Trennungsschmerz war eine besonders intensive Emotion, die sich leicht übertrug … Und Sina klang sehr danach, als würde sie mit ihm Schluss machen wollen.

Er hatte Verständnis für ihre Situation. Er wünschte nur, er hätte irgendeinen Anteil an dieser Entscheidung gehabt.

»Der Blohms Park ist in der Nähe«, sagte er.

Cassius würde ihn für leichtsinnig halten, wenn er die Wohnung verließ, aber er konnte schließlich nicht ewig in seinen vier Wänden hocken.

Sina atmete hörbar durch. »Ich bin um sechs da.«

So schwer es Lazar fiel, er harrte bis zur letzten Minute aus, um dann in unauffälligem Tempo in den Park zu schlendern. Eine unerträgliche Langsamkeit, wo ihn doch alles dazu drängte, so schnell wie möglich zu ihr zu gelangen. Selbst wenn sie ihn nur sehen wollte, um ihn endgültig von sich zu stoßen – im Augenblick erschien ihm sogar dieser Schmerz das kurze Vergnügen wert zu sein, sie ein letztes Mal zu sehen. Zu wissen, dass sie wohlauf war. Angewidert von ihm, abgestoßen von seiner Tat, ja. Aber am Leben. Er musste einfach mit eigenen Augen sehen, dass sie unversehrt war.

Lazar ballte die Fäuste. Natürlich war sie *nicht* unversehrt. Das bewies allein schon die Tatsache, dass sie sich derart von ihm zurückgezogen hatte.

Dennoch durchströmte ihn eine Welle von Zuneigung und Erleichterung, als er ihre vertraute Gestalt am Parkeingang ausmachte. Das warme Licht einer Straßenlaterne fiel auf ihr dunkles Haar und verlieh ihm einen goldenen Schimmer. Es verstärkte jedoch auch die Schatten unter ihren Augen. Sina wirkte erschöpft und in sich gekehrt, wie sie da an den verwelkten Blumenrabatten stand, die Hände in die Taschen ihres Mantels gestopft, die Schultern gegen den leichten Nieselregen hochgezogen.

Am liebsten hätte Lazar sie in die Arme geschlossen, doch als er näher kam, spürte er deutlich ihre Angst. Sosehr sie sich auch bemühte, das Gefühl zu unterdrücken, ihr Körper verriet sie. Sie wollte weg von ihm, konnte sich vermutlich nur mit Mühe dazu zwingen, ihm überhaupt entgegenzublicken. Das Letzte, was sie wollte, war eine Umarmung von ihm.

Also blieb er in gebührendem Abstand vor ihr stehen. »Verzeih mir.«

Sie zuckte zusammen, als hätten seine Worte die Wunde erst recht wieder aufgerissen. Dabei war das doch genau das Gegenteil von dem, was er beabsichtigte.

»Ich wollte dir niemals wehtun, das musst du mir glauben, Sina. Ich war nicht bei mir, ich …«

»Ich weiß.« Sie schenkte ihm ein zittriges Lächeln, das jedoch die Trauer in ihren Augen nicht vertreiben konnte. »Es war meine Entscheidung. Ich habe sie für uns beide getroffen. Und ich bereue sie nicht.« Schüchtern streckte sie die Hand aus und strich den Aufschlag seiner Jacke glatt. »Ich bin froh, dass es dir gut geht.«

Lazar presste die Lippen zusammen. Sie am Telefon zu belügen, war eine Sache, ihr dabei ins Gesicht zu blicken, eine ganz andere.

»Dich so zu sehen …« Sina seufzte und ließ die Hand sinken. »Ich bereue nicht, dass ich dir geholfen habe. Aber ich gebe zu, dass ich unterschätzt habe, was es bedeuten würde. Für mich – und für uns. Ich habe geglaubt, ich wüsste, was ich tue. Ich habe mich geirrt, und es tut mir leid, dass ich dir die Schuld dafür gegeben habe.«

Vorsichtig hob Lazar die Hand. Langsam, um sie nicht zu verschrecken, legte er die Finger an ihre warme Wange und zeichnete die Konturen ihres Gesichts nach.

»Danke, dass du mir erlaubt hast, dich noch einmal zu sehen.«

Sina schluckte. Die Bewegung, so klein sie auch sein mochte, lenkte seinen Blick auf ihren Hals. Hastig wandte er sich ab, doch Sina ergriff seine Hand, ehe er sie fortziehen konnte.

»Das ist kein Abschied, Lazar.«

Ihre Worte waren kaum mehr als ein Flüstern, doch die Entschlossenheit, die er darin las, erklärte, wie diese Sterbliche einen sturen Vampir wie Cassius dazu hatte bringen können, zu tun, was *sie* für das Richtige hielt.

»Ich habe lange darüber nachgedacht«, fuhr sie fort. »Und ich kann meine Gefühle nicht leugnen. Es hat mir Angst gemacht, dich so zu erleben, aber … noch schlimmer war es, dich verletzt zu sehen.«

Ihre Finger verschränkten sich mit seinen, und sie atmete tief durch.

»Ich habe es ernst gemeint, als ich gesagt habe, dass ich jederzeit wieder so entscheiden würde. Du bedeutest mir zu viel, als dass ich das, was zwischen uns ist, einfach aufgeben würde. Ich will, dass wir das hinkriegen.« Sie senkte den Blick. »Ich weiß, dass ich dir mit meiner Reaktion wehgetan habe.«

Er wollte es abstreiten, doch sie schüttelte den Kopf. »Dass ich dich als eine Gefahr gesehen habe, war nicht fair …«

»Aber du hattest recht.« Schmerz färbte seine Stimme dunkler. Lazar griff nach Sinas Kinn und hob es an, um ihr in die Augen zu blicken. Sie musste es verstehen, musste die Wahrheit akzeptieren. »Ich *bin* gefährlich, Sina. Und ich hätte dich nie in die Situation bringen dürfen, in der ich eine Gefahr für dich war. Du hättest sterben können in dieser Nacht …« Seine Stimme brach. »Ich hätte dich töten können, verstehst du? Also bitte, wenn du noch einmal die Wahl hast, wenn du noch einmal dieselbe Entscheidung treffen musst – dann rette *dein* Leben, nicht meines. Ich könnte nicht damit leben, wenn ich dich …« Er blinzelte. Tränen verschleierten seine Sicht. »Ich kann damit nicht leben.«

Warme Finger strichen über seine Wange, suchten seinen Nacken und zogen seinen Kopf nach unten. Weiche Lippen legten sich an seine. Ein sanfter Kuss, der all die Nähe versprach, die Lazar für immer verloren geglaubt hatte.

»Es geht mir gut«, flüsterte Sina, ihre Stirn an seine gelehnt. »Ich verspreche dir, dass es mir gut geht. Alles wird gut …«

Lazar schlang die Arme um ihren Körper, drückte diese Sterbliche an sich, die zu lieben er eigentlich kein Recht hatte, und war dankbar, dass sie ihn gewähren ließ. Mehr als das, sie erwiderte seine Umarmung und spendete ihm einen Trost, den er selbst sich jahrhundertelang verwehrt hatte. Er presste sie an sich, bis die alten Erinnerungen von ihm wichen und er Sinas Versprechen endlich Glauben schenken konnte.

»Möchtest du mir davon erzählen?«, wisperte sie an seiner Brust.

Frischer Schmerz schoss in sein Herz.

»Nein.« Lazar atmete durch. »Aber ich sollte.«

Mit einem Kopfnicken lud er sie ein, den verschlungenen Pfaden des Parks zu folgen. Hand in Hand gingen sie durch die abendliche Dunkelheit, bis er sich endlich bereit fühlte, sich seiner schmerzhaften Vergangenheit zu stellen.

»Du hast mich gefragt, wie Vampire erschaffen werden«, begann er schließlich.

Ihre Finger in seinen zuckten, aber sie harrte aus. Ahnte sie, worauf er hinauswollte? Oder glaubte sie, er würde ihr die Unsterblichkeit anbieten? Ihrer Reaktion auf seinen Biss nach zu urteilen, wäre das so ziemlich das Letzte, was sie wollte.

Konzentrier dich!

Seine Gedanken wichen der eigentlichen Frage aus. Ihm war nicht bewusst gewesen, wie sehr er sich gegen diese Erinnerungen sträubte.

Er nahm all seinen Mut zusammen und fuhr fort. »Meine Verwandlung habe ich nicht freiwillig erfahren. Ich hatte ein Leben, eine Familie. Ich war niemand Besonderes, nur ein Landwirt, der das Pech hatte, die Aufmerksamkeit seiner Herrin zu wecken.« Er verzog die Lippen zu einem unglücklichen Lächeln. »Sie wollte mich als Gespielen, aber ich habe mich geweigert, immerhin war ich ein verheirateter Mann.«

Sinas Herzschlag beschleunigte sich, doch sie sagte nichts.

»Ich habe meine Frau und mein Kind den Avancen meiner Lehnsherrin vorgezogen, also wollte sie mich auf andere Weise gefügig machen.« Ein Zittern ging durch Lazars Körper, aber wenn er nun aufhörte, würde er kein zweites Mal die Kraft finden, diese Geschichte zu erzählen. »Sie hat mich entführt. Mich ausgesaugt und verwandelt. Dann hat sie mich in einen Keller gesperrt, der kaum mehr war als ein Erdloch.«

Immer noch roch er die feuchte Erde, fühlte er sie unter seinen klammen Fingern. Er hatte gebrüllt und getobt, sich die Fäuste an den Steinen des Gemäuers blutig geschlagen und versucht, sich mit bloßen Händen einen Ausweg zu graben, während der Hunger ihn zerfressen hatte.

Er presste die Lider zusammen und zwang sich, weiterzusprechen. »Sie hat mich ausgehungert wie ein Tier. Ich hatte keine Ahnung, was sie aus mir gemacht hatte. Ich fühlte nur diese unbändige Gier. Den Instinkt, zu verschlingen … Und dann hat sie mir Nahrung vorgeworfen.«

Sina schnappte nach Luft. Sie begriff, was er selbst viel zu spät erkannt hatte: die Durchtriebenheit einer Vampirin.

»Als ich wieder zu mir gekommen bin und gesehen habe, was von meiner Frau und meiner Tochter übrig geblieben war … Was *ich* übrig gelassen hatte …« Er wand sich aus Sinas Griff, unfähig, irgendeine Berührung zu ertragen, solange ihm diese Bilder so lebendig vor Augen standen.

Junge Vampire waren nicht in der Lage, ihre Triebe zu bändigen. Er hatte seine Liebsten nicht einfach nur getötet. Er hatte sie zerfetzt, auseinandergerissen wie Schlachtvieh und das Blut aus ihren rohen Fleischbrocken gesaugt.

Lazar würgte. »Sie hat mich gezwungen, alles zu zerstören, was ich geliebt habe.«

Schweigend standen sie in der Nacht, nur das Rauschen der Autos auf den nassen Straßen verband sie mit der Welt außerhalb des Parks.

Irgendwann legte Sina zögernd eine Hand auf seine. »Was ist dann passiert?«, wisperte sie.

Das Bild der Flammen, die das herrschaftliche Anwesen eingehüllt hatten, trat vor Lazars Augen.

»Ich habe ihr dasselbe angetan wie sie mir. Ich habe ihr alles genommen. Und dann habe ich sie zurückgeschickt in die Hölle, aus der sie gekrochen war.« Er bemühte sich gar nicht erst, die Befriedigung in seiner Stimme zu verbergen.

Es dauerte einen Moment, ehe Sina nickte. »Gut.«

KAPITEL 28
SINA

Bist du sicher, dass du das möchtest?

Sina sah zu dem heruntergekommenen Wohnhaus auf, in dem Lazars Wohnung lag, und schauderte. Nein, sicher war sie sich ganz und gar nicht. Aber wer vom Pferd fiel, musste wieder aufsteigen – und wer sich von einem traumatischen Vampirbiss erholen wollte, musste sich zurück an den Ort des Geschehens begeben. Es war wichtig für sie beide, die Erinnerung an diesen Vorfall hinter sich zu lassen.

Also nickte Sina.

Hand in Hand stiegen sie die Stufen hinauf. Die Panik, die sie erwartet hatte, blieb aus, selbst als sie die Etage erreichten, in der sie auf Lazar gewartet hatte. Dunkle Stellen in den Fugen der Bodenfliesen verrieten, wo er blutend zusammengebrochen war.

Lazar drückte ihre Hand. Auch er wirkte angespannt, während er den Schlüsselbund aus der Hosentasche zog. Die Muskelstränge an seinem Unterkiefer und Hals traten hervor. Er vermied es, sie anzusehen, richtete seine gesamte Aufmerksamkeit auf den Schlüssel in seiner Hand. Das Schloss schnappte auf, die Tür glitt nach innen – und Sina verkrampfte.

Der Geruch seiner Wohnung, der Anblick des billigen Laminats, das sie mit ihrem Blick fixiert hatte, um nicht sehen zu müssen, was seine Reißzähne mit ihrem Arm anstellten …

Eine Berührung an ihrem Rücken ließ sie zusammenzucken, doch Lazar zog seine Hand nicht zurück. Sie ruhte auf Sinas Schulter, warm und tröstlich.

Unsicher sah sie ihn an. Hatte er getrunken? Er wirkte lebendig, gefestigt … Durfte sie ihm vertrauen? Konnte sie es?

Ein Zittern überkam ihren Körper, ohne dass sie etwas dagegen tun konnte.

Lazar musterte sie mit besorgtem Blick, schwieg jedoch, so als fürchtete er, sie durch Worte endgültig in die Flucht zu treiben. Stattdessen begann er, seine Hand kreisen zu lassen. Sanft strich er über ihre Schulter, dann über ihren Arm. Langsam, beruhigend. Sie fühlte, wie sie unter seiner Berührung allmählich entspannte.

Er schien es ebenfalls zu bemerken, denn nun legte er auch die zweite Hand auf ihren Rücken. In großen Kreisen strich er über ihren Körper, vertrieb damit ihre Angst und ihre Anspannung, bis Sina wohlig die Augen schloss. Sie wandte sich zu ihm um, schlang die Arme um seine Hüften und kuschelte sich an seine Brust. So standen sie da, sie mit der Wange an seinem viel zu dünnen Shirt, er mit dem Kinn auf ihrem Scheitel.

Alles wirkte so alltäglich, dass es eine ganze Weile dauerte, bis ihr klar wurde, dass es sich nicht so normal anfühlen sollte. Sina runzelte die Stirn.

»Ich höre deinen Herzschlag«, stellte sie erstaunt fest.

»Hmmm.« Lazar beugte sich zu ihr herab und küsste vorsichtig ihre Schläfe. »Was hattest du erwartet?«

»Ich weiß nicht.« In den Geschichten waren Vampire kalt und tot.

Aus medizinischer Sicht ergab das natürlich wenig Sinn, irgendwie musste das Blut ja durch den Körper transportiert werden. Aber ein unsterblicher Organismus war schließlich genauso unlogisch.

Welche Mythen mochten der Wahrheit entsprechen? Besaß er ein Spiegelbild? Konnte er sich in eine Fledermaus verwandeln? Konnte er …

Lazar zog sie in einen Kuss, der ihre Fragen augenblicklich verstummen ließ. Weich und einladend drückten seine Lippen auf ihre. Er forderte nichts, bot ihr alles. Kribbelnde Hitze breitete sich in ihrem Körper aus und verdrängte all die Gedanken, hinter denen Sina Zuflucht gesucht hatte.

Sie erwiderte seinen Kuss und öffnete den Mund in der Erwartung, dass seine Erregung sie mitreißen würde, wie sie es schon einmal getan hatte. Doch diesmal ging Lazars Leidenschaft tiefer. Unendlich langsam küsste er sie, leckte und saugte an ihren Lippen. Seine Hände glichen einem Sicherheitsnetz, das sie auffing, als er sie näher an sich heranzog und ihr den Mantel von den Schultern strich. Unbeachtet fiel das Kleidungsstück zu Boden.

Sina schauderte. Sie sah zu ihm auf, legte die Hände an sein Gesicht, ertastete jeden Bartstoppel, jede Unebenheit an seinen Wangen und ließ sich von seinem Blick gefangen nehmen. Er lehnte seine Stirn an ihre, wiegte sanft mit ihr hin und her, ihre Hüften so nah aneinander, dass sie gar nicht anders konnte, als seinem Takt zu folgen, während sie tiefer und tiefer in seinem Blick versank.

Immer noch strichen seine Hände über ihren Rücken. Geschickt drückten seine Fingerspitzen in ihre Muskeln und lösten Verspannungen, von denen Sina nicht einmal geahnt hatte, dass sie da waren.

Mit einem leisen Seufzen schloss sie die Augen, schmiegte sich an seine Wange, bis ihr Kopf schließlich an seiner Schulter zu liegen kam.

Lazar hauchte winzige Küsse auf ihre Wange, ihr Ohr, ihren Hals …

Augenblicklich versteifte sich Sina.

»Schhh …«

Seine Arme fingen sie auf, seine Stimme lullte sie ein. Erneut fanden seine Lippen ihren Mund, und Sina folgte seinem Kuss bereitwillig. Als er sich schließlich von ihr löste, um sie ins Schlafzimmer zu führen, war es nicht Angst oder Ekstase, was sie empfand, sondern freudige Erwartung.

Das Bett war schmal und eindeutig nur für eine Person gedacht, doch

Sina störte das nicht. Umso näher lagen sie nebeneinander, während sie einander langsam entkleideten. Sina streichelte über die Haarlinie an Lazars Bauch und genoss das leise Zittern, das sie damit bei ihm auslöste, ebenso wie die Wellen von Erregung und Zuneigung, die seine Berührungen in ihr hervorriefen. Seine von langen Stunden körperlicher Arbeit rauen Hände reizten ihre überempfindliche Haut, während sie einander langsam erkundeten. Sie hatten alle Zeit der Welt. Es gab nur sie beide, nur diese Nacht, dieses Bett. Lippen, Fingerspitzen … Zähne.

Kurz zuckte sie zusammen, als sie die kühle Härte an ihrer Haut fühlte, doch es war nur der Stoff ihres BHs, den er damit anhob. Gleich darauf glitt seine Zunge über ihre Brustwarze und ließ Sina jede Furcht vergessen. Sie streiften die letzten Hüllen ab – und damit auch alle Vorbehalte.

Sina zog ihn über sich. Ihre Blicke trafen sich und ließen einander nicht los, während Lazar in sie eindrang und seinen Rhythmus begann. Langsam erst, dann schneller, bis Sina stöhnend den Kopf in den Nacken legte und die Welt von ihr abfiel.

KAPITEL 29
LAZAR

Ein Blick in seinen Kühlschrank offenbarte, was er befürchtet hatte: die wenigen Alibivorräte, die Cassius nicht durch Blutkonserven ersetzt hatte, waren an einer Hand abzuzählen und ließen sich zu keinem lohnenswerten Frühstück zusammenfassen. Eine Flasche Ketchup, eine Tüte Kartoffelchips, eine Packung Käse, dessen Farbe schon eher ins Grünliche ging, und eine einzelne Zwiebel. Eben das, was er kaufte, weil er es in den Einkaufswagen der Sterblichen gesehen hatte. Die Hälfte dieser Produkte hatte er noch nie selbst gegessen, was seine Entscheidung nicht gerade leichter machte.

Er könnte noch einmal los, um etwas Passenderes zu besorgen. Der erschrockene Fluch aus dem Schlafzimmer hielt ihn davon ab.

»Verdammt, verdammt …« Nur mit Unterwäsche und einer Socke bekleidet, dafür mit zerstrubbelten Haaren und einem Kleiderbündel in den Armen, kam Sina herein. »Wie spät ist es? Der Akku von meinem Handy ist alle.«

Lazar deutete auf einen kleinen Wecker, der auf dem Garderobenschrank stand. »Halb acht.«

»Shit!« Sina ließ ihre Sachen fallen und kramte darin herum, bis sie ihre zweite Socke fand. Hüpfend zog sie das rosa gepunktete Ding über ihren Fuß. Hose und Shirt folgten. Sie schlüpfte blindlings in ihre Schuhe, während sie mit einer Hand nach ihrem Pulli angelte. »Ich muss los.«

Lazar half ihr in den Mantel, doch als sie sich abwenden wollte, hielt er sie fest.

»Warte.« Es gab immer noch so vieles, was unausgesprochen zwischen ihnen hing. Für das meiste davon hatten sie später Zeit. Es gab nur eine Antwort, die er jetzt hören musste. »Ist zwischen uns … alles in Ordnung?«

Sina lächelte. Es wirkte aufrichtig, so unsicher es ihm auch vorkam. »Es ist alles gut. Wir sehen uns später, okay?«

Es fiel ihm nicht leicht, sie gehen zu lassen, aber der Kuss, den sie ihm gab, besiegelte ihr Versprechen.

»Bis später.« Damit war sie zur Tür hinaus.

Lazar atmete durch. Er versuchte, die Ereignisse der vergangenen Nacht zu begreifen. Aber nun, da Sina verschwunden war, kam ihm alles wie ein unwirklicher Traum vor. Nur ihr Geruch weilte noch in seiner Wohnung und erinnerte ihn daran, dass dies hier die Wirklichkeit war. Sina war zu ihm zurückgekehrt.

Er würde den Teufel tun und ausgerechnet jetzt die Stadt verlassen.

Cassius würde natürlich an die Decke gehen, wenn er davon erfuhr. Der andere Vampir hatte schließlich keinen Hehl daraus gemacht, was er von Lazars Verhältnis zu einer Sterblichen hielt. Alleine würde Cass jedoch niemals abhauen. Sosehr er es auch bestreiten mochte, auf seine Weise brauchte er Lazar mehr, als es umgekehrt der Fall war. Sein Gefährte fürchtete die Einsamkeit der Jahrhunderte, weshalb ihm so daran gelegen war, Lazar am Leben zu halten.

Mit wem Lazar dieses Leben verbrachte, war allerdings immer noch seine Entscheidung.

Er wählte Cassius' Nummer. Nach dem ersten Klingeln nahm der andere ab.

»Hast du die Nachrichten verfolgt?«, fragte Cass anstelle einer Begrüßung.

»Nein. Ich war … beschäftigt.«

Ein paar Sekunden lang herrschte Schweigen am anderen Ende der Leitung, so als müsste Cassius diese Information erst einmal verdauen.

»Schön für dich«, murrte er schließlich, um sofort wieder zu seinem eigentlichen Thema zurückzukehren. »Es gibt keinen Bericht über eine neue Leiche.«

Lazar runzelte die Stirn. »Das ist doch gut, oder?«

»Da bin ich mir nicht mehr so sicher.« Cassius schnaubte. »Nach allem, was ich mittlerweile herausgefunden habe, bezweifle ich, dass Marcella einfach weitergezogen ist.«

»Hmm.« Lazar warf einen Blick aus dem Fenster. Seine Aussicht beschränkte sich auf die Fassade des gegenüberliegenden Gebäudes, aber er hätte schwören können, dass dort draußen etwas anders war als sonst.

»Pjotr hat mir noch ein paar weitere Berichte geschickt.« Allmählich redete Cassius sich in Fahrt. »Kanada, Montenegro, die Bretagne … Diese Frau zieht eine Blutspur hinter sich her, und es sind nicht bloß Menschen, die sie dabei tötet. Sie imitiert die Jagdmethoden der lokalen Vampire, mordet in ihrem Namen, bis entweder die Vetrani oder andere Unsterbliche auf sie aufmerksam werden. Einfach unterzutauchen, liegt ihr nicht.«

»Also war sie hinter dir her.« Schließlich waren sie überhaupt erst auf die Spur der Vampirin gestoßen, weil sie in Cassius' bevorzugten Bars und Klubs gewildert hatte.

»Ursprünglich sicher. Aber warum hört sie dann plötzlich auf? Sie hat sich solche Mühe gegeben, mich ans Messer zu liefern, und sie hat nichts erreicht.«

»Vielleicht ist sie es einfach leid geworden.« Manche Unsterbliche waren ungeduldig, besonders diejenigen, die es nicht lange an einem

Ort hielt. »Möglicherweise hat sie woanders einen besseren Zeitvertreib gefunden. Oder die Vetrani haben sie erwischt.«

»Sei nicht naiv. Probleme lösen sich nicht einfach in Luft auf, bloß weil man sie ignoriert.«

»Aber eine Fährte hast du auch nicht«, merkte Lazar an. »Und solange sie uns in Ruhe lässt …«

Gedankenverloren legte er seine Finger an die Glasscheibe. Irgendetwas weckte eine nervöse Unruhe in seinem Inneren. Wenn er nur die Augen schloss und sich konzentrierte …

»Ich garantiere dir, dieses Weib hockt wie eine Spinne auf der Lauer und …«

»Sei mal still.«

Cassius war so überrascht, dass er tatsächlich die Klappe hielt. Lange genug jedenfalls, dass Lazar den Ursprung seiner Nervosität ausmachen konnte: Jemand war hier. Eine psychische Signatur, die ihm seltsam vertraut vorkam, die er jedoch nicht sofort zuordnen konnte. Zu seinen Nachbarn gehörte sie nicht. Menschlich, weiblich …

Mit einem Fluch warf er das Handy beiseite und stürmte zur Tür hinaus. Die Vetrani waren hier!

KAPITEL 30
SINA

Sinas Finger spielten mit dem Handy in ihrer Tasche. Zu blöd, dass ausgerechnet jetzt der Akku leer war. Sie musste in der Klinik Bescheid sagen, dass sie es nicht rechtzeitig schaffte. Steinhäuser würde durchdrehen, wenn er davon erfuhr, aber es war besser, als unangekündigt zu spät zu kommen. Und Levke sollte sie auch anrufen.

Sina konnte das Grinsen nicht unterdrücken, das sich bei der Erinnerung an den gestrigen Abend auf ihr Gesicht schlich. Schnell zog sie die Schultern hoch und verbarg ihre glühenden Wangen unter den Mantelaufschlägen. Vermutlich war sie knallrot im Gesicht, und sie wollte nicht, dass jeder, der ihr begegnete, sofort wusste, was Sache war.

Verstohlen sah sie sich um. Die Straße war verlassen, bis auf einen sportlichen jungen Mann im Anzug. Der jedoch wandte hastig den Blick ab, als sie ihn ansah.

Ein mulmiges Gefühl machte sich in Sina breit. Sollte sie die Straßenseite wechseln? Es waren nur noch gut zehn Meter bis zur nächsten Abzweigung, von dort würde sie auf die belebtere Horner Landstraße kommen.

Vermutlich war sie paranoid. Der Kerl sah nicht gerade wie ein Vergewaltiger aus, und es war helllichter Tag. Trotzdem beschleunigte sie ihre Schritte. Nur noch ein paar Meter. Sie warf einen Blick über die Schulter zurück und erschrak. Der Mann hatte ebenfalls an Tempo zugelegt und deutlich aufgeholt.

Sina zögerte nicht länger, sie rannte los. Im Sprint bog sie um die Ecke, prallte jedoch frontal gegen ein Hindernis. Sie strauchelte und klammerte sich an die fremde Frau, mit der sie zusammengestoßen war.

»Helfen Sie mir! Der Mann da …«

Die Frau stieß sie zurück. Sina stolperte rückwärts und prallte mit dem Rücken gegen ihren Verfolger, der sie augenblicklich packte.

»Was soll das? Nein! *Hilfe!*«

Ohne Umschweife drückte ihr der Unbekannte eine Hand auf den Mund und erstickte ihre Hilferufe.

Reifen quietschten, und plötzlich war da ein weiterer Mann. Sina schlug und trat so lange um sich, bis sie den Anzugträger mit dem Ellbogen in die Magengrube traf, doch der Kerl grunzte bloß. Zu zweit zerrten sie Sina durch die Seitentür eines Kleinbusses. Die Frau, von der Sina sich Beistand erhofft hatte, beobachtete den Vorgang mit kaltem Blick.

»Wir haben sie«, meldete sie in einen winzigen Funkempfänger an ihrem Kragen.

Dann schlug sie die Wagentür zu, und Sina war allein mit den beiden Fremden.

Mit ausdruckslosen Mienen saßen die Männer ihr in dem engen Wagenfond gegenüber. Die ganze Zeit über hielten sie Pistolen auf Sina gerichtet. Als ob sie irgendeine reelle Chance gehabt hätte, sich gegen die beiden zur Wehr zu setzen! Davon abgesehen besaßen die Türen innen keine Griffe – und natürlich gab es auch keine Fenster. Der Laderaum wurde von einer Deckenleuchte erhellt, die bestimmt nicht serienmäßig war, ebenso wenig wie die zwei schmalen Bänke, auf denen sie hockten. Sicherheitsgurte fand Sina keine, aber die Fahrt verlief ruhig, als hätten ihre Entführer keinerlei Anlass zur Eile – und als würden sie sich ausschließlich im Stadtverkehr bewegen.

Sollte sie Fragen stellen? Sina hatte nicht den Eindruck, dass die beiden Männer gewillt wären, sie ihr zu beantworten.

Schließlich hatten sie ihr Ziel erreicht. Sina schätzte, dass die Fahrt nicht länger als dreißig Minuten gedauert hatte. Die Seitentür wurde aufgezogen, und Sinas Entführer packten sie grob an den Armen, um sie aus dem Wagen zu bugsieren.

Sie fand sich in einer Tiefgarage wieder, zu klein für ein öffentliches Parkhaus. Der hier abgestellte Fuhrpark sah aus, als würde er einer Sicherheitsfirma gehören. Schwarze SUVs, graue Mittelklassewagen, ein paar weiße Kleinbusse wie der, aus dem sie gerade gestiegen war – Letztere mit nichtssagenden Werbeaufschriften von Klempnern und Blumenlieferdiensten versehen.

Man stieß Sina weiter, auf eine drahtverstärkte Glastür zu, an der bereits ein weiterer Mann wartete – dieser allerdings mit einem Gewehr bewaffnet.

Sina schluckte. Wo in aller Welt brachte man sie hin?

Ohne Erklärungen wurde sie durch klinisch beleuchtete Gänge geschleust, von denen unbeschriftete Stahltüren abgingen. Die Tür, durch die man sie schließlich schubste, unterschied sich in Sinas Augen nicht von allen anderen. Dahinter erwartete sie ein Arztzimmer.

Als die Tür ins Schloss fiel, schlang Sina instinktiv die Arme um ihren Körper. Nicht, dass ihr das irgendeine Art von Schutz bieten würde …

Wasser rauschte. Erschrocken fuhr Sina herum. Eine Frau im Arztkittel trocknete sich die Hände ab, desinfizierte sie und kam dann auf sie zu. Sina wusste nicht, ob sie erleichtert sein sollte oder nicht, aber die Ärztin schien ihr einen besseren Ansatzpunkt zu bieten als die Waffenträger.

Sina räusperte sich. »Wo bin ich hier?«, fragte sie.

»Ziehen Sie sich aus.«

»Nein!« Was sollte das?

Die Ärztin hob nur kurz eine Augenbraue. »Ich kann auch einen der Soldaten hereinbitten, damit der Ihnen behilflich ist.«

Was? Sina war dermaßen schockiert, dass sie nicht sofort reagierte.

Die Ärztin legte eine Hand an die Tür.

»Warten Sie!« Tränen stiegen Sina in die Augen. Krampfhaft schluckte sie gegen ihre Angst an. »Ich mache ja schon.«

Verschämt streifte sie ihre Kleider ab. Als sie bei der Unterwäsche angelangt war, bedeutete ihr die Ärztin mit einem ungeduldigen Winken, fortzufahren. Zitternd vor Kälte und Scham folgte Sina dem Befehl.

»Wonach suchen Sie?«, fragte sie, als die Ärztin begann, ihren Körper mit einem merkwürdigen Gerät abzuleuchten. War das Schwarzlicht? »Ich bin Medizinstudentin, wenn Sie mir einfach sagen, was Sie wissen wollen …«

Die Ärztin beachtete sie gar nicht. Schweigend untersuchte sie Sinas Mund, ihre Augen, ihre Reflexe. Sie drückte und zwickte, nahm eine Blutprobe. All das ohne Sinas Einverständnis und ohne die geringste Erklärung.

Es dauerte eine gefühlte Ewigkeit, bis sie Sina endlich gestattete, sich wieder anzuziehen. Ehe Sina fertig war, winkte ihre Peinigerin bereits die beiden Soldaten herein. Kaum war sie angezogen, wurde Sina hinaus und in den nächsten Raum verfrachtet.

Der Zweck dieses Zimmers war ebenso leicht zu erraten wie der des ersten Raumes, allein schon durch die große verspiegelte Wand an der Längsseite – und den mit Handschellen versehenen Metalltisch in der Mitte.

Die bewaffneten Männer drückten Sina auf den Verhörstuhl und nahmen hinter ihr Aufstellung. Immerhin verzichteten sie darauf, ihr die Handschellen anzulegen.

Sinas Zorn wuchs noch weiter, als die Tür aufging und jene Frau hereinkam, die sie auf der Straße vergebens um Hilfe angefleht hatte. Sie trug ein Business-Outfit, als wäre sie bloß hier, um Aktienkurse zu besprechen. Der Blick, mit dem die Frau sie bedachte, war undurchdringlich.

»Was soll das alles?«, wollte Sina wissen. »Warum bin ich hier? Ich will einen Anwalt!«

»Sie sind nicht verhaftet, Frau Neubert«, erwiderte die Unbekannte kühl. »Entsprechend brauchen Sie auch keinen Anwalt.« Sie warf eine Akte auf den Tisch und nahm Sina gegenüber Platz. Mit einem Wink gab sie den beiden Soldaten zu verstehen, dass sie nicht länger benötigt wurden.

»Und warum bin ich dann hier?«, fuhr Sina mühsam beherrscht fort. »Das ist Freiheitsberaubung!«

»Wir haben nur ein paar Fragen an Sie«, erklärte die Frau. »Je kooperativer Sie sich zeigen, desto schneller können Sie nach Hause.«

Als ob! Ganz gleich, was diese Leute hier im Schilde führten, legal war das sicher nicht. Entsprechend würden sie Sina auf keinen Fall einfach gehen lassen.

»Was können Sie uns über Jens Banesch sagen?«

Sina blinzelte. »Über wen?«

Die Frau verzog den Mund und öffnete ihre Akte. Obenauf lag ein pixeliger Schwarz-Weiß-Ausdruck, der von einer Überwachungskamera stammen musste. Der Mann, der darauf zu sehen war, hatte der Kamera den Rücken zugewandt. Er blickte jedoch zur Seite, sodass sein Gesicht undeutlich auszumachen war. Es genügte, um ihn zu erkennen.

Sina schrak zusammen. *Lazar!*

Natürlich ging es um ihn – warum sonst sollte sich dieser Entführertrupp für sie interessieren? Das hier mussten die Leute sein, die Lazar angeschossen hatten. *Vampirjäger.* Wie hatte er sie genannt? *Vetrani.* Aber was wollten sie von ihr? Sie war ein Mensch!

So knapp Sinas Schreckmoment auch ausfiel, der Agentin entging er nicht. »Sie kennen diesen Mann«, stellte sie fest. »Unter welchem Namen hat er sich Ihnen vorgestellt?«

»Dietmar«, behauptete Sina, ehe sie darüber nachdenken konnte. »Dietmar Krell.«

Vermutlich handelte sie Levkes Ex damit gerade eine Menge Ärger ein, aber den hatte er sich auch redlich verdient.

Ihr Gegenüber setzte ein zufriedenes Lächeln auf und lehnte sich zurück. »Haben Sie sein Blut getrunken?«

»Was?« Ihre Fassungslosigkeit brauchte Sina nicht vorzutäuschen. Der Gedanke war absurd! »Wofür halten Sie mich?« Offenbar für eine Art Vampirgroupie, aber da waren sie bei ihr an der falschen Adresse.

»Hören Sie auf, die Ahnungslose zu spielen!«, forderte die Agentin. »Die Untersuchungsergebnisse sind eindeutig.« Sie zog einen weiteren Ausdruck aus der Akte und schob ihn Sina hin. »Das ist Ihr Handgelenk, Frau Neubert. Es beweist, dass zumindest er von Ihnen getrunken hat.«

Sina inspizierte das Bild. In dem seltsamen Licht, mit dem man sie bestrahlt hatte, zeigten sich zwei punktförmige Vernarbungen an ihrer Pulsader, dazwischen einige kleinere Risse. Die Verletzung hätte Jahre alt sein müssen, wäre man von einem normalen menschlichen Heiltempo ausgegangen.

Sina zuckte mit den Schultern. »Ich kann mich nicht daran erinnern, woher ich das habe.«

Die Agentin schlug auf den Tisch. »Wollen Sie mich verarschen?«

Sina sah ihr unverwandt in die Augen. »Muss ein Unfall in meiner Kindheit gewesen sein.«

»Ich habe Sie gewarnt, Frau Neubert. Wenn Sie sich nicht kooperativ zeigen …«

»Verhaften Sie mich *dann?*«

Als die Agentin wütend den Mund zusammenkniff, fühlte Sina ihren Mut erstarken. Die Vetrani hatten nichts gegen sie in der Hand.

Wüssten die Vampirjäger wirklich über ihre Verbindung zu Lazar Bescheid, würde nicht sie hier sitzen, sondern er. Wobei … Nein, ihn würden sie vermutlich nicht verhören. Ihn würden sie kurzerhand erschießen.

Bei Menschen waren diese Verbrecher offenbar nicht so voreilig.

»Was wollen Sie von mir?«, fragte Sina erneut. »Sie entführen mich, untersuchen mich gegen meinen Willen. Und jetzt werfen Sie mir vor, dass ich nicht die richtigen Antworten auf Ihre hanebüchenen Fragen kenne?«

Drohend wedelte die Agentin mit einem Finger vor Sinas Nase herum. »Sparen Sie sich Ihre Lügen, Frau Neubert. Glauben Sie mir, wir haben unsere Mittel, die Wahrheit herauszufinden.«

Sina erwiderte ihren Blick kalt. Keine Furcht zeigen, das war die erste Devise, wenn es ums Lügen ging. Und im Augenblick fiel ihr das ausgesprochen leicht, denn sie war stinksauer. Sie brauchte nur an die Behandlung zu denken, die sie durch diese Leute erfahren hatte.

»Ich habe keine Ahnung, wovon Sie reden«, behauptete sie kühn. »Und daran wird sich auch nichts ändern, selbst wenn wir den ganzen Tag hier sitzen.«

KAPITEL 31
LAZAR

Es war zum Verrücktwerden. Er war kein Hund, er konnte sie nicht einfach erschnüffeln. Die schwache Fährte, die er fand, endete nur zwei Gassen weiter. Wie Sina angekündigt hatte, war ihr Handy nicht erreichbar. Er konnte sie nicht warnen, nicht sicherstellen, dass es ihr gut ging. Er wusste nur eines: Seine Wohnung war damit aufgeflogen.

In aller Eile schnappte er sich die Tasche mit seinen Dokumenten, stopfte Bargeld, Wechselklamotten, die Blutkonserven aus dem Kühlschrank und ein paar Kühlpacks dazu. Dann rannte er die Treppen hinunter, hinaus in den Hinterhof, wo er über die mannshohe Backsteinmauer sprang.

Inzwischen hatte die Rushhour eingesetzt. Lazar tauchte in den Strom der Pendler ein, ließ sich von ihnen in die U-Bahn und von dort zum Hauptbahnhof und zum dahinter gelegenen Busbahnhof treiben. Willkürlich stieg er in den erstbesten Bus und kauerte sich in die hinterste Reihe.

Einem schwachen Hoffnungsschimmer folgend, versuchte er ein

weiteres Mal sein Glück bei Sinas Handy, doch er erreichte wieder nur die Mailbox. Wider alle Vernunft probierte er es noch in Sinas Klinik, wo er zu hören bekam, dass sie krankgemeldet war.

Sie haben sie erwischt.

Das musste es sein, auch wenn Lazar keine Erklärung dafür hatte, woher die Vetrani ihre Verbindung zu ihm kannten.

Wozu hatten sie Sina geschnappt und nicht ihn? Warum war er das Risiko eingegangen, seine Wohnung zu verlassen? Wieso lag er nicht tot in irgendeinem Krematorium der Vampirjäger?

Lazar wusste, dass diese Fragen zu nichts führten. Er versuchte, sich zu beruhigen. Die Vetrani konnten Sina nichts tun – ihm dagegen sehr wohl. Auch wenn es sich wie Verrat anfühlte, er musste fliehen. Er musste Sina im Stich lassen, um sie zu retten.

Dennoch war da dieser kleine, nagende Teil in ihm, der sich fragte, was sie den Vampirjägern erzählen würde.

KAPITEL 32
ROMINA

Dieses sture Weib!

Romina spürte, dass Kristina Neubert mehr wusste, als sie vorgab. Die junge Frau war nicht im Geringsten überrascht gewesen, als Romina ihr eröffnet hatte, dass sie von einem Vampir gebissen worden war. Sie war keine gute Schauspielerin. Umso merkwürdiger war es, wie glaubhaft sie auf andere Vorwürfe reagierte.

Doch je länger sie die Studentin festhielten, desto selbstsicherer wurde sie. Die Hoffnung auf eine rasche Einschüchterung konnte Romina jedenfalls vergessen. Reden würde Neubert nicht mehr, der Zug war abgefahren. Jetzt ging es nur noch darum, der Technikabteilung Zeit zu verschaffen.

Mellner hielt Romina einen Becher Kaffee hin und trat neben sie an die einseitig verspiegelte Scheibe.

»Eine Praktikantin«, kommentierte er. »Das reduziert wenigstens die Kosten.«

Romina schnaubte. »Das Controlling soll bloß ruhig sein. Wir tun, was notwendig ist.«

Sie nippte an dem heißen Getränk und verzog den Mund. Sie hasste Kaffee. Aber dieser Fall verlangte eine Menge Überstunden, und irgendwie musste sie wach bleiben.

»Was ist mit dem Namen, den sie uns genannt hat? Dietmar Krell?«

»Wir sind dran. Es gibt eine Adresse in Ottensen, Kühnke ist unterwegs dorthin.«

Eine Adresse war mehr, als Romina erwartet hatte. Hatte sie Neubert falsch eingeschätzt?

Nein, das glaubte sie nicht. Ihr Bauchgefühl sagte ihr, dass diese Frau etwas verbarg, und ihr Bauchgefühl irrte für gewöhnlich nie. Davon abgesehen war die Medizinstudentin ihre einzige Spur, nachdem sie den Einsatz im Lager vermasselt hatten.

Und das Schlimmste daran: Romina selbst trug die Verantwortung für den fehlgeschlagenen Zugriff.

Sie hatte gedacht, lange genug an der Front gearbeitet zu haben. Dass es ihre Expertise brauchte, um diesen Mörder zu schnappen. Stattdessen war sie es gewesen, die ihn hatte entkommen lassen.

Sie hätte nicht riskieren dürfen, dass Banesch sie erkannte. Aber dass der Blutsauger seine Deckung aufgab und wie ein Gecko die Wände hochkletterte … Herr im Himmel, damit hatte nun wirklich niemand rechnen können!

Die Kosten für *diese* Vertuschungsaktion würde das Controlling ihr jedenfalls nicht so schnell verzeihen. Und wofür das alles? Die Zielperson war untergetaucht, die verfluchten Tracker hatten sie in der Kanalisation gefunden.

Sie mussten es anders angehen.

»Was ist mit dem anonymen Hinweis, den Dahlmann bekommen hat?«, fragte sie.

Mellner schüttelte den Kopf. »Noch nichts.«

Verdammt.

Irgendjemand hatte den Hauptkommissar auf die Spur der Medizinstudentin geführt. Wer auch immer Kristina Neuberts Namen genannt hatte – derjenige hatte zumindest geahnt, dass Dahlmann diese Information direkt an den Orden weiterleiten würde. Offiziell waren nicht die Vetrani mit den Ermittlungen betraut, sondern die Polizei. Woher hatte die anonyme Quelle also gewusst, welchem Beamten sie ihren Tipp zukommen lassen musste?

Romina rieb sich die Schläfe. Dieser Fall war das reinste Migränematerial. Sie waren da etwas Großem auf der Spur, das spürte Romina ganz deutlich. Auf keinen Fall durfte sie jetzt lockerlassen.

»Halten Sie die Studentin so lange fest, wie es geht«, befahl sie. »Sie wird uns zu diesem verdammten Blutsauger führen, ob sie will oder nicht.«

KAPITEL 33
SINA

Die Vetrani nahmen sie den ganzen Tag in die Mangel. Und die halbe Nacht. Sina war vollkommen übermüdet, als man sie endlich vor ihrer Wohnung absetzte, aber sie hatte recht behalten: Die Vetrani konnten ihr nichts nachweisen – und da sie ein Mensch war, hatten diese Mistkerle keine ausreichende Befugnis, um sie festzuhalten.

Allerdings wurde ihr auch schnell klar, dass es keinen Sinn hatte, sich bezüglich ihrer Entführung an die Polizei zu wenden – es war ein Streifenwagen, der sie nach Hause brachte.

Wie weit reichten die Verbindungen der Vampirjäger? Als Sina sich empört hatte, wer ihr den Fehltag in der Klinik entschuldigte, hatte die Agentin nur mit den Schultern gezuckt und behauptet, dafür wäre bereits gesorgt. Man hatte sie krankgemeldet. Sina war stinksauer.

Vor allem jedoch hatte sie Angst.

Man hatte ihr zwar ihre Sachen wieder ausgehändigt, darunter auch ihr Handy, doch sie hatte genug Krimis gesehen, um sich auszumalen, dass ihre Verbindungen ab sofort überwacht werden würden. Auf keinen Fall durfte sie Lazar kontaktieren.

Aber was, wenn *er* den Kontakt suchte? Immerhin konnte er nicht wissen, was mit ihr passiert war. Sie war zu einer Gefahr für ihn geworden.

Trotz ihrer Übermüdung fand Sina kaum Schlaf. Wann immer sie eindöste, rissen ihre panischen Gedanken sie aus dem Halbschlaf. Sie sah Lazar, wie er blutend vor ihr zusammenbrach. Das grinsende Gesicht der Vetrani-Agentin, die ihr dankend die Hand schüttelte, während Lazar, auf einer Liege festgeschnallt, bei lebendigem Leib seziert wurde.

Sie musste einen Weg finden, ihn zu warnen – und am frühen Morgen wusste sie endlich, wie sie es anstellen konnte. Unglücklicherweise benötigte sie dazu Hilfe, und die würde sie um diese Uhrzeit nicht erhalten.

Die Stunden, bis sie in die Klinik konnte, erschienen ihr als die längsten ihres Lebens. Dass ihre Augen brannten und ihre Glieder sich vor Müdigkeit wie zerschlagen anfühlten, machte es nicht leichter. Weder die heiße Dusche noch der doppelte Milchkaffee halfen dagegen, das Koffein verstärkte bloß Sinas Nervosität.

Um kurz nach sieben betrat sie schließlich das Krankenhaus. Sie steuerte schnurstracks die Palliativstation an, duckte sich am Stationszimmer vorbei und klopfte an der Tür von Frau Ullrich.

»Hallo«, grüßte sie die alte Dame. »Darf ich Ihnen beim Frühstück Gesellschaft leisten?«

»Ach, Kindchen! Schön, dass Sie da sind.« Die alte Frau lächelte selig. »Ist es schon Zeit für Pu?«

Ein aufrichtiges Lächeln legte sich auf Sinas Lippen. »Nein, noch nicht, Frau Ullrich. Ich wollte nur nach Ihnen sehen.«

Sie setzte sich an das Patientenbett und strich mit vorgetäuschter Geduld Butter auf labbriges Graubrot. Dass sie innerlich zum Zerreißen angespannt war, durfte sie sich nicht anmerken lassen. Frau Ullrich würde sie niemals absichtlich verraten, aber sie war auch nicht mehr in der Lage, etwas bewusst zurückzuhalten. Für sie musste alles völlig normal wirken.

Um halb acht gab Sina vor, ihr wäre ganz plötzlich etwas eingefallen. »Darf ich kurz Ihr Telefon benutzen?«

»Natürlich.« Frau Ullrich hob mit zitternden Händen ihre Schnabeltasse an die Lippen und schlürfte ihren Tee. »Sag deinem Vater, er soll eine Gans mitbringen. Wir wollen doch feiern.«

Sina fragte nicht, welches Fest in Frau Ullrichs Welt gerade stattfand. Sie zückte ihr Handy und tippte Levkes Nummer ab.

Nach dem fünften Klingeln hob ihre Freundin ab. »Todorovik?«

»Ich bin's. Sina.« Zitternd atmete sie durch. »Ich muss dich um einen Gefallen bitten.«

Sie gab ihrer Freundin Lazars Nummer durch und hoffte inständig, dass die Vetrani sie nicht bereits kannten. Aber die Vampirjäger wussten offenbar nicht, wie er wirklich hieß, und Levke war die einzige Chance, die sie hatte.

»Bitte, schreib ihm eine Nachricht. Sag ihm, dass es mir gut geht, aber dass er sofort die Stadt verlassen soll. Machst du das?«

»Sicher, Sina … Aber was ist denn los?«

»Ich erkläre es dir später persönlich, ja?« Sie hatte zwar keine Ahnung, wie sie das anstellen sollte, aber am Telefon und mit einer demenzkranken Patientin im Rücken ging es erst recht nicht. »Bitte, es ist wichtig.«

Nachdem Levke versichert hatte, Lazar zu schreiben und keine Fragen zu stellen, verabschiedete Sina sich von ihrer Freundin. Zitternd wandte sie sich um – und blickte unvermittelt in die erschreckend wachen Augen ihrer Patientin.

»Marie«, sagte Frau Ullrich mit solchem Mitgefühl in der Stimme, dass Sina automatisch die Tränen in die Augen stiegen. »Es wird alles gut werden. Dein Vater wird es schaffen, das verspreche ich dir.«

Sina nickte. »Danke.«

Hab gehört, du warst krank. Kommst du heute Abend trotzdem zum Yoga?

Sinas Herzschlag beschleunigte sich. Hieß das, Levke hatte Neuigkeiten von Lazar? Warum sonst sollte sie so kryptisch schreiben? Ihre gemeinsamen Yogastunden fanden allerdings am Samstagmorgen statt, nicht am Mittwochabend.

Die Frage war: Wussten das auch die Vetrani? Wie viel genau hatten sie über Sinas Gewohnheiten herausgefunden? Genug jedenfalls, um ihren Namen und ihren Arbeitsplatz zu kennen. Aber was war mit ihrem sozialen Umfeld?

Sinas Finger kribbelten, als sie Levke zurückschrieb. *Probestunde für den neuen Kurs beginnt um sieben, oder?*

Sie platzte vor Ungeduld, aber früher würde Levke es nicht schaffen – und eine Absage wäre äußerst verdächtig.

Von Levke kam ein Daumen-hoch-Emoji und ein: *Sei pünktlich!*

Sina atmete durch. Noch zehn Stunden bis zu ihrem Treffen. So dankbar sie für die Ablenkung war, die ihre Arbeit ihr bot, sie wusste beim besten Willen nicht, wie sie ihren Dienst unter diesen Umständen durchstehen sollte. Ihr Körper fühlte sich an, als würde er unter Strom stehen, zugleich durchgeschüttelt und gelähmt. Zum Glück hatte sie durch ihren Krankentag die Besprechung verpasst, bei der die Aufgaben verteilt worden waren, und so den unbeliebtesten Job aufs Auge gedrückt bekommen: die Aktenarbeit. Da konnte sie nicht viel falsch machen, und sie musste kein Einfühlungsvermögen vortäuschen, zu dem sie im Augenblick beim besten Willen nicht fähig war. Nicht, solange sie um Lazars Leben fürchten musste.

Ihr Abschied aus dem Krankenhaus verlief entsprechend überhastet. Sie stand bereits in der U-Bahn, als ihr auffiel, dass sie ihren üblichen Besuch bei Frau Ullrich vollkommen vergessen hatte. Sina versuchte, sich damit zu trösten, dass sie ja am Morgen bei ihrer ehemaligen Patientin vorbeigeschaut hatte, aber dasselbe war es nicht.

Sie würde es an einem anderen Tag nachholen.

Jetzt erst einmal nach Hause und die Sportsachen einsammeln. Gerade noch rechtzeitig dachte sie daran, auch eine Wasserflasche und ein Handtuch einzupacken. Sie bezweifelte zwar, dass die Vampirjäger so weit gingen, sie in ihrer eigenen Wohnung zu beobachten, aber sicher war sicher.

Um zehn vor sieben stand sie vor dem Yoga-Studio und wartete. Mehrere Frauen und auch ein paar Männer betraten das Gebäude, ohne sie auch nur eines Blickes zu würdigen. Probestunden waren nichts Ungewöhnliches, sie und Levke hatten selbst ein paar unterschiedliche Kurse ausprobiert, ehe sie sich auf den Samstag geeinigt hatten.

Dennoch warf Sina immer wieder einen nervösen Blick auf die Uhr. Was, wenn sie Levke falsch verstanden hatte? Wenn sie nicht kam, wenn sie keine Nachricht hatte …

Endlich stieg ihre Freundin aus dem Bus. Winkend und mit wippendem Pferdeschwanz kam sie auf Sina zu. »Hey! Schön, dass du es geschafft hast!«

Sie zog Sina in eine Umarmung, was eigentlich nicht ihre Art war. Statt ihr das erwartete Wangenküsschen zu geben, flüsterte Levke: »Alles gut, er war schon raus aus der Stadt.«

Zitternd atmete Sina aus. Die Anspannung fiel mit einem fast schon hörbaren *Rumms* von ihrem Herzen. Sie drückte ihre Freundin an sich und hielt sich an ihr fest, bis sie ihrer Stimme einigermaßen traute.

»Danke.«

»Kein Ding.« Levke klopfte ihr auf die Schulter. »Gehen wir rein.«

Sina nickte. Hier draußen herumzustehen, war keine gute Idee. Außerdem fing es an zu nieseln.

Sie kamen bis zur Damenumkleide, ehe Levke sie beiseitezog und ihr eindringlich in die Augen sah. »Was zum Teufel ist los bei dir? Was soll diese Geheimnistuerei?«

Verzweifelt suchte Sina nach einer Erklärung. Aber was konnte sie ihrer Freundin anvertrauen? Jedes Wort würde nicht nur Lazar, sondern auch Levke in Gefahr bringen, das hatte der vergangene Tag deutlich bewiesen. Je weniger Levke wusste, desto besser für alle.

»Ich kann nicht«, fasste sie ihre Gedanken schließlich zusammen. »Ich verstehe es selbst nicht.«

Sie wollte sich an ihrer Freundin vorbeischieben, aber Levke packte sie am Arm und hielt sie zurück.

»Sina, sieh mich an. Was ist los? Hast du Probleme? Soll ich die Polizei rufen?«

»Nein!« Erschrocken schüttelte Sina den Kopf. Die Polizei würde alles nur schlimmer machen. Genau das war ja das Problem, sie konnte *niemanden* um Hilfe bitten.

»Ist es dieser Lazar? Ist der Kerl ein Straftäter?«

»Nein.« Levkes Blick durchdrang ohne Schwierigkeiten die Barrieren, die Sina so verzweifelt aufrechterhalten wollte. Sie schluckte und schlug die Augen nieder. »Er hat nichts getan, wirklich. Und ich auch nicht.«

Außer mich in einen Kerl zu verlieben, der nach den Naturgesetzen, wie ich sie kenne, überhaupt nicht existieren sollte.

»Okay.« Zögerlich nickte ihre Freundin. »Du weißt, ich tue alles für dich. Aber ...« Levke blies die Backen auf. »Ich mache mir wirklich Sorgen um dich.«

»Ich weiß. Du hast mir schon mehr geholfen, als ich dir jemals sagen kann.«

»Hmm.« Seufzend strich Levke sich eine rote Haarsträhne hinters Ohr und zog die Nase kraus. »Vermutlich will ich es gar nicht wissen. Obwohl mich meine Neugier natürlich umbringt. Jedenfalls ...« Sie zog ein grellgrünes Post-it hervor. »Das soll ich dir geben.«

Verwundert las Sina die beiden handgeschriebenen Zeilen darauf.

»Was ist das?«

»Eine Webseite für anonyme Chats. Er wartet dort auf dich.«

Ein direkter Kontakt! Aufregung erfasste Sina. Hastig steckte sie den Zettel ein. »Ich weiß wirklich nicht, wie ich dir danken soll.«

Levke musterte sie ernst. »Pass einfach auf dich auf, okay?«

Als Sina ihre Zustimmung murmelte, hob ihre Freundin auffordernd die Augenbrauen und nickte in Richtung Umkleide. »Also, da wir schon mal hier sind ... Probestunde?«

KAPITEL 34
SINA

Noch nie war Sina eine Yogastunde dermaßen lang vorgekommen. Und das lag nur bedingt an der etwas eigenwilligen Art der Trainerin, die darauf bestand, sie Farben atmen und »Huuuuhhh« machen zu lassen. Yoga war für Sina Sport, keine spirituelle Angelegenheit.

Wobei … vielleicht sollte sie diese Einstellung überdenken. Immerhin hatte sie das Übernatürliche bereits in ihrem Leben akzeptiert. Wenn es Vampire gab, warum dann nicht auch ayurvedische Farbenergien? Wo zog man die Grenze? Buddhistische Lehren erschienen Sina jedenfalls wesentlich glaubhafter als christliche.

Für heute jedoch war sie froh, Tatjana und ihrer Klangschale entkommen zu sein, und auch, sich von Levke verabschieden zu können. So schnell wie möglich eilte sie nach Hause. Eigentlich wollte sie sich sofort ihren Laptop schnappen und die Seite aufrufen, die ihre Freundin notiert hatte, doch im letzten Moment bremste sie sich. Was, wenn man sie beobachtete?

Verstohlen sah sie zum Fenster. Es war zu früh, um die Vorhänge zuzuziehen. Meistens tat sie das nicht einmal in der Nacht. Wie weit konnte sie von ihren Routinen abweichen, ohne aufzufallen?

Möglicherweise war sie paranoid geworden. Aber wie hieß es so schön? Nur weil man paranoid war, bedeutete das nicht, dass man nicht verfolgt wurde. *Oder von wahnsinnigen Vampirjägern entführt.*

Also zwang Sina sich zur Geduld. Sie ging ins Bad, duschte, wusch und föhnte sich die Haare. Danach machte sie sich ein Käsebrot, goss sich ein Glas Wasser ein und fläzte sich mit ihrem Imbiss vor den Fernseher. Ihren Streamingdienst öffnete sie erst gar nicht. Eine Auswahl zu treffen erforderte Interesse, und das konnte sie beim besten Willen nicht aufbringen. Lustlos zappte sie durch die Kanäle und blieb schließlich bei einem *Marvel*-Film hängen, den sie wohl irgendwann schon einmal gesehen hatte, zumindest kam ihr der Typ im blauen

Kostüm bekannt vor. Also sah Sina halbherzig dabei zu, wie sich irgendwelche Kerle gegenseitig vermöbelten, um die Welt zu retten. Den Sinn des Ganzen verstand sie zwar nicht, dennoch hielt sie bis zum Ende durch. In den Werbepausen schrieb sie belanglose Nachrichten mit Levke, ihrer Unigruppe und sogar mit ihrer Mutter.

Sie war das perfekte Beispiel für eine langweilige Studentin.

Als der Film endlich – *endlich!* – vorüber war, stellte sie Teller und Glas in die Spüle, putzte sich die Zähne, zog die Vorhänge zu und machte das Licht aus. Erst dann kramte sie mit klopfendem Herzen Levkes kleinen grünen Zettel aus der Sporttasche und klappte ihren Laptop auf. Ihre Finger flogen über die Tastatur, doch als sich die Seite des Chatportals öffnete und einen Usernamen von ihr verlangte, zögerte Sina. Ihre Paranoia erreichte die nächste Stufe: Was, wenn diese Seite nicht so sicher war, wie sie glaubte? Wenn die Vetrani Agenten hatten, die genau solche Portale beobachteten?

Sie brauchte einen Namen. Einen, den Lazar erkennen würde, der aber nicht unmittelbar zu ihr führte. Da halb elf Uhr nachts nicht mehr die beste Zeit für kreative Einfälle war, entschied sie sich schließlich für *Levke* und drückte auf »OK«.

Ihre Aufregung verwandelte sich in dezente Verzweiflung, als sie die Anzeige über der Liste der anwesenden Benutzer sah: *147 User online.*

Wie sollte sie ihn da bloß finden? Wie sollte sie ihn erkennen? Ein *Lazar* war nicht dabei.

Dafür ploppten bereits die ersten Chatfenster auf.

Moin, Levke! Du klingst nach Norden. Ist dir kalt? Wie wär's mit ein wenig südlichem Feuer?, schrieb Massimo76.

Würg. Sina klickte das Fenster weg.

Hast du eine Buchempfehlung für mich?, probierte es Doktor_Akula. Er machte sich nicht einmal die Mühe, sie zu begrüßen.

Weg dami… Moment. Sina zog die bereits gedrückte Maus von dem kleinen X weg, das Fenster blieb geöffnet. Doktor Akula? Wie in … Dr. Akula? Das konnte doch nicht sein Ernst sein! Das war irgendein anderer Verrückter.

Sina atmete durch.

Wie wär's mit Douglas Adams?, schrieb sie zurück.

Lieber nicht, kam die Antwort. *Ich hab gehört, das verträgt sich schlecht mit Pizza.*

Erleichtert lachte Sina auf. Ja, das war eindeutig Lazar.

Sie hatte ihn gefunden.

TEIL IV

Geradewegs in die Hölle

KAPITEL 35
SINA

Drei Wochen später stand Sina frierend an der Bushaltestelle, die Hände tief in ihren Manteltaschen vergraben. Ihre Wetter-App hatte fürs Wochenende milde Temperaturen vorhergesagt, einen letzten Spätsommergruß, aber davon bemerkte Sina nichts.

Möglicherweise war es auch nur ihre Anspannung, die sie frösteln ließ. Natürlich wollte sie Lazar wiedersehen. Ihr Bauchgefühl mahnte sie jedoch immer nachdrücklicher, dass es zu früh war.

Die Vetrani hatten nicht den Eindruck erweckt, als würden sie einfach vergessen, dass ihnen jemand entwischt war. Und die Einrichtung, in die sie Sina verschleppt hatten, hatte alles andere als provisorisch gewirkt.

Andererseits hatte sie in den vergangenen Wochen nichts von irgendwelchen Verfolgern gemerkt, obwohl sie die Augen offen gehalten hatte. Krampfhaft hatte sie sich darum bemüht, nach außen hin ein normales Leben zu führen. Sie hatte sich mit Levke zum Yoga getroffen und mit ihren Kommilitonen in der Bibliothek. Sogar ihre Eltern hatte sie besucht.

Das Einzige, was sie von anderen Studentinnen unterschied, waren die nächtlichen Chats mit Lazar. Getippte Wörter, die verschwanden, sobald sie das Fenster schlossen. Es war nicht dasselbe, wie einander im Arm zu halten, insofern war es nicht verwunderlich, dass aus ihren gegenseitigen Vermissensbekundungen die Idee zu diesem heimlichen Treffen erwachsen war.

Sina wäre sofort in den nächsten Zug gestiegen, aber das hatte Lazar ihr ausgeredet. Sie sollte ihren Alltag beibehalten, so weit es ging. Also stand sie stattdessen in Barmbek an der Bushaltestelle und fror sich den Hintern ab.

»Hi.«

Die groß gewachsene Gestalt, die hinter ihr an der Backsteinmauer lehnte, ließ Sina erschrocken zusammenfahren. Instinktiv wollte sie sich abwenden und einen der belebteren Bereiche aufsuchen, als ihr klar wurde, dass der Mann kein Fremder war.

Verstohlen musterte sie Lazar. Er hatte sich die Kapuze über den Kopf gezogen. Ein moderner Kurzhaarschnitt lugte darunter hervor, und ein gepflegter Bartschatten bedeckte seine Wangen. Wäre seine vertraute Stimme nicht gewesen, hätte sie ihn kaum erkannt.

Erleichterung durchflutete Sina. Er war hier. Sie hatten es tatsächlich geschafft!

Sie trat auf ihn zu, wollte ihn umarmen, ihm um den Hals fallen und in seiner Nähe endlich all die Sorgen der vergangenen Wochen vergessen, doch er hielt sie mit einem knappen Kopfschütteln davon ab. Wortlos drehte er sich um und ging auf die Bahnstation zu.

Verunsichert folgte Sina ihm durch die Unterführung, die Bus- und Bahnhaltestellen miteinander verband.

»Ist dir jemand gefolgt?«, hörte sie ihn murmeln.

»Nein.« Dann hätte sie doch längst das Weite gesucht!

Der Halbfremde vor ihr nickte und betrat die Rolltreppe, die zur U-Bahn hinaufführte. Schweigend nahm er auf dem Bahnsteig Aufstellung. Er sah sie nicht an, stand nur da – teilnahmslos und desinteressiert wie alle anderen Passagiere, die auf ihren Anschlusszug warteten und bloß nach Hause wollten.

Die Bahn fuhr in die Haltestelle. Sie stiegen ein, ohne ein Wort miteinander zu wechseln.

Allmählich wurde Sina nervös. War das etwa das Wiedersehen, das sie so herbeigesehnt hatte?

Doch kaum fuhr der Zug an, drehte Lazar sich zu ihr herum, packte ihr Gesicht und küsste sie mit einer Verzweiflung, aus der weit mehr sprach als nur die wenigen Wochen der Trennung. Sein Bart pikste an ihrer Lippe, er grub die Finger in ihr Haar und drückte Sina gegen die U-Bahn-Wand.

Jemand räusperte sich, aber das war ihnen egal. Sina schob die Hände in Lazars offen stehende Jacke und umfasste seinen Rücken. Sie würde ihn keinesfalls wieder loslassen, solange es nicht absolut sein musste.

»Du hast mir verdammt gefehlt«, murmelte er, die Stirn an ihre Wange gedrückt.

»Du mir auch«, wisperte sie zurück. »Wohin fahren wir?«

»Nur eine Station. Ich wollte sichergehen, dass sie uns nicht folgen.«

Seine Worte brachten Sina zur Besinnung. Sie verpasste ihm einen Schlag gegen die Brust. »Ich dachte, du würdest dich sicher fühlen?«

Warum war er das Risiko eingegangen, wenn er befürchtete, dass man ihn aufspüren könnte? Er kannte die Vetrani besser als sie. Und wenn er argwöhnte, dass sie in Gefahr waren …

Lazar fing ihre Hände ab und zog Sina beruhigend an sich heran. »Es ist alles in Ordnung«, versprach er. »Ich bin nur vorsichtig.«

Wieder küsste er sie, diesmal voller Zärtlichkeit.

»Leute, sucht euch ein Zimmer!«, kam es von einem der anderen Fahrgäste.

Sina war froh, als die Bahn hielt und sie aussteigen konnten. Hand in Hand verließen sie die Station. Ein wohliger Schauer durchlief sie, als Lazars Daumen über ihren Handrücken strich. Er beugte sich zu ihr und hauchte einen Kuss hinter ihr Ohr.

»Mein Unterschlupf ist nicht weit von hier.« Sein leises Lachen kitzelte sie am Hals. »Es ist nicht gerade heimelig, aber zumindest sind wir dort ungestört.«

Sie blieb stehen und zog ihn in einen weiteren Kuss. »Solange es ein Bett gibt, ist mir der Rest egal.«

Er grinste. »Etwas in der Art, ja.«

Das klang … interessant? Sina wusste nicht so recht, was sie sich unter dieser Ankündigung vorstellen sollte. Es war ihr auch gleichgültig. Sie war bei ihm. Das war alles, was zählte.

Plötzlich stach ihr grelles Licht in die Augen.

»Lassen Sie die Frau los!«

Etwas an der fremden Männerstimme sorgte dafür, dass sich Sinas Magen zusammenkrampfte. Sie fühlte, wie Lazar seine Muskeln kampfbereit anspannte.

»Vetrani«, zischte er.

»Was?« Panisch sah Sina sich um. Sie zählte mindestens fünf Lichter in der Dunkelheit.

»Wenn ich sage ›lauf‹«, mahnte Lazar, »dann *läufst* du. Klar?«

Ein verzweifeltes Lachen stieg aus Sinas Kehle. War er übergeschnappt? Sie waren umzingelt! Außerdem … Ihr würden die Vampirjäger vermutlich nichts tun. *Er* war derjenige, der in Gefahr war.

Schützend drängte Sina sich näher an ihn.

»Nicht.« Lazar rückte eine Winzigkeit von ihr ab. Nicht genug, um den Vetrani-Agenten ein freies Schussfeld zu bieten, aber ausreichend, um sich von ihr zu lösen. »Ich bin schneller als sie. Vertrau mir.«

Sina nickte, konnte jedoch nichts gegen das Zittern ausrichten, das sie befiel. Sie hatte gesehen, was die Vetrani Lazar beim letzten Mal angetan hatten. Diese Kerle würden nicht zögern, ihn zu töten. Wie sollte sie ihn da seinem Schicksal überlassen?

Lazar ließ ihr keine Wahl. »Lauf!« Damit stieß er sie von sich, so heftig, dass sie beinahe umkippte. Im selben Augenblick verschwand er einfach.

Schüsse knallten, jemand schrie. Aus dem Augenwinkel sah Sina eine Bewegung, die sie für Lazar hielt, doch die Gestalt verschwamm. Sina war starr vor Angst. Sie stand inmitten einer Auseinandersetzung, die sie kaum sehen konnte. Wie sollte sie da entkommen? Und wohin?

Zurück zur U-Bahn! Dorthin konnten diese Spinner ihr nicht folgen, zumindest nicht mit Waffen. Sie durfte nicht hier ausharren. Ein zweites Mal würde ihr niemand glauben, dass sie bloß ein unbeteiligtes Opfer war. Wenn sie blieb, würden die Vampirjäger Lazar aufspüren.

Sina nahm all ihren Mut zusammen und lief los.

»Halt! Stehen bleiben!«

Jemand richtete den Strahl einer Taschenlampe genau in ihre Augen. Geblendet stolperte Sina zur Seite. Weitere Schüsse krachten. Jemand rempelte sie an, ein Schlag traf sie in die Magengrube. Sina keuchte und ging in die Knie.

Irgendwo brüllte etwas, mehr Tier als Mensch. War das Lazar?

Tränen stiegen in Sinas Augen. Sie hatte ihn enttäuscht, sie hatte …

Ihre Finger waren feucht. Warum war ihr Mantel nass?

Sina sah an sich hinab. Im selben Moment wünschte sie, sie hätte es nicht getan.

Blut. Da war … so viel Blut …

Sie konnte sich nicht länger aufrecht halten. Ihr Oberkörper kippte zur Seite, ihr Kopf schlug auf das Straßenpflaster, aber Sina fühlte keinen Schmerz. Nur eine eisige Kälte, die sie mehr und mehr einhüllte und alles andere auslöschte.

KAPITEL 36
LAZAR

Es war der Geruch ihres Blutes, so erschreckend vertraut, der ihm unmissverständlich klarmachte, was geschehen war. Lazar fuhr herum, sah Sina fallen und brüllte.

Diese Kugel war für ihn bestimmt gewesen. *Ihn* hätte sie treffen sollen!

Allein das Wissen um die tödliche Beschaffenheit der Projektile krampfte alles in ihm zusammen. Diese Waffen waren geschaffen, um einen Vampir zu töten. Was sie im Körper einer Sterblichen anrichteten, wollte er sich gar nicht erst vorstellen.

Er lief los, wollte Sina zu Hilfe eilen, doch die Vetrani-Agenten hatten sich schneller von dem Schreck erholt als er. Sina war für sie nur ein Kollateralschaden – und dass sie zu Boden gegangen war, hatte ihnen ein freies Schussfeld verschafft.

Die erste Kugel traf Lazar in die Brust. Der Schmerz riss ihn aus seiner Starre, entfesselte seinen Zorn. Erneut setzte er sich in Bewegung, und diesmal brauchte er nicht länger darauf zu achten, dass er die Vetrani von Sina ablenkte. Nun, da sie blutend am Boden lag und hilflos um Atem rang, interessierten die Agenten sich nicht länger für die Sterbliche. Sina war verletzt. Ihretwegen. Und diese scheinheiligen Arschlöcher kümmerte das nicht im Geringsten. Ihnen ging es nur darum, einen Vampir auszuschalten.

Mit jedem Schritt, den Lazar auf seine Angreifer zutat, schwoll seine Wut an. Er ging wie ein Berserker auf sie los. Den ersten Agenten packte er an der Gurgel, hob ihn hoch und rammte seinen Kopf mit aller Wucht auf das Pflaster. Lazar wartete das befriedigende Knacken des berstenden Schädels nicht ab. Er sprang bereits auf den nächsten Mann zu, riss ihm die Waffe aus den Fingern und einen Teil der Finger gleich mit ab. Es war ihm egal. Er stieß den kreischenden Mann von sich und stürzte sich auf den nächsten.

Kugeln pfiffen durch die Nacht und schlugen auf die rauen Steinplatten des Gehweg. Keine davon kam ihm auch nur nahe. Er war schneller als sie, und der Hass, der in seinen Adern brannte, nahm ihm jeden Skrupel. Das waren keine Menschen, sondern kaltblütige Mörder, die sich das Recht herausnahmen, Unsterbliche zu verfolgen. Die wahllos töteten und dabei auch noch glaubten, der Menschheit einen Dienst zu erweisen.

Lazar tat es ihnen gleich. Er brach einem der Schützen den Arm, schlug seine Zähne in den Hals seines Opfers und biss zu. Blut sprudelte in seinen Mund, der Agent gurgelte und zuckte. Eine weitere Kugel traf Lazar in den Rücken. Er ließ von seiner Beute ab und wandte sich den verbliebenen Agenten zu. Blut troff ihm aus dem Mund, doch das war ihm egal. Sollte ihn doch jemand als das erkennen, was er war. Was hatte er noch zu verlieren? Die Vetrani waren ihm längst auf der Spur. Sollten sie ihre Besten gegen ihn schicken, er würde sie alle vernichten. Sie waren der Feind.

Es blieben noch zwei. Beide richteten ihre Waffen auf seinen Kopf.

»Stehen bleiben!«, forderte der eine.

Lazar erkannte ihn. Das war einer der Agenten, die ihn bereits bei der Lagerhalle abgepasst hatten. Wieso hatte Lazar ihn nicht eher bemerkt?

Es spielte keine Rolle. Seine Geduld war erschöpft. Adrenalingetränkte Wut peitschte durch seine Adern, gestärkt von dem Blut des Vampirjägers. Sina lag verletzt auf der Straße und kämpfte um ihr Leben. Die Vetrani waren dafür verantwortlich. Mehr noch, sie waren das Hindernis, das er beseitigen musste, wenn er ihr helfen wollte.

Lazar sandte einen einzelnen Gedanken an den zweiten Agenten: *Erschieß deinen Kollegen.*

Er kümmerte sich nicht um Subtilität oder Behutsamkeit. Wie einen mentalen Dolch stieß er den Befehl in das Hirn des Agenten. Der gehorchte augenblicklich. Gleich darauf fiel er selbst zu Boden, sein Genick gebrochen.

Blutgeruch hing schwer in der Luft. Lazar keuchte. Er stürzte zu Sina und fiel neben ihr auf die Knie. Sie war bleich, ihr Puls ging flach und unregelmäßig, ihre Kleidung war blutgetränkt. Lazar zerrte den Pullover hoch und entdeckte das Loch in Sinas Bauch. Es quoll kein neues Blut daraus hervor, was vermutlich nur bedeutete, dass es sich in den Bauchraum ergoss. Die gesamte Auseinandersetzung konnte nicht länger als eine Minute gedauert haben, aber Lazar machte sich nichts vor: Sinas Chancen standen von Sekunde zu Sekunde schlechter. Die Frau, die er liebte, starb.

Verflucht, was sollte er nur machen? Sina brauchte Hilfe, und zwar schnell!

Vorsichtig nahm er sie auf den Arm, doch die Bewegung allein genügte, um einen stinkenden Blutschwall aus ihrer Bauchwunde zu drücken.

Lazar biss die Zähne zusammen. Die Kugel hatte den Darm zerfetzt, und dem Loch nach zu urteilen, das er in Sinas Rücken ertastete, war sie glatt durch Sina hindurchgegangen. Selbst wenn er gewusst hätte, wo das nächste Krankenhaus lag – Sina würde nicht lange genug durchhalten. Er musste ihr selbst helfen. Sein Unterschlupf war nicht weit entfernt. Dort wären sie in Sicherheit.

Er gab sich keine Gelegenheit, an seinem Entschluss zu zweifeln. Er musste sich beeilen.

Sirenen heulten durch die Nacht. Jemand hatte die Polizei gerufen. Als die ersten blauen Lichter über die Fassaden huschten, lief Lazar los, seine Geliebte in den Armen. Einhändig kletterte er die dunklen Häuserfronten hoch, sprang über Balkone und erklomm die Dächer. Hier oben kam er schneller voran, unbemerkt. Wie viel Zeit blieb ihm, ehe es zu spät war?

Am Ziel angekommen machte Lazar sich nicht die Mühe, das Treppenhaus zu benutzen. Die Beine voran, schwang er sich vom Dach und durch das geschlossene Fenster der leer stehenden Wohnung. In einem Splitterregen fiel er zu Boden, Sina dabei eng an sich gepresst.

Er hörte ihren Atem nicht mehr. Voller Angst tastete er nach ihrem Puls. Schwach, stockend … Die Zeit lief ihm davon. Sie starb, und er konnte es nicht verhindern. Wenn er die Wunde verschloss, half das weder gegen das Blut, das bereits in ihren Bauchraum gesickert war, noch glich es den Blutverlust aus, den sie erlitten hatte.

Ihm blieb nur eine Möglichkeit, sie zu retten.

Rücksichtslos biss er sich ins Handgelenk, zerfetzte seine Pulsadern und presste die triefende Wunde an Sinas Mund. Sie war bewusstlos, aber solange das Blut ihre Kehle hinabrann, hatte sie eine Chance.

Lazar hielt sie im Arm, wiegte sie sacht hin und her. Angespannt wartete er auf das geringste Zeichen, dass sie reagierte, doch sie lag schlaff und reglos in seinen Armen. Ihr Puls wurde schwächer und schwächer.

Voller Verzweiflung hob Lazar ihre Hand an seine Lippen. Er hatte noch nie jemanden verwandelt. Womöglich genügte es nicht, wenn sie sein Blut trank. Vielleicht war es der Austausch, der die Magie der Unsterblichkeit bewirkte.

Er biss zu und erwartete einen Schwall Blut, bekam jedoch nur ein schwaches Rinnsal in den Mund. Lazar schluckte. Sinas Herz schlug noch zweimal, dann legte sich drückendes Schweigen über den Raum.

Ihr Tod zog Lazar in einen dunklen Strudel und löschte alle Farben und Eindrücke aus, die er in ihrem Lebenssaft gefunden hatte. Kälte umfing ihn, für kurze Zeit schwebte er im Nichts, ebenso aus der Welt gerissen wie sie. Dann kehrten seine Empfindungen allmählich zurück. Erneut fühlte er das Gewicht in seinen Armen. Er schmeckte die metallische Süße von Blut in seinem Mund, fühlte den Schmerz seiner Wunden. Lazar bewegte sich, doch die Frau in seinen Armen blieb still.

Sina!

Sie war tot. Gestorben in seinen Armen, durch seinen Biss.

Lazar kämpfte die Panik nieder, die in ihm aufstieg. Er hatte Sina nicht umgebracht, er hatte versucht, sie zu retten! Aber machte das wirklich einen Unterschied?

Sanft ließ er Sina zu Boden gleiten. Die Schusswunde an ihrem Bauch hatte sich geschlossen, doch das allein besagte gar nichts. Der nackte Estrich, auf dem sie lagen, glich dem Boden eines Schlachthauses. Alles war voller Blut, das meiste davon ihres.

Aber auch ihn hatte es gründlich erwischt. Mit zusammengebissenen Zähnen machte er sich daran, die zerstörerischen Projektile der Vetrani aus seinem Körper zu entfernen. Der Schmerz trieb ihn an den

Rand der Bewusstlosigkeit, doch schließlich gelang es ihm, sich die klingenbesetzten Kugeln aus dem Fleisch zu reißen. Mit einem leisen Klicken fielen sie zu Boden.

Lazar zerquetschte sie und schloss für einen Moment die Augen. Ihm war schwindelig, doch selbst das wenige Blut, das er von Sina getrunken hatte, genügte, um seine Wundheilung anzuregen. Er würde es überleben. Sina dagegen …

Zitternd beugte er sich näher und strich über ihre fahlen Wangen, ihren blutverschmierten Mund. Wie viel von seinem lebensspendenden Saft war in ihren Organismus gelangt? Es war alles viel zu schnell gegangen. Angespannt horchte er auf ein Lebenszeichen, doch Sina blieb stumm. Ihre Haut wurde kalt, ihr Gesicht wirkte schlaff und leer.

Lazar presste eine Hand an seinen Mund und unterdrückte das Schluchzen, das ihn zu überwältigen drohte. Was hatte er getan? Er war derjenige, der ihr Leben endgültig beendet, der alles riskiert hatte. Was, wenn sie es nicht schaffte? Wieso hatte er sie nicht in ein Krankenhaus gebracht? Warum hatte er es nicht wenigstens versucht?

Die Minuten verrannen, und Sina regte sich nicht.

Lazar zog sein Handy hervor. Blind wählte er die einzige Nummer, die jetzt noch zählte. »Ich brauche Hilfe, Cass. Ich glaube, ich habe einen schrecklichen Fehler gemacht.«

KAPITEL 37
CASSIUS

Der Geruch von Blut traf Cassius mit solcher Wucht, dass er die Tür zu Lazars Unterschlupf am liebsten auf der Stelle wieder zugeschlagen hätte. Aber diese Wahl hatte er nicht.

Nur zwei Gassen weiter hatte die Polizei großflächig die Straßen abgesperrt, und sosehr Cassius auch hoffte, dass das Gemetzel dort draußen nichts mit Lazar zu tun hatte – der Zufall wäre einfach zu groß gewesen. Und wenn sein langes Leben ihn eines gelehrt hatte, dann war es, dass Zufälle wesentlich seltener vorkamen als menschliche oder vampirische Blödheit. Cassius wäre jede Wette eingegangen, dass der Grund für diesen Polizeieinsatz ein Teil von Lazars »Fehler« war. Der andere Teil befand sich offenbar hier, in dieser Wohnung. Und wenn fünf tote Vetrani-Agenten für Lazar nicht Grund genug gewesen waren, ihn um Hilfe zu bitten, machte Cassius sich lieber auf das Schlimmste gefasst. Vor allem, da es hier drinnen nach literweise vergossenem Blut roch – und nach Tod.

Cassius bleckte die Zähne und sog prüfend die Luft durch die Nase ein. Er witterte keine Verwesung, nur der letzte Atem eines Sterbenden verpestete die Luft. Irgendetwas daran kam ihm seltsam vertraut vor.

Vorsichtig trat er ins Innere der Wohnung. »Lazar?«

»Hier.«

Die Stimme klang ungewohnt rau. Cassius folgte ihr durch den Flur in eines der hinteren Zimmer. Glassplitter funkelten im Licht der Straßenlaterne, was den dunklen Umriss des Blutflecks nur noch stärker betonte. Inmitten der Lache lag eine Tote. Ihr Gesicht war blutverschmiert, sodass er es im ersten Moment gar nicht erkannte. Dann jedoch begriff er endlich, was seine Nase ihm schon vermitteln wollte, seit er die Wohnung betreten hatte: Er kannte diese Sterbliche.

»Scheiße.«

Nur einen Herzschlag später kniete er neben ihr. Wider besseres Wissen tastete er nach einem Puls, der nicht existieren konnte. Er wusste, dass das Mädchen tot war. Was hatte Lazar getan?

»Sie haben sie angeschossen.«

Cassius sah auf. Wie ein Tier hockte sein Gefährte in der Ecke des Zimmers. Sein Gesicht, seine Arme, seine Kleider … alles war voller Blut.

Cass verfluchte den liebeskranken Idioten. »Und du bist nicht auf die Idee gekommen, sie ins Krankenhaus zu bringen?«

Lazars Gesicht sprach Bände. Ja, er hatte daran gedacht – und sich dagegen entschieden.

»Es war zu spät«, behauptete er. Der Zweifel in seiner Stimme war unüberhörbar. »Ich musste mich entscheiden.«

Und er hatte sich dafür entschieden, die Kleine zu verwandeln. Hatte er sie absichtlich in Gefahr gebracht? War ihm der Gedanke so unerträglich gewesen, Sina zu verlieren, dass er ihren Tod herbeigeführt hatte?

Dieser Verdacht behagte Cassius gar nicht. Er musterte sein Gegenüber, fand jedoch keine Antwort. Es war offensichtlich, dass Lazar sich große Sorgen machte. Und das zu Recht.

»Wie lange ist sie schon so?«, erkundigte Cassius sich.

Ratlos fuhr Lazar sich durch das ungewohnt kurze Haar. »Ich weiß nicht genau. Eine Stunde vielleicht.«

»Okay.« Cassius atmete durch. »Dann hat sie noch eine Chance.« Nicht, dass er ein Experte in solchen Angelegenheiten war.

Im Gegensatz zu Lazar hielt er jedoch auch nicht die Augen vor diesem Teil ihres Daseins verschlossen – und er hatte seinen Schöpfer gekannt. Er hatte die Verwandlung aus freien Stücken durchlaufen und war liebevoll empfangen worden.

Ein Geschenk, das sie Sina besser auch angedeihen ließen. Es würde schwer genug für sie sein.

Er zog seinen Rucksack von der Schulter und warf ihn Lazar zu. »Hier.« Auf den irritierten Blick seines Freundes hin erklärte er: »Blutkonserven. Die werdet ihr brauchen.« Falls sie es überhaupt schaffte.

Sacht strich Cassius der Toten das blutverkrustete Haar aus der Stirn. Er hob ihre Augenlider an, doch die Iriden darunter reagierten nicht. Vielleicht war es besser so.

Denn selbst wenn sie erwachte – was dann? Dass sie Gefühle für Lazar hegte, war eindeutig. Cassius hatte jedoch auch den Blick nicht vergessen, mit dem sie Lazar bedacht hatte, nachdem er sie gebissen hatte. Sina fürchtete die tödliche Seite der Unsterblichen. Ihrer Gefühle wegen mochte sie verdrängen, was Lazar tat, um zu überleben. Das änderte nichts daran, dass sie Vampire als Monster sah. Wie würde sie es verkraften, selbst eines zu sein? Es war gut möglich, dass sie sich unbewusst gegen die Verwandlung sperrte und deshalb nicht erwachte.

Cassius sah zu seinem Freund, der den Rucksack mit den Blutbeuteln umklammerte, als könne der ihm helfen, seine eigene Tat zu akzeptieren. Möglicherweise hatte Lazar es auch einfach nur verbockt.

»Wie viel …« Weiter kam Cassius nicht.

Sina riss die Augen auf und schnappte nach Luft.

KAPITEL 38
SINA

Etwas blockierte Sinas Hals. Verzweifelt rang sie nach Atem, doch das machte alles nur schlimmer. Sie würgte und hustete einen Mundvoll geronnenen Blutes aus. Der dunkle Klumpen landete mit einem überlauten Klatschen auf dem Boden. Er schimmerte in tausend Farbnuancen, fast schien es ihr, als könnte sie die einzelnen Blutpartikel darin ausmachen. Unzählige Gerüche stürmten auf sie ein, erdrückten sie mit Informationen, die sie nicht deuten konnte.

Die Intensität ihrer Umgebung überforderte Sina. Alles war zu hell, zu laut, zu nah. Hilflos presste sie die Hände an den Kopf. Ihr gesamter Körper schmerzte, als hätte jemand sie verprügelt.

»Ganz ruhig.«

Sina zuckte zurück und prallte mit dem Rücken gegen eine Wand. Panisch sah sie sich um, versuchte, sich zu orientieren. Hatte sie nicht eben noch in der Mitte des Zimmers gesessen?

»Es ist alles gut.«

Diese Stimme … Sie klang vertraut und doch völlig fremd.

Sina blickte auf und erschrak. Sie sah Lazar, der ihr beruhigend eine Hand entgegenstreckte. Aber sie sah auch seinen Atem, der die Luft in Schwingung versetzte. Seinen Pulsschlag, der ihn umgab wie ein zitterndes Gebilde aus rotem Schall. Die Luft flirrte, war erfüllt von Bewegungen, von Licht und Vorahnungen.

Sina kniff die Augen zusammen. »Was … ist passiert?«

Sie wollte sich hochstemmen, doch ihre Gliedmaßen gehorchten ihr nicht. Die Bewegung kam zu abrupt und beförderte sie mit dem Gesicht voran auf den rauen Boden. Schmerz schoss in ihre Wange.

»Langsam. Es wird gleich besser.«

Sie fühlte Lazars Griff um ihren Arm. Die Härchen in ihrem Nacken stellten sich auf, reagierten auf seine Nähe. Mit seiner Hilfe schaffte sie es immerhin, sich aufzusetzen.

Zitternd atmete Sina aus. Sie sah sich um. Jetzt erst bemerkte sie die zweite Gestalt im Raum. Sie stand in der Ecke, in den tiefen Schatten eines ohnehin unbeleuchteten Raums. Trotzdem sah sie ihn ebenso klar wie damals in ihrem Wohnzimmer. *Cassius.* Warum war er hier? Wo befanden sie sich überhaupt? Das Letzte, woran sie sich erinnerte, waren die Agenten der Vetrani. Bewaffnete Männer. Schüsse … Schmerzen.

Unwillkürlich tastete Sina über ihren Bauch. Ihre Finger fanden das Loch in ihrem Mantel, in ihrem Pullover. Darunter lag glatte, unversehrte Haut. An ihrem Rücken dasselbe. Wie war das möglich?

»Was habt ihr mit mir gemacht?«, krächzte sie.

Cassius hob nur abwehrend die Hände.

Also war es Lazar gewesen, der sie … was? Sie mit seinem Blut geheilt hatte? Waren ihre seltsamen Empfindungen eine Nebenwirkung davon? Die Überreizung ihrer Nerven, der überwältigende Hunger, den sie verspürte …

»Es tut mir leid«, murmelte Lazar.

Im ersten Moment verstand sie nicht, was er meinte. Die Auseinandersetzung mit den Vetrani? Ihre Hypersensitivität? Die würde doch wieder vergehen – oder?

Sina sah zu ihm auf, aber er wich ihrem Blick aus.

Angst wallte in ihr hoch. »Was ist mit mir?«

Stumm schüttelte Lazar den Kopf. Er löste seine Hände von ihr, und Sina hatte das Gefühl, damit ihren letzten Halt in der Realität zu verlieren. Als könnte sie immer weiter fallen, getragen von dieser seltsam lebendigen Luft, ein winziger Partikel in dieser unendlichen Nacht.

Dann jedoch sah sie den kleinen Plastikbeutel, den er ihr hinhielt, und ihre ätherische Entrücktheit zerbarst. Wie ein Fausthieb traf sie die Erkenntnis, was er getan hatte.

»Nein«, keuchte sie. »Du hast nicht …«

Aber sein Blick verriet ihr, dass sie richtiglag. *Er hatte.* Jede Zelle ihres Körpers schrie ihr den Beweis dafür entgegen.

Angewidert schlug sie Lazars Hand beiseite, doch es war längst zu spät. Der Geschmack von Blut füllte ihre Mundhöhle und ließ sie würgen.

Haben Sie sein Blut getrunken?, hatte die Vetrani-Agentin gefragt. Jetzt erst begriff Sina vollends, was sie damit gemeint hatten.

Nein! Nein, nein, nein! Wie hatte er ihr das nur antun können?

»Sina, ich wollte das nicht …«

»Lass mich in Ruhe!«

Sie ertrug seine Nähe nicht, sein Mitleid, das Blut, das er ihr anbot. Erneut musste sie würgen. Hastig kroch sie von ihm fort. Sie wollte aufstehen, doch ihre Beine knickten unter ihr weg. Schluchzend fiel sie auf alle viere. Ihr Körper zitterte. Wie konnte sie nur so schwach sein?

»Bitte.« Lazar legte ihr die Hand an die Schulter.

Sina schlug sie weg. Hunger und Übelkeit rollten abwechselnd in Wellen über sie hinweg, ließen sie schwanken. Sie kniff die Augen zu und kämpfte gegen den Schwindel an.

»Du musst etwas trinken.«

»Muss ich nicht.« Sina biss die Zähne zusammen. Sie war stärker als dieser verdammte Impuls. Im OP hatte sie gelernt, ihren Brechreiz zu unterdrücken. Das würde ihr jetzt auch gelingen. Sie setzte sich auf. Das Zimmer kam ihr mit einem Mal erdrückend eng vor. »Es geht gleich wieder. Ich brauche nur ein bisschen frische Luft …«

»Nein.« Lazar packte sie am Arm, und diesmal ließ er sich nicht einfach abschütteln. Sein Griff war unnachgiebig, und er schmerzte.

Wütend funkelte Sina ihn an. »Lass mich los.«

»Das kann ich nicht.« In seinem Blick lag keine Sorge, nur eine Entschlossenheit, die sie schaudern ließ. »Ich kann nicht zulassen, dass du so nach draußen gehst.«

Fassungslos starrte Sina ihn an. Er meinte es ernst! Er würde sie aufhalten – notfalls mit Gewalt.

Sein Verhalten bewies ihr mehr als alles andere die Ausweglosigkeit ihrer Situation. Lazar hatte recht, sie durfte nicht nach draußen. Wenn sie erst einmal unter Leuten war, würde sie den rasenden Hunger in ihrem Inneren nicht beherrschen können. Sosehr ihr dieser Gedanke auch widerstrebte – sie würde jemanden anfallen, ihre Zähne in einen unschuldigen Passanten schlagen, sein Blut trinken … Sie war unberechenbar geworden, eine Gefahr für ihre Mitmenschen.

Nur, dass sie nicht länger ein Mensch war. Lazar hatte sie zu einem Monster gemacht.

Sina heulte auf. Sie zog die Knie an die Brust und barg das Gesicht in ihren Armen, als könne sie so die ihr fremd gewordene Welt – und damit die grausame Wahrheit – ausblenden. Tränen der Wut und der Angst liefen ihr über die Wangen, versickerten in ihren Ärmeln.

Nur am Rande registrierte sie, dass die beiden Vampire – die beiden *anderen* Vampire – das Zimmer verließen. Nach allem, was sich vor ihr aufgetan hatte, kam ihr das wie der größte Verrat überhaupt vor. Sie hatten *das* aus ihr gemacht – ein Wesen, das nach dem Blut von Menschen gierte –, und nun ließen sie sie einfach im Stich. Sina fühlte sich unsagbar allein … und hungrig.

Ihr graute davor, was das bedeuten mochte. Voller Abscheu sah sie auf die Blutkonserve, die neben ihr auf dem nackten Boden lag. Auf dem Beutel klebte kein Etikett. Normalerweise wurden bei Blutspenden auf allen Produkten der Verarbeitung automatisch die erfassten Daten angebracht: Blutgruppe, Subgruppe, Blutformel, Chargennummer … Außerdem sah ihr das nicht nach Erythrozytenkonzentrat aus. Das war Vollblut.

Die nüchterne Analyse half wenig gegen den Hunger, den der Anblick des Blutbeutels noch verstärkte. Sina zwang sich, wegzusehen und über ihre Situation nachzudenken, doch trotz aller Willensanstrengung wanderte ihr Blick immer wieder zurück zu dem verheißungsvollen Plastikbeutel.

Verzweifelt schlug sie sich die Fäuste gegen den Kopf. Das war nicht sie! Von wegen verheißungsvoll! Allein der Gedanke daran, sich dieses Zeug in die Kehle zu schütten, war widerlich! Kaltes, klebriges Blut …

Wenn es wenigstens warm gewesen wäre, pulsierend in den Venen eines Opfers …

Sina stöhnte. Sie wollte nicht so denken! War das etwa die Art und Weise, wie Lazar sie wahrnahm? Als Beute? Wie konnte er es da ertragen, mit ihr das Bett zu teilen? Wie konnte er auch nur sich selbst ertragen?

Ihr Körper verkrampfte. Sina presste eine Hand an ihren Magen, obwohl dieser Hunger weit tiefer ging. Jede Zelle ihres Körpers lechzte nach der Flüssigkeit in diesem Beutel.

Sinas Finger gruben sich in den Stoff ihrer Kleider und stießen dabei erneut auf das Loch, das die Kugel der Vetrani darin hinterlassen hatte. Die Kugel, die ihr Leben beendet hatte.

Sie wusste, was ein Bauchschuss bedeutete. Wurde die Blutung nicht umgehend gestoppt, verringerte sich die Überlebenschance massiv. Zu viele Organe, die verletzt werden konnten, zu viele Gefäße ... Dass es ein glatter Durchschuss gewesen war, machte die Sache nicht besser. Wie lange hatte sie auf der Straße gelegen, ehe sie das Bewusstsein verloren hatte?

Zu lange. Lazar hatte sie gerettet, auf seine Weise. Sich ihrem Hunger zu verweigern, würde daran nichts ändern.

Dennoch kostete es sie unendliche Überwindung, nach der Blutkonserve zu greifen. Ratlos drehte sie das Plastikding in den Händen. Die Kanülen, an denen man die Beutel für die Transfusion anhängte, fehlten. Wie sollte sie die Verpackung aufkriegen? Halbherzig biss sie hinein, doch damit erreichte sie natürlich genau gar nichts.

Sina stieß ein wütendes Fauchen aus und bemerkte, dass sich etwas in ihrem Mund veränderte. Ein feuchtes Knacken und Schmatzen füllte ihren Kopf. Sie kräuselte die Oberlippe und spürte, wie ihre Zähne sich weiter und weiter aus dem Kiefer schoben. Ein ekelerregendes Gefühl – und befriedigend zugleich.

Sina biss nochmals zu. Diesmal platzte das Plastik auf, und träges, kühles Blut quoll in ihren Mund.

Angewidert würgte sie die Flüssigkeit hinunter, fest entschlossen, nicht mehr zu trinken, als absolut notwendig war. Doch kaum hatte sie den ersten Schluck getan, erwachte das Monster in ihr mit Gewalt zum Leben. Gierig saugte Sina die Konserve leer bis auf den letzten Tropfen. Die nutzlose Verpackung warf sie mit einem ungeduldigen Knurren beiseite.

Mehr. Sie brauchte mehr!

Suchend sah sie sich um, fand einen Rucksack und riss ihn auf. *Mehr!*

Sina wühlte durch die Konserven, biss sie wahllos auf und schlürfte das köstliche Rot. Noch während sie die verschiedenen Aromen kostete, spürte sie, dass das nicht reichte. Da musste mehr sein. Etwas, was ihr das leblose Blut in den Beuteln vorenthielt.

Sina ließ die letzte Verpackung fallen und schüttelte den Rucksack. Aber das war alles gewesen.

Wütend schleuderte sie die Tasche beiseite. Sie fiel auf die Knie und wühlte durch die leeren Blutbeutel. Da musste noch etwas sein. Sie brauchte mehr!

Da war mehr. Es bedeckte den Boden in großen Flecken.

Ehe Sina darüber nachdenken konnte, lag sie auf dem Bauch und leckte über die angetrockneten Pfützen. Halb war ihr bewusst, dass das ihr eigenes Blut sein musste, das sie da aufleckte, aber das war ihr egal. Es war Nahrung.

»Sina.«

Sie ignorierte den Störenfried, doch der packte sie an der Schulter und zog sie hoch. Fauchend schlug sie nach dem Eindringling, der sie von ihrer Beute wegzerrte.

»Sina! Es reicht.«

Endlich kam sie wieder zur Besinnung. Der Eindringling war Lazar, und ihre Beute … Scham befiel sie bei dem Gedanken daran, was sie da gerade getan hatte. Wobei er sie ertappt hatte.

Erschrocken sah sie sich um, doch er war allein. Cassius war fort. Wenigstens etwas.

Sina seufzte. Müde ließ sie sich gegen Lazars Schulter sinken. »Ich habe immer noch Hunger«, gestand sie.

Wie konnte das sein? Sie hatte seinen kompletten Vorrat ausgetrunken!

Lazar nickte nur. »Ich weiß.«

Seine Finger strichen über ihre Wange. Ernst musterte er ihr Gesicht.

Bereute er, was er getan hatte? War der Reiz des Verbotenen verschwunden, nun, da sie nicht länger ein Mensch war?

»Das Schlimmste ist vorbei«, sagte er. »Jetzt gehen wir auf die Jagd.«

KAPITEL 39
LAZAR

Notdürftig reinigten sie ihre Gesichter und Hände. Die Flecken auf ihrer Kleidung würden sie nicht so einfach loswerden, ganz zu schweigen von den Löchern darin. Aber mit etwas Glück war das im schummrigen Straßenlicht nicht zu sehen. Trotzdem mussten sie vorsichtig sein. Dass die Vetrani ihn aufgespürt hatten, war kein Zufall gewesen, und Lazar konnte nicht abschätzen, ob sich weitere Agenten in der Nähe aufhielten.

Die Toten waren inzwischen fortgeschafft worden. Zweifellos würde die Polizei bald die Anweisung erhalten, den Fall an eine übergeordnete Behörde zu übergeben, falls das nicht längst geschehen war. Möglicherweise lauerte bereits irgendwo die Verstärkung, ein weiterer Trupp Agenten, diesmal darauf ausgelegt, zwei Vampire zu vernichten und nicht bloß einen.

Unsicher blickte Lazar zu der jungen Vampirin an seiner Seite. Sie hielt sich besser, als er erwartet hätte. Andererseits war seine eigene Verwandlung wohl kaum ein geeigneter Vergleich. In gewisser Weise war ihm diese Situation genauso unbekannt wie Sina, nur dass ihm nicht der Blutdurst zu schaffen machte.

Weit durften sie nicht gehen. Auch wenn Sina sich wand bei dem Gedanken daran, einen Menschen zu beißen – sie war zu labil, um durch die Stadt zu streifen. Eine Verwandlung kostete Energie, mehr, als ein menschlicher Körper besaß. Und es gab nur noch eine Form, in der Sina diese Energie zu sich nehmen konnte. Ihr Organismus würde danach verlangen, auf die eine oder andere Weise. Sie *musste* ihren Durst stillen. Erst wenn sie ausreichend getrunken hatte, konnte er sie guten Gewissens unter Menschen lassen.

Um diese Uhrzeit war die Auswahl an Opfern allerdings nicht gerade ergiebig. Endlich witterte er zwei Lebewesen. Eines davon war ein Mensch, das andere kleiner. Ein Hund. Die Sorte, die gut und gerne in eine Handtasche passte. Allerdings beide zu weit entfernt, um sie auf diese Distanz zu der Gasse zu locken, in der Sina und er sich verborgen hielten.

»Bleib hier«, wies er seine Gefährtin an, in einem Tonfall, der deutlich machte, dass er keinen Widerspruch dulden würde. »Ich bin gleich zurück.«

Er schlich los, tastete dabei nach dem Bewusstsein des Menschen. Eine Straße weiter fand er es. Müde, alt, weiblich. Eine betagte Dame, die ihr Schoßhündchen Gassi führte.

Komm.

Die gebrechliche Alte setzte sich in Bewegung. Ihr Köter sträubte sich, er war noch nicht fertig mit Pinkeln. Lazar verstärkte sein Drängen, und die Sterbliche zog das winselnde Tier hinter sich her. Hunde waren eine Plage.

Lass die Leine los.

Der Alten diesen Befehl unterzujubeln, war deutlich schwieriger. Menschen waren geneigt, Forderungen nachzukommen, die ihnen plausibel erschienen, so unbewusst das alles auch vonstattengehen mochte. Es widersprach der Natur dieser Frau jedoch zutiefst, ihren Liebling zurückzulassen.

Lazar verstärkte seinen Druck, wurde grob. Endlich kam die alte Dame angewackelt.

Er lotste sie in die düstere Seitengasse, in der Sina wartete. Doch statt sich gierig auf ihre Beute zu stürzen, wich Sina panisch zurück.

»Das … Ich kann das nicht!«, stieß sie aus.

»Du schadest ihr nicht nachhaltig.« Lazar griff nach dem Hals der alten Frau. Nicht besonders appetitanregend, aber in ihrer Situation durften sie nicht wählerisch sein. »Hier, ich zeige dir …«

»Lass sie los! Herrgott!« Panik schwang in Sinas Stimme mit. Ihre Hände zuckten, so als wollte sie ihn beiseitestoßen. Schließlich umklammerte sie ihren eigenen Oberkörper und wandte sich ab. »Bitte nicht.«

»Du musst trinken.« Verstand sie das denn immer noch nicht?

»Aber nicht so!« Sina sah die alte Frau an und schüttelte verzweifelt den Kopf. »Nicht sie.«

Allmählich wurde er sauer. »Warum nicht?« Es war schließlich nicht so, als könnte er ihr auf die Schnelle ein Fünfsternemenü beschaffen. Jede Minute, die sie hier herumlungerten, brachte sie in Gefahr.

Sina schauderte. »Sie erinnert mich an jemanden.«

Mit einem Seufzen ließ Lazar die Alte los. »Also gut. Wir suchen dir jemand anderen.«

Es dauerte jedoch, bis sie ein weiteres Opfer aufspürten. Sie mussten fast bis zum Bahnhof laufen. Während der ganzen Zeit fürchtete Lazar, von Vampirjägern aufgespürt zu werden – oder dass Sina die Kontrolle verlieren und ihm davonlaufen könnte. Sie hielt sich erstaunlich gut für einen Neuling, doch mit fortschreitender Nacht würde es für sie immer schwieriger werden, sich zurückzuhalten.

Als das unartikulierte Geschimpfe eines Betrunkenen zu ihnen herüberhallte, spürte Lazar, wie Sinas Körper sich neben ihm anspannte. Ihre Instinkte übernahmen die Führung, und wenn sie erst einmal ihre Zähne in menschliches Fleisch schlug, war es zu spät.

Lazar packte sie am Arm. »Langsam.«

Wütend zerrte sie an seinem Griff. »Du bist doch derjenige, der meint, dass ich trinken muss!«

»Musst du auch. Aber der Kerl ist besoffen, das wirst du zu spüren bekommen.«

»Hast du einen besseren Vorschlag?« Herausfordernd schob Sina das Kinn vor. »Ich beiße keine unschuldigen Omas.«

Lazar seufzte. Das war keine Frage von Schuld oder Unschuld. Kein Mensch war von Grund auf gut und nur die allerwenigstens abgrundtief böse. Mit der Zeit würde Sina ihre hehren Motive ablegen müssen. Aber wenn es ihr über den Schock ihrer Verwandlung hinweghalf, sich einzureden, dass sie sich nur an schlechten Menschen verging, würde er ihr diese Illusion jetzt nicht nehmen. Sina konnte jeden Trost brauchen, den sie fand.

Also lockte er den lallenden Mann, der nicht viel älter war als Sina selbst, in eine dunkle Ecke des Bahnhofs. Bierausdünstungen und der Gestank von Pisse wallten ihnen entgegen. Angewidert verzog Sina die Lippen, entblößte dabei jedoch ihre Fangzähne. Der Hunger hatte sie fest im Griff.

»Die Halsschlagader«, wies Lazar sie an. »Achte darauf, dass sein Puls nicht zu stark abfällt. Wir wollen nicht, dass er einen Arzt aufsucht. Oder stirbt.«

Sina nickte. Trotz der Nähe ihres Opfers zögerte sie, trat nur langsam auf den Mann zu, der ihr mit glasigen Augen entgegenblickte. Die beiden waren beinahe gleich groß, was es für Sina nicht ganz einfach machte, einen guten Winkel zu erwischen.

Ungeschickt legte sie den Mund an den unrasierten Hals. Doch sobald sie zubiss und das erste Blut in ihren Mund strömte, vergaß sie alle Vorbehalte. Gierig schlang sie die Arme um ihre Beute, zog den stinkenden Kerl in eine tödliche Umarmung und berauschte sich an den Gedanken und Gefühlen des Fremden.

Lazar ahnte, was sie empfand. Sosehr er auch vor der Erinnerung an sein erstes Mahl zurückschreckte … Diesen Sturm aus fremdem Leben zum ersten Mal zu erleben, war atemberaubend. Er hatte damals die Liebe seiner Frau am eigenen Leib gespürt – genauso wie ihren Schmerz. Ob er es gewollt hatte oder nicht, er hatte sich an ihren Todesqualen berauscht. Er hatte seine Familie umgebracht – und es genossen.

Eilig schüttelte er die Erinnerung ab, ehe sie ihn vollends überwältigen konnte. Er musste sich konzentrieren. Wenn er nicht achtgab, starb hier ebenfalls jemand.

»Es reicht, Sina.«

Zu seiner Überraschung musste er sie kein zweites Mal ermahnen. Sie stieß den Betrunkenen von sich, wandte sich ab und würgte. Einen Moment befürchtete er, sie würde ihre Mahlzeit in einem blutigen Schwall wieder erbrechen, aber sie schluckte nur verkrampft und schüttelte sich. Als sie sich aufrichtete, wirkte sie erstaunlich ruhig.

»Okay«, sagte sie. »Und was jetzt?«

Lazar kümmerte sich um den Verletzten, dann zog er Sina von dem Betrunkenen fort. Auch sie schwankte leicht, der Kerl musste mehr getankt haben, als ihm anzumerken gewesen war. Höchste Zeit, zu verschwinden.

»Es wird bald Morgen.« Und lange würde sich das Blut an ihrer Kleidung nicht mehr verbergen lassen. »Wir sollten schleunigst von der Straße runter. Neue Klamotten besorgen. Und dann raus aus Hamburg.«

Erschrocken blieb Sina stehen. »Du willst die Stadt verlassen?«

»Was ich will, spielt leider keine Rolle.« Lazar biss die Zähne zusammen und zog sie weiter. »Hierzubleiben, wäre jedenfalls Selbstmord. Bisher haben mich die Vetrani nur als lästigen Vampir eingestuft. Das dürfte sich nach letzter Nacht geändert haben.«

»Das ist nicht fair!« Sie riss sich los. »Du kannst nicht … *so was* aus mir machen und dann einfach abhauen!«

Endlich begriff er ihren Widerstand. »Keine Sorge«, erklärte er sanft. »Ich lasse dich nicht allein. Wir gehen zusammen.«

»Was? Nein!« Nachdrücklich schüttelte Sina den Kopf. »Ich gehe hier nicht weg. Ich habe Verpflichtungen! Mein Studium, meine Freunde …«

»Sina …«

Sie wich vor ihm zurück. »Du hast kein Recht, mich einfach aus meinem Leben zu reißen!«

Lazar stieß ein knappes Lachen aus. Die Absurdität ihrer Anklage musste ihr doch selbst bewusst sein. Andererseits war sie betrunken.

»Du hast kein *Leben* mehr, Sina. Jedenfalls nicht unter den Sterblichen.«

Wütend funkelte sie ihn an. »Nur weil du dich mit deinem traurigen Dasein zufriedengibst, heißt das noch lange nicht, dass ich das auch muss. Ich werde mich jedenfalls nicht irgendwo in einem Versandlager verkriechen!«

»Glaubst du, ich mache das aus Spaß?«, entgegnete er scharf. »Du kannst nicht ändern, was du bist.«

Sinas Unterlippe zitterte. Unwillig kniff sie den Mund zusammen. »Ich bin immer noch ich«, presste sie hervor.

»Natürlich, aber …«

»Was du getan hast, ändert daran rein gar nichts!« Ohne ein weiteres Wort wandte sie sich ab und lief davon.

Lazars erster Impuls war, sie zurückzuhalten. Doch was würde das bringen? Sina brauchte Zeit, um ihr neues Leben zu akzeptieren.

Und er selbst brauchte Blut. Durch seine Verletzung hatte er zu viel davon verloren; die zwei Schlucke, die er von Sina getrunken hatte, wogen das nicht auf. Er hätte eine von den verdammten Blutkonserven trinken sollen, aber das hätte einen Beutel weniger für Sina bedeutet – und eine größere Gefahr, sie an den Blutrausch zu verlieren.

Doch jetzt, da diese Gefahr gebannt war, merkte er allmählich, wie schwer es ihm selbst fiel, die Kontrolle zu behalten. Seine Hände zitterten, sein Körper lechzte nach Nahrung. Oberflächlich waren seine Wunden geheilt, die Stellen, an denen sich die Kugeln in sein Fleisch gebohrt hatten, schmerzten jedoch nach wie vor.

Nein, so konnte er sich nicht unter Menschen wagen. Er musste trinken … und sich ausruhen.

Nichtsdestotrotz mussten sie verflucht vorsichtig sein. Die Vetrani kannten Sinas Verbindung zu ihm, und sobald die Spurensicherung das Blut am Schauplatz ihrer Auseinandersetzung ausgewertet hatte, würden sie wissen, dass Sina zumindest verletzt worden war.

Bei der Sauerei, die er veranstaltet hatte, mochte es eine Weile dauern, bis sie entsprechende Spuren fanden. Gut möglich, dass Sinas Blut in dem der toten Agenten auch völlig unterging, Lazar hatte keine Ahnung, wozu die Spurenforschung heutzutage imstande war. Fest stand nur eines: Wenn die Vetrani wussten, dass er hier war, würden sie Sina erneut überprüfen. Und diesmal würde sie der Überprüfung nicht standhalten. Sie war kein Mensch mehr.

Andererseits benötigte selbst modernste Technik Zeit, um ihre Wunder zu wirken …

Einen Tag. Mehr konnte er Sina und sich nicht zugestehen. Vielleicht genügte ihr dieser eine Tag ja, um sich zu verabschieden.

KAPITEL 40
ROMINA

Eine ganze Einheit, einfach ausgelöscht.

Romina stand zwischen den offenen Leichensäcken im Kühlraum der Zentrale. Die Spurensicherung war noch damit beschäftigt, alle Toten auf ihre Vollständigkeit zu überprüfen. Bislang galt ein Finger als vermisst, der konnte jedoch auch in einen der anderen Säcke geraten sein.

Mellners Team …

Romina sollte sich schuldig fühlen, oder wütend. Aber sie war innerlich wie erstarrt. Sie hatten Banesch unterschätzt. Jetzt war einer ihrer besten Männer tot, und mit ihm vier andere Agenten.

Und ich?, fragte sie sich. Wäre die Konfrontation anders ausgegangen, wenn sie auch bei diesem Einsatz mit dabei gewesen wäre? Oder wären es dann sechs Leichensäcke statt fünf?

Romina sah auf das blutverschmierte Gesicht des Toten neben sich. Seine Haut war bereits grau, die milchig gewordenen Augen blickten starr an ihr vorbei. Der Tod hatte den Agenten so verfremdet, dass sie ihn gar nicht erkannt hätte, wenn sie nicht nachgesehen hätte, wen Mellner alles für diesen Einsatz eingeteilt gehabt hatte.

Fünf fähige Agenten. Männer mit Familien, mit Freunden.

Romina presste die Lippen zusammen. Dieser Vampir musste unschädlich gemacht werden, und zwar heute noch!

Endlich riss sie sich los und ging zurück in den Bürotrakt. Die Entschlossenheit beschleunigte ihre Schritte, bis sie schon beinahe rannte.

»Einsatzbesprechung!«, brüllte sie, während sie durch das Großraumbüro eilte. »Für alle!«

Es war gerade einmal vier Uhr morgens, aber in der Einsatzzentrale Nord herrschte Hochbetrieb. Ihre Zielobjekte agierten bevorzugt nachts, also galt das auch für die *Vetrani in Dei Signo*.

Kurz darauf drängten sich zwanzig Personen im Besprechungsraum.

Nicht genug, befand Romina. Sie würde Verstärkung aus den anderen Ordenszentralen anfordern.

Grimmig deutete sie auf Baneschs Bild, das nun überlebensgroß vom Beamer an die Wand geworfen wurde. »Dieses Zielobjekt hat fünf unserer Leute getötet. Ab sofort hat dieser Fall oberste Priorität. Egal, woran Sie gerade arbeiten – lassen Sie es. Finden Sie diesen Blutsauger. Überprüfen Sie alle Kameras in der Umgebung des Tatorts, befragen Sie die Anwohner. Ich will wissen, ob das Zielobjekt allein unterwegs gewesen ist – oder ob jemand bei ihm war.«

Wenn Banesch nach Hamburg zurückgekehrt war, musste er einen guten Grund dafür gehabt haben, und Romina glaubte, ihn zu kennen.

Sie nannte ihren Leuten zwei Adressen. Baneschs alte Wohnung – und die von Kristina Neubert.

KAPITEL 41
SINA

Die heiße Dusche half, das Blut abzuwaschen, das an ihr klebte. Das war allerdings auch schon das einzig Gute daran. Sinas Haut war überempfindlich, jeden der unzähligen Wasserstrahlen aus dem Duschkopf spürte sie wie kleine Nadelstiche. Die Temperatur dagegen drang kaum zu ihr durch. Sie fror nicht, schwitzte nicht … Alles fühlte sich seltsam distanziert an, dennoch überwältigte sie die Intensität der Eindrücke, die ihre Welt plötzlich ausfüllten. Sie hatte sich noch nie so lebendig gefühlt.

Den Gedanken, sich krankzumelden, verwarf Sina entsprechend schnell. Sie platzte vor Energie. Sich in ihrer winzigen Wohnung einzubunkern, würde sie in den Wahnsinn treiben, also machte sie sich auf den Weg in die Klinik.

Doch sobald sie durch die automatische Schiebetür trat, bereute sie ihre Entscheidung. Natürlich hatte sie geahnt, dass es schwer werden würde, aber noch immer unterschätzte sie das Ausmaß der Veränderung, der ihr Körper unterworfen worden war. Der beißende Gestank von Desinfektionsmitteln stach ihr bereits am Eingang in die Augen. Durch die Gänge waberten die Ausdünstungen von Krankheit und Tod, Fäkalien und Eiter. Der Gestank von zerkochtem Gemüse drang aus der Krankenhausküche und ließ Sina würgen.

Am schlimmsten jedoch empfand sie den Geruch von Blut. Aus beinahe jedem Zimmer wallte er ihr entgegen, und obwohl sie erst vor wenigen Stunden literweise davon getrunken hatte, musste sie gegen den Impuls ankämpfen, wildfremden Patienten die Verbände vom Leib zu reißen und ihnen das Wundsekret abzulecken. Hunger war ihr ständiger Begleiter.

Am liebsten wäre Sina auf der Stelle umgekehrt, aber damit hätte sich Lazars unheilvolle Ankündigung bewahrheitet, und das wollte sie nicht zulassen. Sie war mehr als dieses unmenschliche Ding, das er aus ihr gemacht hatte.

Es war pure Sturheit, die sie in der Klinik hielt. Sie konnte sich kaum konzentrieren, quälte sich durch die Visite und die Besprechungen. Die Mittagspause verbrachte sie nicht mit ihren Kollegen im Restaurant, sondern allein auf der Toilette, wo sie sich den Kaffee aus dem Leib kotzte, den sie unbedachterweise getrunken hatte.

Das war der Moment, in dem sie sich eingestand, dass Sturheit allein nichts an ihrem Zustand änderte. Der Mensch, der sie gestern noch gewesen war, existierte nicht mehr. Sie sollte aufhören, sich an ein Leben zu klammern, das sie nicht länger führen konnte.

Niedergeschlagen machte sie sich auf den Weg zu Frau Ullrich. Die alte Dame würde es nicht begreifen, dennoch wollte Sina sich verabschieden. Erst recht, wenn sie an letzte Nacht dachte.

Erneut sah sie die unbekannte alte Frau vor sich, die Lazar als ihre Beute auserkoren gehabt hatte. Sein Griff um ihren faltigen Hals …

Sina schauderte. Vermutlich war es wirklich besser, sich von den Menschen fernzuhalten, die ihr am Herzen lagen. Sie wollte nicht riskieren, jemanden von ihnen als Snack zu betrachten.

Leise klopfte sie an die Tür ihrer ehemaligen Patientin. »Frau Ullrich?«

Die alte Dame schlief, das verrieten der langsame Puls und die tiefen Atemzüge der Patientin. Enttäuscht blieb sie stehen. Es war Frau Ullrich in den vergangenen Wochen immer schwerer gefallen, wach zu bleiben. Aber gerade heute hatte Sina gehofft, dass ihr ein richtiger Besuch gegönnt wäre.

Sie trat ans Bett der einstigen Professorin und griff sacht nach der knochigen Hand. »Frau Ullrich?«

Keine Reaktion.

Sina schnupperte. Etwas kam ihr merkwürdig vor. Sie roch Krankheit. Irgendetwas verdarb das Blut dieser Frau.

Dass sie überhaupt so dachte, irritierte Sina nicht so sehr wie der Ursprung dieses Geruchs. Der Hauptquell schien in Frau Ullrichs Brust zu sitzen. Vorsichtig beugte Sina sich vor und schnupperte weiter. Die Krankheit kreiste durch den Körper der Frau, folgte ihrem Lymphsystem und veränderte ihr Blut.

Sina kannte diesen Geruch. Sie hatte ihn heute schon einmal wahrgenommen, und zwar ...

Erschrocken zuckte sie zurück. Auf dem Weg zum Restaurant war sie an der Onkologie vorbeigekommen. Dann ... hatte Frau Ullrich Krebs? Aber wie konnte es sein, dass das bislang niemandem aufgefallen war?

Sina kannte die Antwort. Müdigkeit, Übelkeit, Gewichtsverlust, selbst Nachtschweiß – all das waren gängige Symptome auf der Palliativstation, wo Patienten permanent unter Schmerzmitteln standen und sich kaum aus dem Bett bewegten. Niemand hatte die alte Frau auf Krebs untersucht. Die Krankheit saß in ihrem Inneren.

Behutsam strich Sina über die Lymphknoten am Hals. Nicht geschwollen. Sie tastete weiter. Auch Milz und Leber schienen ihr nicht vergrößert zu sein. Aber dieser Geruch ... Sie konnte sich nicht täuschen. Das war Lymphdrüsenkrebs, der ins Blut streute. Frau Ullrich würde sterben, wenn sie nicht behandelt wurde.

Sina verlor keine weitere Zeit. Schnurstracks marschierte sie ins Stationszimmer.

»Sie müssen für Frau Ullrich von Zimmer sechs zwölf eine Untersuchung anordnen«, wandte sie sich an die diensthabende Ärztin. »Ich glaube, sie leidet an lymphatischer Leukämie.«

Die Frau im Arztkittel hob nur die Augenbrauen. »Und Sie sind?«

»Kristina Neubert. Frau Ullrich war meine Patientin auf der Kardiologie.«

»Und dort haben Sie Hinweise auf Leukämie gefunden?« Die Ärztin wandte sich auf dem Drehstuhl zu dem bereitstehenden Computer herum und rief Frau Ullrichs Akte auf. »Ich sehe hier keinen Vermerk.« Dann fiel ihr offenbar das Datum der Stationsverlegung auf. »Wieso melden Sie das erst jetzt?«

»Es ist mir eben erst aufgefallen.«

»Sie haben sie untersucht?« Nun war das Misstrauen der Ärztin geweckt. »Laut Akte zeigt die Patientin keinerlei Symptome, die für eine Krebserkrankung sprechen.«

Das sah Sina anders. Aber sie konnte ja wohl schlecht zugeben, dass sie den Krebs *roch*.

Die Ärztin schüttelte den Kopf. »Ich kann nicht einfach aus einer Laune heraus eine Tomografie anordnen. Das muss Dr. Basharat genehmigen.«

Sina runzelte die Stirn. Es war eindeutig, dass die Ärztin sie abzukanzeln versuchte. Zum einen würde eine simple Labordiagnose vollkommen reichen, um Sinas Verdacht zu bestätigen. Zum anderen benötigte es ihres Wissens selbst für ein CT nicht die Freigabe des Oberarztes.

Frustriert biss sie sich auf die Unterlippe. Sie hatte keine Argumente in der Hand. Ja, sie hatte Frau Ullrich untersucht, was ihr genau genommen gar nicht zugestanden hatte, noch dazu ohne das Wissen der Patientin. Und selbst ihre Untersuchungsergebnisse unterstützten ihren Verdacht nicht. Wäre Sina immer noch ein Mensch, wäre ihr nichts aufgefallen.

Traurigerweise würde eine eindeutige Diagnose nicht einmal etwas ändern. Die einzige Behandlungsmöglichkeit wäre eine Chemotherapie – und die würde Frau Ullrich in ihrem Zustand ohnehin nicht verkraften. Sie hatte nichts zu gewinnen.

Allerdings auch nichts zu verlieren, wie Sina klar wurde. Frau Ullrich würde sterben, unwürdig und allein. Ob nun an Krebs oder an den Folgen ihrer anderen Krankheiten, spielte eigentlich keine Rolle. Die Schulmedizin würde ihr Schicksal nicht ändern.

Aber vielleicht konnte Sina es.

Eine Entschuldigung murmelnd, eilte sie zurück zu ihrer Patientin – ehe die Ärztin auf die Idee kam, ihre Anwesenheit auf der Station grundsätzlich infrage zu stellen.

Zu ihrer Erleichterung war Frau Ullrich inzwischen aufgewacht.

Sina setzte sich zu ihr ans Bett und lächelte. »Hallo. Wie geht es Ihnen heute?«

»Gut. Aber mein Bauch tut weh. Ich glaube, ich habe etwas Falsches gegessen.«

Sina nickte mitfühlend. »Das kann sein. Möchten Sie, dass ich Ihnen etwas gebe, das Ihnen helfen kann?«

Frau Ullrich verzog das Gesicht. »Ist es Lebertran?«

»Nein.« Sina schmunzelte. »Ich kann aber nicht versprechen, dass es besser schmeckt.«

Ihre Patientin seufzte theatralisch. »Na dann.«

Na dann. Was hatten sie beide schon zu verlieren? *Vampirblut heilt.* Die Vetrani hatten wissen wollen, ob sie von Lazars Blut getrunken hatte, demnach löste allein der Akt des Trinkens keine Verwandlung aus.

Was hatte Lazar gesagt? Um ein Vampir zu werden, musste man sterben. Kein Problem. Genau das wollte sie bei Frau Ullrich schließlich verhindern.

Es war ihre einzige Möglichkeit, der alten Frau zu helfen. Eine Chance, sie gesund zu machen … und zu sehen, ob nicht wenigstens auch etwas Gutes in ihrer Verwandlung lag.

Lazars Blut hatte Sina nicht untersuchen wollen, bei sich selbst hatte sie weniger Skrupel. Sie griff nach dem Trinkbecher, der auf dem Tischchen neben dem Krankenbett stand, entschuldigte sich kurz und verschwand in das kleine Bad, das zum Patientenzimmer gehörte. Es kostete sie einige Überwindung, in ihr eigenes Handgelenk zu beißen, und die Wunde schloss sich rascher, als sie gedacht hatte, aber es genügte, um den Boden des Bechers zu bedecken. Mehr würde sich Frau Ullrich ohnehin nicht einflößen lassen.

»Hier.« Sina hielt ihrer Patientin den Becher an die Lippen.

Artig schluckte die alte Frau, doch kaum setzte Sina den Becher ab, verzog sie schmatzend den Mund.

»Schmeckt wirklich nicht besser als Lebertran.«

Sina lachte leise. Sie wusch den Becher sorgfältig aus und füllte ihn erneut, diesmal mit Früchtetee. Den trank Frau Ullrich wesentlich lieber.

Sie blieb noch fast eine Stunde bei ihrer Patientin, las ihr von Pu dem Bären vor und beobachtete sie. Der Geruch der alten Frau veränderte sich, doch Sina konnte nicht sagen, ob zum Guten oder zum Schlechten. Schließlich wurde Frau Ullrich müde, und Sina ließ sie allein.

Sobald sie jedoch auf den Flur trat, trafen die Gerüche der Klinik sie wie ein olfaktorischer Schlag in den Magen. Die unangenehmen Fragmente traten in den Hintergrund. Sina roch vor allem eines: *Blut.* Menschen, in denen das Leben pulsierte. Hunger wallte in ihr hoch, drängte sie zur Jagd. Zum Töten.

Wimmernd wich Sina zurück. Nein! Sie würde sich nicht an irgendwelchen Menschen vergreifen!

Kurz entschlossen eilte sie hinunter zu den OP-Sälen. Ihr Chirurgie-Trimester hatte gerade erst begonnen, und eigentlich hatte sie alleine dort unten nichts verloren, aber das war ihr jetzt egal. Es war der einzige Ort, an dem sie Erleichterung finden konnte.

Sina schleppte sich durch die Gänge. Der intensive Blutgeruch trieb sie an den Rand ihrer Beherrschung, aber sie zwang sich zur Umsicht.

Vor ihr flogen die Türen eines Operationsraums auf, und ein Patient wurde auf einem OP-Tisch herausgeschoben. Angespannt wartete Sina, bis das Team aus Chirurgen, Assistenzärzten und Anästhesisten dem narkotisierten Patienten gefolgt war, ehe sie an dem offen stehenden Operationssaal vorbeischlüpfte. Ihr Ziel lag dahinter.

Das Krankenhaus war zu einer nahtlosen Nachvollziehung der verwendeten Blutbehälter verpflichtet. Sich einfach einen frischen Beutel zu schnappen, war genauso unmöglich, wie ihn offiziell auszubuchen. Zum einen fehlte Sina dafür die Befugnis, zum anderen hätte sie damit sehr schnell sehr unangenehme Fragen am Hals gehabt. Sie wusste nicht, woher Cassius seine Blutvorräte nahm, ihr stand jedenfalls nur ein einziger Weg offen – und der führte sie in die kleine Abstellkammer, in der biologischer Müll bis zur Entsorgung zwischengelagert wurde. Gebrauchte Tupfer und Kompressen, blutige Bauchtücher … und benutzte Blutkonserven. Nur Letztere im Kühlschrank.

Als Mensch hatte sie der Gestank der chirurgischen Abfälle nie gestört – am Ende des Tages wurde die Einwegtonne versiegelt und zur Verbrennung geschickt –, doch nun fiel ihr auf, wie sehr dieser Raum nach Tod stank.

Egal. Hungrig stürzte sich Sina auf die Überreste. Sich durch den Müll zu wühlen und halb getrocknetes Blut aus Wattebäuschen oder kalte Reste von Erythrozytenkonzentrat aus halb leeren Beuteln zu nuckeln, war weder appetitlich noch würdevoll. Es ließ sich auch in keiner Weise mit dem Rausch vergleichen, den sie erlebt hatte, als sie das warme Blut ihres Opfers in sich aufgenommen hatte. Aber wenn es das war, was notwendig war, um gefahrlos das Krankenhaus verlassen zu können, dann würgte sie jeden verdammten Abfall hinunter, den sie zu fassen bekam.

Als sie sich endlich einigermaßen satt fühlte, lehnte sie den Kopf gegen die kühle Kachelwand. Was sollte sie nur tun? Das war doch kein Leben!

Sie sah auf ihre blutverschmierten Hände hinab. Es musste einen Weg geben, ihr Leben wieder in den Griff zu bekommen. Sie hatte noch so viel vorgehabt … Es durfte nicht sein, dass all das plötzlich keine Rolle mehr spielte!

Sina wartete, bis sie sicher war, dass sie nicht von Tränen übermannt wurde. Dann wischte sie sich das Blut vom Mund und leckte ihre Hände sauber. Schließlich schrieb sie Lazar eine knappe Nachricht und teilte ihm mit, dass er nicht auf sie zu warten brauchte.

Für heute Abend hatte sie andere Pläne.

KAPITEL 42
LAZAR

Mit einem Fluch warf er sein Handy beiseite. Was sollte das heißen, er brauchte nicht auf sie zu warten? Und nun ging sie nicht einmal mehr ans Telefon!

Was, wenn die Vetrani sie aufspürten? Wenn der Hunger sie überkam? Sie musste frühzeitig trinken, oder sie würde sich auf das nächstbeste Opfer stürzen, ohne Rücksicht auf das Leben, das sie möglicherweise auslöschte – oder ihre eigene Gefährdung.

Unruhig lief Lazar in dem billigen Hotelzimmer, in dem er den Tag verbracht hatte, auf und ab. Alles in ihm drängte danach, zusammen mit Sina die Stadt zu verlassen, sie in Sicherheit zu bringen … Und sie tauchte unter!

Wütend trat er gegen die Tasche mit seinen Sachen. Sie hatte keine Ahnung, in welche Gefahr sie sich damit brachte!

Cassius würde behaupten, dass sie in Ruhe herausfinden musste, wie es ihr nach der Verwandlung überhaupt ging.

Aber was wusste der schon? Es konnte so viel passieren. Mehr, als Sina bewusst war.

Seit er von ihr getrunken hatte, hatte sie ihn nicht mehr zu seinem unsterblichen Dasein befragt. Ihr anfängliches Interesse war durch den unglückseligen Vorfall vollkommen versiegt, sie hatte getan, als wäre er ein ganz normaler Mensch. Und er hatte sich dieser Illusion gemeinsam mit ihr hingegeben. Sie hatten über Bücher gesprochen, über Sinas Patienten, ihren Alltag … aber niemals wieder über das, was es bedeutete, ein Vampir zu sein. Jetzt fürchtete er all das, was sie nicht wusste.

Schließlich ertrug er die Ungewissheit nicht länger. Er musste Sina finden.

Sein erster Weg führte ihn zu ihrer Wohnung, doch diese Spur war kalt. Nur ein fahler Blutgeruch verriet, dass sie am Morgen hier gewesen sein musste. Von ihrer Präsenz spürte Lazar nichts.

Also machte er sich auf den Weg zum Krankenhaus und dann, als ihm einfiel, dass sie dort bereits am frühen Nachmittag Dienstende gehabt hätte, zu *Bodos Burger.* Beide Stellen waren zu überlaufen, um sicherzustellen, dass sie nicht irgendwann dort vorbeigesehen hatte, aber wenigstens erwartete ihn auch nirgendwo ein Polizeiaufgebot. Falls Sina versucht hatte, einem ihrer Jobs nachzugehen, war sie also nicht auffällig geworden.

Das hätte ihn vermutlich beruhigen sollen, stattdessen nährte es seine Sorgen. Wo war sie? Was trank sie? Warum, verflucht noch mal, ignorierte sie seine Anrufe?

In seiner Verzweiflung versuchte er es sogar mit Levkes Telefonnummer, doch auch dieser Anruf lief ins Leere. Hatte Sina etwa ihre Freundin …? Verdammt, wieso meldete sie sich nicht! Er wusste, dass die beiden sich einmal die Woche zum Sport trafen, aber er hatte keine Ahnung, wann und wo das Ganze stattfand.

Fieberhaft überlegte Lazar, wo er noch nach ihr suchen konnte. Ihre Familie lebte außerhalb, so weit würde sie hoffentlich nicht davongelaufen sein. Also was sonst? Welchen Hobbys ging sie außerdem noch nach? Mit wem traf sie sich? Sie hatte immer nur von Studienkollegen gesprochen, davon, wie viel sie lernen musste …

Je länger er darüber nachdachte, desto schmerzhafter wurde ihm bewusst, dass er im Grunde kaum etwas über Sina wusste. Er hatte nie die Gelegenheit erhalten, richtig an ihrem Leben teilzunehmen. Er kannte nur Erzählungen, und selbst die blieben vage. Was war ihr wichtig? Von wem würde sie sich verabschieden wollen?

Unschlüssig fuhr er schließlich zu seiner alten Wohnung. Vielleicht wartete Sina ja dort auf ihn? Es war das Einzige, was ihm noch einfiel.

Sobald er jedoch das Treppenhaus betrat, schrak er zurück. Irgendetwas stimmte hier nicht. Es war ungewöhnlich ruhig für einen frühen Abend unter der Woche, vor allem angesichts der mannigfaltigen Gerüche, die er wahrnahm. Es roch nach Menschen, stärker als sonst. Nach Nervosität, Aufregung …

Lazar zögerte nicht länger. Er fuhr herum, wollte zurück auf die Straße, aber von draußen erklang das Reifenquietschen mehrerer Fahrzeuge. Autotüren wurden aufgerissen, Füße in festem Schuhwerk landeten auf dem Asphalt.

Vetrani! Und so wie es klang, hatten sie aus der vergangenen Nacht gelernt. Was da anrückte, war eine halbe Armee. Nichts, dem er sich entgegenstellen konnte. Er musste fliehen! Aber wohin? Der Eingang war ihm versperrt, aus dem Hinterhof drangen ebenfalls Geräusche, und offensichtlich wurde er auch im Inneren des Hauses bereits erwartet.

Hölle oder Fegefeuer?

Lazar wirbelte herum. Auf offener Fläche hatte er keine Chance, nicht gegen so viele von ihnen. Er musste es aufs Dach schaffen. Dort oben würden ihm die Sterblichen nicht so leicht folgen können.

Entschlossen hetzte er die Treppe hinauf. Er hörte das Knacken eines Funkgeräts, die hektische Betriebsamkeit, die in den Wohnungen rundum aufkam. Offensichtlich hatten sie die Bewohner des Hauses unter irgendeinem Vorwand evakuiert, um ihm mit geballter Macht entgegentreten zu können. Türen wurden aufgerissen, Gewehre klickten. Fünf Stockwerke musste Lazar hoch, dort lag der Zugang zum Speicher.

Er hatte gerade die dritte Etage erreicht, als die ersten Kugeln durch die Luft zischten. Putz bröckelte von der Wand nur knapp hinter ihm.

Lazar duckte sich und legte einen Zahn zu, doch der nächste Schuss traf ihn frontal in die Brust. Der Aufprall riss ihn nach hinten. Lazar kippte und fing sich am Treppengeländer, um nicht rückwärts die gewundenen Stufen hinunterzukrachen. Wütend sah er auf – und riss gerade noch rechtzeitig den Kopf zur Seite. Hinter ihm explodierte die Wand. Über ihm stand die kurzhaarige Vetrani-Agentin, ihre Pistole auf seine Stirn gerichtet.

Lazar stieß ein tiefes Knurren aus und stürzte sich auf sie. Er traf sie mit der Wucht eines Rammbocks, hörte ihre Rippen brechen, noch ehe sie auf den Treppenabsatz fiel. Zusammen landeten sie auf den Fliesen.

Noch während Lazar sie unter sich begrub, versuchte er, nach ihrem Hals zu beißen. Sie drehte den Kopf zur Seite, wie ein Opfer, das seinen Biss erwartete, und präsentierte dabei die kugelsichere Weste, die ihr bis unters Kinn reichte. Zugleich drückte sie ein drittes Mal ab.

Schmerz flammte in Lazars Seite auf und rief ihn zur Besinnung. Diese Frau war keine Beute – sie war ein Ablenkungsmanöver. Er sprang auf, setzte über sie hinweg und rannte weiter.

Aber ihr Kampf, so kurz er auch gewesen sein mochte, hatte den Vetrani die Gelegenheit gegeben, ihre Lücken zu schließen. Der Flur auf dieser Etage war mit sieben Agenten gefüllt. Im Stockwerk über sich hörte Lazar weitere Frauen und Männer des Ordens, und von unten rückten sie ebenfalls nach.

Knurrend fuhr Lazar herum. Er hechtete über die Brüstung des Geländers und ließ sich drei Stockwerke nach unten fallen. Die Agenten schrien überrascht auf. Lazar landete mit einem leisen Ächzen im Erdgeschoss – und wurde von einem Kugelhagel empfangen.

Ihm blieb keine Möglichkeit, auszuweichen. Die Projektile bissen in seine Brust, seinen Unterleib, sein Gesicht. Lazar spürte, wie sein Unterkiefer unter der Wucht eines Geschosses zersplitterte. Dann traf ihn eine Kugel durchs Auge, und die Welt um ihn herum wurde schwarz.

Der Schmerz jedoch endete nicht.

Nach schier endlosen Sekunden registrierte Lazar, dass er auf den kalten Steinfliesen lag, mit dem Gesicht voran in einer Pfütze seines eigenen Blutes. Sein Körper war bereits dabei, die Wunden zu heilen, aber es waren zu viele.

Mühsam öffnete er den deformierten Mund. Ein leises Stöhnen drang aus seiner Kehle. Er streckte die Zunge heraus und versuchte, das Blut aufzulecken, das viel zu schnell aus ihm herausfloss.

Jemand trat an seine Seite. Lazar hörte das Klacken von Stiefelabsätzen neben seinem Ohr, doch ihm fehlte die Kraft, auch nur den Kopf zu drehen. Dabei konnte er regelrecht spüren, wie sich der verächtliche Blick der Vetrani-Agentin in seinen Rücken brannte.

»Das ist für Mellner, du Aas.« Sie schnalzte mit der Zunge und wandte sich ab. »Holen Sie den Flammenwerfer.«

Panik durchfuhr Lazar. Er drückte die Hände gegen den Boden und versuchte, sich in die Höhe zu stemmen. Keine Chance, er kam keinen Millimeter hoch.

Ein leises Klicken ertönte. Dann brauste eine Feuerwelle über ihn hinweg, verkohlte sein Fleisch, kochte sein Blut.

Lazar brüllte.

Den Flammen entkam er nicht.

KAPITEL 43
SINA

Gedankenverloren drehte Sina das Weinglas zwischen den Fingern. Aus purer Gewohnheit hatte sie zugesagt, als Levke ihr den Rosé angeboten hatte. Dann erst war ihr das Ergebnis ihres Kaffeekonsums eingefallen. Es wäre zwar nicht das erste Mal gewesen, dass sie über der Kloschüssel ihrer Freundin gehangen hätte, dennoch verzichtete sie lieber darauf, dieses Debakel zu wiederholen.

»Was ist los mit dir?«, fragte Levke. »Erst ist es dringend, jetzt sitzt du hier total bedröppelt und sagst kein Wort. Soll ich besser den Schnaps holen?«

»Nein, danke.« Sina schob den Wein von sich. »Ich habe einfach gestern zu viel getrunken. Mein Magen ist noch beleidigt.«

Verwundert hob Levke die Augenbrauen. »Oookay …?« Sie stand auf, kam mit einem Glas Leitungswasser zurück und zog sich selbst Sinas Weinglas heran. »So. Erzählst du mir jetzt endlich, was so schlimm ist, dass du dich unter der Woche dermaßen ansäufst? So was machst du doch sonst nicht!«

Müde rieb Sina sich die Stirn. Wo sollte sie bloß anfangen?

Ich bin gestern gestorben. Danach habe ich einen Kerl ausgesaugt und mir seinen Suff eingefangen. Ich habe an meiner Patientin eine experimentelle Therapie begonnen, ohne es irgendjemandem zu sagen – und zwar, indem ich ihr mein eigenes Blut verabreicht habe?

Bei aller Liebe würde Levke sie garantiert fragen, ob sie Drogen genommen hatte. Und Sina könnte es ihr nicht einmal verübeln. Warum sollte jemand so eine Geschichte glauben?

Ihre Freundin sprach es nicht aus, aber sie hielt Lazar für einen Kriminellen. Kein Wunder, nach der geheimen Kommunikation, die sie für Sina eingefädelt hatte.

Sina wollte Levke nicht anlügen, aber welche Wahl hatte sie schon? Die Wahrheit konnte sie ihr nicht sagen. Schließlich entschied sie sich für die dritte Variante: ausweichen.

»Erinnerst du dich an meine Demenzpatientin? Sie …«

Sina brach ab, als ihr Smartphone auf dem Tisch zu vibrieren begann. Das Display zeigte eine unbekannte Nummer. Unschlüssig nahm Sina das Handy hoch. Im Geiste ging sie alle Möglichkeiten durch, wer sie um diese Uhrzeit anrufen könnte, fand jedoch keine Antwort. Das Krankenhaus war es nicht, so viel stand fest.

Möglicherweise versuchte Lazar es nun von einer anderen Nummer aus, aber Sina hatte im Augenblick wirklich nicht die Nerven für weitere Diskussionen.

»Willst du nicht rangehen?«, fragte Levke.

»Nein, ich glaube nicht.«

Als hätte der Anrufer sie gehört, verstummte das Telefon abrupt. Sina wollte bereits aufatmen, da erschien eine Nachricht auf dem Display.

Lazar ist tot. Hau sofort ab. C.

Die Welt um sie herum, all die Geräusche und Gerüche, die sie den ganzen Tag über so gequält hatten, rückten schlagartig von ihr ab. Sinas Finger wurden taub. Das Smartphone entglitt ihrer Hand und krachte zu Boden. Sie nahm es kaum wahr.

Lazar ist tot.

Das war unmöglich. Es musste eine Lüge sein, ein Missverständnis … Sie hatte ihn doch am Morgen erst gesehen! Und gerade eben hatte er ihr noch aufgebrachte SMS geschrieben. Wie lange war das her? Eine Stunde? Zwei?

Sina schüttelte den Kopf. Cassius musste sich irren! Lazar war noch am Leben. Er musste es sein! Er durfte sie nicht einfach alleine lassen. Nicht so, nicht jetzt …

Sie versuchte, sich eine Welt ohne Lazar vorzustellen. Es gelang ihr nicht. Da war nur ein leerer Fleck, wo ein Bild hätte auftauchen müssen. Er war zu einem Fixpunkt in ihrem Leben geworden. Wie konnte er so plötzlich nicht mehr da sein?

Es dauerte eine Weile, bis Sina registrierte, dass jemand auf sie einredete. Langsam wandte sie sich ihrer Freundin zu.

»Meine Güte, hast du mir einen Schrecken eingejagt!«, keuchte Levke. »Was ist denn los?«

Sina klappte den Mund auf, doch die Worte wollten nicht über ihre Lippen. Es auszusprechen, würde es endgültig real machen. Also hielt sie Levke das Handy hin.

Ihre Freundin las die Nachricht und sah sie ungläubig an.

»Das ist ein Scherz, oder?« Als Sina nur ein Kopfschütteln zustande brachte, fragte sie: »Wieso abhauen? Glaubst du, es waren dieselben Typen, vor denen er geflohen ist?«

»Ich weiß es nicht.« Nun endlich brach der Damm, der Sinas Gefühle bislang im Zaum gehalten hatte. Tränen strömten über ihre Wangen, ein heftiges Schluchzen schüttelte ihren Körper.

Rasch zog Levke sie in eine tröstende Umarmung.

»Ach, Süße.«

Sie strich Sina übers Haar, wiegte sie hin und her, während Sina sich immer und immer wieder dieselben Fragen stellte: Warum war sie nicht bei ihm gewesen? Sie hätte mit ihm die Stadt verlassen sollen, wie er es vorgeschlagen hatte! Wieso hatte sie geglaubt, dass seine Probleme sie nichts angingen? Er war ihretwegen zurück nach Hamburg gekommen. Ihretwegen war er geblieben, und sie hatte ihn von sich gestoßen. Hatte ihm vorgeworfen, sie gerettet zu haben … Das durften doch nicht die letzten Worte gewesen sein, die sie zu ihm gesagt hatte!

Sina hatte ihm nie erzählt, was sie für ihn empfand, hatte es nie ausgesprochen. Und jetzt sollte sie nie die Gelegenheit dazu bekommen? Das war nicht gerecht! Sie hatten so viel auf sich genommen, um zusammen sein zu können …

Cassius würde sie jedoch nicht anlügen, nicht in dieser Sache. *Sie* mochte dem Unsterblichen gleichgültig sein, Lazar hingegen war sein Freund – *gewesen.*

Sosehr Sina sich auch dagegen sträubte – wenn sie überleben wollte, musste sie die Wahrheit akzeptieren: Lazar war tot. Sie war allein, gefangen in ihrem neuen Dasein, das sie nicht im Geringsten verstand.

Sie hatte keine Ahnung, was sie nun tun sollte. Abhauen? Wohin denn? Zurück zu ihren Eltern? Die Vetrani wussten, wer sie war. Es war bestimmt nicht allzu schwer, herauszufinden, wo ihre Familie lebte. Und ausgerechnet jetzt zu verschwinden, würde sie erst recht verdächtig machen, und wenn die Vampirjäger sie erst einmal ins Visier nahmen …

Sina schluchzte. Was sollte sie nur tun?

»Es tut mir so leid, Süße.« Immer noch hielt Levke sie im Arm, ohne zu ahnen, welches Monster sie da an sich drückte. »In was hast du dich da nur hineinziehen lassen?«

Wenn es doch nur so banal gewesen wäre, wie ihre Freundin vermutete! Drogen, Kriminalität … all das wäre leichter zu ertragen als die Wahrheit. Für Vampire gab es keinen Zeugenschutz und keine Rehabilitation. Nur den Tod.

Sina weinte, bis sie keine Kraft mehr für neue Tränen hatte.

Danach saßen sie auf Levkes Couch, schweigend, Schulter an Schulter. Sie spürte die Wärme ihrer Freundin.

Unwillkürlich fragte sie sich, ob ihr eigener Körper sich für einen Menschen nun kalt und unnachgiebig anfühlte. Sie hatte Lazar nie so empfunden – aber sie war auch blind vor Liebe gewesen.

»Habt ihr eigentlich diesen Chat benutzt?«, fragte Levke unvermittelt. »Also … Hattest du noch Kontakt zu ihm?«

Sina blinzelte und drehte sich zu ihrer Freundin um. Mit einem Mal wurde ihr bewusst, wie sie auf eine Außenstehende wirken musste: die Streberstudentin, die sich auf einen Kerl eingelassen hatte, der in irgendwelche Machenschaften verwickelt gewesen war. Der Typ hatte fluchtartig die Stadt verlassen, sie hatte ihm nachgetrauert – und nun war er tot. Fall abgeschlossen.

Erneut war ihr zum Heulen zumute. Lazar hatte sie nicht benutzt, er hatte sie in nichts hineingezogen!

Sie wollte Levke alles beichten: was er ihr bedeutete und warum man ihn ermordet hatte, wieso sie selbst nicht mehr sicher war … Aber zugleich erkannte sie, dass sie dadurch den einzigen Schutz aufgeben würde, den sie besaß. Noch wusste niemand, was Lazar aus ihr gemacht hatte. Ihre Chats waren im Geheimen abgelaufen, und sie hatte selbst Levke nichts davon erzählt, dass sie ihn wiedersehen wollte, aus Angst, die Vetrani könnten es abfangen. Sie vertraute Levke. Aber wenn sie den Vetrani entgehen wollte, musste sie Lazar weiterhin verleugnen – und auch sich selbst. Das, was aus ihr geworden war.

Ihr altes Leben weiterzuleben, war das Unauffälligste, was sie tun konnte.

»Nein«, brachte sie schließlich heraus. »Ich habe ihn nicht mehr gesehen.« Die Lüge trieb ihr neue Tränen in die Augen.

Levke legte ihr einen Arm um die Schultern und drückte Sina an sich. »Am besten bleibst du erst mal ein paar Tage hier«, beschloss sie. »In diesem Zustand solltest du nicht alleine sein.«

Doch, genau das sollte sie. Fern von Menschen, die sie gernhatte – und denen sie gefährlich werden konnte.

Aber zurück in ihre Wohnung konnte sie auch nicht, denn dort würden die Vetrani sie zuerst suchen. Schweren Herzens nickte Sina. Sie hatte keine Wahl.

KAPITEL 44
SINA

Es dauerte lange, bis Sina auf der unbequemen Couch in einen unruhigen Schlaf fiel. Irgendwann forderten die Aufregungen des Tages und die schlaflose Nacht davor zwar ihren Tribut, doch schon im Morgengrauen riss die ungewohnte Geräuschkulisse von Levkes Wohnung sie aus ihren Albträumen. Die Realität, die sie empfing, war jedoch nicht minder grauenhaft.

Für ihre Schicht in der Klinik war es viel zu früh, aber was sollte sie sonst tun? Sie wollte auf keinen Fall mit ihrer Freundin allein sein, wenn der Hunger zurückkehrte. Und sie hatte keine Ahnung, wann das sein würde.

Also fuhr sie trotz allem ins Krankenhaus, wo ihre Nahrungsquelle zumindest in Reichweite lag. Sie hatte noch jede Menge Zeit, sodass sie nicht die Umkleide ansteuerte, sondern zuerst den Weg zur Palliativstation einschlug. Unauffällig prüfte sie unterwegs die Luft in den Fluren. Sie versuchte, den Gerüchen Krankheiten zuzuordnen, scheiterte jedoch an der Vielzahl der Eindrücke. Da hätte sie schon einen Blick in die Patientenakten werfen müssen, um das, was ihre Sinne ihr mitteilten, mit dem abzugleichen, was sie im Studium gelernt hatte.

Vermutlich sollte sie damit erst einmal auf ihrer eigenen Station anfangen.

An Frau Ullrichs Zimmer blieb sie unvermittelt stehen. Die Tür stand offen, das Zimmer war leer. Selbst das Bett war nicht mehr da.

Einen kurzen Moment gab Sina sich der Hoffnung hin, ihre Patientin wäre dank ihrer Therapie genesen und man hätte sie entlassen, aber dafür wäre es erstaunlich früh. Selbst wenn Frau Ullrich plötzlich das blühende Leben gewesen wäre, hätte man sie zur Beobachtung hierbehalten. Also, wo war sie? Doch nicht etwa … Hatte das Vampirblut womöglich das Gegenteil von dem bewirkt, was Sina beabsichtigt hatte?

Von einer furchtbaren Ahnung erfüllt, eilte Sina zum Stationsschalter. »Wo ist Frau Ullrich?«, fragte sie die ältere Dame, die dort ihren Dienst tat.

Die Krankenpflegerin blinzelte überrascht. »Sie wurde heute Morgen verlegt. Auf die Onkologie.«

»*Was?* Wieso denn das?«

»Ihr Zustand hat sich überraschend verschlechtert, also hat Dr. Berger eine Laboruntersuchung angeordnet. Dabei hat man den Krebs entdeckt.«

Sina wäre jede Wette eingegangen, dass Dr. Berger exakt jene Ärztin war, die Sina um genau diese Untersuchung gebeten hatte. Aber ihre Bluttherapie hätte Frau Ullrich doch heilen sollen! Wie konnte es sein, dass ihr Zustand sich verschlechtert hatte?

»Nur für ein CT hätte man sie doch nicht verlegt«, murmelte sie.

»Das Ergebnis ist offenbar so schlecht ausgefallen, dass sie umgehend mit der Bestrahlung beginnen. Die Patientin hat bereits in die Behandlung eingewilligt.«

»Die Patientin weiß die Hälfte der Zeit nicht einmal, welches Jahr wir haben!«, erboste Sina sich, doch die Pflegerin zuckte nur mit den Schultern. »Wissen Sie denn, auf welchem Zimmer sie jetzt liegt?«

Die Pflegekraft überprüfte die Akte. »Eins null vier.«

»Danke.« Sina musste diesem Schwachsinn ein Ende bereiten. Mit ihren Herzproblemen war Frau Ullrich weder in der Verfassung, eine Strahlentherapie zu überstehen, noch war sie rein geistig in der Lage, eine derartige Entscheidung zu treffen. Es musste einen anderen Weg geben!

Entschlossen klopfte sie an Raum 104. Ein verwaschenes »Ja« war die Antwort.

Der Gestank, der ihr aus dem Krankenzimmer entgegenwehte, traf sie mit voller Wucht, gerade weil sie ihn nicht erwartet hatte. Es roch nach Tod.

Umso erstaunter war Sina, als Frau Ullrich ihr aufrecht sitzend und mit müdem, aber durchaus klarem Blick entgegensah.

»Ah, Sie sind es.« Ein kleines Lächeln zeichnete sich auf ihren faltigen Lippen ab. »Mir kommt es vor, als hätten wir uns sehr lange nicht gesehen, aber das ist falsch, nicht wahr? Man hat mir erzählt, dass Sie mich jeden Tag besucht haben. Das ist sehr lieb von Ihnen.«

Sina zwang sich, das Lächeln zu erwidern. Alles in ihr schrie danach, dieses Zimmer sofort zu verlassen, doch sie begnügte sich damit, unmittelbar am Eingang stehen zu bleiben.

»Wie geht es Ihnen?«

Die alte Frau machte ein abfälliges Geräusch. »Ich bekomme etwas gegen die Schmerzen, aber dadurch kann ich auch nicht besser atmen.«

Der Krebs war schlimmer geworden. Über Nacht waren die Lymphknoten derart angeschwollen, dass Sina sie mit bloßem Auge erkennen konnte. Sie schluckte.

»Ich habe gehört, Sie haben sich für eine Bestrahlung entschieden. Das ist … sehr mutig.«

Frau Ullrich stieß ein Lachen aus, das in trockenes Husten überging. »Liebes, ich wüsste nicht, welche Wahl ich gehabt hätte. Sterben werde ich so oder so. Vielleicht hilft mir die Therapie, ein wenig länger durchzuhalten.«

Oder sie half ihr, den Rest der ihr verbleibenden Zeit nicht mit Schmerzmitteln zugedröhnt, sondern geplagt von Schwäche, Entzündungen und Fieber zu erleben. Dazu womöglich noch Übelkeit und Erbrechen, sofern die Radio- mit einer Chemotherapie kombiniert wurde.

Sina presste die Lippen zusammen. Zweifellos hatte man Frau Ullrich über die Nebenwirkungen der Behandlung aufgeklärt. Und auch darüber, dass bei ihren Vorerkrankungen die Chance, den Krebs zurückzuschlagen, äußerst gering war, wenn er einmal so weit fortgeschritten war.

Traurigerweise hatte Sina den Eindruck, dass ihre ehemalige Patientin tatsächlich zurechnungsfähig genug war, um diese Entscheidung zu treffen. So klar hatte sie Frau Ullrich seit Wochen nicht mehr erlebt, falls überhaupt jemals. Ihre Demenz schien sie zumindest für den Augenblick freigegeben zu haben. Ausgerechnet jetzt …

Ein Zufall war das nicht, ebenso wenig wie der Ausbruch der Krebswucherungen. Die Ursache hierfür war das Blut, das Sina der alten Frau eingeflößt hatte. Die Heilkraft darin hatte das Zellwachstum angeregt. Dabei hatte es die beschädigten Synapsen im Gehirn der alten Frau regeneriert und ihre Demenz geheilt. Zugleich hatte es jedoch das Wachstum der mutierten Krebszellen beschleunigt. Und das wiederum bedeutete, dass Sina das Leben ihrer Patientin verkürzt hatte, statt ihr zu helfen. Lymphatische Leukämie war inoperabel. Bei einem jungen Menschen hätte die Bestrahlung vielleicht noch etwas bewirken können, aber nicht in Frau Ullrichs Alter. Nicht mehr in diesem Stadium. Ihre Patientin starb, und das im vollen Bewusstsein ihres Todes. Es wäre gnädiger gewesen, sie in ihrer Demenz versinken zu lassen.

Oh Gott, sie starb!

Panik flutete Sinas Gedanken. Lazar hatte ihr nie gesagt, wie eng das Sterben mit der Blutaufnahme verbunden sein musste, damit es zu einer Verwandlung kam. Was, wenn mit dem Tod der alten Frau das Vampirblut in ihrem Körper aktiv wurde? Wenn Sina sie ungewollt ebenfalls in eine Blutsaugerin verwandelt hatte? Wie lange hielt die reanimierende Wirkung ihres Blutes an? Wie lange musste Frau Ullrich durchhalten, um als Mensch zu sterben?

Was zur Hölle hatte Sina getan?

Fragen, Schuldgefühle, Selbstzweifel … Und dazwischen Frau Ullrich, die sie anlächelte, als hätte sie sich mit ihrem Schicksal nicht nur abgefunden, sondern wäre damit auch noch vollkommen im Reinen. Ohne zu ahnen, welche Zukunft dieses Schicksal ihr womöglich beschert hatte.

Sina hielt es nicht länger aus. Sie floh aus dem Krankenzimmer – nur um ausgerechnet mit Dr. Steinhäuser zusammenzuprallen.

»Dachte ich es mir, dass ich Sie hier finde.« Der Kardiologe trat ihr in den Weg.

Erschrocken sah Sina auf. »Sie … haben mich gesucht?«, krächzte sie.

»Was meinen Sie wohl, wie erstaunt ich darüber war, von Dr. Basharat zu hören, dass eine meiner PJlerinnen eine hanebüchene Diagnose für eine seiner Patientinnen gestellt … und damit auch noch recht behalten hat?«

Verdammt, auch das noch! Sina hätte nicht gedacht, dass ihr Name die Runde machen würde. Aber sie hatte auch nicht vorhergesehen, welche Entwicklung der Zustand der Patientin nehmen würde. Wäre Frau Ullrich unerwartet genesen, hätte kein Mensch sich daran erinnert, dass irgendeine unbedeutende Studentin im Übereifer eine Krebserkrankung angedeutet hatte.

»Ich warte auf eine Erklärung, Frau Neubert. Was hatten Sie auf der Palliativstation verloren?«

Als ob er das nicht genau wüsste! Schließlich hatte er sie schon einmal wegen ihrer Besuche bei Frau Ullrich zusammengefaltet. Wieso glaubte er eigentlich, über ihre Freizeit verfügen zu können? Sie war seine Praktikantin, nicht seine Leibeigene!

»Ich habe eine ehemalige Patientin besucht«, wiederholte sie trotzig. »Es gibt keine Regelung, die das untersagt.«

»Besucht? Oder *untersucht?*«, fragte er barsch. »Wenn Sie einen Verdacht hatten, hätten Sie diesen den zuständigen Kollegen mitteilen müssen …«

»Genau das habe ich ja getan!«, unterbrach sie ihn.

Steinhäusers Augenbrauen zuckten nach oben. Er war es eindeutig nicht gewohnt, Widerworte zu bekommen, besonders nicht von ihr. Aber Sina hatte genug. In seinen Augen konnte sie ohnehin nichts richtig machen, selbst wenn sie exakt das tat, was er von ihr verlangte.

»Ich versuche eben, die Patienten ernst zu nehmen und sie nicht nur als Fälle zu betrachten. Kein Wunder, dass sonst keiner die Symptome erkennt, wenn jeder nur in die Patientenakte schaut und nicht auf die Person selbst!«

»Mäßigen Sie Ihren Ton, Frau Neubert.«

Das tat sie bereits. Was sie ihm *wirklich* an den Kopf knallen wollte, hätte sie augenblicklich ihre Praktikumsstelle gekostet. Steinhäusers Gesichtsausdruck nach zu urteilen, war sie davon allerdings schon jetzt nicht mehr weit entfernt.

Sie hielt die Antwort zurück, die ihr auf der Zunge lag, und würgte eine Entschuldigung heraus. Ehe Steinhäuser sie weiter zurechtweisen konnte, stürmte sie davon.

Wut und Angst wirbelten durch ihre Gedanken. Unmöglich, dass sie sich in diesem Zustand bereits auf ihre Station begab. Bis zu ihrem Dienstbeginn hatte sie noch etwas Zeit, die sollte sie besser dazu nutzen, ein wenig runterzukommen.

Instinktiv steuerte Sina die Cafeteria an. Kaffee hatte immer eine tröstende Wirkung auf sie gehabt. Am liebsten hätte sie sich trotz aller Konsequenzen einen großen Caffè Latte gegönnt, aber so aufgebracht, wie sie war, hätte sie ohnehin keinen Schluck hinunterbekommen. Also sog sie bloß den alltäglichen Duft ein, der den Kaffeemaschinen entströmte, und verfluchte ihr neues Leben umso mehr, weil es ihr selbst diesen Genuss verwehrte.

Seit ihrer Verwandlung ging alles den Bach runter, und Lazar … *war tot*. Die Erinnerung an Cassius' Nachricht traf sie mit ungebremster Heftigkeit, und plötzlich rang Sina aus ganz anderen Gründen um Fassung.

Oh Gott, Lazar …

Nein, sie durfte hier im Krankenhaus nicht heulen! Schon gar nicht um diese Uhrzeit, wo die Gefahr bestand, dass einer der anderen Studierenden sich vor Schichtbeginn einen Muntermacher holte.

»Ist alles okay?«

Erschrocken fuhr Sina herum. Marla – die Springerin, die auf der Palliativ stationiert war – musterte sie besorgt.

»Kristina, oder? Es tut mir leid wegen Frau Ullrich. Ich weiß, du mochtest sie gern.« Sie tat, als wäre Frau Ullrich bereits verstorben.

Bei der vorliegenden Diagnose würde es allerdings auch nicht mehr lange dauern, bis genau das geschah.

Sina schluckte verkrampft. »Danke. Ich … Sie war meine erste Patientin und … Das klingt sicher blöd für jemanden, der auf der Palliativstation arbeitet, aber ich habe noch nie einen Patienten verloren.«

Mitfühlend drückte die Pflegerin Sinas Arm. »Vielleicht solltest du dich krankmelden«, riet sie ihr.

Keine Chance. Steinhäuser war ohnehin schon der Ansicht, sie wäre zu emotional, was ihre Patienten anging. Wenn sie sich jetzt krankmeldete, würde das seine Meinung nur bestätigen. Dass Frau Ullrich nicht der einzige Tiefschlag war, den sie im Augenblick zu verarbeiten hatte, konnte Sina schließlich nicht offenlegen. Abgesehen davon würde untätiges Herumsitzen sie nur zu weiteren Grübeleien verleiten, und die taten ihr schon jetzt nicht gut.

Sina setzte ein gequältes Lächeln auf. »Danke, dass du mich verstehst. Aber ich will mich lieber nützlich machen.«

Wenn sie genug anderen Menschen half, ließ vielleicht irgendwann ihr schlechtes Gewissen wegen Frau Ullrich nach.

Marla seufzte. »Manche Patienten gehen einem näher als andere.«

Besonders, wenn man selbst für ihren Zustand verantwortlich ist.

Erneut lief Sina Gefahr, einfach loszuheulen. Rasch wischte sie sich über die Augen. Sie atmete durch und warf einen Blick auf die Uhr. »Ich muss los. Ich soll heute Dr. Lewandowski bei einer OP assistieren.«

»Na, dann viel Glück!«

Sina winkte der Pflegerin zu und machte sich auf den Weg in die Chirurgie, um sich für die anstehende Operation vorzubereiten.

Sie wollte gerade in Richtung Anmeldung abbiegen, als sie vor sich eine erschreckend vertraute Stimme hörte.

»Guten Tag. Wir sind auf der Suche nach Kristina Neubert.«

KAPITEL 45
ROMINA

Die kleine, dickliche Frau hinter dem Tresen sah sie unverwandt an. »Und Sie sind …?«

»Romina Korn.« Sie zückte ihren Ausweis und klatschte ihn der Pflegekraft unter die Nase: eine hellblaue Plastikkarte mit ihrem Foto, dem Wappen der Freien und Hansestadt Hamburg und dem unmissverständlichen Wort *Polizei* darauf. Auch wenn sich unter der angeführten Dienstnummer kein Eintrag fand, der Ausweis selbst war echt. Und er öffnete ihr Tür und Tor – auch bei der Krankenhausangestellten, deren Augen nun ganz groß wurden.

»Am Informationsschalter hat man uns auf diese Abteilung verwiesen«, ergänzte Romina. »Also, wo finden wir Frau Neubert?«

Die Frau hinter dem Anmeldetresen duckte sich hinter ihren Bildschirm und tippte den Namen der Verdächtigen in ihr System. »Sie ist …«

»Unterwegs in den OP.«

Irritiert wandte Romina sich zu der Krankenhausangestellten um, die sich ungefragt in das Gespräch eingemischt hatte. Ein kühles Lächeln schlich sich auf ihre Lippen, als sie eine ihrer Informantinnen erkannte. »Ach?«

Die Pflegerin nickte. »Ich habe sie gerade in der Cafeteria getroffen.«

»Korrekt!«, rief die kleine Dicke hinter ihrem Bildschirm hervor. Dabei klang sie, als hätte sie soeben das Radium entdeckt. »Saal fünf, sie assistiert Dr. Lewandowski.«

»Schön. Kühnke?« Auffordernd nickte Romina dem Agenten an ihrer Seite zu, doch nun kam Leben in die Pflegerin hinter dem Tresen.

»Sie können da nicht rein! Das ist eine Operation am offenen Herzen!«

Zögernd blieb der Agent stehen und sah zu seiner Vorgesetzten.

Romina seufzte. Sie vermisste Mellner. »Wie lange dauert diese Operation denn?«, fragte sie genervt.

»Drei bis vier Stunden.«

Großartig. Wenn sie den Operationssaal stürmten, riskierten sie vermutlich, den Patienten umzubringen. Taten sie es nicht, ließen sie eine potenzielle Blutsaugerin an einem narkotisierten Opfer herumschnippeln, und das über mehrere Stunden. Eine richtige Wahl gab es da nicht.

Schließlich musste Romina sich eingestehen, dass sie keinen Beweis dafür hatten, dass Kristina Neubert verwandelt worden war, es war nur ein Verdacht. Die OP dagegen war eine Tatsache.

Sie wandte sich ihrer Informantin zu. »Und Sie haben noch mit Frau Neubert gesprochen?«, hakte sie nach. »Ist Ihnen dabei etwas aufgefallen?«

Marla Wermann gehörte nicht zu den engen Mitarbeitern des Ordens, aber sie würde wissen, welche Informationen Romina benötigte. Der Blick der Pflegerin sprang erst zu ihrer Kollegin hinter dem Tresen, dann zu dem bewaffneten Agenten an Rominas Seite.

»Na ja, sie ist niedergeschlagen«, erklärte sie schließlich, »aber das ist ja verständlich. Ich habe ihr geraten, heimzugehen.«

Romina horchte auf. »Niedergeschlagen? Weshalb?« Wusste Neubert etwa bereits, dass ihre untote Kontaktperson vernichtet worden war?

Die Krankenpflegerin zog mitleidig die Augenbrauen zusammen. »Sie hat gerade mehr oder minder eine Patientin verloren«, erklärte sie mit gedämpfter Stimme. »Es ist für sie das erste Mal …«

Nun war Rominas Interesse endgültig geweckt. »Was ist passiert?«

»Krebs im Endstadium. Es wurde heute Morgen festgestellt. Kristina stand der Patientin sehr nahe.«

Krebs. Was für eine Enttäuschung. Anämie, Apathie, Lichtempfindlichkeit, Nährstoffmangel … All das und mehr hätte darauf hingedeutet, dass Kristina Neubert sich an dieser Patientin vergriffen hatte. Aber von Krebs als Nebenwirkung eines Vampirbisses hatte Romina noch nie gehört.

Dennoch sollte sie dieser Spur nachgehen. Etwas anderes blieb ihr im Augenblick ohnehin nicht übrig.

»Wo finden wir diese Patientin?«

Zwei Stunden später hatte Rominas Zuversicht einen weiteren Dämpfer erlitten. Die Krebserkrankung hatte eine Dr. Berger festgestellt. Die Patientin selbst, eine gebrechliche alte Schachtel, war voll des Lobes für Neubert. Offensichtlich hielt Frau Ullrich die Verdächtige für eine barmherzige Samariterin, die ihr jeden Tag Geschichten vorlas und damit wohl einen Oma-Komplex auslebte. Jedenfalls waren an der Patientin keine Anzeichen eines Vampirbisses zu finden gewesen. Romina hatte die Alte persönlich untersucht.

Währenddessen hatte Kühnke, ihr neuer Assistent, die Bestände der Blutkonserven kontrolliert, aber auch hier folgte die Enttäuschung: Es gab keine Schwankungen. Neubert hatte in den letzten Monaten nur eine einzige Konserve ausgebucht, und zwar vor einer Stunde – für exakt jene Operation, in der sie immer noch assistierte.

Nach wie vor war Romina davon überzeugt, dass Neubert sie bei der letzten Befragung verarscht hatte. Nüchtern betrachtet gab es jedoch keinen Hinweis darauf, dass die Medizinstudentin näher in den Fall von Jens Banesch – oder wie auch immer der Kerl tatsächlich geheißen hatte – verwickelt gewesen wäre.

Marla Wermann war in dieser Hinsicht ebenfalls keine Hilfe. Ihrer Auskunft zufolge hatte es wohl vor einiger Zeit einen Liebhaber in Neuberts Leben gegeben, doch das schien vorbei zu sein. In den vergangenen Wochen war die Medizinstudentin jedenfalls auffallend schweigsam gewesen, einmal hatte sie etwas erwähnt, das nach einer Trennung geklungen hatte. Details kannte Wermann nicht, allzu nah standen sie und die Verdächtige einander offenbar nicht.

Sie hatte allerdings auch nichts von den Ermittlungen gegen Neubert gewusst. Ihre Aufgabe bestand darin, Auffälligkeiten in der Klinik zu melden, und an dieser Front gab es nichts. Keine bedenklichen Krankheitsbilder, keine Unregelmäßigkeiten bei den Medikamenten oder Zeitplänen.

Alles deutete darauf hin, dass Neubert nur eine unbeteiligte Zeugin war. Vermutlich hatte Banesch seine Blutspenderin als Risiko eingestuft, nachdem sie verhört worden war, und die Verbindung gekappt – oder sie hatte ihm selbst den Laufpass gegeben. Das würde sich mit den Ergebnissen von Rominas Ermittlungen decken. Neubert war eine äußerst langweilige Studentin. Die einzige Veränderung in ihrem Leben schien ihr geänderter Sportplan zu sein, die größte Tragik eine krebskranke Patientin.

»Was nun?«, fragte Kühnke. »Warten wir, bis die OP durch ist?«

Romina sah sich um. Ein Krankenhaus war kein Ort für einen jungen Vampir. Mit all dem Blut und den vielen Menschen, die hier ein und aus gingen ... Wäre Neubert verwandelt worden, hätte sie ihren Job hingeschmissen – oder ein Blutbad angerichtet. Aber es hatte seit Wochen keine neue Leiche in Hamburg gegeben. Jedenfalls keine, die ihre Abteilung anging. Sie hatten den Täter, und sie hatten ihn ausgelöscht.

»Wir haben hier schon genug Zeit verschwendet. Wermann soll an ihr dranbleiben. Für mich ist der Fall abgeschlossen.«

KAPITEL 46
SINA

»Klemme!«

Eine Hand in weißem Latex wedelte in Sinas Richtung. Der genervte Ton des Arztes machte deutlich, dass er seine Forderung nicht zum ersten Mal nannte. Hastig reichte sie Lewandowski das gewünschte Instrument.

Es war nicht nur das Blut, das es ihr so schwer machte, sich auf ihre Arbeit zu konzentrieren, sondern auch das Wissen um die Vetrani-Agenten, die durch das Krankenhaus strichen und nur darauf warteten, dass sie sich ihnen auslieferte. Mit wem redeten sie? Welche Beweise fanden sie? Interessierten sie sich überhaupt für so etwas, oder würden sie Sina einfach bei der ersten Gelegenheit abknallen, wie sie es bei Lazar versucht ... nein, *getan* hatten?

Sina hatte den Fragen von Romina Korn gelauscht, solange es ihr möglich gewesen war, aber auch ihre vampirischen Sinne hatten Grenzen. Gegen den Trubel eines gut besuchten Krankenhauses kam ihr

Gehör nicht an, erst recht nicht durch die verschlossenen Türen des Operationssaals hindurch.

»Tupfer.«

Diesmal reagierte Sina sofort, fast schon zu schnell. Die Schale mit den sterilisierten Instrumenten klirrte unter ihrer übermenschlichen Bewegung. Sie musste sich zusammenreißen! Ob die Vetrani sie nun mit Pistolen und Gewehren erwarteten oder nicht – hier drinnen kämpften Ärzte um das Leben eines Menschen. Selbst wenn ihre eigene Aufgabe hauptsächlich darin bestand, zu lernen, sie war ein Teil dieses Teams.

Entschlossen schob sie ihre Sorgen beiseite und konzentrierte sich voll und ganz auf den offenen Brustkorb vor sich auf dem Tisch. Und sie *sah*, was an dem armen Kerl nicht stimmte.

»Warten Sie.«

Dr. Lewandowski sah sie irritiert an. »Worauf denn, bitte?«

Sina wurde rot. »Auf dem Bildschirm war ein Schatten, dort, hinter den Koronargefäßen. Ich glaube, da könnte noch etwas sein.«

In Wahrheit hatte sie keine Ahnung, was auf dem Bildschirm zu sehen gewesen war. Sie brauchte keine Endoskopkamera, um die kranken Stellen in seinem Herzen zu finden, sie konnte auch so deutlich erkennen, wo der Blutfluss stockte.

Der Chirurg runzelte die Stirn, nickte jedoch dem zweiten Assistenzarzt zu, damit der die Kamera in den entsprechenden Bereich schob. Wie Sina geahnt hatte, war die Vene blockiert.

»Gut beobachtet«, kommentierte Lewandowski, und Sina atmete auf.

Wenigstens hier kamen ihr die vampirischen Sinne zugute.

Entgegen ihren Befürchtungen wurde Sina nicht von einem Kugelhagel empfangen, als sie zwei Stunden später, notdürftig gestärkt von einer halben Blutkonserve, den OP-Saal verließ. Die Vetrani waren verschwunden. Sina verstand zwar nicht, weshalb, aber das ließ sich leicht herausfinden. Sie ging in die Stationsküche und machte sich einen Kaffee. Nicht, um ihn zu trinken, sondern um sich von Marla aufspüren zu lassen.

Sie brauchte nicht lange zu warten. Die Springerin war eine aufmerksame Person, und dass Sina sich, was ihre Privatangelegenheiten anging, stets bedeckt gehalten hatte, machte die heutige Entwicklung vermutlich nur umso interessanter.

»Hey. Geht es dir gut? Die Polizei hat dich gesucht!«, berichtete Marla aufgeregt.

»Die *Polizei?*« Klar, als Vampirjäger konnten sich die Vetrani ja wohl kaum vorgestellt haben.

Sinas Verwirrung schien jedoch die angemessene Reaktion gewesen zu sein, denn Marla nickte.

»Es geht um einen Jens Banesch«, fuhr sie fort.

Banesch? Sina kannte keinen …

»Ah.« Doch. Das war der Name, unter dem die Vetrani Lazar gesucht hatten. Betreten rührte Sina in ihrem Kaffee.

Marla beobachtete sie, wartete darauf, dass sie weitersprach. Aber was sollte sie sagen? Sie hatte keine Ahnung, welchen Vorwand die Vetrani für ihren Besuch hier vorgebracht hatten. Dass sie eine Verdächtige war, wohl kaum, sonst hätten sie Sina mitgenommen.

»Mein Ex«, erklärte sie deshalb ausweichend. »Oder so etwas in der Art.«

Schmerz und Schuld, Angst und Wut kreisten in Sinas Innerem und drohten sie zu zerreißen, doch davon durfte sie sich nichts anmerken lassen. Sie drängte ihre Gefühle zurück und bemühte sich, ihrer Stimme einen möglichst neutralen Klang zu geben.

»Meine Freundin hält ihn für einen Drogendealer. Sieht so aus, als hätte sie damit recht.«

Ungläubig riss Marla die Augen auf. »Oh Mann, Kristina! Das tut mir leid …«

Sina zuckte mit den Schultern. Es dauerte einen Moment, bis sie die nächste Lüge über die Lippen brachte. »Wir hatten lange keinen Kontakt mehr.« Es schmerzte, ihn auf diese Weise zu verleugnen, aber welche Wahl hatte sie? »So richtig zusammen waren wir ohnehin nie. Im Grunde habe ich ihn gar nicht richtig gekannt.«

»Trotzdem …«

»Haben die Polizisten gesagt, was sie von mir wollen? Soll ich eine

Aussage machen?« Würde demnächst ein weiterer Kleinbus auf sie warten?

»Nein.« Marlas Blick wurde weich. »Ich denke, sie wollten nur sehen, ob es dir gut geht. Du hattest echt Glück. Der Kerl scheint wirklich gefährlich zu sein.«

Mehr als ein Nicken brachte Sina nicht zustande. Unter dem mitleidigen Blick der Pflegerin kippte sie ihren Kaffee in den Ausguss, stellte die Tasse in den Geschirrspüler und verabschiedete sich, ehe sie doch noch in Tränen ausbrach.

Wie sollte sie das alles nur aushalten? Wie sollte sie so tun, als wäre alles normal, wenn ihr Herz bei jeder Erinnerung an Lazar aufs Neue brach? Wenn jeden Moment jemand kommen und sie ermorden konnte, einfach nur, weil etwas mit ihr geschehen war, auf das sie keinen Einfluss gehabt hatte?

Dazu kam der Hunger, der in ihren Zellen fraß. Erythrozytenkonzentrat war kein Ersatz für richtiges Blut, schon gar nicht, wenn sie es nur tropfenweise aus leeren Verpackungen nuckelte. Und selbst das war ihr nun verwehrt. Wenn die Vetrani schon in der Klinik herumschnüffelten, durfte sie sich auf keinen Fall dabei erwischen lassen, wie sie die Mülleimer der Chirurgie plünderte.

Was sollte sie tun?

Sina hatte ihre Schicht bereits beendet, als sie endlich einen Entschluss fasste.

»Lass uns etwas trinken gehen«, forderte sie Levke auf, kaum dass ihre Freundin von der Arbeit heimkam.

»Ernsthaft?« Levke zog die Augenbrauen hoch. »Es ist Mittwoch.«

»Wir müssen ja auch nicht die Nacht durchmachen. Ich brauche nur …« *Blut.* »… ein wenig Ablenkung, das ist alles. Ich hatte einen ziemlich beschissenen Tag.«

Sofort wurde ihre Freundin hellhörig. »Ist es wegen Lazar?«

Sina presste die Lippen zusammen und schüttelte den Kopf. »Auch. Aber nicht nur. Erinnerst du dich an Frau Ullrich?«

»Deine Demenzpatientin? Klar. Wie oft habe ich dir gesagt, du sollst nicht deine gesamte Freizeit im Krankenhaus verbringen? Du …«

»Sie stirbt.«

Levke verstummte. »Scheiße, tut mir leid«, sagte sie dann.

»Es ist einfach viel auf einmal«, fasste Sina zusammen und meinte damit weit mehr, als Levke ahnte. »Es zeigt mir, wie kurz das Leben ist, verstehst du?«

»Deine Patientin ist über neunzig!« Levke seufzte. »Aber ja, ich verstehe.«

Sina setzte ein Lächeln auf, das nicht einmal ansatzweise dem entsprach, wie sie sich fühlte. Sie belog ihre beste Freundin, und zwar auf allen Ebenen.

Falls Levke sie durchschaute, ließ sie sich das nicht anmerken. Mit einer eleganten Bewegung stand sie vom Sofa auf. »Jeder hat seine eigene Art, mit Trauer umzugehen«, sinnierte sie. »Wenn Party machen das ist, was du brauchst …« Sie zog Sina von der Couch hoch. »Im *Beckers* ist heute *Freak Night*.«

»Ernsthaft?« Sina stöhnte. »Können wir nicht was Lustiges suchen?«

»Glaub mir, das *wird* lustig.«

KAPITEL 47
SINA

Es war noch schlimmer, als Sina erwartet hatte. Nicht die *Freak Night*, die entpuppte sich als Themenabend mit rockigen Nummern der Sechziger und Siebziger. Es war das *Beckers* selbst.

Die Musik drückte so laut auf Sinas Ohren, dass sie am liebsten sofort nach draußen geflüchtet wäre. Dazu kam die heiße, stickige Luft, die ihr aus dem Klub entgegenwallte. Von außen wirkte der Laden winzig, eingeklemmt zwischen einem Stripklub und einer Dönerbude. Ohne den grellgrünen Neonschriftzug über der Tür hätte das *Beckers* wie ein Seiteneingang der Busenbar daneben gewirkt. Der Klub selbst verteilte sich auf zwei Stockwerke, wobei der interessante Bereich oben lag. Vereinzelte LED-Streifen auf Knöchelhöhe wiesen den Weg hinauf in den Tanzraum, zusammen mit abstrusen Wandgemälden, die im Schwarzlicht leuchteten.

Der Gestank der Menschen dort oben ließ Sina würgen. Schweiß, Adrenalin, Alkohol … Das Blut, das man hier bekam, würde ihr wohl gleich den nächsten Kater bescheren. Falls es ihr überhaupt gelang, jemanden zu … beißen.

Der Gedanke war absurd, obwohl sie wusste, dass es notwendig war. Sie brauchte Blut. Bald. Und sich einen Betrunkenen zu schnappen, war die einzige Möglichkeit, die ihr eingefallen war. Unter der Woche oder nicht: Auf St. Pauli wurde immer gefeiert.

Entsprechend ließ Sina sich von ihrer Freundin erst einmal auf die Tanzfläche ziehen. Aber die Bewegungen und vor allem die Nähe der anderen Körper machten sie nervös, dabei war der Klub noch nicht mal annähernd voll. Sie zwang sich, so zu tun, als hätte sie Spaß. Als würde sie nicht jede Sekunde gegen den Drang ankämpfen, den nächstbesten Menschen zu packen und ihre Reißzähne in seinen Hals zu rammen.

Nach zwei Liedern hielt sie es nicht länger aus. Sie gestikulierte Levke, dass sie sich etwas zu trinken holen wollte, und schlug sich zur Bar durch.

Mit einem Astra in der Hand lehnte sie sich gegen den Tresen und atmete durch. Während sie tat, als würde sie an ihrer Bierflasche nippen, ließ sie ihren Blick durch den Raum schweifen. Der Klub besaß eine Terrasse, die im Sommer überaus beliebt war, aber bei der Kälte standen nur zwei Raucher draußen und zogen bibbernd an ihren Glimmstängeln.

Keinen Raucher.

In ihrem ersten Jahr an der Uni hatte sie einmal einen Kommilitonen gedatet, der gelegentlich geraucht hatte. Jeder Kuss hatte nach Aschenbecher geschmeckt. Wie es sein musste, nikotinverseuchtes Blut zu trinken, wollte sie sich gar nicht erst ausmalen.

Einen der Tänzer? Wäre es zu auffällig, einen von ihnen anzulocken? Vielleicht doch eher jemanden an der Bar … Links von ihr stand ein junger Mann, der trotz der relativ frühen Stunde bereits gewaltig einen sitzen hatte.

Perfekt.

Sina richtete ihre gesamte Konzentration auf den Betrunkenen, wie sie es bei Lazar gesehen hatte. Leider war ihm nicht anzusehen gewesen, was er dabei eigentlich *getan* hatte. Er hatte behauptet, Vampire könnten Sterbliche kraft ihrer Gedanken beeinflussen, also versuchte sie genau das.

Komm her zu mir, dachte sie so angestrengt wie möglich.

Nichts.

Schau mich an!

Nada, der Kerl bestellte sich in aller Ruhe sein nächstes Getränk.

Sina starrte ihn noch kräftiger an. Ihre Augen fühlten sich an, als würden sie ihr bald aus den Höhlen ploppen, und ihre Beute … trank Bier.

»Na, hat dich dein Macker sitzen lassen?«

Im ersten Moment registrierte Sina überhaupt nicht, dass die Frage an sie gerichtet war. Dann grapschte eine grobe Hand nach ihrem Arm, und sie fuhr herum. Neben ihr stand ein Mann mit alkoholverquollenem Gesicht, der alt genug war, um ihr Vater sein zu können.

»Komm«, nuschelte er. »Ich weiß, was dich tröstet …« Damit versuchte er auch bereits, sie an sich heranzuziehen.

»Lassen Sie mich in Ruhe!« Sina riss sich los und stieß den Widerling zurück. Sie wollte nicht, dass er sie anfasste, wollte nicht, dass er sie ansah, als würde sie sich halb nackt auf dem Tresen räkeln, und das nur für ihn.

Der Grapscher sah sie unverwandt an, blinzelte … und das anzügliche Grinsen kehrte auf seine Lippen zurück. »Na, Mäuschen, bist du allein hier?«

Was sollte das? War sie nicht deutlich genug geworden?

Sina öffnete den Mund, um den Kerl endgültig loszuwerden, als sie begriff, was gerade geschehen war: Sie hatte ihn nicht nur körperlich weggestoßen. Irgendetwas hatte sie mit ihren Gedanken getan, und das hatte dazu geführt, dass er … Was? Vergaß, dass sie ihn schon einmal abgewiesen hatte?

Von ihrem Schweigen offensichtlich ermutigt, ließ er seine Finger ihren Arm entlangstreichen. Sina schauderte.

»Hat es dir die Sprache verschlagen, Zuckermaus? Keine Sorge, du brauchst gar nichts zu sagen. Ich weiß schon, was du willst …«

Angewidert wich Sina zurück. Sie war drauf und dran, ihm ihre Bierflasche an den Kopf zu knallen, aber etwas hielt sie zurück. Ihr Blick fiel auf seinen verschwitzten Hals. Auf die Halsschlagader, die so verheißungsvoll über dem gestreiften Hemdkragen pochte.

Es war offensichtlich: Er konnte sich nicht erinnern.

Sina leckte nervös über ihre trockenen Lippen. Ganz gleich, wie ekelig sie den Typen fand, er war ihre Chance. Ihn musste sie nicht erst mithilfe von Telepathie auf sich aufmerksam machen. Und was unterschied den Kerl schon von dem Betrunkenen, den Lazar für sie ausgesucht hatte? Widerlich war auch der gewesen.

Aber er hat mich wenigstens nicht begrapscht …

Der Gedanke, mit diesem Kerl allein zu sein und sich seinen plumpen Annäherungsversuchen auszusetzen, löste Übelkeit in ihr aus. Ein teilnahmsloses Opfer wäre ihr definitiv lieber gewesen. In ihrer Situation konnte Sina es sich jedoch nicht leisten, wählerisch zu sein.

»Was *ich* möchte?« Sie zwang ein Lächeln auf ihr Gesicht, von dem sie hoffte, dass es verführerisch wirkte. Nicht, dass der Widerling besondere Ermutigung gebraucht hätte. »Also, *ich* will jetzt ein bisschen frische Luft schnappen.« Theatralisch fächelte sie sich über den eigentlich recht züchtigen Ausschnitt. »Kommst du mit?«

Mehr war nicht nötig. Plötzlich hatte der Kerl es furchtbar eilig, nach draußen zu gelangen. Sina kam ihm kaum hinterher. Hätte er sie nicht an der Hand hinter sich hergezerrt, hätte sie es sich vielleicht doch noch anders überlegt und auf andere Beute gewartet.

Mittlerweile genügte jedoch bereits die Berührung seiner schwieligen Handfläche, um ihre Gier zu wecken. Sie fühlte den Pulsschlag unter seiner Haut, heiß und schnell vor Erregung.

Nein, kein anderes Opfer. Sie konnte nicht länger warten.

Kaum hatten sie den Klub verlassen, zog Sina ihn beiseite, fort von der Menge, die sich auf dem Gehweg tummelte, um vor dem *Beckers* zu plauschen oder nebenan einen Döner zu ordern. Eine Seitengasse war jedoch weit und breit nicht in Sicht, hier reihte sich ein Etablissement an das andere. Warum hatte sie darauf nicht geachtet?

Ihr Begleiter schien sich hier besser auszukennen als sie. Ohne zu zögern, drückte er Sina in eine unbeleuchtete Nische auf der anderen

Seite des Stripklubs. Er presste seinen schwitzenden Leib an ihren, grapschte nach ihrem Hintern und versuchte, eine Hand in ihren Hosenbund zu schieben.

Sina kämpfte den Drang nieder, ihn von sich zu stoßen und noch ein paarmal nachzutreten. Stattdessen zog sie ihn enger an sich, was ihm nur allzu gut gefiel. Sein Mund bewegte sich schlabbernd über ihr Ohr, und an ihrem Bein konnte sie deutlich seine Erektion spüren. Er grunzte genüsslich, während er sich an ihr rieb.

Dann biss Sina zu, und sein Gestöhne schlug in ein entsetztes Quieken um. Er versuchte, sich loszureißen, doch Sina verstärkte ihren Griff. Ihre Zähne rissen durch sein Fleisch. Blut schoss in ihren Mund, und damit auch seine Empfindungen. Sein Schmerz. Und die Todesangst, die den Alkohol in seinen Adern kurzfristig verdrängte.

Sina ließ sich davon mitreißen. Sie schluckte gierig, nahm seine nährenden Qualen in sich auf, während sie eine Hand auf seinen Mund presste, um ihn am Schreien zu hindern. Still hielt er trotzdem nicht. Auf seinen Puls zu lauschen, wie Lazar es sie gelehrt hatte, war unmöglich.

Sie trank hastig. Tausend Ängste schossen durch ihren Kopf und vermischten sich mit denen ihres Opfers. Jemand könnte sehen, was sie tat. Sie könnte zu spät aufhören und ihre Beute töten. Sie könnte zu früh aufhören, um dann später die Kontrolle zu verlieren und einen Unschuldigen zu verletzen.

Ihre Sorge machte sie unachtsam, und als sie kurz zögerte, riss ihr Opfer sich los. Fassungslos starrte er sie an, eine Hand an den blutenden Hals gedrückt.

»Du kleine Schlampe, bist du verrückt, oder was?«

»Tut mir leid, es tut mir so leid …«

Blut quoll zwischen seinen Fingern hervor, die Wunde war größer, als sie gedacht hatte. Sie musste ihn heilen! Doch als sie die Hand nach ihm ausstreckte, sprang er so heftig zurück, dass er beinahe einen Passanten gerammt hätte.

»Bleib mir bloß vom Leib, du Wahnsinnige!«

Verdammt, so durfte sie ihn auf keinen Fall unter Leute lassen!

Sina packte ihn, schneller, als er schauen konnte, und zerrte ihn zurück in die Nische. Dort fixierte sie ihn mit einer Hand, während sie mit der anderen versuchte, ihm ihr eigenes Blut auf die Wunde zu schmieren. Wer hätte gedacht, dass der Widerling derart wehrhaft war?

Was auch immer an der Bar geschehen war, es wiederholte sich: Sina geriet in Panik, sie schlug nach ihm, mehr mental als körperlich … und er erschlaffte.

Endlich gelang es ihr, ihn lange genug festzuhalten, um seine Wunde zu verschließen. Hastig wischte sie die gröbsten Blutflecken von seinem Hals, als er auch schon blinzelte und sie erstaunt ansah.

»Na, Mädchen, suchst du ein bisschen Spaß?«

Wieder versuchte er, sie an sich heranzuziehen, doch diesmal wich Sina aus.

»Nein, danke.« Sie tätschelte seine Schulter und wollte sich an ihm vorbeidrücken, doch da fiel ihr Blick auf die tiefen Kratzer, die sie an seiner Brust hinterlassen hatte. Die oberen Hemdknöpfe waren abgerissen, der Stoff klaffte auf und entblößte vier blutige Striemen zwischen grau gekräuseltem Brusthaar. *Urgs!*

Der Anblick brachte Sina jedoch auf eine Idee.

»Trotzdem danke für die Hilfe«, erklärte sie mit einem unschuldigen Wimpernklimpern.

Der Möchtegerncasanova sah sie unverwandt an. »Hä? Was?«

»Dass du mich aufgefangen hast. Oje, schau, ich hab dich wohl gekratzt …« Sein Blick folgte ihrem Fingerzeig und rutschte in seinen eigenen Ausschnitt. »So viel Blut, du meine Güte! Das solltest du unbedingt verbinden!«

»Ach, das …« Gedankenverloren strich er mit seinen dreckigen Fingern über die Wunden.

Die Medizinerin in ihr wollte ihn anschreien und zum Händewaschen schicken, aber das wäre wohl nicht so gut angekommen.

Ihr Opfer sah sie an und grinste. »Ein Bierchen, dann geht das wieder.«

Was? Nein! So wie er aussah, konnte er unmöglich einfach zurück in den Klub laufen!

Doch genau das tat er.

Sina versuchte, ihn zurückzuhalten, aber auch diesmal blieben ihre mentalen Befehle ungehört. Er wankte leicht, rieb sich die verletzte Brust und stapfte unter den verwunderten Blicken der anderen Klubbesucher erneut die Treppe hinauf.

Scheiße! Was jetzt?

Hastig wischte Sina sich das Blut aus dem Gesicht, ehe noch jemand sie mit dem Kerl in Verbindung brachte, der aussah, als hätte er gerade einen Mord verübt. Mit viel Glück würde man glauben, er wäre bloß in eine Prügelei geraten. Aber wann hatte Sina in letzter Zeit schon Glück gehabt?

Möglichst unauffällig sah sie sich um. Ein paar Gäste tuschelten, doch die meisten waren voll und ganz mit sich selbst beschäftigt. Niemand beachtete Sina.

Ein plötzliches Frösteln durchfuhr sie und machte ihr klar, dass das nicht stimmte. Da war jemand. Sie fühlte den fremden Blick wie eine Berührung, kalt und fordernd.

Vetrani? Nein, das war kein Mensch.

Erneut ließ Sina den Blick über die Große Freiheit gleiten. Diesmal konzentrierte sie sich auf die Schatten, die im allgegenwärtigen Neonlicht für menschliche Augen undurchdringbar waren. Für Sina hingegen war es nur ein kurzer Moment der Anpassung, dann sah sie ihre Beobachterin so klar, als stünde sie ihr im hellsten Sonnenschein und nur wenige Armlängen entfernt gegenüber, nicht verborgen auf der anderen Seite der breiten Straße.

Sina kannte diese Frau, auch wenn sie sich nicht bewusst an sie erinnerte.

Marcella.

Wie Sina trug sie ein Ausgeh-Outfit, das schick wirkte, aber keineswegs übertrieben. Das blonde Haar lag ihr in einem locker geflochtenen Zopf auf der Schulter. Dennoch würde sie zweifellos die Aufmerksamkeit der Männer erregen, sobald sie ins Licht trat, ob sie es wollte oder nicht. Es war ihre Ausstrahlung von unnatürlicher Selbstsicherheit, die sie von den sterblichen Frauen unterschied.

Sina fragte sich, ob sie das damals im *Sacre Cœur* genauso empfunden hatte. War sie der Vampirin deshalb in die Falle gegangen? Hatte

Marcella sie gar nicht beeinflusst? Hatte Sina sich freiwillig in ihre Fänge begeben?

Ein wissendes Lächeln erschien auf den roten Lippen der Unsterblichen. Sie zwinkerte Sina zu, als wüsste sie nur zu gut, woran sie gerade dachte. Dann wandte sie sich um und verschwand so tief in den Schatten, dass selbst Sinas vampirischer Blick ihr nicht nachspüren konnte.

Unsicher schaute Sina ihr nach. Was wollte Marcella von ihr? Warum hatte sie sich ihr gezeigt? Sollte sie ihr folgen?

Auf keinen Fall!, schalt sie sich. Diese Frau hatte versucht, sie umzubringen! Sie hatte Menschen getötet.

Auf der anderen Seite war ihr das heute selbst beinahe passiert. Sina wollte gar nicht erst daran denken, was alles hätte schiefgehen können. Und immer noch konnte. Wenn die Vetrani von dem Vorfall erfuhren und sie damit in Verbindung brachten …

Unwillkürlich glitt Sinas Hand an ihren Bauch. Sie wollte nicht sterben. Nicht noch einmal.

Zitternd atmete sie aus. Sie musste ihr Leben auf die Reihe kriegen. Und zwar allein. Sie hatte nicht das Recht, irgendjemanden in ihre Probleme hineinzuziehen, schon gar nicht Levke. Es war ein Fehler gewesen, bei ihr unterzukriechen. Was, wenn sie ihrer Freundin dasselbe antat wie dem Ekelkerl vorhin? Selbst wenn sie Levkes Erinnerung daran auslöschte, sie selbst würde es immer wissen. So weit durfte sie es auf keinen Fall kommen lassen.

Warum in aller Welt hatte sie ihre Freundin heute Nacht überhaupt mitgenommen? Die Antwort lag auf der Hand: aus Angst, aus purer Gewohnheit. Sina war noch nie allein ausgegangen, sie hatte diese Möglichkeit nicht einmal in Erwägung gezogen. Das war jedoch kein stinknormaler Klubbesuch gewesen, sie war auf die Jagd gegangen. Was, wenn Levke sie dabei gesehen hätte?

Auch in ihrem jetzigen Zustand durfte sie ihrer Freundin nicht unter die Augen treten. Halb betrunken und vielleicht sogar noch mit Blut am Mund … Sie musste hier weg.

Levke würde stinksauer sein, und das zu Recht. Es war Sinas Vorschlag gewesen, um die Häuser zu ziehen, und nun ließ sie ihre Freundin sitzen. Schon wieder.

Aber den Gedanken, in den lärmerfüllten, stickigen Klub zurückzugehen, ertrug sie noch weniger. Zu tun, als wäre alles in Ordnung, zu lachen, zu tanzen … Und womöglich zum vierten Mal von ihrem Opfer angebaggert zu werden. Nein, sie konnte nicht zurück. Nicht nur um Levkes willen musste sie gehen.

Also holte sie ihren Mantel von der Garderobe und schrieb ihrer Freundin eine Nachricht, dass sie sich geirrt habe, feiern half ihr nicht. Dann schlug sie den Weg zu ihrer eigenen Wohnung ein.

Halb erwartete sie, unterwegs von Vetrani-Agenten aufgegriffen zu werden, doch niemand behelligte sie, nicht einmal in der U-Bahn. Still und leer empfing ihre Wohnung sie, trostlos und einsam.

Sina schälte sich aus Levkes Sachen. Als sie das Blut bemerkte, das den Ausschnitt tränkte, entfuhr ihr ein Schluchzen, das sie rasch abwürgte. Sie presste die Lippen zusammen, warf das Top ins Waschbecken und ließ kaltes Wasser einlaufen.

Levke würde sie umbringen – oder ihr zumindest Fragen stellen, und *das* würde sie umbringen. So oder so, sie war geliefert, wenn diese verfluchten Flecken nicht rausgingen.

Sina ließ das Shirt einweichen und trat in die Dusche. Schon wieder war sie gezwungen, sich Blut vom Leib zu waschen, das nur zum Teil ihr gehörte. Sie war ein Monster. Wieso sah das niemand? Warum stand kein Mob mit Fackeln und Mistgabeln vor ihrer Tür, um sie zu vernichten?

Sollte sie sich den Vetrani stellen? Sich ermorden lassen, wie …

Lazar.

Die Tränen, die sie den ganzen Tag über zurückgehalten hatte, brachen mit ungeahnter Heftigkeit aus ihr hervor. Schluchzend sank sie in sich zusammen. Während das Duschwasser unerbittlich auf sie einprasselte, weinte sie um all das, was sie verloren hatte: Lazar, Frau Ullrich, ihr eigenes verkorkstes Leben.

Wie lange würde sie noch die Kraft aufbringen, das alles zu ertragen?

KAPITEL 48
SINA

Das Blut des Widerlings war nahrhafter als aufbereitete Konservenreste. Das Sättigungsgefühl drängte die störenden Empfindungen größtenteils zurück, sodass Sina ihre Arbeit so gewissenhaft erledigen konnte wie schon lange nicht mehr. Fast schien es, als wäre sie wieder ganz die Alte. Mehr noch: Sie sah besser, reagierte schneller, benötigte keine Pinkelpausen. Wenn sie lernte, ihre vampirischen Sinne gezielt für die Arbeit einzusetzen, könnte sie eine fähigere Ärztin werden, als es ihr ohne ihre Verwandlung jemals möglich gewesen wäre.

Aber es gab auch Schattenseiten. Sie musste sich zwingen, Frau Ullrich den täglichen Besuch abzustatten, denn der Gestank nach dräuendem Tod war unerträglich. Dazu kamen die beißend chemischen Ausdünstungen der Chemotherapie, die man der armen Frau nun doch verschrieben hatte.

Sina verabschiedete sich, so bald sie konnte. Nicht nur, weil ihr die Nähe ihrer ehemaligen Patientin unangenehm war. Der Nachmittag schritt voran, und in Sina machte sich eine Unruhe breit, von der sie ahnte, dass sie sich nur auf eine Weise beseitigen ließ: Sie brauchte Blut. Richtiges Blut.

Doch diesmal würde sie sich besser vorbereiten.

Sorgfältig wählte sie ihr Outfit aus. Normalerweise hätte sie dafür Levke um Hilfe gebeten, aber wie sie geahnt hatte, war ihre Freundin sauer. Diesbezüglich konnte Sina allerdings mithalten: Hätte sie von dem Vorstellungsgespräch gewusst, für das Levke hätte fit sein müssen, wäre sie doch von vornherein alleine losgezogen!

Gut, wahrscheinlich nicht. Vermutlich hätte sie sich irgendwo eingesperrt und sich gequält, bis sie es nicht mehr ausgehalten hätte, und dann …

Sina seufzte. Nein, das wäre keine gute Alternative gewesen. Trotzdem. Ein Vorstellungsgespräch als Maskenbildnerin im *Winterhuder Fährhaus,* selbst wenn es nur eine Teilzeitstelle war …

Es war nicht *König der Löwen,* aber Levkes Herz gehörte nun mal dem Theater. Deshalb war sie nach Hamburg gekommen. Nicht, um in einer kleinen Drogerie unschlüssigen Teenagern Make-up anzudrehen. Und falls Sina ihr das nun versaut hatte, weil sie ihre Freundin unnötigerweise als Alibi missbraucht hatte …

Levke hatte ihr nicht einmal verraten, wie das Gespräch verlaufen war, was Sina als schlechtes Zeichen nahm. Wenn nicht für das Jobangebot, dann für ihre Freundschaft.

Schweren Herzens schob sie die Gedanken an Levke beiseite. So schmerzhaft diese Einsicht auch war – sie musste Abstand zu ihren einstigen Freunden halten. Sie stellte eine Gefahr dar, sowohl durch ihren eigenen Blutdurst als auch indirekt durch die Vetrani, von denen sie schließlich nicht wusste, ob sie ihr noch auf den Fersen waren. Auf keinen Fall wollte Sina, dass Levke dasselbe widerfuhr wie ihr selbst.

Nach langem Zögern entschied sie sich für ein kurzes schwarzes Kleid mit tiefem Ausschnitt. Sexy, fleckenresistent, überall einsetzbar. Vielleicht nicht ideal bei den nächtlichen Außentemperaturen, aber Sina fühlte die Kälte schließlich nicht, und ihr Mantel würde die fehlende Gänsehaut kaschieren. Außerdem war es ja nicht so, als wären kurze Röcke im Herbst undenkbar, schon gar nicht auf St. Pauli.

Make-up und Frisur wählte sie ähnlich auffallend. So unpassend es ihr auch erschien, sich gerade jetzt für Männer aufzubrezeln – wenn sie aussah, als wäre sie leicht zu haben, würde das ihre Jagd beschleunigen. Also quetschte sie sich in hochhackige Stiefel und stakste los.

Diesmal achtete sie bereits beim Aussuchen des Klubs auf dunkle Gassen und Nischen, in die sie ihr Opfer schleppen konnte. Ihre Wahl fiel auf das *Träumchen,* das eine Mischung aus Loungebar und Bierbude zu sein schien. Gäste fanden sich darin zuhauf, und Musikwahl und Lautstärke machten Gespräche zumindest nicht aktiv zunichte.

Ihr Outfit zeigte rasch Wirkung. Noch bevor Sina die Treppe zum *Träumchen* hochstieg, wurde sie von Pfiffen und einem halbherzigen Anbaggerversuch empfangen. Mutig war der Kerl allerdings nur, weil er in einer ganzen Gruppe von Gleichaltrigen unterwegs war, also kam er als Opfer nicht infrage. Sina ignorierte das Johlen der jungen Männer und ging die Treppe hinauf – wohl wissend, dass ihr die Typen dabei so weit wie möglich unter Mantel und Rock glotzen würden.

Sie kämpfte gegen den Drang an, den Saum nach unten zu ziehen. Länger würde ihr Kleid dadurch nicht werden, sie würde bloß unsicher wirken. Und Unsicherheit war garantiert nicht sexy.

Himmel! Allein, dass sie so denken musste! Wo war ihr Selbstwertgefühl geblieben?

Ganz klar, am Boden eines Krankenhausmülleimers. Und nicht nur dort, sondern auch in Blutbeuteln, die sie ausgewrungen hatte, um den letzten Tropfen herauszupressen, und in Lazars Versteck, wo sie ihr eigenes Blut vom Estrich aufgeleckt hatte. Was machte es da noch, sich von ein paar Idioten begaffen und begrapschen zu lassen? Das war nichts, was ihr in *Bodos Burger* nicht schon in wesentlich alltäglicherem Outfit passiert wäre.

Sina straffte die Schultern und betrat das *Träumchen.* Ihr Blick glitt über die Gästeschar. In den tiefen Sesseln saßen die Leute in Gruppen zusammen. Hie und da entdeckte sie Einzelgänger, die sich mit ihrem Getränk an Stehtischen oder der Bar herumdrückten. Manche sahen aus, als warteten sie auf jemanden, aber niemand sah in ihre Richtung.

Der Kerl hinten an der Wand jedoch … Er beobachtete die Menge auf dieselbe Weise wie sie. Offensichtlich war er ebenfalls auf der Jagd, wenn auch nach etwas anderem als sie. An seinem dunkelblauen Hemd war mindestens ein Knopf zu viel offen, der sonnengebräunte Teint mitten im Hamburger Herbst schrie Solarium-Jahreskarte, und das Gel in seinen Haaren hätte locker für eine ganze Woche gereicht.

Sein Blick traf Sina, und als sie nicht wegsah, trat ein siegessicheres Grinsen auf sein Gesicht. Betont lässig schlenderte er zu ihr herüber, wobei er seine Bierflasche auf Brusthöhe umklammert hielt, als müsse er ihr sein Alibi präsentieren – oder den Ring, der golden an seinem Finger glänzte.

»Hallo«, grüßte er. Na, wenigstens verpasste er ihr keine Kosenamen. »Möchtest du etwas trinken?« Er hob seine Flasche. »Sie haben hier Störtebeker.«

Sina tippte an seinen Ring. »Und deine Frau?«

Er zuckte bloß mit den Schultern. »Muss nicht alles wissen.«

Arschloch. Am liebsten hätte Sina ihm eine gescheuert. Stattdessen zwang sie sich, sacht über seinen Handrücken zu streichen. »Wie gut, dass ich nicht auf der Suche nach einer Beziehung bin.« Jemand, der selbst etwas verbarg, war für sie gerade richtig.

»So?« Sein Grinsen wurde breiter. »Was suchst du dann?« Er drehte seine Hand herum und erwiderte ihre Berührung.

Sina schob ihre Abneigung beiseite und betrachtete ihn als das, was er für sie war: ein lebendiger Blutbeutel. Schlagartig fiel es ihr leichter, ihr Essen anzulächeln.

»Komm mit, dann zeig ich's dir.«

Die Treppe hinab und nach draußen ließ er sich nur allzu bereitwillig führen. Als Sina ihn jedoch in eine Seitengasse bugsieren wollte, sperrte er sich.

»Wieso so eilig?«, keuchte er ihr ins Ohr. »Wir haben Zeit …«

Sie nicht. Jedenfalls hatte sie keine Lust, die halbe Nacht mit diesem Kerl zu verbringen. Allerdings war er verheiratet, also stand er vermutlich ebenfalls unter einem gewissen Zeitdruck. Und ein wenig Abgeschiedenheit wäre doch gut, oder?

Ihr Begleiter – Paul, fünfunddreißig – führte sie in ein Stundenhotel. Irgendwie hatte Sina sich unter dem Begriff immer eine schmuddelige Absteige vorgestellt, aber das lag wohl eher an ihren altmodischen Moralvorstellungen. Das Etablissement glich jedenfalls einem normalen Mittelklassehotel. Die Räumlichkeiten waren hell, sauber und freundlich, das Personal diskret. Es gab keine unangenehmen Fragen. Paul zahlte bar.

Als Sina sah, wie er das Geld über den Tresen schob, krampfte sich alles in ihr zusammen. Sie rief sich in Erinnerung, dass *sie* diejenige war, die *ihn* benutzen wollte. Er erkaufte sich keinen Dienst von ihr.

Dennoch musste sie sich zwingen, ihm durch die Flure des Hotels zu folgen. Als er den Schlüssel ins Schloss steckte und die aufschwingende Tür den Blick auf das Bett freigab, das beinahe das gesamte Zimmer einnahm, wäre sie am liebsten davongerannt.

Übelkeit stieg in ihr hoch und schlug in akute Panik um, als Paul die Tür hinter ihr mit einem vernehmlichen Klacken zudrückte. Sie fuhr herum.

»Nervös?« Er selbst wirkte völlig entspannt, als hätte er das alles schon hundertmal getan. Souverän löste er die restlichen Knöpfe seines Hemds und trat auf sie zu, trieb sie damit weiter in Richtung Bett. »Entspann dich«, säuselte er. »Wir können auch erst etwas trinken.«

Sina wollte keinen Alkohol. Sie wollte hier weg! Jedenfalls der Teil in ihr, der sich immer noch an ihr menschliches Leben klammerte. Der schrie danach, sofort abzuhauen. Nicht so tief zu sinken, wie sie es gerade zu tun im Begriff war.

Aber dieser Teil war längst nicht mehr der ausschlaggebende. Sina *war* kein Mensch mehr. Und die Jägerin in ihr sah nur eines: den Hals, den ihre Beute soeben bereitwillig entblößt hatte.

Mit einem Schaudern gab Sina sich dem Hunger der Vampirin hin, überließ sich dieser dunklen Seite, die selbstbewusst auf Paul den Fremdgänger zuschritt. Lasziv lächelte sie ihn an und packte ihn am Kragen. Mit mehr Kraft, als er ihr zugetraut hatte, zog sie ihn zum Bett und stieß ihn auf die Matratze. Der Aufreißer wirkte verblüfft, aber eindeutig angetan – selbst dann noch, als sie sich auf seine Brust setzte und seine Arme links und rechts neben seinem Kopf festhielt.

Er schrie erst, als sie ihre Reißzähne ausfuhr und sie ihm in den Hals rammte. Panisch bäumte er sich auf. Er versuchte, sie abzuwerfen, doch Sina war in der wesentlich besseren Position. Sie war stärker, und gefangen in ihrer Gier bereitete es ihr sogar ein gewisses Vergnügen, diesen Mann unter sich zu fixieren. Ihn zu bezwingen, seine Furcht und seine Pein in sich aufzunehmen und dabei zu wissen, dass sie der Grund für diese Empfindungen war. Sie hatte Macht über ihn, und seine Schreie kümmerten hier niemanden. Er selbst hatte dafür gesorgt, dass sie ungestört blieben.

Der Puls ihres Opfers war kräftig, angefacht von Angst und Wut. Sina trank, bis ihr Hunger wich. Diesmal riskierte sie keine weitere Schweinerei. Als sie fertig war, biss sie sich in die Unterlippe, ohne den Mund von seinem Hals zu lösen. Seine Wunde schloss sich unter ihren Lippen, und der Blutfluss verebbte. Zufrieden sah Sina auf ihre Beute hinab. Nur ein kleiner Schmierfleck war zu sehen. Der konnte ebenso gut von einem Schnitt beim Rasieren stammen.

»Du verfluchtes Miststück, was stimmt nicht mit dir?«

»Sei still!« Sie musste sein Gedächtnis löschen, und dazu musste sie sich konzentrieren.

Bei ihrem letzten Opfer hatte Sina jedoch rein instinktiv gehandelt. Wie sollte sie jetzt etwas bewusst herbeiführen, von dem sie gar nicht wusste, wie es überhaupt passiert war?

»Geh runter von mir, du verdammte Irre!« Immer heftiger warf Paul sich auf dem Bett umher.

Seine Hände hielt Sina mühelos in Position, aber der Kerl wand sich wie eine Schlange. Wenn sie noch fester zupackte, würde ihr Griff Spuren an seinen Handgelenken hinterlassen.

Allmählich bekam Sina es mit der Angst zu tun. Mit Gewalt konnte sie ihn nicht ewig festhalten, und wenn er sie abwarf und davonlief, ehe es ihr gelang, ihn vergessen zu lassen …

Ihre Panik wuchs, und endlich spürte sie ein leises Kribbeln hinter der Stirn. Ohne darüber nachzudenken, warf sie es Paul entgegen. Das Kribbeln endete abrupt, und Pauls Gegenwehr erstarb. Mit leerem Blick lag er da, sein Mund hing schlaff herab.

Oh Gott, hatte sie ihn zu heftig getroffen? Was, wenn sie ihm permanenten Schaden zugefügt hatte? Woher wollte sie denn wissen, was sie bei ihrer Attacke alles löschte?

»Paul?« Sacht klopfte sie ihm an die Wange.

Er blinzelte, erst langsam, dann noch einmal schnell. Sein Blick fokussierte sie, glitt über ihr Gesicht – und tiefer, in ihren Ausschnitt. Das anzügliche Grinsen kehrte zurück, und er hob seine Hand, um ihr ins Dekolleté zu fassen.

Augenblicklich war Sina auf den Beinen. »Finger weg!«

»Was hast du denn auf einmal?« Er rappelte sich auf und räusperte sich, ohne zu ahnen, weshalb seine Stimmbänder so rau waren.

»Fass mich nicht an!«

»Jetzt zier dich nicht so. Wozu habe ich denn das Zimmer bezahlt?« Offensichtlich hatte er zwar vergessen, was sie getan hatte, aber nicht, was *er* zu tun beabsichtigt hatte. Schon war er halb vom Bett gekrochen und taumelte auf sie zu. »Na komm, entspann dich …«

Diesmal dachte Sina nicht darüber nach. Ihr mentaler Hieb traf ihn wie ein Faustschlag. Paul torkelte und fiel auf die Knie.

Sina wartete nicht ab, ob er sich ein weiteres Mal von ihrem Schlag erholte. Sie schnappte sich ihre Sachen und floh.

Das Hotelpersonal interessierte sich für ihre Flucht ebenso wenig wie zuvor für die Schreie ihres Opfers. Dennoch fühlte Sina sich grauenhaft. Tränen brannten in ihren Augen, und als sie am Empfangstresen vorbei auf den Ausgang zulief, hatte sie das Gefühl, dass jeder sie als die verdorbene Kreatur erkennen musste, zu der sie geworden war. Jeder, der sie aus diesem Etablissement kommen sah, würde annehmen, dass sie ihren Körper verkauft hatte … und damit richtigliegen.

Sie bezahlte mit ihrem Körper für das Blut, das sie trank. Mit ihrer Würde.

Sina konnte das Schluchzen nicht länger unterdrücken. Sie stieß die Tür auf und stürzte in die kalte Nacht hinaus, ohne sich die Mühe zu machen, ihren Mantel anzuziehen. Sie wollte nur noch eines: weg von diesem Ort und den Erinnerungen an das Zimmer, das sie soeben verlassen hatte.

»Interessante Jagdmethode.«

Erschrocken fuhr Sina herum. Sie kniff die Augen zusammen und betrachtete ihr Gegenüber.

»Marcella.«

»Ah, du weißt also, wer ich bin. Gut.« Die Vampirin schüttelte das lange Haar aus, das offen über den Kragen ihres schicken Mantels fiel. »Du solltest dir etwas anziehen. Es ist kalt.«

Sina war so perplex, dass sie dem Rat automatisch folgte. Sie schlüpfte in ihren eigenen Mantel, der vermutlich nicht einmal ein Zehntel von dem gekostet hatte, was Marcella für ihr Exemplar hingeblättert hatte.

»Was tust du hier?«, fragte sie. »Bist du mir etwa gefolgt?«

Die Vampirin schmunzelte. »Natürlich, seit dem *Träumchen.* Wobei, eigentlich schon davor. Es war amüsant, dir bei der Auswahl zuzusehen.«

Amüsant also? Sina schnaubte. »Schön, dass wenigstens eine ihren Spaß hatte.«

»Für eine Weile sah es so aus, als wärst du ebenfalls auf deine Kosten gekommen.«

»Was?« Bestürzt sah Sina sie an, dann glitt ihr Blick die Fassade hoch. Das Zimmer, das Paul gewählt hatte, lag im zweiten Stock, aber das war wohl kein Hindernis für untote Spannerinnen. Allmählich wurde Sina wütend. »Was willst du von mir?«

Marcella lachte. Es wäre ein sympathisches Lachen gewesen, hätte es ihre Augen erreicht.

»Warum so abweisend?« Sie breitete ihre Arme aus. »Ich möchte nur eine neue Schwester willkommen heißen.«

Von wegen! »Du wolltest mich umbringen!«, warf Sina ihr vor, doch die Vampirin gab sich unbeeindruckt.

»Behauptet wer? Und selbst wenn es so wäre – als wir uns zum ersten Mal begegnet sind, warst du noch ein Mensch.« Mit einer eleganten Bewegung trat sie an Sina heran und strich ihr eine Strähne hinters Ohr. »Jetzt bist du das nicht mehr.«

Das ließ sich nicht abstreiten. Sina presste die Lippen zusammen.

»Und, war es die bessere Wahl?«, wollte Marcella wissen. Als Sina den Blick abwandte, sog die Vampirin scharf die Luft ein. »War es etwa keine Wahl?« Sie schnalzte mit der Zunge. »Lass mich raten: Ein Mann hat dich verwandelt?«

Überrascht blinzelte Sina. War das so offensichtlich?

Unsinn! Lazar hatte sie aus Marcellas Fängen gerettet. Zweifellos ahnte sie, dass er derjenige gewesen war, der sie verwandelt hatte.

»Männer wollen immer über uns bestimmen«, fuhr Marcella unbeeindruckt fort. »Schenk ihnen einen freundlichen Blick, und sie empfinden dich als ihr Eigentum. Was *du* möchtest, ist ihnen völlig gleich.«

»So war das nicht!« Lazar hatte sie nicht aus einer Laune heraus verwandelt, er hatte sie nicht gezwungen. Es war ein Unfall gewesen, die Schuld der Vetrani …

»Na, wenn du das sagst.« Marcella zuckte mit den Schultern und neigte den Kopf zur Seite. »Und wo ist er jetzt, dein Mann?«

Sina schluckte. »Er ist tot.«

Es war erschreckend, wie distanziert sie klang. Wie fern sich ihre letzte Begegnung bereits anfühlte, dabei waren seitdem erst drei Tage vergangen! Sie war so von ihrem neuen Leben vereinnahmt gewesen, dass sie gar keine Zeit gefunden hatte, um ihn zu trauern …

»Und jetzt bist du ganz allein? Du armes Ding.« Wieder strich Marcella ihr über das Haar. Sina wich der Berührung aus, was die Vampirin mit einem Schulterzucken quittierte. »Es erklärt jedenfalls, weshalb du dich zu so was herablässt.«

Sie nickte in Richtung des Hotels – oder vielleicht auch auf Paul, denn der kam soeben zur Tür heraus. Er wirkte leicht angeschlagen, sein Hemd stand immer noch halb offen, aber sonst schien er okay zu sein. Sina atmete auf.

Plötzlich war Marcella ihr so nah, dass Sina den kühlen Atem der Unsterblichen an der Wange spürte.

»Ich könnte dir helfen, Kristina. Dir Freiheit schenken, dir deine Würde zurückgeben. Ich kann dir zeigen, wie du jagst, ohne dich zu quälen.«

»Warum solltest du das tun?« Im Leben gab es nichts umsonst. Warum sollte das als Vampir anders sein?

»Weil das, was du tust, erbärmlich ist!« Diesmal wies Marcella eindeutig auf das Stundenhotel. »Willst du die nächsten Jahrhunderte etwa *so* verbringen? Dich fremden Männern ausliefern, ihnen Gewalt antun und dann von Ekel und Reue zerfressen davonlaufen?«

Tränen stiegen Sina in die Augen. Nein, das wollte sie nicht. Sie wollte sich nicht verkaufen müssen. Sie wollte sich nicht in den Schmerzen ihrer Opfer suhlen. So jemand war sie nicht! Auch wenn sie nicht länger ein Mensch war, sie war immer noch eine Ärztin. Ihre Moral blieb dieselbe.

Sie brauchte die Kontrolle über ihr Leben zurück.

»Was … was verlangst du denn … für deine Hilfe?« Sinas Stimme war kaum mehr als ein Wispern.

Marcella lächelte. Diesmal erreichte es ihre Augen – und gerade das machte es so erschreckend.

»Keine Sorge, kleine Schwester. Es geht dabei nicht um dich.«

KAPITEL 49
CASSIUS

Der Kühlschrank war leer und müffelte. Die Staubflusen sammelten sich nicht bloß in den Ecken, sondern bedeckten den gesamten Boden in einer mehr oder minder gleichmäßigen Schicht. Und was das Bett anging … Da wollte er lieber gar nicht erst nachsehen.

Nein, so hatte Cassius sich die Rückkehr in seine alte Heimat wahrlich nicht vorgestellt. Aber die Frau, die er mit der Verwaltung seiner Eigentumswohnung in Buzău betraut hatte, war verstorben – wenn er nach dem Zustand des Apartments ging, irgendwann in den letzten zehn Jahren. So viel zu seinem Rückzugsort in der Walachei. Er hätte nach Triest gehen sollen.

Frustriert ließ Cassius sich in den breiten Lehnsessel fallen, der modern gewesen war, als er die Immobilie erstanden und eingerichtet hatte. Staub und Schimmelgeruch stoben aus der Polsterung und ließen ihn würgen. *Widerlich.*

Dass er trotz allem sitzen blieb und sogar die Augen schloss, bewies, wie erschöpft er war. Seine Flucht aus Deutschland war alles andere als angenehm verlaufen. Er war durch halb Europa getingelt, hatte von Mietauto auf Bahn, von Bus auf Fußmarsch gewechselt. Von Lodz aus war er sogar ein paar Hundert Kilometer per Anhalter gefahren. Bedauerlicherweise war der Fernfahrer, der ihn mitgenommen hatte, absolut nicht nach seinem Geschmack gewesen.

Nun saß er hier und wusste nicht, ob diese Irrwege ausgereicht hatten, um die Vetrani von seiner Spur abzubringen – falls der Jägerorden überhaupt von seiner Existenz wusste.

Bis jetzt hatte er immer noch keinen konkreten Hinweis darauf gefunden, wie sie Lazar aufgespürt hatten. Ja, Lazar war unvorsichtig gewesen – aber nicht leichtsinnig. Er hatte gewusst, wie man seine Spuren verwischte. Also, was war passiert? Hatte ihn jemand verraten? Die Einzigen, die von seiner Rückkehr nach Hamburg gewusst hatten, waren Cassius … und Sina.

Nein, der Gedanke war absurd. So ungern Cass es auch eingesehen hatte, die kleine Sterbliche hatte Lazar geliebt. Mehr, als gut für sie gewesen war.

Cassius zog sein Handy aus der Jackentasche, aber das war reine Gewohnheit und völlig zwecklos. Zum einen hatte er hier in der Pampa keinen Empfang, zum anderen war er, verdammt noch mal, untergetaucht.

Sein altes Handy hatte er zerstört, sobald er von Lazars Tod erfahren hatte. Er musste davon ausgehen, dass die Vetrani Lazars Telefon auswerteten, und darin würden sie vermutlich nur einen einzigen Kontakt finden: seinen. Also hatte er sein Handy entsorgt.

Mit einem Seufzen warf Cassius das Ersatzexemplar auf den staubigen Beistelltisch und nahm stattdessen eine Blutkonserve aus seinem Rucksack.

Den wenigen Unsterblichen, denen er vertraute, hatte er seine neue Nummer geschickt. Bei Sina hatte er gezögert. Was, wenn sie inzwischen aufgegriffen worden war?

Lustlos biss er in seinen Blutbeutel. Es war richtig gewesen, den Kontakt zu ihr abzubrechen. Unter anderen Umständen wäre er sichergegangen, dass sie es aus der Stadt schaffte. So wie die Dinge lagen, hätte er sie damit jedoch womöglich erst recht in Gefahr gebracht – oder sich selbst.

Falls die Vetrani Lazars Verbindungen zurückverfolgten – und davon musste er ausgehen –, würden sie zwangsläufig auf einen von ihnen beiden stoßen.

Weder wollte Cassius die Vampirjäger auf Sina aufmerksam machen, noch wollte er selbst ins Visier geraten, bloß weil er einem Frischling half. Eine unschöne Wahrheit, aber er war nicht so alt geworden, indem er sich selbst belog. Er hatte genug riskiert, als er Sina die Warnung hatte zukommen lassen. Sofern sie seinem Rat gefolgt war, sollte es ihr gut gehen.

Und falls sie doch ein Spitzel gewesen war … Tja, dann hatte sich die Sache durch ihre Verwandlung vermutlich von selbst erledigt. Die Vetrani ließen keine Vampire am Leben.

Cassius warf die leere Blutkonserve beiseite – und schon wieder griff er nach dem Handy. Verdammt. Er war einfach nicht für die Einsamkeit gemacht.

Es wurde Zeit, dass er sich einen Internetanschluss besorgte.

Drei Tage später tauchte er endlich wieder in die Abgründe des Dark Web ein. Die Verbindung war instabil und unglaublich langsam – aber es war schließlich nicht so, als hätte er in diesem Kaff irgendetwas anderes zu tun.

Also begann er mit seiner Recherche. Die Vetrani waren nicht die Einzigen, die in der Lage waren, sich Zugang zu den Daten der offiziellen Behörden zu verschaffen. Cassius selbst konnte es nicht – aber er kannte die richtigen Leute. Und er wusste, wonach er zu suchen hatte.

Stundenlang wühlte er sich durch Handyortungsdaten, Überwachungsvideos, Mitschnitte von Telefonaten … All das Zeug, von dem die Polizei angeblich nur im Notfall Gebrauch machen durfte. Die Daten waren vorhanden. Es musste sich nur jemand die Mühe machen, sie zu sichten.

Cassius tat es, und er wurde fündig. Er fand verschwommene Bilder der Einsatzwagen, die Lazars Wohnung umstellt hatten. Er fand eine Sprachaufnahme, das Telefonat eines Nachbarn, bei dem im Hintergrund eine Frauenstimme militärisch klingende Befehle erteilte. Und schließlich fand er ein Foto ebenjener Frau.

Kurzes, brünettes Haar, androgyne Gesichtszüge, ein verkniffener Mund, eine kugelsichere Weste, die auch den Hals schützte … Das musste die Person sein, die für den Mord an Lazar verantwortlich war.

Voller Hass starrte Cassius das Foto an, prägte sich das Gesicht der Agentin ein. Noch kannte er ihren Namen nicht – die Vetrani schützten ihre Leute gut. Aber Cassius würde nicht aufgeben.

Er würde diese Frau finden, und dann würde er dafür sorgen, dass ihr Leben auf dieselbe grausame Weise endete wie das von Lazar.

KAPITEL 50
SINA

»Nein, kein Bier.« Ohne auf Sinas Protest einzugehen, nahm Marcella ihr die Astra-Flasche aus der Hand und bestellte zwei Martini. »Bewahr dir ein bisschen Würde.«

Sina zog die Nase kraus. Sie saßen in einer Lounge. Tiefe, rote Polstersessel, die Musik so leise, dass man sich problemlos unterhalten konnte – und die Drinks so teuer, dass Sina in früheren Zeiten von dem Geld gut drei Tage lang ihr Mittagessen hätte bezahlen können.

»Wieso ist das wichtig?«, fragte sie. »Ich werde das Zeug ohnehin nicht trinken.«

Marcella setzte ein spöttisches Lächeln auf. »Das weiß deine Beute aber nicht.« Die Getränke kamen. Die Vampirin prostete Sina zu und führte das Glas an die Lippen, ohne davon zu kosten. »Wenn das hier der Weg ist, für den du dich entscheidest, dann solltest du es mit Stil tun.«

Am liebsten hätte Sina die Augen verdreht. Als Marcella ihre Hilfe angeboten hatte, war Sina davon ausgegangen, dass ihre Mentorin ihr zeigen würde, was es bedeutete, unsterblich zu sein – nicht, wie man sich in einer Bar benahm. Immerhin hatte sie an Sinas Outfit nichts auszusetzen gehabt, was allerdings vorwiegend an Levkes gutem Einfluss lag, den Sina jahrelang genossen hatte.

Sina vermisste ihre Freundin. Wenn sie schon so tat, als würde sie Cocktails schlürfen, dann doch wenigstens mit jemandem, den sie gernhatte. Nicht mit einer Fremden.

»Ich habe mich nicht dafür *entschieden*«, murrte sie.

Marcella hob eine gepflegte Augenbraue. »Du könntest überall auf die Jagd gehen. Hafenarbeiter beißen. Dir einen Menschen nehmen, von dem du regelmäßig trinkst, oder zehn. Die Möglichkeiten sind endlos, Schwester. Du könntest jemanden dafür bezahlen, dass er sich dir hingibt. Eine Sekte gründen.«

»Oder jemanden töten?«

Marcella neigte den Kopf zur Seite. »Ist es das, was du willst?«

»Nein!«

Sina hatte jedoch nicht vergessen, was Lazar ihr erzählt hatte: dass Marcella tötete, um an Blut zu kommen – und dass Sina ein potenzielles Opfer gewesen war. Wollte sie wirklich von so jemandem lernen?

Gab es denn eine Alternative?

»Gut.« Mit einem lackierten Fingernagel tippte Marcella an ihr Glas. »Dann konzentrieren wir uns auf das, was du schon tust. Männer anzulocken ist leicht, wie du bemerkt hast. Du willst dich aber nicht mit irgendwelchen Wüstlingen herumschlagen müssen. Und hier kommt der Gin ins Spiel.« Sie hob das Martini-Glas und drehte es im gedämpften Licht der Lounge. »Du hast die Wahl, welche Art von Sterblichen du anziehst.«

»Es erscheint mir nur Geldverschwendung …«

»Mach dir um Geld keine Sorgen.« Als Sina eine Grimasse zog, lachte ihr Gegenüber verblüfft auf. »Du löschst ihr Gedächtnis. Ist dir noch nie in den Sinn gekommen, zuvor ihr Portemonnaie zu erleichtern?«

»Nein!« Sie war keine Diebin. Obwohl das, was sie tat, vermutlich viel schlimmer war. Und überhaupt … »Wann denn?«

Sobald sie auf ihre Opfer losging, war die Sauerei bereits im Gange. Und davor würden sie erst recht protestieren.

Verschwörerisch beugte Marcella sich vor. »Du vergisst, dass du kein Mensch mehr bist, Kristina. Es gibt nichts, wovor du dich fürchten musst. Du bist wesentlich stärker als sie.«

Sina schluckte. Ja, was Stärke anging, war sie den Männern überlegen, die in ihre Falle tappten. Aber was sollte sie tun, wenn sie sich wehrten? Ihre Knochen brechen? Körperliche Kraft half einem nur, solange man auch bereit war, sie einzusetzen. Es musste einen anderen Weg geben.

Nachdenklich sah Sina sich um. Die Lounge füllte sich allmählich, die meisten Leute kamen jedoch in Gruppen. Kein gutes Jagdgebiet, jedenfalls nicht für sie alleine. Zusammen mit Marcella könnte sie es vermutlich mit einer ganzen Gruppe aufnehmen … wenn sie das wollten.

»Was ist deine Methode?«, fragte sie. »Du hast gesagt, es gibt viele Möglichkeiten. Was tust du?«

Ihr Gegenüber stieß ein kehliges Lachen aus. »Ich bin ein Sonderfall, meine Liebe. Sagen wir einfach: Ich bin flexibel.«

Äußerst hilfreich.

Sina seufzte. Ihr Blick wanderte weiter und fiel auf einen Kerl, der einsam etwas abseits saß. Auf dem Tisch vor ihm stand ebenfalls ein Martini-Glas, noch halb gefüllt. Er starrte gebannt auf seinen E-Reader, was dafür sprach, dass er keine weitere Gesellschaft erwartete.

Eine gute Beute – wäre da nicht der weiße Hemdkragen.

Sina biss sich auf die Unterlippe. Blutflecken waren verdächtig, sie konnte nicht immer so tun, als wäre es ihres.

»Du hast gesagt, ich hätte die Wahl, welche Opfer ich anziehe.«

Marcella folgte ihrem Blick und schmunzelte. »Ich habe nie gesagt, dass du dich darauf beschränken musst, sie zu dir kommen zu lassen. Geh hin. Ich bin sicher, er würde deine Gesellschaft der seines Gerätes vorziehen.«

»Danke, aber das meine ich nicht.«

Sina hatte kein Problem damit, auf Kerle zuzugehen, über diesen Punkt war sie längst hinweg. Sie brauchte keine Nachhilfe im Flirten. Sie wollte es gar nicht erst tun müssen.

Lazar hatte das alles nicht nötig gehabt. Er hatte nicht mit den Sterblichen gesprochen, sie nicht bezwingen müssen. Er hatte sie einfach zu sich befohlen. Seine Beute hatte keinen Schmerz empfunden. Bei dem Betrunkenen, den er ihr zugeführt hatte, hatte Sina angenehme Gefühle erlebt, nicht die Angst und den Schmerz, den ihre eigene Beute verspürte. Im Augenblick der Tat genoss sie das Leid ihrer Opfer, suhlte sich in ihrer Qual – und hasste sich danach nur umso mehr. Das musste ein Ende haben.

»Es muss doch einen Weg geben, sie kooperativ zu machen«, fuhr sie fort. »Mit meinen Gedanken.«

»Sie zu manipulieren?« Nachdenklich strich sich Marcella über die Unterlippe. »War das die Methode deines Schöpfers? Hat er auch dich beeinflusst?«

»Nein!«

Lazar hatte ihr versprochen, dass er nie an ihren Erinnerungen herumgepfuscht hatte, und Sina glaubte ihm. Außerdem hatte sie keine Gedächtnislücken. Oder?

»Eine Manipulation muss nicht immer tiefgreifend sein«, erklärte Marcella leise. »Es kann ein kleiner Schubs in eine bestimmte Richtung sein. Eine kleine Lüge. Ein Gefühl, das nicht dein eigenes ist. Winzigkeiten, die dich offen machen für etwas, das du eigentlich gar nicht willst.«

»Nein, das hätte er nicht getan.«

»Glaubst du? Was denkst du, weshalb ein Unsterblicher sich mit einem Menschen hätte abgeben sollen?« Sacht legte Marcella ihre Finger auf Sinas Handrücken. »Warum hat er dich verwandelt? Du sagst, er hat dir das Leben gerettet. Aber wieso war das notwendig?«

Sina schüttelte den Kopf, sie wollte diese Vorwürfe nicht hören. »Es war ein Unfall«, beharrte sie.

»Möglich.« Marcella ließ sie los. Für sie schien das Thema damit erledigt zu sein, denn sie wandte sich ab, um eine Gruppe von Neuankömmlingen zu inspizieren. »Ich glaube, der Blonde da könnte nach deinem Geschmack sein.«

Sina folgte ihrem Blick, ohne wirklich hinzusehen. Ihre Gedanken kreisten immer noch um diese eine Frage: War es ein Unfall gewesen?

Warum hatte Lazar darauf gedrängt, nach Hamburg zurückzukehren, obwohl er wusste, dass die Vetrani ihm auf der Spur waren? Wieso hatte er die Agenten nicht von ihr weggelockt? *Er* war das Ziel der Vampirjäger gewesen. Wäre er einfach davongelaufen, hätte man Sina vielleicht erneut verhört, aber man hätte ihr nichts getan. Solange sie ein Mensch gewesen war, hatte sie von den Vetrani nichts zu befürchten gehabt.

Lazar hatte genau gewusst, dass sie einer Verwandlung niemals aus freien Stücken zugestimmt hätte. War ihr Tod also wirklich ein Unfall gewesen – oder hatte er ihn willentlich herbeigeführt?

TEIL V

Verruchtes Spiel

KAPITEL 51
CASSIUS

Die stickige Luft der Nachtklubs von St. Pauli empfing ihn wie einen alten Freund. Cassius genoss das Treiben der Hansestadt, die ganze verdammte Zivilisation. Hier wurde gelebt, und er wollte sich wieder lebendig fühlen. Gerade jetzt.

Er war nur ein paar Wochen in Rumänien gewesen, aber das genügte, um ihn daran zu erinnern, weshalb er seine alte Heimat so lange gemieden hatte. Die Einsamkeit, die er dort gesucht hatte, existierte nicht mehr. Buzău wuchs wie alle Städte. Touristen fluteten das Land, suchten nach besonderen Abenteuern, ohne sie wirklich finden zu wollen. Die Einheimischen waren wenigstens aufrichtig in ihrem Argwohn, sie blieben so abergläubisch wie eh und je. Kein Wunder, dass die meisten Vampire den Osten mieden. Die *Slūgỳ* genossen ganz offiziell die Unterstützung der örtlichen Behörden, und gegen die slawischen Vampirjäger wirkten die Vetrani geradezu zimperlich. Davon abgesehen … Welcher Unsterbliche mit Ehrgefühl traute sich seit Bram Stoker noch in die Nähe von Transsilvanien?

Vielleicht wäre es umsichtiger gewesen, von Buzău aus weiterzuziehen. Eines seiner anderen Häuser aufzusuchen, fernab der besiedelten Gebiete. Aber Cassius hatte eine Rechnung offen. Die Vetrani hatten ihm seinen Gefährten genommen, und das konnte er nicht einfach hinnehmen.

Lazar fehlte ihm. Cassius hatte ihn durch endlose Dekaden geschleift, immer in dem Wissen, wie nah sein Freund am Abgrund wandelte. Er hatte geahnt, dass Lazar früher oder später aufgeben und untergehen würde. Aber ihn auf diese Art zu verlieren … Das hätte nicht passieren dürfen.

Er sah auf, als Kunstnebel und die satten, schnellen Bässe von Metalmusik ihn einhüllten. Verblüfft stellte er fest, dass er ausgerechnet im *Sacre Cœur* gelandet war. Hier war er nicht mehr gewesen seit jener

Nacht, in der er Marcella gestellt hatte. Er … und Lazar. Kein Wunder, dass er unbewusst diesen Klub angesteuert hatte.

Und er war nicht alleine hier. Cassius fühlte die Anwesenheit eines anderen Unsterblichen. Oder *einer.* Unwillkürlich spannte er die Muskeln an. Konnte es sein? Lungerte Marcella etwa immer noch in Hamburg herum?

Cassius stieg die Stufen zum Tanzraum hinab, bereit, die Vampirin notfalls mit Gewalt nach draußen zu schaffen und endlich unschädlich zu machen. Es war jedoch nicht Marcella, die ihn dort unten erwartete. Verwundert hielt er auf dem Treppenabsatz inne.

»Sina?«

Sie saß an der Bar, die Beine leger übereinandergeschlagen, sodass das kurze schwarze Kleid gefährlich hochrutschte. Ihr dunkles Haar war hochgesteckt und entblößte ihren Hals und das Dekolleté, an das sie gedankenverloren ein gekühltes Glas mit durchsichtiger Flüssigkeit darin drückte. Das Kondenswasser befeuchtete ihre nackte Haut …

Sie wandte sich um. Cassius konnte nicht sagen, ob sie ihn gehört oder einfach seine Anwesenheit gespürt hatte, doch sie schien von dem Wiedersehen genauso überrascht zu sein wie er. Mehr noch: Sie errötete, als hätte er sie bei etwas Ungebührlichem ertappt. Hastig stellte sie das Glas auf den Tresen.

Cassius tat, als hätte er nichts bemerkt. Er trat neben sie, schnupperte unmerklich in Richtung ihres Drinks und orderte kurzerhand ebenfalls einen Gin Tonic. Dann erst wandte er sich zu ihr um. »Hey.«

Die Musik war so drückend, dass er ein wenig lauter sprechen musste – aber sie war eine Vampirin. Sie würde ihn hören.

Wie erwartet, hatte sie sich inzwischen wieder gefangen, nun sah sie ihn verwundert an. »Was machst du hier?«

Er maß sie mit hochgezogenen Augenbrauen. »Dasselbe wie du, würde ich sagen.«

Sein Getränk kam. Cassius zahlte und gab ein angemessenes Trinkgeld, ehe er sich auf den Hocker neben Sina sinken ließ. Sie wirkte gefasst. Selbstbewusst.

Er hatte befürchtet, sie könnte ohne ihren Schöpfer nicht zurechtkommen. Dass Lazar ihr zu wenig beigebracht, sie zu wenig vorbereitet hätte.

Wie es aussah, hatte er seinen Freund unterschätzt. Sina sah nicht nur gut aus, sie erschien ihm auch reifer. Keine Spur mehr von dem schüchternen Mädchen, das sie gewesen war, als Lazar sie aufgegabelt hatte.

Und es tat gut, zu sehen, dass sie nicht Lazars leidende Art der Jagd übernommen hatte. Es war schlimm genug gewesen, seinen Freund so zu sehen. Nacht für Nacht in Selbstmitleid und Ekel zu zerfließen, während man in dunklen Gassen auf heruntergekommene Sterbliche wartete … Das war kein Leben.

Die junge Unsterbliche wurde unter seinem Blick zusehends nervöser. Sie zupfte an ihrem kurzen Kleid herum, als würde sie sich plötzlich für ihren Aufzug schämen. Etwa seinetwegen?

Mit einem leisen Räuspern sah sie zu ihm herüber. »Hast du … etwas von den Vetrani gehört?«

»Nein.« Was gemeinhin als gutes Zeichen galt – sofern man nicht gerade Jagd auf sie machte. »Aber ich war auch eine Weile weg.«

Sina nickte. »Ich nicht«, gestand sie. »Sie haben mich in der Klinik gesucht.«

»Ernsthaft?« Und da atmete sie noch? »Was ist passiert?«

»Nichts. Sie … sie haben mich verpasst und sind offensichtlich zu dem Schluss gekommen, dass ich harmlos bin. Ich hatte Glück.«

Sie sagte das, als wäre nichts dabei, aber Cassius sah das schnellere Pochen ihrer Halsschlagader.

Der Schreck saß ihr in den Gliedern. Oder sie war nervös, weil sie log. Bei seinen nächsten Worten beobachtete er sie genau.

»Der Konsens in unseren Kreisen lautet, dass sie Hamburg wieder verlassen haben.« Auch wenn er selbst nicht an diese Theorie glaubte.

Sina runzelte die Stirn. »Was ich damals gesehen habe, war keine provisorische Einrichtung. Ich glaube nicht, dass sie ganz verschwinden.«

Interessiert beugte Cassius sich vor. »Was genau hast du denn dort gesehen?«

Sie zuckte mit den Schultern. »Nichts Aufregendes. So etwas wie eine Polizeizentrale.«

»Hm.« Die Vampirjäger schleusten gerne ihre Leute in diverse Behörden ein. Gut möglich, dass sie Sina tatsächlich auf ein Revier gebracht hatten.

Er würde die Information weitergeben. Es wurde Zeit, dass die Gejagten sich ebenfalls zusammenschlossen. Womöglich wusste Sina mehr, als sie dachte. Es war ein Fehler gewesen, sie aus den Augen zu lassen.

Wieder betrachtete er sie. War es nur die Verwandlung, die sie so verändert hatte? Oder war da noch etwas anderes?

»Du warst also die ganze Zeit hier?«, vergewisserte er sich.

Sie lachte, so leise, dass er es durch das Hämmern der Musik kaum ausmachen konnte, und zog die Augenbrauen hoch. »Wo hätte ich denn sonst hingehen sollen? Zu meiner Familie?« Resigniert schüttelte sie den Kopf. »Hierzubleiben war meine einzige Option.«

Er glaubte ihr.

»Tut mir leid.« Wenn er das gewusst hätte … Aber er hatte einfach nicht daran gedacht.

Er war es nicht gewohnt, sich mit Jungvampiren abzugeben, die gerade erst ihrem sterblichen Leben entrissen worden waren und nun plötzlich ohne das soziale Netzwerk dastanden, das sie bisher aufgefangen hatte. Sie war allein. Und sie musste verflucht hungrig sein. Er sollte sie nicht von der Jagd abhalten.

Doch Sina machte nicht den Eindruck, als wäre sie drauf und dran, sich die nächstbeste Beute zu schnappen. Ihr Blick ging ins Leere, ihr Finger zog träge Kreise um den Rand ihres Tonic-Glases. Die Eiswürfel in ihrem Drink waren geschmolzen, aber es sah nicht so aus, als hätte Sina bislang auch nur einen Schluck getrunken.

Cassius wusste nicht, was er noch sagen sollte. Es war erstaunlich, dass sich trotz der dröhnenden Musik so etwas wie peinliche Stille ausbreiten konnte.

»Tja«, meinte er schließlich. »Ich bin jedenfalls froh, dass es dir gut geht.« Damit hob er sein Glas und leerte es auf ex.

Sina starrte ihn mit offenem Mund an. »Bist du verrückt? Wieso trinkst du das?«

»Wieso nicht?«

Sie klappte den Mund zu, als wüsste sie keinen Grund, außer dem offensichtlichen: Sie waren keine Menschen.

Cassius schnaubte amüsiert. »Sag nicht, du hast es noch nie probiert.«

»Ich habe einmal Kaffee getrunken.« Bei der Erinnerung verzog sie angewidert den Mund. »Schmeckt nur in eine Richtung gut.«

»Ah.« Cassius grinste. »Die Sache ist die: Flüssigkeiten gehen. Je mehr Substanz, desto unangenehmer. Kaffee? Nur schwarz. Ist aber trotzdem die Probleme nicht wert, wenn du mich fragst. Gin dagegen …« Er hob sein Glas, um dem Barkeeper zu signalisieren, dass er ein neues wollte. »… ist wunderbar flüssig. Gibt zwar auch Magenschmerzen am nächsten Tag, aber wenn du genug davon trinkst, unterscheidet es sich nicht wesentlich von einem menschlichen Kater. Habe ich mir sagen lassen.« Sein Drink kam, er zahlte und hob sein Glas. »Auf Lazar.«

Sina seufzte und hob ebenfalls ihren Drink. Sie stießen an, tranken aus – und bestellten die nächste Runde.

KAPITEL 52
SINA

Ehrlich, ich habe das Ticket noch.« Cassius stützte das Kinn auf seine Hand und tippte versonnen an sein Glas. »Hätte Lazar nicht in dieser verdammten Gefängniszelle festgesessen, würde ich heute auf dem Meeresgrund vermodern.« Nachdenklich zog er die Mundwinkel nach unten. »Auch so kann man ein Leben retten, schätze ich.«

Sina runzelte die Stirn. »Kann ein Vampir denn ertrinken?«

Cass sah sie erschrocken an. »Keine Ahnung. Das hoffe ich doch!« Er schauderte. »Was für eine ekelhafte Vorstellung, bei lebendigem Leib von Meeresviechern zerfressen zu werden.«

Allerdings.

»Apropos Meer und so …« Sie musste dringend pinkeln. Ein irritierendes Gefühl, nachdem sie seit ihrem Tod nicht mehr auf der Toilette gewesen war. Blut verarbeitete ihr Körper offensichtlich restlos – Gin nicht.

Wie viel hatten sie inzwischen getrunken? Sina war zu beduselt, um sich zu erinnern, und der lästige Typ hinter der Bar hatte die leeren Gläser ständig abgeräumt, sodass sie irgendwann den Überblick verloren hatte.

Der Gin Tonic gurgelte in ihrem Magen, was zum guten Teil daran lag, dass sie noch kein Blut getrunken hatte. Das sollte sie nervös machen, aber der Alkohol dämpfte ihre Sinne und rückte die Welt ein wenig von ihr ab, sodass sie sich zwar ziemlich neben der Spur, aber dafür umso menschlicher fühlte.

So oder so hatte sie nicht die geringste Lust, sich von irgendeinem Widerling anbaggern zu lassen, nur um ihn zu beißen. Überhaupt war ihr die Nähe all dieser Menschen mit einem Mal zuwider.

Als Cassius sich über den Tresen lehnte, um die nächste Runde zu bestellen, winkte sie ab. »Danke, aber ich glaube, ich sollte lieber Schluss machen.«

Sie rutschte vom Barhocker. Gleich darauf musste sie sich an Cassius festhalten, um nicht vornüberzukippen.

»Whoa.« Der Vampir grinste. »Ja, du hast genug. Soll ich dich nach Hause bringen?«

»Du lallst mindestens genauso wie ich.« Sina klopfte ihm auf die Schulter. »Danke, aber ich will gar nicht nach Hause. Nur weg … von den Menschen.«

Am liebsten würde sie einfach durch die Stadt laufen. Vor ihren Erinnerungen fliehen, bis sie vergessen konnte, was aus ihr geworden war. Die Bewegung würde sie jedoch nüchtern machen, und sie hatte zu hart an ihrem Rausch gearbeitet, um ihn so schnell wieder aufzugeben. Sie vertrug mehr als früher. Hätte Cassius nicht die meisten Drinks bezahlt, wäre sie nach diesem Abend so gut wie pleite gewesen.

Ihre Trunkenheit würde allerdings nicht lange anhalten, und sobald der Hunger erst einmal wieder zu ihr durchdrang …

»Wenn das so ist«, unterbrach Cassius ihre Gedanken, »warum gehen wir nicht zu mir?«

»Damit du mir dein Kreuzfahrtticket des Grauens zeigen kannst?« Sina schnaubte. »Das fragst du mich nur, weil du mich betrunken gemacht hast.«

»Absolut.« Er stand auf und stellte sich dabei wesentlich geschickter an als sie. Tat er nur so, als wäre er betrunken, oder hatte er sich einfach besser im Griff? »Vor allem aber weiß ich, dass du noch etwas anderes trinken musst als Gin Tonic.« Als sie den Mund verzog, lachte er. »Keine Sorge, am Alkohol mangelt es auch nicht. Und besser reden können wir dort auch.«

Reden. Sinas Hand krampfte sich um seine Schulter. Es gab in der Tat einiges, was sie ihn fragen wollte. Und es tat so gut, endlich mit jemandem zu reden, dem sie sich anvertrauen konnte.

Cassius kannte sie, ihm musste sie nichts vormachen. Er hatte ihr bisher immer geholfen, und das, ohne irgendetwas dafür zu verlangen. Selbst wenn er es nur für Lazar getan hatte … Wenigstens musste sie ihm nicht vorspielen, dass ihr der Tod ihres Freundes nicht naheging. Sie wollte nicht mehr so tun müssen, als wäre die Welt in Ordnung, wenn allein der Gedanke an Lazar bereits schmerzte.

Kurzerhand griff sie nach ihrem Glas, nur um enttäuscht festzustellen, dass es leer war. Sina atmete durch.

»Gut«, meinte sie. »Gehen wir.« Das Klo lag ohnehin beim Ausgang.

Cassius hatte nicht übertrieben. Was Alkohol anging, war er beinahe besser ausgestattet als die Bar, die sie gerade verlassen hatten. Auch sonst erschien ihr seine Wohnung wie das krasse Gegenteil der Absteige, in der Lazar gehaust hatte. Alles war sauber, die Einrichtung schlicht und edel. Dunkler Teppichboden. Eine riesige schwarze Ledercouch, die einen Tisch aus Chrom und Stahl umfasste. Schwarze und weiße Regale, angefüllt mit Antiquitäten, die sich ebenso gut in einem Museum gemacht hätten.

Die Küche dagegen, in die sie ihm folgte, war modern und funktional, mit anthrazitfarbenen Hochglanzfronten und schwarz marmorierten Arbeitsplatten. Cassius besaß eindeutig Geschmack, auch wenn das Ganze ein wenig Farbe vertragen könnte.

Mit einem selbstgefälligen Gesichtsausdruck reichte er Sina ein schmales Glas und lotste sie zur Couch im Wohnzimmer. Sie brauchte nur zu nippen, um zu wissen, dass *dieser* Drink in einer völlig anderen Liga spielte als das Zeug im *Sacre Cœur.*

Als sie ihm das sagte, schmunzelte er nur knapp; seine Augen blieben ernst. Der kurze Weg zu seinem Apartment hatte genügt, um sie beide wieder einigermaßen nüchtern werden zu lassen, und die Stimmung war merklich gekippt. Sie saßen nebeneinander, klammerten sich an ihre Drinks. Sina hätte nicht mitkommen sollen, Cassius hatte bestimmt nur höflich sein wollen …

»Warum warst du dort?«, fragte er unvermittelt. »Wieso ausgerechnet das *Sacre Cœur,* warum nicht ein anderer Klub?«

Sina senkte den Blick. Schweigend drehte sie das Glas in ihrer Hand, aber Alkohol lieferte einem eben nie die Antwort. Schließlich seufzte sie. War sie nicht hier, weil sie sich ein ehrliches Gespräch gewünscht hatte?

»Du wirst mich vermutlich auslachen, aber …« Sie schüttelte den Kopf. Es klang lächerlich, noch ehe sie es aussprach. »Wenn ich nicht aufpasse, vergesse ich, dass er tot ist.«

Cassius lachte nicht. Er sah sie nur aufmerksam an, also fuhr sie fort.

»Es ist schwer, dieses Wissen präsent zu halten, verstehst du? Gerade durch die Wochen davor, in denen ich ihn nicht gesehen habe … Die meiste Zeit fühlt es sich so an, als wäre er einfach nicht in der Stadt. Ein paarmal ist es mir passiert, dass ich abends auf unsere Chatseite gegangen bin, um ihm von meinem Tag zu erzählen. Und dann fällt es mir wieder ein. Und es tut jedes Mal aufs Neue weh.«

»Ich verstehe dich gut.« Cassius lehnte sich zurück und legte den Kopf auf die Rückenlehne des Sofas. »Was soll ich sagen? Fast zweihundert Jahre lang haben wir uns gegenseitig aus der Scheiße gezogen. Es war nicht immer einfach, aber es war alles, was wir hatten. Und jetzt ist er nur noch ein kleiner Haufen Asche.«

Asche. Sina schluckte. »Weißt du, wie …« Nein, eigentlich wollte sie es gar nicht wissen. Sie atmete durch und schlug einen anderen Weg ein. »Was denkst du, wo er jetzt ist? Was passiert nach dem Tod?«

Cassius lachte. »Das fragst du einen Unsterblichen?« Er verzog den Mund und stellte sein Glas mit einem leisen Knall auf dem Tisch ab. »Ich weiß nicht mehr als du. Wenn du mich fragst: nichts. Ich glaube nicht an einen Himmel, und erst recht nicht an die Hölle.«

»Hmm.« Sina nahm einen langen Schluck und lehnte sich ebenfalls zurück. »Ich hoffe auf Wiedergeburt.«

»Wieso, weil sonst dein gutes Karma für den Arsch wäre?«

»Ha, ha«, murrte sie. »Ich fände es bloß traurig, wenn es einfach zu Ende wäre. Und unlogisch. Ich meine, wir bestehen aus denselben Atomen, die seit Anbeginn des Universums existieren, immer und immer wieder recycelt. Warum sollte etwas so Komplexes wie unser Bewusstsein nicht auch wiederverwendet werden? Das Universum vergeudet nichts.«

Er stöhnte. »Eine Philosophin! Kein Wunder, dass du Lazar den Kopf verdreht hast.«

Argwöhnisch sah sie Cassius an. »Ist das jetzt ein Kompliment oder eine Beleidigung?«

Der Vampir grinste. »Vermutlich beides.« Er wandte den Kopf und erwiderte ihren Blick mit einer Aufrichtigkeit, die sie überraschte. »Ich bin jedenfalls froh, dass du nicht in dunklen Gassen herumlungerst und Obdachlose aussaugst.«

Es lag nicht daran, dass sie es nicht probiert hätte.

»Betrunkene sind einfacher«, bekannte sie. »Die kommen wenigstens freiwillig mit.«

Cassius klatschte die Hände so laut zusammen, dass Sina zusammenzuckte. »Meine Rede!«, rief er aus. »Kluges Mädchen.«

Sie brummte. »Es wäre allerdings leichter, wenn ich sie auch betäuben könnte, wie Lazar.«

Er zuckte mit den Schultern. »Mach dir nichts draus. Bei jedem fällt die Begabung ein wenig anders aus. Den Sterblichen ihren Willen zu nehmen, war Lazars Ding. Jeder entwickelt seine eigenen Methoden.«

Und was, wenn man diese Methode verabscheute? Sina seufzte. »Ich lösche ihr Gedächtnis.«

Cassius nickte anerkennend. »Chapeau. Das klingt nicht gerade nach einer Anfängertaktik.«

Sina wollte kein Lob dafür hören. Sie wollte eine Alternative finden.

»Was ist mit dir?«, fragte sie. »Wie beeinflusst du sie?«

Ein wissendes Lächeln schlich sich auf seine Lippen. »Wenn du es richtig machst, ist das gar nicht nötig«, erklärte er. »Meine Opfer haben sich jedenfalls noch nie beschwert. Sie merken gar nicht, was ich mit ihnen mache.«

Dann gab es also einen Weg? Ohne Gewalt und ohne ihnen den Willen zu nehmen? Eine Methode, die sie lernen konnte?

Interessiert beugte Sina sich vor. »Wie?«, wollte sie wissen. »Wie machst du das?«

Wie zum Teufel kam man als Vampir über die Runden, ohne durchzudrehen?

Seine Antwort bestand aus einem selbstgefälligen Grinsen. »Das ist einfach. Ich verführe sie.«

Sina schnaubte. »Du verführst sie zu einem Biss. Klar.«

»Ganz genau. Sie wollen es. Schmeckt übrigens wesentlich besser als die halben Zombies, die Lazar sich herangezogen hat. Keine Trance, kein Löschen der Erinnerung. Ich trinke und schicke sie nach Hause.« Er zwinkerte ihr zu. »Oder ich gehe mit, wenn ich Lust auf mehr habe, und beiße sie erst danach. Ehe sie wissen, dass überhaupt etwas passiert ist, bin ich schon wieder weg. Dazu brauche ich keine Manipulation, nur ein wenig Fingerfertigkeit.« Demonstrativ ließ er seine Finger durch die Luft tanzen, als würde das alle Fragen beantworten.

Tat es nicht. Ihre eigenen Opfer hatten definitiv mitbekommen, dass sie keine Zärtlichkeiten austauschte. Wie auch nicht?

»Ich weiß, wie es sich anfühlt, gebissen zu werden«, murrte Sina. *Schmerzhaft. Qualvoll.* »Warum sollte irgendjemand das wollen? Oder ›nicht bemerken‹?« Bei den letzten beiden Worten malte sie mit den Fingern Anführungszeichen in die Luft. »Ich kann mir das nicht vorstellen.«

Cassius beugte sich zu ihr. »Hast du noch nie erlebt, wie es sein kann?«

Sein Blick war ernst, und doch glaubte Sina, etwas darin lauern zu sehen. Mitleid? Wut? Gier? Er blinzelte, und was auch immer es gewesen war, verschwand.

»Nein, wahrscheinlich nicht.« Mit einem Seufzen lehnte er sich zurück. »Es tut mir leid, was Lazar mit dir gemacht hat, Sina. Aber das war ein Ausnahmefall. Brutal, gewalttätig … So muss es nicht sein.«

Ein Ausnahmefall, wie diejenigen, die sie selbst verursachte? Sina biss sich auf die Lippe. War sie schlimmer, als sie gedacht hatte? Ein Monster unter Monstern?

»Du glaubst mir nicht«, mutmaßte Cassius. Als sie es nicht abstritt, streckte er ihr eine Hand entgegen. »Komm, ich beweise es dir.«

»Was?« Sina stieß ein ungläubiges Lachen aus. »Du willst mir beweisen, dass ich einen Biss nicht mitbekomme?« Sie war keine naive Sterbliche, die er einfach manipulieren konnte. Nicht mehr.

»Oh, mitbekommen wirst du es. Ich wäre enttäuscht, wenn nicht.« Wieder war da dieses selbstgefällige Grinsen.

Da er ihr immer noch die Hand hinhielt, gab Sina sich schließlich geschlagen. Sie griff zu und ließ sich von ihm auf die Beine ziehen.

Cassius zückte sein Smartphone. Mit flinken Fingern tippte er auf das Display, und in mindestens fünf Ecken des Zimmers erwachte das verborgene Surround-System zum Leben.

Es dauerte einen Moment, bis Sina die synthetischen Beats erkannte. Sie schmunzelte. »Depeche Mode?«

»Du wolltest meine Methode kennenlernen.« Er warf das Telefon beiseite. Wieder ergriff er ihre Hand, und diesmal zog er sie mit einer raschen Bewegung an sich heran. »Ich sorge nur für die richtigen Bedingungen.«

Cassius wechselte in eine lockere Tanzhaltung. Ihre Rechte lag leicht in seiner erhobenen Linken, seine Rechte ruhte an ihrer Taille. »Bereit?«

Da war sich Sina inzwischen nicht mehr so sicher. Dennoch nickte sie, und Cassius begann, sich – und dadurch auch sie – im Takt der Musik zu wiegen.

»Zu verführen ist leicht«, raunte er an ihrem Ohr. Er lenkte sie in eine rasche Drehung und fing sie wieder ein. »Es ist wie bei einem Zaubertrick. Das Wichtigste ist die Ablenkung.«

Nun drehten sie sich gemeinsam, nur ein einziges Mal, doch es genügte, damit Sina noch enger an ihn heranrutschte.

Cassius war ein guter Tänzer, er führte auf subtile Weise. Seine Wange lag an ihrer Schläfe, und sein Atem streifte ihr Ohr, als er leise mit seinen Instruktionen fortfuhr.

»Jede Begegnung beginnt mit Nervosität. Nimm ihnen die Anspannung.«

»Durch Tanzen?«

»Für den Anfang.«

»Leicht gesagt, wenn man derjenige ist, der führt.«

Er lachte leise. »Mag sein. Aber wie gesagt, es ist nur der Anfang. Tanzen, Berührungen …«

Sein Daumen kreiste an ihrem Handrücken. Sina konzentrierte sich auf das Gefühl dieser Berührung und registrierte so erst nach einer Weile, dass auch seine zweite Hand nicht länger stillhielt. Sie strich über ihren unteren Rücken, in langsamen, weichen Bewegungen, die ihre Muskeln entspannten.

»Nähere dich ihrem Hals …«

Unwillkürlich beschleunigte sich Sinas Herzschlag, als sie seinen Atem plötzlich unter ihrem Kinn fühlte. Doch Cassius zog den Kopf zurück, ohne ihrer Haut auch nur nahe gekommen zu sein, und führte sie in die nächste Umdrehung. Seine Hände wanderten weiter, und Sina bemerkte erstaunt, wie sehr sie seine Berührungen genoss – und dass sie unbewusst begonnen hatte, sie zu erwidern. Ihre freie Hand lag nun nicht mehr an seiner Schulter, sondern in seinem Nacken, ihre Stirn ruhte an seinem Kinn. Sie könnte den Kopf wenden, und ihre Nasenspitze würde über den leichten Bartschatten streifen, der auf seiner Haut lag.

Als hätte er ihre Gedanken gehört, neigte er den Kopf und tat genau das: Seine Nase strich hinter ihrem Ohr entlang, sein Atem wehte heiß über ihre Kehle.

Sina erstarrte. Würde er jetzt zubeißen?

Nein. Da war nur eine leichte Berührung seiner Lippen, so schnell vorbei, wie sie gekommen war. Sie stieß ein angespanntes Lachen aus, nicht länger sicher, worauf diese Demonstration hinauslaufen sollte.

Auch er schien zu zögern. Offenbar war er nicht gewillt, sie loszulassen, und zugleich nicht bereit … Was zu tun? Von ihr zu trinken?

Weiter und weiter drehten sie sich. Ihre Körper bewegten sich eng aneinander, Sina fühlte seinen Herzschlag, der genauso rasch ging wie ihrer. Seine Lippen waren immer nah an ihrem Gesicht, an ihrem Hals, ohne ihr jemals zu nahe zu kommen.

Die Musik verebbte und verschwand aus ihrer Wahrnehmung, ebenso wie der Raum um sie herum. Sie verloren sich in ihrem Tanz, ließen jede Furcht und jeden Schmerz zurück.

Sina schloss die Augen, konzentrierte sich nur noch auf die Empfindungen ihres Körpers. Ihre Haut kribbelte, wo Cassius sie berührte. Es war, als würden seine Fingerspitzen tanzende Flammen auf ihrem Leib hinterlassen, und sie … Sie wollte mehr.

Das sollte sie sich nicht wünschen, nicht bei ihm. Aber sie konnte nicht anders. Der Tanz, die Wärme, die sich in ihren Muskeln ausbreitete, und die erregende Erwartung dessen, was kommen würde …

Als er einen winzigen Kuss auf ihren Hals hauchte, wich jegliche Spannung aus ihrem Körper. Sina keuchte und sackte gegen die Brust ihres Tanzpartners. Ein weiterer Kuss, ebenso leicht, nur etwas höher. Cassius spielte mit ihr, zögerte den Biss immer noch hinaus, dabei war ihre Angst längst verschwunden. Zitternd drückte Sina sich an ihn, und in diesem Moment spürte sie es: einen kleinen Stich, ein leichtes Ziehen – und ihre Welt explodierte.

Sein Biss war nicht brutal, ganz im Gegenteil, Erregung rollte durch Sinas Körper. Wie eine Ertrinkende klammerte sie sich an den Vampir, der ihre Umarmung ebenso innig erwiderte, doch es gab keine Erlösung. Keinen Höhepunkt, der sie von dem befreite, was sein Kuss in ihr auslöste. Nur ihn und seinen Herzschlag, der in ihren Ohren hämmerte, so nah und gestärkt von ihrem Blut. Und ihr eigener Körper, der nur nach einem verlangte: mehr. Sie musste diese Intensität steigern, und wenn sie daran zugrunde ging.

Sina konnte sich nicht länger zurückhalten. Sie legte den Mund an seinen Hals und biss ebenfalls zu. Heißes Blut drang in ihren Mund, scharf und elektrisierend in seiner unsterblichen Note.

Cassius stöhnte und zog sie noch enger an sich. Das Blut trug seine Erregung zu ihr, hüllte sie darin ein, bis sie nicht länger wusste, welche Empfindungen seine waren und welche ihre.

Nach ein paar Herzschlägen löste er die Zähne aus ihrem Hals und schob Sina von sich, sodass auch sie ihn freigeben musste. Sina wollte protestieren, doch schon drückten seine Lippen auf ihre.

Sina schauderte. Sie vertiefte den Kuss und schmeckte ihr Blut in seinem Mund. Eine Erinnerung daran, dass er nur zu gut wusste, welche Gefühle er soeben in ihr ausgelöst hatte – so wie sie gefühlt hatte, wie es ihm gerade erging.

Sie krallte die Hände in seine Haare, drückte ihre Hüften an seine. Sie brauchten die Verbindung über das Blut nicht, um zu ahnen, dass sie beide dasselbe wollten.

Ohne die Lippen von ihr zu lösen, riss Cassius sich das Hemd vom Leib. Knöpfe sprangen davon, Stoff ratschte, aber das hielt keinen von ihnen auf. Sina öffnete den Knopf seiner Hose, während er kurzerhand den Saum ihres Kleides hochschob und ihren Slip nach unten zog.

Einen Augenblick später stolperten sie auf das breite Bett. Sofort war Cassius über ihr, dann zwischen ihren Beinen. Er drang in sie ein, und Sina warf den Kopf zurück, was er als Gelegenheit nutzte, um seine Zähne erneut in ihren Hals zu versenken.

Stöhnend krallte Sina sich in seine Schultern, kratzte dabei über seinen Rücken. Sie erschrak, als sie Blut unter ihren Fingern spürte, doch Cassius schien sich daran nicht zu stören. Als er sie ansah, loderte pure Lust in seinem Blick. Er keuchte, von seinen Reißzähnen tropfte ihr Blut.

Sina legte eine Hand in seinen Nacken und zog ihn in den nächsten Kuss.

KAPITEL 53
CASSIUS

Kaltes Herbstlicht riss ihn aus dem Schlaf. Cassius brummte und zog sich das Kissen über den Kopf, doch es half nichts. Sein Magen brannte vom Alkohol der letzten Nacht, und in der Luft hing der schwere Geruch von Blut, Gin … und Sex.

Schlagartig war Cassius wach. Er stieß das Kissen beiseite – und wurde von Kälte empfangen. Das Laken war zerwühlt, die andere Bettseite leer. War Sina nur gegangen – oder vor ihm geflohen?

In diesem Moment hörte er das gleichmäßige Rauschen aus seinem Bad, und sein Grinsen kehrte zurück. Sie war noch da. In seiner Dusche.

Nackt, wie er war, glitt er aus dem Bett. Das Rauschen wurde lauter, als er die nur angelehnte Badezimmertür aufdrückte.

Sina stand reglos in der offenen Dusche, mit dem Rücken zur Tür. Heißes Wasser aus dem Regenpaneel prasselte auf ihren Körper.

Allein die Erinnerung daran, was er in der Nacht zuvor mit diesem Körper angestellt hatte, erregte Cassius aufs Neue. Langsam trat er hinter Sina unter den Wasserstrahl.

Sie erschrak. Hastig verschränkte sie die Arme vor der Brust, als gäbe es da etwas, was er noch nicht kannte.

»Cass, ich …«

»Nicht.« Er legte seine Hände an ihre Oberarme und spürte, wie sie unter seiner Berührung verkrampfte. »Hör auf, nachzudenken.«

Wenn er jetzt zuließ, dass sie sich in Selbstzweifeln erging, würde er sie verlieren. Das durfte nicht passieren.

Seine Hände glitten tiefer, hinab zu ihren Ellbogen. Als sie ihre Arme sinken ließ, umfasste er ihre Brüste und zog sie enger an sich. Ihr nackter Po drückte an seinen Schritt. Cassius spürte, wie er hart wurde, doch er dachte gar nicht daran, das zu verbergen. Stattdessen beugte er sich zu ihr und leckte über die empfindliche Stelle unter ihrem Ohr.

»Du kannst später entscheiden, ob du es bereust«, wisperte er. »Wenn du gehst. Ich werde dich nicht aufhalten. Aber solange du in meiner Wohnung bist … gehörst du mir.«

Sina drehte sich zu ihm um. Halb erwartete er, dass sie seiner Aufforderung folgen und ihn einfach stehen lassen würde.

Stattdessen legte sie ihm die Hände in den Nacken. Ihre Lippen waren leicht geöffnet, doch es war kein Kuss, den sie suchte. Wortlos schlang sie ein nacktes Bein um seinen Schenkel und fuhr die Reißzähne aus. Ohne Umschweife ging sie ihm an die Kehle.

Cassius keuchte unter ihrem Biss und ließ alle Zurückhaltung fallen. Wenn es das war, was sie wollte … Er packte ihren Hintern, hob sie hoch und drückte sie an die Wand der Duschkabine.

KAPITEL 54
SINA

Ihr Outfit vom Vorabend kam ihr billig vor, gerade wegen dem, was passiert war. Außerdem stank es nach Nachtklub. Etwas anderes hatte Sina jedoch nicht zur Hand, also schlüpfte sie erneut in das knappe Kleid. Sie griff nach dem Handtuch, das Cass ihr gegeben hatte – dunkelgrau, welch Überraschung –, und versuchte, ihr Haar wenigstens halbwegs trocken zu bekommen. Von einem Mann einen Föhn zu erwarten, wäre ja auch zu viel verlangt.

Sina rubbelte immer noch, als sie das Bad verließ. Immerhin konnte sie sich so hinter einer Beschäftigung verstecken, denn sie hatte nicht die geringste Ahnung, wie sie Cassius gegenübertreten sollte.

Der Vampir erwartete sie in der Küche, wo er nonchalant am Kühlschrank lehnte, nur mit einer schwarzen Jeans bekleidet.

»Hier.« Er hielt ihr eine Blutkonserve entgegen. »Wenn ich das richtig sehe, haben wir beide keine Beute gemacht gestern Nacht.«

»Danke, aber ich habe keinen Hunger.« Und allein bei dem Gedanken an gekühltes Blut protestierte ihr lädierter Magen.

Cassius drückte ihr das weiche Plastikding dennoch in die Hand. »Wir haben nur voneinander getrunken. Das dämpft zwar den Hunger, aber es nährt nicht. Außerdem ist einiges davon auf dem Bett gelandet.«

Oh Gott, das Bett! Erschrocken sah Sina durch den offenen Türbogen. Auf dem schwarzen Satin war das Blut kaum zu sehen, aber jetzt, wo er es sagte …

Der Anblick der zerwühlten Bettwäsche und die Erinnerung daran, was sie dort getan hatten – und gerade eben noch einmal unter der Dusche –, trieb ihr die Hitze in die Wangen. Ehe sie endgültig ins Grübeln geriet und von ihrem schlechten Gewissen übermannt werden konnte, biss Sina in den angebotenen Blutbeutel und trank ihn leer. Erst mit Widerwillen, doch nach wenigen Schlucken bemerkte sie, dass Cass recht hatte: Sie war wie ausgehungert. Sie hatte zwar getrunken, aber mindestens ebenso viel Blut auch verloren.

Und da war noch etwas: Wie in der Nacht ihrer Verwandlung war es kein Erythrozytenkonzentrat, das er ihr angeboten hatte, sondern Vollblut.

»Wie kommst du bloß an dieses Zeug?«, fragte sie. Der Blutbeutel war Standardqualität, nur der Inhalt war ungewöhnlich – und natürlich der nichtmedizinische Nutzen.

Cassius zuckte mit den Schultern. »Ich habe eben Verbindungen.«

»Ach was.« Sina verdrehte die Augen. »Die habe ich auch. Ich bin Medizinerin, schon vergessen?« Näher an nicht registrierte Blutkonserven heran hatte sie das allerdings auch nicht gebracht.

Amüsiert schüttelte Cassius den Kopf. »Viel zu viel Bürokratie«, erklärte er. »Für das gute Zeug muss man wesentlich früher ansetzen.« Als sie ihn nur verständnislos ansah, fuhr er fort: »Sobald eine Blutspende erst einmal registriert ist, wird es schwierig, etwas abzuzweigen. Also besticht man die Typen, die das Blut abzapfen.«

»Ernsthaft?« Der Spendevorgang wurde doch genauso akribisch dokumentiert!

Cassius nickte. »Das Blut wird nicht aufbereitet, belegt also keine Maschinen. Das Plastikzeug stelle ich zur Verfügung, ebenso das Geld, das die Spender bekommen. Alles, was meine Verbindungsmänner tun müssen, ist, ein paar Spenden nicht einzutragen. Ich zahle gut. Jeder profitiert, niemand kommt zu Schaden, alle sind glücklich.«

Außer die Menschen, die auf diese Blutspenden angewiesen gewesen wären, aber diese Bemerkung verkniff Sina sich. Es war immer noch besser, als Unwissende auf der Straße anzufallen.

»Nimm ein paar mit«, bot Cassius an. »Ich habe genug. Und man sollte immer einen Notvorrat zu Hause haben. Ich weiß, Lazar hatte das nicht …« Er brach ab, aber es war zu spät.

Da war er, der Name, der bislang unausgesprochen im Raum gehangen hatte.

Sina räusperte sich und legte ihren leeren Blutbeutel in die Spüle. Ihre Hand zitterte.

Was war sie nur für ein Mensch – oder besser gesagt: Was war sie nur für eine Person? Sie schlief mit dem besten Freund ihres Geliebten! Begegnete ihm auf eine Weise, die intimer war als alles, was sie mit Lazar jemals erlebt hatte … Welches Recht hatte sie dazu?

Sie hatte Lazar geliebt. Das tat sie immer noch. Dass er tot war, änderte daran genau gar nichts, es machte das Gefühl des Fremdgehens nur umso schlimmer. Was natürlich Quatsch war, man konnte niemanden betrügen, der gar nicht mehr am Leben war. Bloß änderte dieses Wissen nichts an dem schlechten Gewissen, das ihr nun beinahe die Luft zum Atmen abdrückte.

»Danke«, presste Sina hervor, »aber ich muss jetzt wirklich gehen. Außerdem kann ich sie ohnehin schlecht ins Krankenhaus mitnehmen.« So gern sie das Angebot angenommen hätte, für einen Zwischenstopp zu Hause reichte die Zeit nicht mehr.

Cassius blinzelte überrascht. »Du arbeitest immer noch in dieser Klinik?«

Sie stieß ein knappes Lachen aus. »Ich weiß ja nicht, wie es bei dir ist, aber *ich* habe nicht vor ein paar Hundert Jahren ein Vermögen angelegt, bei dem ich jetzt von den Zinsen leben kann. Außerdem mag ich meine Arbeit. Und ich möchte mein Studium abschließen, solange …«

… solange ich noch kann.

Sie würde nicht ewig als Mensch durchgehen, das war ihr klar. Irgendwann würde jemandem auffallen, dass sie nie etwas aß. Dass sie Diagnosen stellte, auf die sie eigentlich überhaupt nicht kommen sollte. Irgendwann würde sie Verdacht erregen, und dann würde sie ihre Ambitionen hinter sich lassen müssen. Dann gab es nur noch Jobs wie den im *Bodos Burger* für sie. Sie sollte den Nachhall ihres alten Lebens genießen, solange sie konnte.

»Na ja, jedenfalls … danke.« Sina zog ihren Mantel von der Stuhllehne, über die sie das Ding am Abend geworfen hatte, und wollte gehen.

Eine Hand an ihrem Unterarm hielt sie zurück. »Sina.«

Zögernd drehte sie sich zu ihm um.

Aus ernsten Augen sah er sie an. »Ich wollte nur sagen: Ich bin für dich da. Wann immer du reden möchtest … oder mich einfach sehen …« Cassius atmete durch und schüttelte den Kopf. »Melde dich einfach, okay?« Er breitete die Arme aus und setzte ein schiefes Grinsen auf. »Du weißt ja jetzt, wo du mich finden kannst.«

Ihn *sehen?*

Sina schluckte gegen den Kloß an, der sich in ihrem Hals bildete. Sie hatte keine Ahnung, ob sie das wollte, ganz zu schweigen von der Frage, ob es klug wäre. Was zwischen ihnen geschehen war, war absolut nicht geplant gewesen. Für keinen von ihnen, aber das war kein Trost. Sie wusste nicht, wie sie sich deswegen fühlte – oder besser: wie sie sich fühlen *sollte*.

Dennoch tat es gut zu wissen, dass er ihr diese Möglichkeit bot. Dass da jemand war, dem sie sich anvertrauen durfte. Denn auch wenn sie Marcella für ihre Hilfe dankbar war – vertrauen konnte sie der Unsterblichen nicht.

»Okay. Danke.«

Cassius nickte. Zögernd beugte er sich vor. Einen winzigen Moment lang strichen seine Lippen über ihre. Es war ein kurzer, zärtlicher Kuss, der sie noch mehr verwirrte als der hitzige Sex, den sie geteilt hatten.

Hastig murmelte Sina einen Abschied und eilte davon.

KAPITEL 55
CASSIUS

Er wartete, bis er das Klicken der Sicherheitstür hörte und ihre Schritte sich entfernten. Dann fischte er den leeren Blutbeutel aus der Spüle und entsorgte ihn zusammen mit seinem eigenen in den Mülleimer. Anschließend lehnte er sich an die Küchentheke und atmete tief durch.

Sina war nicht die Einzige, die diese unerwartete Entwicklung erst einmal überdenken musste. Wie oft hatte er sich in den letzten Wochen Vorwürfe gemacht, weil er abgetaucht war, ohne sich zu vergewissern, dass sie zurechtkam? Dass er sie in ihrem neuen Dasein allein gelassen hatte – auch wenn es zu ihrem Besten gewesen war?

Cassius ging ins Wohnzimmer, wobei er tunlichst den Blick auf das Bett vermied, und ließ sich auf die Couch fallen. Erschöpft schloss er die

Augen, doch dadurch stürmten die Bilder der vergangenen Stunden erst recht auf ihn ein, so als hätten sie nur darauf gewartet, dass er seine Abwehr aufgab. Für einen kurzen Moment gestattete Cass sich, die Erinnerungen zu genießen. Noch einmal zu fühlen, was er gefühlt hatte … Dann schüttelte er die unwillkommenen Empfindungen ab und stand auf. Mit einem Ruck öffnete er das Fenster, um die kalte Novemberluft hereinzulassen und die Gerüche der letzten Nacht zu vertreiben.

Du bist so ein Idiot, schalt er sich, während er die besudelten Laken abzog.

Was zur Hölle war nur los mit ihm? Es hatte absolut nicht in seiner Absicht gelegen, Sina ins Bett zu zerren.

Ihr seinen Weg der Jagd näherzubringen, ja. Sie vielleicht auch ein wenig aufzuziehen, nachdem sie sich derart geniert hatte, als er sie im Klub ertappt hatte. Und ja, natürlich fand er sie anziehend. Schon seit er sie zum ersten Mal im *Sacre Cœur* gesehen hatte.

Damals hatte sie ihn als Beute gereizt. Wäre Marcella nicht gewesen, hätte er Sina ohne zu zögern verführt – und im Anschluss keinen einzigen Gedanken mehr an sie verschwendet.

Inzwischen sah er sie jedoch mit anderen Augen. Er hatte sie als Mensch schätzen gelernt. Und jetzt, da er sie als Unsterbliche erlebt hatte, reizte sie ihn noch auf ganz andere Weise. Sie war ihm ebenbürtig. Mehr, als Lazar es je gewesen war.

Lazar. Immer wieder lief es auf ihn hinaus.

Cassius fragte sich, ob Sina für seinen Freund eine Rettung gewesen wäre, wenn Lazar lange genug überlebt hätte … oder ob sie sein Untergang gewesen war.

Lazar hätte gewollt, dass Cassius sich ihrer annahm, dass er auf sie aufpasste. Allerdings hätte sein Freund darunter mit Sicherheit nicht verstanden, dass er Sina flachlegte – oder sich von ihr flachlegen ließ. Ganz gleich, wie man es betrachtete, diese Nacht war nicht geplant gewesen. Er hatte nicht geahnt, was Sinas Nähe in ihm auslösen würde.

Lazar würde ihn umbringen, wenn er noch am Leben wäre. Dass er es nicht mehr war, machte die Sache nur umso schlimmer.

Frustriert stopfte Cassius die Bettwäsche in die Waschmaschine. Was geschehen war, war geschehen. Die Frage war: Bereute er es?

Darüber brauchte er eigentlich nicht nachzudenken. Nein, er bereute es kein Stück.

Er konnte nur hoffen, dass Sina zu demselben Ergebnis kam.

KAPITEL 56
SINA

Es war gerade einmal halb sieben. Viel zu früh, um Levke anzurufen, vor allem in Anbetracht ihres immer noch ziemlich angespannten Verhältnisses. Aber sie musste mit jemandem reden, und verdammt – dafür waren beste Freundinnen schließlich da, oder nicht?

»Boah, Sina, hast du mal auf die Uhr geguckt?«, nuschelte Levke aus dem Telefon.

»Ich habe mit Cassius geschlafen.«

Okay, das war nicht ganz die Begrüßung, die sie geplant hatte, aber wenigstens war es jetzt raus. Hätten sie erst einmal Small Talk betrieben, hätte Sina den wahren Grund für ihren Anruf vermutlich nie über die Lippen gebracht.

Immerhin hatte sie sich damit die Aufmerksamkeit ihrer Freundin gesichert.

»Was?« Schlagartig klang Levke hellwach. »Wie ist *das* denn bitte passiert?«

»Ich weiß nicht.« Die Frage stellte Sina sich auch schon die ganze Zeit. Sie blieb stehen und lehnte sich an das metallene Brückengeländer. Unter ihr schwappte die Elbe in die Speicherstadt, gleichförmig und doch immer wieder neu. »Wir haben uns durch Zufall wiedergetroffen.«

»Und? Mensch, jetzt lass dir doch nicht alles aus der Nase ziehen!«

»Keine Ahnung.« Sina seufzte. »Wir haben getrunken, ziemlich viel.«

Am anderen Ende der Verbindung hörte sie Levke deutlich durchatmen. »Okay …«

»Nein, es ist nicht so, wie du denkst.« Es war nicht der Alkohol, der sie in Cassius' Arme getrieben hatte. Als es passiert war, waren sie beide so gut wie nüchtern gewesen.

Sina kratzte an einem Lacksplitter des Geländers herum und suchte nach Worten, die dem, was sie fühlte, einigermaßen nahekamen.

»Wir haben über Lazar gesprochen, und irgendwie … Ich weiß auch nicht. Es war das erste Mal, dass ich mich richtig fallen lassen konnte, verstehst du? Ganz ohne Vorbehalte. Ich musste nichts verstecken, vor nichts Angst haben.«

Selbst bei Lazar war sie gehemmt gewesen. Sie hatte ihm vertraut, ja. Aber ein Teil von ihr hatte sich immer als potenzielle Beute gefühlt. Lazar war ein Risiko gewesen, der gefährliche Geliebte mit dem düsteren Geheimnis. Sein Interesse hatte Sina zu etwas Besonderem gemacht, gerade wegen der Gefahr, die von ihm ausgegangen war.

Mit Cassius lag die Sache anders. Mit ihm war es ein Zusammentreffen auf Augenhöhe. Selbst wenn er ihr Dinge erklärte, belehrte er sie dabei nicht, er war einfach für sie da.

»Darf ich dich daran erinnern, dass der Typ dich nicht leiden kann?«, wandte Levke ein. »Das hat er dir ziemlich deutlich zu spüren gegeben!«

»Schon …« Aber er hatte ihr auch eine Warnung zukommen lassen, als Lazar … Als die Vetrani Lazar erwischt hatten. Sina rieb sich die Stirn.

Levke seufzte. »Hör zu. Ich weiß, du machst gerade eine schlimme Phase durch. Das verstehe ich, wirklich. Und es ist auch okay, wenn du dich mit einem kleinen Abenteuer darüber hinwegtröstest. Aber du solltest dem Ganzen nicht mehr Bedeutung beimessen, als es hat. Es war ein einmaliger Ausrutscher …«

»Zweimal«, wandte Sina kleinlaut ein.

»Okay, zweimal. Trotzdem. Tiefsinnige Gespräche hin oder her, es war Sex, mehr nicht.«

»Ja.« Levke hatte wohl recht. Es war schließlich nicht so, als würde sie irgendwelche romantischen Gefühle für Cass hegen – obwohl sein Abschiedskuss sie immer noch verwirrte. Tatsache war, das Ganze war nur passiert, weil er ihr demonstrieren wollte, wie er seine Beute verführte. Und das nicht nur für Blut, nein, offensichtlich ging er mit einigen seiner Opfer auch ins Bett. Cassius war es gewohnt, Sex zu haben, mit wem und wann er wollte. Er hatte jahrhundertelange Erfahrung im Verführen. Sie in die Kiste zu kriegen, war vermutlich seine leichteste Übung gewesen.

»Du hast ja recht.« Was passiert war, hatte nichts mit ihr zu tun. Sie war bloß eine weitere Eroberung für einen Abend, nur dass er mit ihr noch ganz andere Dinge anstellen konnte als mit einer Sterblichen. Sie war eine nette Abwechslung gewesen, mehr nicht. »Danke, dass du mich auf den Boden der Tatsachen zurückgeholt hast.«

»Dafür sind Freundinnen da, Sina.«

In der Tat. Es schien ein halbes Leben her zu sein, aber erst vor wenigen Wochen hatte sie mit Levke ein ganz ähnliches Gespräch geführt, nur dass damals sie diejenige gewesen war, die die Moralpredigt gehalten hatte.

»Es hat einfach gutgetan, endlich einmal offen mit jemandem über alles reden zu können.« Sobald sie die Worte ausgesprochen hatte, wusste sie, dass sie einen Fehler begangen hatte. Dazu hätte sie das eisige Schweigen am anderen Ende der Leitung gar nicht gebraucht. »Levke, ich …«

»Nein, schon gut«, giftete ihre Freundin. »Es ist ja vollkommen in Ordnung, dass du mich aus deinem Leben drängst und mir Sachen verheimlichst. Schön, dass ich gut genug bin, um die stille Post für dich und deinen Lover zu spielen, und *nein,* natürlich brauchst du mir nichts zu erklären.«

Levke schniefte. Offenbar war sie dermaßen sauer, dass sie mit den Tränen kämpfte, doch sie war noch nicht fertig. Sie stieß ein freudloses Lachen aus. »Aber verdammte Scheiße, dass du dann ausgerechnet mit *Cassius* darüber redest, der dich wie Dreck behandelt hat …«

»So ist das alles nicht!« Voller Verzweiflung fuhr Sina sich durch die Haare. »Er kannte Lazar eben auch, und …«

»Verkauf mich nicht für blöd, Sina.« Nun klang Levke wirklich stinkig. »Dafür kenne ich dich zu gut. Möglicherweise war das der Grund dafür, dass du mit Cassius geredet hast, aber es erklärt nicht, warum du *mich* ausschließt.«

»Glaub mir, ich würde dir so gerne alles erzählen, aber …«

Wo sollte das hinführen? Levke die Wahrheit zu sagen, würde ihre Freundin in genau dieselbe beschissene Situation versetzen, in der Sina selbst gewesen war. Sie wollte Levke nicht in dieses Chaos hineinziehen. Und ja, natürlich hatte sie Angst davor, wie ihre Freundin darauf reagieren würde, wenn sie erfuhr, was aus Sina geworden war.

»Aber *was?* Du vertraust mir nicht genug?« Levke schnaubte. »Ich habe jeden Mist mitgemacht, ohne Fragen zu stellen. Aber allmählich finde ich, dass du mir ein paar Antworten schuldest.«

Sina schloss die Augen, doch das geschäftige Treiben der Landungsbrücken, der Lärm der Autos, das Dröhnen der Hafenanlagen auf der anderen Seite der Elbe … All diese Eindrücke prasselten weiter auf sie ein. Sina verfluchte ihre vampirischen Sinne, die ihr die Welt um sie herum so überdeutlich aufzwangen. Wie konnte sie ein Teil dieser Realität geblieben sein, wenn sie sich so fremd darin fühlte?

Vielleicht war sie all das falsch angegangen. Sie konnte ihre vampirische Seite nicht aus ihrem alten Leben raushalten, ohne alle Verbindungen zu ihrer Vergangenheit zu kappen. Es gab keine zwei Versionen von ihr, kein Tag und Nacht. Es gab nur sie.

Sina musste eine Entscheidung treffen. Sie ahnte, dass sie ihre nächsten Worte bereuen würde. Dabei hatte sie gewusst, dass es darauf hinauslaufen würde, früher oder später.

»In Ordnung. Ich hole dich nach der Arbeit ab, dann erzähle ich dir alles.«

Levkes Antwort bestand aus einem misstrauischen Brummen, aber immerhin schien die Aussicht auf eine Aussprache sie einigermaßen zu besänftigen.

Sina legte auf und atmete durch. In diese Zwickmühle hatte sie Lazar also gebracht, als sie von ihm verlangt hatte, sich ihr zu öffnen. Nachträgliche Schuldgefühle überrollten sie, ebenso sinnlos wie unangebracht. Es war richtig gewesen, dass sie Aufrichtigkeit von ihm gefordert hatte, und genauso verständlich war es, dass auch Levke mittlerweile die Nase voll hatte von der Geheimnistuerei.

Sina stieß sich von der Brüstung ab. Diesmal war sie diejenige, die in der Rolle der unfreiwillig geouteten Vampirin steckte. Nur dass sie

Levke bereits seit Jahren kannte. Hoffentlich bedeutete das auch, dass sie ihre Freundin richtig einschätzte. Sie wollte Levke nicht verlieren.

Sina erreichte die Klinik auf den letzten Drücker. Zum Glück verbarg ihr Mantel den Großteil ihres aufreizenden Outfits, und die Damenumkleide war verlassen, als Sina sie betrat, sodass ihr peinliche Kommentare ihrer Kolleginnen erspart blieben.

In aller Eile zog sie sich um, tauschte Minikleid und Stiefel gegen ein weißes Shirt, hellblaue Baumwollhosen und weiße Turnschuhe. Aus der Jägerin wurde die angehende Ärztin.

Kein Wunder, dass Cassius verblüfft gewesen war, sie zurück an der Klinik zu wissen. Unterschiedlicher hätten ihre beiden Lebenswelten kaum sein können.

Gerade deshalb war es ihr so wichtig, ihren Praktikumsplatz zu behalten. Sie wollte Menschen helfen. Vor allem jedoch wollte sie beweisen, dass sie mehr war als bloß ein Ungeheuer, das sich von ihnen ernährte.

KAPITEL 57
ROMINA

»Schon wieder St. Pauli.« Missmutig ließ Romina Korn ihren sturmfesten Regenschirm aufschnappen und stieg aus dem Wagen. Eisregen peitschte ihr entgegen. Auf dem nassen Kopfsteinpflaster spiegelte sich das Neonlicht der Leuchtschilder. Was war es nur, was diese elenden Blutsauger immer wieder in das Vergnügungsviertel zog?

Mit einem Seufzen duckte Romina sich unter dem Polizeiabsperrband hindurch, das Dahlmann ihr so hilfsbereit hochhielt.

»Was haben wir?«, fragte sie.

»Das Opfer ist Monika Weißert, dreiundzwanzig.« Der Hauptkommissar lotste Romina zu der Leiche, die mit einer Plastikplane gegen den frostigen Regen geschützt war.

Romina bückte sich und hob die Plane an, gerade hoch genug, um in das bleiche Gesicht der Toten zu sehen. Weit aufgerissene Augen starrten ihr entgegen, die Hornhaut bereits milchig und trüb.

»Wie lange liegt sie schon hier?«

»Schwer zu sagen bei dieser Witterung. Mehrere Stunden. Genauer wissen wir es nach der Obduktion. Sie wurde zuletzt gegen dreiundzwanzig Uhr im *Nocturnal* gesehen, gleich hier um die Ecke.«

»Und haben die Zeugen auch eine Begleitung gesehen?«

»Unglücklicherweise nicht.«

Wäre ja auch zu schön gewesen. »Und die Todesursache?«

»Keine äußeren Verletzungen. Kein Blut, aber auch keine Totenflecken. So blass, wie sie ist, würde ich wetten, dass sie ziemlich blutleer ist.«

Romina ließ die Plane zurückfallen und richtete sich auf.

»Sie würden *wetten?*« Ihre Laune sank noch weiter. »Als Sie mich hergerufen haben, haben Sie keinen Zweifel daran gelassen, dass dieser Fall *eindeutig* in unsere Zuständigkeit fällt.«

Ohne Bisswunden konnte das Mädchen genauso gut an einer Alkoholvergiftung oder einer Überdosis Drogen gestorben sein. Der verdammte Regen könnte Erbrochenes oder Blut einfach weggespült haben. Verflucht, bei den Temperaturen konnte sie sogar schlichtweg erfroren sein. Betrunken auf der Straße eingeschlafen … Diesen Partygängern traute Romina alles zu.

Dahlmann zog verärgert die Augenbrauen zusammen. »Ich sagte, ich weiß nicht, woran das Mädel gestorben ist. Aber ich habe Sie auch nicht ohne Grund hergerufen.« Er zückte sein Smartphone. »Es gibt zwar keine direkten Zeugen, dafür einen anonymen Hinweis. Der kam sogar noch vor der Meldung über den Leichenfund.«

Damit hielt er Romina einen schlecht belichteten Schnappschuss hin. Sie kniff die Augen zusammen. Es dauerte eine Weile, bis sie die beiden Gestalten erkannte, auf die der Fotograf offensichtlich seinen Fokus gelegt hatte. Eine davon war ihr Opfer, Monika Weißert. Die andere ein unbekannter Mann, groß, schlank, dunkelhaarig. Viel mehr war von ihm nicht zu sehen, denn das Gesicht hatte er am Hals seines Opfers vergraben. Ein dünner Blutfaden lief an Weißerts Hals hinab.

Typisch. Kaum wurde man einen dieser Parasiten los, tauchte bereits der nächste auf. Irgendetwas störte Romina jedoch daran. Es dauerte einen Augenblick, bis sie erkannte, was nicht passte: »Das ist nicht das *Nocturnal.*«

»Richtig. Das ist ein Jazzklub, drüben in Eimsbüttel.«

»Und da kommt sie noch vor elf nach St. Pauli?« Romina schüttelte den Kopf. Es war zwar möglich, dass jemand nach einem ruhigen Jazzabend noch ein wenig feiern wollte, aber dann wäre die Tote um die Zeit gerade erst angekommen und hätte den Nachtklub nicht sofort wieder verlassen. Außerdem: Wieso sollte sich ein Untoter die Mühe machen, sein Opfer durch die halbe Stadt zu begleiten, nur um es gleich darauf an der nächstbesten Straßenecke liegen zu lassen?

Romina tippte auf Dahlmanns Handydisplay und vergrößerte den Bildausschnitt.

»Sind das die Sachen, die unsere Tote heute trägt?«

»Kann hinkommen. Schwer zu sagen, man sieht nicht gerade viel davon.«

Also konnte das Foto am vergangenen Abend aufgenommen worden sein … oder auch nicht.

»Schicken Sie mir das Bild«, befahl Romina. »Mal sehen, welche Wunder die Technikabteilung vollbringen kann.«

Zu schade, dass der Blutsauger nur von hinten zu sehen war. Aber ob er nun etwas mit dem Tod der jungen Frau zu tun hatte oder nicht – Romina würde ihn finden. Es war erst zwei Wochen her, dass sie Banesch zur Strecke gebracht hatten. Eine weitere Mordserie würde sie nicht zulassen.

KAPITEL 58
SINA

Mit jedem Tag fiel es Sina leichter, sich in die Routinen des Krankenhauses einzugliedern. Sie wurde besser darin, ihre vampirische Natur zu verbergen und sogar für ihre eigenen Zwecke zu nutzen. Sie würde ihr Studium abschließen. Sie würde durchhalten, einen Tag nach dem anderen.

Dieser hier war so gut wie überstanden. Es gab nur noch eine Sache, die es zu erledigen galt …

Genau genommen hatte sie überhaupt nichts mehr bei Frau Ullrich zu suchen. Sie war ihrer ehemaligen Patientin keine Hilfe mehr, schon allein, weil Sinas Gewissen und der Gestank von Krebs und Chemotherapie ihr jeden Aufenthalt im Zimmer der alten Frau zur Qual machten. Doch auch wenn sie sich zwingen musste, am Bett der Kranken auszuharren und alltägliche Floskeln mit ihr auszutauschen – Sina wollte die Augen nicht vor dem verschließen, was ihr eigenmächtiges Handeln bewirkt hatte. Sie war für den Zustand ihrer Patientin verantwortlich, also war es nur richtig, wenn sie auch die Konsequenzen trug.

Heute hatte ihr Besuch bei Frau Ullrich jedoch noch einen weiteren Grund: Sina hatte Angst vor dem Treffen mit Levke. Es gab keine subtile Methode, ihrer Freundin die Wahrheit beizubringen, das wusste sie aus eigener Erfahrung. Dieses Gespräch konnte nur schlecht ausgehen, aber welche Alternative gab es? Levke von vornherein auszuschließen, ohne ihr auch nur die Chance zu geben, die Freundschaft zu retten? Das wäre erst recht ungerecht.

Nein, an dem Gespräch führte kein Weg vorbei, ebenso wenig wie an ihrem Besuch bei Frau Ullrich.

Auf dem Weg zur Onkologie legte Sina einen Zwischenstopp am Kiosk in der Eingangshalle ein. Die Auswahl des kleinen Ladens war vorhersehbar: Tageszeitungen, Snacks, Luftballons mit Genesungswünschen, Blumensträuße und Pralinenschachteln. Das Nötigste eben für Patienten und ihre Besucher.

Sina schnappte sich eine der beiden aktuellen Courths-Mahler-Ausgaben und zahlte. Die Zeiten von Pu dem Bären waren vorbei. Frau Ullrich war geistig so weit genesen, dass sie wieder in der Lage war, selbst zu lesen. Warum es ausgerechnet Liebesromane sein mussten, erschloss sich Sina zwar nicht, aber ihre ehemalige Patientin mit neuem Lesestoff zu versorgen, war das Mindeste, was sie tun konnte. Und immerhin war es nicht *Der Arzt, dem die Frauen vertrauen …*

Sina klopfte an die Tür des Patientenzimmers, wappnete sich gegen den Geruch von Krankheit und Tod und trat ein.

»Ah, Sie sind es!« Die Freude im Gesicht der alten Frau schmerzte Sina. »Und Sie bringen mir neue Lektüre! Sie sind wirklich ein Engel.«

Eher das Gegenteil. Sina setzte ein verkrampftes Lächeln auf und reichte ihrer Patientin das Heft. »Ich kann Ihnen schließlich nicht vorenthalten, wie es weitergeht.«

Frau Ullrich lachte leise. Es klang atemlos. »Ach, Kindchen. Das sind doch keine Fortsetzungen. Wissen Sie nicht, dass es jede Woche um andere Leute geht?«

»Auch das noch!« Sina schlug sich eine Hand vor den Mund.

Die alte Dame stieß ein weiteres Lachen aus, das jedoch bald in ein trockenes Husten überging. Alarmiert beugte Sina sich vor, aber Frau Ullrich winkte ab.

»Schon gut. Geben Sie einfach her, bevor Sie noch einer der netten Pfleger damit sieht.«

Sina tat wie geheißen, doch als sie das Heft losließ, fiel es klatschend auf den Boden. Erst jetzt bemerkte sie das heftige Zittern in den Händen ihrer ehemaligen Patientin.

Sina hob den Heftroman auf und wich dabei dem Blick der alten Frau aus.

Chemotherapie und Bestrahlung schlugen nicht an. Sie brauchte keine vampirischen Sinne, um das zu sehen. Die Schwäche, das Husten … Vermutlich hatten auch die Schmerzen erheblich zugenommen.

Es war Sinas Schuld. Früher war Frau Ullrich verwirrt gewesen, aber glücklich in ihrer Unwissenheit. Jetzt litt sie körperlich, und das Schlimmste daran: Sie wusste es. Sie wusste, dass sie starb, dass es von nun an nur immer qualvoller werden würde. Und das alles nur, weil Sina eine falsche Entscheidung getroffen hatte.

Was, wenn ihre Entscheidung, Levke ins Vertrauen zu ziehen, genauso falsch war? Welches Recht hatte sie, das Leben ihrer Freundin dermaßen auf den Kopf zu stellen?

Hätte Lazar ihr damals nicht die Augen für das Übernatürliche geöffnet, wäre sie immer noch ein Mensch. Sie wäre noch am Leben … und Frau Ullrich dement geblieben.

Lazar hatte diese Entscheidung für sie getroffen. Was, wenn sie im Begriff war, genau denselben Fehler zu begehen?

»Tut mir leid«, murmelte sie. »Ich muss leider los …«

»Natürlich.« Die alte Frau lächelte schwach. »Es war schön, Sie zu sehen.«

Sina nickte nur. Die Worte zu erwidern, wäre einer gewaltigen Lüge gleichgekommen.

Sie wollte in Ruhe nachdenken, aber kaum war sie aus dem Krankenzimmer getreten, hörte sie eilige Schritte auf sich zukommen.

»Kristina!«

Überrascht sah Sina auf. »Marla?« Was tat die Krankenpflegerin hier? Soweit Sina wusste, war die Springerin inzwischen wieder auf der Kardiologie eingesetzt. Wollte sie ebenfalls nach Frau Ullrich sehen?

Marla blieb stehen. Offensichtlich sah sie irgendetwas hinter Sina, denn nach einem kurzen Kopfschütteln drehte sie ab und verschwand in den Gang, der zu den Aufzügen führte.

Mit einem mulmigen Gefühl wandte Sina sich um – und blickte in Dr. Steinhäusers verkniffenes Gesicht.

»Frau Neubert.«

Somit war klar, was Marla hier gewollt hatte. Die Pflegerin musste gewusst haben, dass der Oberarzt auf der Suche nach ihr war. Mal wieder. Vermutlich hatte Marla versucht, sie zu warnen.

Tja, dafür war es nun zu spät.

Sina seufzte und wappnete sich für die nächste Moralpredigt.

»Ich habe mit Dr. Dybvik gesprochen«, begann Steinhäuser mit einem Nicken in Richtung von Frau Ullrichs Zimmer. »Offenbar verschlechtert sich der Zustand der Patientin zusehends.«

Sina nickte. »Sie wird schwächer.«

War er extra gekommen, um ihr das zu sagen? Wollte er sie etwa mit seiner Überlegenheit quälen? Er, der Gott in Weiß, der es besser gewusst hatte?

»Sie wissen, dass unser Seelsorger auch für das Personal da ist?«

»Was?« Sie verstand nicht, worauf der Kardiologe hinauswollte. »Ich bin nicht gläubig.«

Steinhäuser musterte sie von oben herab. »Das wollte ich auch nicht unterstellen.«

»Dann weiß ich, um ehrlich zu sein, nicht, was Sie mir damit sagen wollen.« Ihre Bewerbung für die Onkologie war genehmigt, sie würde in wenigen Wochen die Station wechseln. Also, warum zielte er immer noch darauf ab, sie für emotional instabil zu erklären?

»Einen Patienten zu verlieren, ist niemals leicht.« Steinhäuser musterte sie mit hochgezogenen Brauen. »Herr Reusse ist ausgebildeter Trauerbegleiter. Vielleicht kann er Sie unterstützen.«

»Ich bin nicht labil«, entgegnete Sina brüsk.

Der Oberarzt verzog den Mund zu einem dünnen Lächeln. »Nein, aber Sie sind menschlich. Es ist nichts Verwerfliches daran, sich Hilfe zu holen, wenn man sie braucht. Ich habe es schon einmal gesagt: Ich möchte ungern, dass Sie noch vor Ihrer Approbation hinschmeißen, nur weil Sie glauben, alles Leid der Welt auf Ihre Schultern laden zu müssen.«

Sina blinzelte verblüfft. »Ich … verstehe nicht ganz.« Machte Steinhäuser sich etwa tatsächlich Sorgen um sie?

»Unser Beruf ist schwer genug. Glauben Sie mir, ich weiß durchaus, dass es nicht leicht ist, Abstand zu wahren. Man begleitet die Patienten, macht ihnen Hoffnung … Und manchmal reicht es eben nicht. Das ist frustrierend und kann einem die Zuversicht rauben. Deshalb ist es wichtig, dass man für einen Ausgleich sorgt. Suchen Sie sich jemanden, der Ihnen hilft, solche Verluste zu verarbeiten.«

»Noch ist sie am Leben«, presste Sina hervor.

»Deshalb sage ich Ihnen das jetzt.« Er schüttelte den Ärmel von seinem Handgelenk und warf einen Blick auf die teure Armbanduhr darunter. »Ich sehe viel Potenzial in Ihnen. Passen Sie auf sich auf.«

Damit machte er auch schon auf dem Absatz kehrt und stakste davon.

Vollkommen sprachlos sah Sina ihrem Oberarzt hinterher. Sie hatte ihn immer für ein gefühlloses Arschloch gehalten. Und er … wollte bloß nicht, dass sie an ihrer Arbeit zerbrach? Konnte es tatsächlich sein, dass der Koordinator für das Praxisjahr seine Studierenden schlichtweg beschützen wollte?

Sina schüttelte den Kopf. Sie hatte geglaubt, Steinhäuser durchschaut zu haben, aber wie es aussah, hatte sie sich in ihm getäuscht. Er hatte durchaus Verständnis für sie.

Möglicherweise sollte sie mehr Vertrauen haben. In ihre Kollegen … und ihre Freunde.

Sie würde die Entscheidung Levke überlassen. Wenn ihre Freundin trotz aller Gefahren die Wahrheit wissen wollte, würde Sina sie einweihen – und mit den Konsequenzen leben.

KAPITEL 59
CASSIUS

Wieder und wieder ließ Cassius die Gespräche mit Sina Revue passieren, während er seinen Wagen durch die regennassen Straßen lenkte. Was sie getan hatten, klammerte er dabei wohlweislich aus, er wollte sich nicht ablenken lassen. Sein Fokus lag auf den Informationen, die sie preisgegeben hatte. Dinge, die Lazar nie erwähnt hatte – vielleicht, weil er nie davon erfahren hatte.

Was den Grad der Intimität anging, der zwischen Sina und seinem verstorbenen Freund geherrscht hatte, konnte Cassius ohnehin nur mutmaßen. Gut möglich, dass Lazar nie mit Sina über ihren Aufenthalt bei den Vetrani gesprochen hatte. Den Kopf in den Sand zu stecken, war schon immer Lazars bevorzugte Methode gewesen, mit Unliebsamkeiten umzugehen. Möglicherweise hatte er es nicht für wichtig erachtet, schließlich hatten sie niemals aktiv nach dem Jägerbund gesucht.

Aber die Zeiten änderten sich. Cassius hatte geschworen, diejenigen zur Strecke zu bringen, die ihm den Freund genommen hatten, und das würde er auch tun.

Die Spur zu Marcella verlief jedoch im Sand. Zweifellos war die psychopathische Unsterbliche inzwischen weitergezogen. Cassius hatte keinen Hinweis darauf gefunden, wohin sie verschwunden sein könnte – doch er hatte dafür gesorgt, dass ihr Name unter den Vampiren die Runde machte.

Früher oder später würde Marcella wieder töten, das wusste er. Und dann würde einer der ihren sie finden.

Bis dahin konzentrierte Cassius sich auf die verfluchten Vampirjäger. Niemand wusste, wo die Stützpunkte der Vetrani lagen, die Agenten konnten sich also genauso gut in eine andere Stadt zurückgezogen haben. Sinas Bericht von einer ganzen Einsatzzentrale in Hamburg klang jedoch vielversprechend. Eine solche Einrichtung benötigte Platz und eine entsprechende Infrastruktur. Das musste sich doch finden lassen!

Jeder Unsterbliche entwickelte eigene Fähigkeiten und Talente. Die Art der Beeinflussung, wie Lazar sie betrieben hatte, war nie Cassius' Ding gewesen. Er bevorzugte es, seinen Verstand einzusetzen. Die moderne Technik eröffnete einem so viele wunderbare Möglichkeiten. Das meiste ließ sich sogar online erledigen, man brauchte nur die richtigen Anhaltspunkte.

Die Tiefgarage, von der Sina ihm erzählt hatte, war einer davon, die medizinische Ausstattung, die sie gesehen hatte, ein anderer. Um Zweiteres hatte er sich bereits gekümmert, seine Informanten aus diesem Sektor recherchierten schon seit dem Morgen. Was Baupläne anging, hatte er noch keine Kontaktperson. Um das zu ändern, war er hier.

Er steuerte sein Auto in eine freie Parklücke und stieg aus.

Es war kurz nach vier Uhr nachmittags, offiziell war das Bezirksamt somit für Kunden geschlossen. Cassius schlenderte gemächlich in die Eingangshalle, warf einen flüchtigen Blick auf die Informationstafel und schlug den Weg zur Abteilung für Bauen und Umwelt ein.

Die Gänge waren verwaist, doch hinter den Türen hörte er das geschäftige Klackern von Tastaturen sowie das leise Murmeln von Gesprächen. Während er noch überlegte, an welchem Zimmer er sein Glück versuchen sollte, fand das Glück ihn – in Form eines Praktikanten, der den Flur herabschlurfte. Verdutzt blieb der Bursche stehen, als er Cassius erblickte.

»Suchen Sie jemanden?«, fragte er. »Das Kundenzentrum ist schon geschlossen.«

»Ich weiß.« Cassius schenkte dem jungen Mann ein gewinnendes Lächeln. »Ich habe einen Termin.«

Sein Gegenüber runzelte die Stirn. »Und bei wem?«

»Mit dir, hoffe ich.« Ein kleiner mentaler Schubs genügte. Keine tiefgehende Manipulation, nur ein leises Flüstern, gerade genug, um den ahnungslosen Praktikanten offen für etwas Illegales zu machen. Nichts Aufregendes. Nur eine kleine Bestechung, die ihn ganz von selbst zum Schweigen verpflichten würde.

Einem Taschenspieler gleich zauberte Cassius zwischen seinen ausgestreckten Fingern einen Hunderteuroschein hervor.

»Ich brauche ein paar Auskünfte.«

KAPITEL 60
SINA

Willst du etwas essen gehen?«, fragte Levke, kaum dass sie Sina am Eingang des Drogeriemarktes entdeckte.

Sina schüttelte den Kopf. Nicht einmal Blut trinken wollte sie, so schlecht war ihr vor Nervosität. Menschliche Nahrung würde sie erst recht nicht hinunterwürgen können.

Ursprünglich hatte sie auf einen Spaziergang an der Alster gehofft, aber bei dem Schietwetter konnte sie das vergessen. Sie wären mit einer Eisschicht bedeckt, noch ehe sie das Gewässer erreichten.

»Lass uns einfach irgendwo sitzen, wo wir ungestört reden können.« Die helle, belebte Umgebung des Einkaufszentrums würde Levke hoffentlich ein Gefühl von Sicherheit vermitteln. Sina konnte sich vorstellen, dass Levke nicht mehr mit ihr würde allein sein wollen, nachdem sie die Wahrheit erfahren hatte.

Ihre Freundin zuckte mit den Schultern. »Macht es dir was aus, wenn ich mir was hole? Ich habe heute keine Pause gemacht.«

»Klar, mach.« Sobald sie Sinas Geschichte erst einmal gehört hatte, würde vermutlich auch Levke der Appetit vergehen. Besser, sie aß, solange sie noch konnte.

Sina folgte ihrer Freundin zu einem Imbissstand. Um sie herum glänzte das Einkaufszentrum im vorweihnachtlichen Lichtermeer. Goldene LED-Girlanden hingen von der Glasdecke herab, und als Sina einen Blick in die untere Etage warf, sah sie ein komplettes Schiff, das aus winzigen Lämpchen und jeder Menge Lametta bestand. Nun, das war eben Hamburg, live und in Glitzer.

Sie schwiegen, während Levke ihre Spinatpizza verdrückte.

»Also?«, fragte Levke schließlich. Sie wischte sich die fettigen Finger an ihrer Papierserviette ab, ehe sie ihre Handtasche nach dem obligatorischen Minzbonbon durchsuchte. »Spuckst du jetzt aus, was los ist, oder muss ich es dir erst aus der Nase ziehen?«

Sina seufzte. »Ich wollte dich nie ausschließen«, begann sie.

»Tja.« Levke war fündig geworden und warf sich den Atemerfrischer in den Mund. »Das ist dir gründlich misslungen.«

»Ich hatte Angst«, fuhr Sina unbeirrt fort. »Ich wollte dich nicht in die Sache hineinziehen.«

»Ja, genau.«

Levke schnalzte verärgert mit der Zunge, doch Sina ließ sich nicht beirren. Sie hatte sich vorgenommen, ihrer Freundin das Ausmaß des Problems klarzumachen, ehe sie ihr die Wahrheit anbot. Dafür hatte sie sich alles zurechtgelegt, jetzt durfte sie sich nicht aus dem Konzept bringen lassen.

»Die Typen, die Lazar umgebracht haben … Sie haben mich entführt. Sie haben mich verhört, Dinge mit mir gemacht …« Ihre Stimme brach. Sina zupfte an Levkes Papierserviette herum und zwang sich, weiterzureden. »Und das alles nur, weil sie ihn finden wollten. Verstehst du das?«

Der Schock stand Levke deutlich ins Gesicht geschrieben. »O mein Gott, Sina … Das hast du mir nie erzählt! Bist du zur Polizei gegangen?«

»Das geht nicht.«

»Aber …«

»Glaub mir, es geht nicht!«

Levke öffnete den Mund und schloss ihn wieder. Die Verzweiflung in Sinas Stimme hatte sie wohl überzeugt.

»Okay, aber Lazar ist tot«, stellte sie schließlich das Offensichtliche fest. »Sie haben ihn gefunden.«

»Leider bedeutet das nicht, dass ich jetzt vor ihnen sicher wäre.«

Verblüfft zog Levke die Augenbrauen nach oben. »Du glaubst, dass diese Leute jetzt hinter *dir* her sind?«

»Sie waren in der Klinik und haben sich nach mir erkundigt.« Sina biss sich auf die Unterlippe. »Bisher scheinen sie mich für harmlos zu halten, aber … sie irren sich.«

Levke stieß ein wütendes Schnauben aus. »Und du hast Angst, dass ich dich verpfeife, wenn du mir sagst, worum es geht? Ist es das?«

»Was? Nein!« Sina griff nach der Hand ihrer Freundin, doch die entzog sich ihrem Griff. »Ich habe Lazar auch nicht verraten! Aber das hat nichts geändert. Verstehst du? Ich wollte einfach nicht, dass sie dir dasselbe antun wie mir!«

»Mhm.« Levke glaubte ihr natürlich kein Wort. »Woher sollten sie denn wissen, was du mir erzählst und was nicht?«

»Keine Ahnung.« Vielleicht machte sie die Vetrani größer, als sie waren, aber Sina traute ihnen so gut wie alles zu.

»Sind das Kredithaie? Hast du Drogen genommen? Hat Lazar dich als Kurier missbraucht?«

»Nein, nichts dergleichen.«

»Was ist es dann? Warum sollten diese Kerle irgendwas von dir wollen?«

Sina atmete durch. »Ich habe dich angelogen«, gestand sie. »Lazar und ich … wir hatten noch Kontakt, die ganze Zeit über. Und ich habe ihn auch noch einmal gesehen, kurz bevor … es passiert ist.«

In Levkes Gesicht zuckte es. Schock, Mitleid, Wut … All das las Sina in der Miene ihrer Freundin. Sie wollte nicht warten, bei welchem Gefühl das emotionale Glücksrad anhalten würde.

»Ich bin hier, um ehrlich mit dir zu sein, Levke. Aber du musst wissen, dass diese Wahrheit gefährlich ist.«

»Hör endlich auf, herumzudrucksen!« Zack, das Glücksrad hakte bei *Wut* fest. »Wenn du mir etwas sagen willst, dann tu es!«

»Okay.« Sie hatte ihrer Freundin jede Chance gegeben. Sina schluckte. Jetzt oder nie. »Diese Leute haben Lazar ermordet, weil er … kein Mensch war. Und ich bin auch keiner mehr.« Das Wort *Vampir* wollte ihr nicht über die Lippen, also holte sie weiter aus. »Diese Leute … sie haben mich umgebracht, Levke. Und Lazar hat mich gerettet, jedenfalls einen Teil von mir.«

»Aha.« Ungefähr zehn Sekunden lang sah Levke sie einfach nur an. »Und der andere Teil?«

Ihre Reaktion war nicht gerade verwunderlich, immerhin hatte Sina Lazars Geständnis genauso wenig geglaubt, bis er ihr den Beweis geliefert hatte.

Verstohlen sah Sina sich um. Keiner der Passanten blickte in ihre Richtung. Also beugte sie sich vor und fuhr ihre Reißzähne aus.

Die beeindruckten Levke allerdings kein bisschen. »Weißt du was? Verarschen kann ich mich selbst.« Abrupt stand sie auf. »Ich weiß wirklich nicht, was mit dir los ist, Sina. Aber wenn du mir lieber irgendwelche billigen Halloween-Tricks vorführst, statt endlich zuzugeben, dass du Probleme hast … dann habe ich um ehrlich zu sein langsam keinen Bock mehr auf diese Freundschaft.«

»Nein, jetzt warte doch!«

Verdammt, was sollte sie denn tun, damit Levke ihr glaubte? Sina könnte vermutlich versuchen, den Metalltisch einzudellen, aber so etwas hatte sie noch nie probiert. Wenn ihre vampirische Stärke dafür nicht ausreichte, wäre das nur peinlich, sonst nichts. Sie hatte bisher kaum mit ihren übernatürlichen Fähigkeiten herumexperimentiert, war viel zu sehr damit beschäftigt gewesen, zu überleben. Nun, immerhin den Teil hatte sie inzwischen im Griff.

Sina atmete durch. »Dann so.«

Sie hob ihre linke Hand und drückte den Daumennagel der Rechten in das weiche Fleisch an ihrem Handgelenk, immer fester, bis die Haut aufplatzte und Blut hervorquoll.

Entsetzt riss Levke ihre Hände auseinander. »Spinnst du? Was tust du da?«

»Schau hin!«, forderte Sina.

Vor den Augen ihrer Freundin schloss sich die Wunde. Nur ein dünner Blutfaden blieb auf ihrer Haut zurück. Sina leckte ihn ab.

»Scheiße.« Kraftlos plumpste Levke zurück auf ihren Stuhl. »Das gibt's doch nicht.«

Sina schmunzelte. »Ja, so in etwa habe ich auch reagiert.«

»Wenn das ein Scherz ist …«

»Es ist keiner. Glaub mir, ich wünschte, es wäre so einfach.«

»Aber … wie? Ich meine … du … und Lazar?«

Sina wusste nicht genau, worauf die Frage abzielte, aber ihre Antwort blieb in jedem Fall dieselbe: »Und Cassius.«

Er war ebenfalls unsterblich, und er war dabei gewesen, als Lazar sie verwandelt hatte. Dass es nun eine weitere Verbindung zwischen ihnen gab, war da beinahe nebensächlich. »Verstehst du jetzt, wieso ich mit ihm Dinge besprechen konnte, die ich sonst niemandem erzählen darf?«

»Es ist Wochen her, dass Lazar gestorben ist!« Es kostete Levke offenbar große Mühe, ihre Stimme gesenkt zu halten. Sie keuchte. »Wie lange geht das denn bitte schon?«

»Seit der Nacht, bevor sie ihn erwischt haben.«

»Aber … da hast du bei mir geschlafen …«

»Ich würde dir nie etwas tun.«

Wie lächerlich dieses Versprechen war, wurde ihr erst bewusst, als sie es aussprach. Lazar hatte ihr etwas ganz Ähnliches zugesichert, und er hatte sie nicht beschützen können, weder vor den Vetrani noch vor sich selbst.

Allmählich schien die Erkenntnis, dass sie es mit gefährlichen Blutsaugern zu tun hatte, auch bei Levke einzusickern. Unwillkürlich zog sie die Schultern hoch und schützte damit ihren Hals.

»Und wie läuft das?« Sie bemühte sich um einen lockeren Tonfall, doch die Anspannung in ihrer Stimme konnte sie nicht verbergen. »Ich kann mir irgendwie nicht vorstellen, dass du Leute umbringst …«

»Natürlich nicht!« Sina wünschte, sie könnte den Vorwurf als lächerlich abtun. Aber wenn sie an ihre verzweifelten ersten Nächte dachte, war es wohl eher Glück als ihrem Verstand zu verdanken, dass sie nicht zur Mörderin geworden war. Bei aller Ehrlichkeit würde sie *das* ihrer Freundin jedoch lieber nicht anvertrauen.

»Was dann? Raubst du Blutbanken aus? Oder bist du ein vegetarischer Vampir, wie in *Twilight*, und frisst bei Vollmond ein Reh?«

Sina stieß ein verzweifeltes Schnauben aus. Als ob das ihren Durst stillen könnte!

»Es ist wirklich nicht so wild«, behauptete sie. »Es hilft mir sogar in der Klinik. Ich glaube, ich könnte damit eine wesentlich bessere Ärztin werden als vor der ganzen Sache.«

Levke prustete. »Klar. Sollten sie als neue Studiumsvoraussetzung einführen. Vergiss den Numerus clausus, Vampir muss man sein!«

Sie meinte es als Scherz, aber Sina war nicht zum Lachen zumute. Sie wusste doch selbst, dass sie sich belog. Einfach ihr altes Leben weiterzuleben war unmöglich. Sie hangelte sich von Tag zu Tag, fürchtete die Nächte ebenso wie ihre Stunden im Krankenhaus. Das eine wegen dem, was sie tat, um zu überleben; das andere, weil sie Angst davor hatte, was sie tun *könnte*. War das wirklich die einzige Zukunft, die ihr beschieden war?

Je länger sie in diesem Zwiespalt festhing, desto öfter fragte sie sich, ob es Lazar möglicherweise ähnlich ergangen war. Im Gegensatz zu ihm wirkte Cassius wesentlich gefestigter, so als würde er sein unsterbliches Dasein genießen und es nicht nur erdulden.

Marcella dagegen … Aus ihr wurde Sina nicht schlau, was vermutlich daran lag, dass die Vampirin so gut wie nichts von sich preisgab. Jedes Treffen mit ihr kam einer Prüfung gleich, von der Sina nicht wusste, worin sie überhaupt bestand. Aber jedes Mal hatte sie das Gefühl, ihrer Mentorin nicht zu genügen. Eine Antwort auf die Fragen, die Sina wirklich beschäftigten, hatte Marcella ihr jedenfalls immer noch nicht gegeben.

Wenn sie also nach einem Weg suchen wollte, ihr Leben erträglicher zu machen, dann sollte sie sich lieber an Cassius halten – vorausgesetzt, sie konnte sich dazu durchringen, ihm noch einmal unter die

Augen zu treten. Denn ganz gleich, wie sehr sie es sich einzureden versuchte … Die letzte Nacht war eben doch nicht nur ein weiterer Punkt auf der Liste ihrer Gemeinsamkeiten gewesen.

Zu gern hätte Sina genau diese Frage mit ihrer Freundin besprochen, aber verständlicherweise hatte Levke im Augenblick ganz andere Prioritäten. Der Rest des Treffens verlief entsprechend unangenehm. Sina konnte nicht ausmachen, ob sie nun eine Vertraute gewonnen oder eine Freundin verloren hatte. Vermutlich brauchte Levke einfach Zeit, um das alles zu verdauen. Es war zu viel verlangt, ihr diese Informationen vor den Latz zu knallen und dann direkt zum Tagesgeschehen überzugehen. Dennoch war Sina insgeheim froh, als Levke endlich erklärte, sie müsse nun langsam los.

»Warum kommst du mich nicht mal im Theater besuchen?«

»Theater?« Sina runzelte die Stirn. »Heißt das … du hast den Job?«

Levke setzte ein breites Grinsen auf. »Gestern war meine erste Schicht. Diese Woche mache ich noch Doppeldienst, aber am Samstag ist mein letzter Tag im Drogeriemarkt.«

»Wahnsinn, das ist toll!« Freudig drückt Sina ihre Freundin an sich. Sie tat, als würde sie nicht bemerken, wie Levke in ihrer Umarmung versteifte – und als würde es ihr keinen Stich versetzen, dass sie die gute Nachricht erst jetzt erfuhr.

Levke hatte recht, ihre Freundschaft war stark strapaziert worden, und das nicht erst seit Sinas Verwandlung. Sie hatte Levke vernachlässigt.

Immerhin schien das klärende Gespräch nun ein paar Wogen geglättet zu haben. Levke versprach ihr eine Karte für die nächste freie Vorstellung – und versicherte Sina erneut, dass ihr Geheimnis bei ihr sicher war.

Sina glaubte ihr. Trotzdem hoffte sie, dass die Vetrani diesen Schwur niemals auf die Probe stellen würden.

TEIL VI

Straße der zerbrochenen Träume

KAPITEL 61
SINA

21 *Uhr im* Zarathustra. *Sei pünktlich.*

Die SMS stammte von einem anonymen Onlinedienst, aber Sina wusste auch so, wer sie da zu einem Treffen beordern wollte. Mit einem genervten Brummen schob sie das Handy in ihre Handtasche zurück. Marcella war selbst schuld, wenn sie nun in irgendeinem Klub hockte wie bestellt und nicht abgeholt. Sina ließ sich nicht herumkommandieren, jedenfalls nicht auf Dauer. Sie hätte der Vampirin gerne abgesagt, aber da ihre *Mentorin* auf einseitigen Kommunikationswegen bestand, wusste sie nicht, wie sie das hätte tun sollen.

Dass Sina ihrem Ruf einmal nicht Folge leisten könnte, kam Marcella offensichtlich gar nicht in den Sinn – oder sie bestellte Sina ohnehin nur dorthin, wo sie sich selbst gerade aufhielt. Bislang hatte nämlich jedes ihrer Treffen auf diese Weise begonnen: eine formlose SMS ohne bitte und danke, nur der Ort und die Uhrzeit, zu der Sina sich einzufinden hatte.

Für heute hatte Sina jedoch andere Pläne: Levke hatte ihr Versprechen gehalten und ihr eine Karte für die aktuelle Aufführung im *Winterhuder Fährhaus* besorgt.

Komödien lockten Sina zwar für gewöhnlich nicht ins Theater, aber die angeknackste Freundschaft zu kitten, war ihr wesentlich wichtiger, als sich von einer Unsterblichen belehren zu lassen, die ihr bisher ohnehin nicht sonderlich geholfen hatte.

Die Vorstellung war gut besucht, und obwohl Levke erst in der Pause zu ihr stieß, bemühte Sina sich, die ungewohnte Ablenkung zu genießen. Es war viel zu lange her, dass sie sich einer so normalen Vergnügung wie einem Theaterbesuch hingegeben hatte.

Doch die Nähe der anderen Zuschauer machte sie zusehends nervös. Natürlich hatte sie getrunken, bevor sie gekommen war. Das vielfache Atmen in der Dunkelheit und die fremde Körperwärme, die durch den Raum waberte und sie einhüllte, waren jedoch wesentlich intimer als die kurzen Kontakte, denen sie sich im Krankenhaus stellen musste.

Als endlich der letzte Vorhang fiel und die Lichter in dem kleinen Saal angingen, atmete Sina erleichtert auf. Sitze klapperten zurück in ihre Leerposition, und die Stimmen der Besucher brandeten auf, kommentierten und lachten.

»Wie hat es dir gefallen?«, wollte auch Levke wissen.

Von der letzten halben Stunde hatte Sina kaum noch etwas mitbekommen. Was sie davor gesehen hatte, war durchaus amüsant gewesen – selbst für einen Komödienmuffel wie sie.

»Das Make-up war jedenfalls erstklassig«, resümierte sie.

Die jüngst ernannte Maskenbildnerin feixte. »Als ob du das bis hier hinten sehen könntest.«

»Kann ich.«

Levkes Lachen erstarb. Offensichtlich war es keine gute Idee, ihrer Freundin ihren veränderten Zustand unter die Nase zu reiben.

Sina unterdrückte ein Seufzen und lächelte Levke aufmunternd zu. »Ich bin wirklich froh, dass du den Job bekommen hast«, versicherte sie. »Du hast es dir verdient.«

»Danke.« Ein wenig von ihrer Anspannung fiel von Levke ab, und als sie zusammen an der Garderobe auf Sinas Mantel warteten, schien sie die unbedachte Bemerkung schon wieder vergessen zu haben.

»Möchtest du noch etwas trinken gehen?«, fragte Sina. Das angrenzende Restaurant hatte bereits geschlossen, aber der Winterhuder Marktplatz war nicht weit. Dort würden sie sicher ein Lokal finden, das noch offen hatte.

»Lieber nicht.« Müde wischte Levke sich über die Stirn. »Ich habe Doppelschicht, schon vergessen? Morgen früh ist wieder Regale füllen angesagt.«

»Ach stimmt. Tut mir leid.«

»Kein Problem. Ab nächster Woche kann ich dafür *dich* von der Arbeit abholen. Dann holen wir das nach.«

Sina atmete auf. »Das klingt gut.«

Dann hatte Levke ihr also tatsächlich verziehen – oder sie versuchte es zumindest.

Gemeinsam gingen sie in Richtung U-Bahn-Station Hudtwalckerstraße. Am Aufgang zur Hochbahn trennten sich ihre Wege, Levke musste weiter zum Marktplatz und den Bussen dort.

Kurz erwog Sina, ihre Freundin zum Abschied zu umarmen, doch sie erinnerte sich noch zu gut an Levkes Verkrampfen beim letzten Mal – und an ihre eigene Befangenheit, wann immer Lazar ihrem Hals zu nahe gekommen war. Also überließ sie es Levke, den ersten Schritt zu tun, und versuchte, nicht allzu enttäuscht zu sein, als diese ihr nur unbeholfen zuwinkte. Schließlich wusste Sina aus eigener Erfahrung, dass es Zeit brauchte, um das Vertrauen wiederherzustellen, das die Wahrheit über die Existenz des Übernatürlichen erschüttert hatte.

Heute hatten sie einen wichtigen Schritt getan, um ihre Freundschaft durch diese schwierige Phase zu retten. Nächste Woche, wenn sie einander wiedersahen, würde ihnen der Umgang miteinander noch ein wenig leichter fallen.

»Ich glaube es einfach nicht«, zischte eine Stimme unmittelbar hinter ihr.

Erschrocken wirbelte Sina herum und blickte direkt in Marcellas wutverzerrtes Gesicht.

»Du versetzt mich wegen einer *Sterblichen?*«, fauchte die Vampirin.

»Ich …« Sina war völlig überrumpelt.

Ungläubig kniff sie die Augen zusammen.

Hatte Marcella ihr etwa aufgelauert? Irgendwie schien die Vampirin immer zu wissen, wo Sina zu finden war. Spionierte sie ihr nach? Sina konnte sich nicht vorstellen, dass die Unsterbliche sich zu so etwas Banalem herablassen würde, möglicherweise lag Marcellas Begabung ja darin, andere Vampire deutlicher zu erspüren. Jetzt, da sie sich nicht länger auf Levke konzentrierte, fühlte Sina die Anwesenheit ihrer Artgenossin ebenfalls wie ein dumpfes Grummeln in der Magengrube.

Jemanden wahrzunehmen und ihn gezielt aufzuspüren, waren allerdings zwei völlig verschiedene Dinge. Sicherlich konnte Marcella sie nicht durch halb Hamburg wittern. Also, was tat sie hier?

Eigentlich spielte es keine Rolle. Es ging Marcella schlichtweg nichts an, wie Sina ihre Abende verbrachte.

»Ich hätte dich nicht versetzen müssen, wenn du mich nicht immer herbeizitieren würdest, sondern Abmachungen treffen würdest wie ein normaler …« Sie brach ab.

Es fiel Marcella nicht schwer, das fehlende Wort zu ergänzen. »Wie ein normaler *Mensch?*« Verärgert schnalzte sie mit der Zunge. »Du tust immer noch, als wärst du eine von ihnen. Akzeptier endlich, was du bist!«

»Ich weiß sehr gut, was ich bin. Aber das schließt meine Vergangenheit mit ein.«

»Deine Vergangenheit lähmt dich.« Marcella trat auf sie zu, so nah, dass sie Sina eine Hand an die Wange legen konnte. »Wenn du frei sein willst, musst du endlich lernen, loszulassen.«

Marcellas Finger lagen warm auf ihrer eigenen kühlen Haut. Ihre Mentorin hatte die Wartezeit offenbar gut genutzt, Sina konnte das frische Blut regelrecht riechen, das im Kreislauf ihres Gegenübers kursierte. Mehr Blut, als von einer einzigen Mahlzeit stammen konnte. Und es stank.

Irritiert wischte Sina Marcellas Hand fort. »Frei wovon?«, stieß sie aus. »Von meiner Menschlichkeit?«

»Von erzwungener Moral«, konterte die Vampirin. »Von all den lächerlich kleinen Regeln, die Sterbliche einander auferlegen, um mit ihrer kümmerlichen Existenz zurechtzukommen.«

»Du redest von Gewissen und Anstand.«

»Siehst du?« Ungeduldig wedelte Marcella mit der Hand. Die Bewegung trieb den Gestank ihrer Beute erst recht in Sinas Nase. »Genau das meine ich! Du glaubst, dich immer noch nach ihren Werten richten zu müssen.«

Sina würgte. So fahl der Geruch auch war, er war unverwechselbar. Tag für Tag begegnete Sina ihm im Krankenhaus. Marcella roch nach Tod. Aber das war unmöglich, sie war nicht krank oder gebrechlich …

Eiskalter Schreck durchfuhr Sina, als ihr klar wurde, was das bedeuten musste. Marcella selbst war das blühende Leben, sie trug das Blut mehrerer Menschen in sich – oder sehr viel Blut von einem einzigen Opfer. Das ließ nur einen Schluss zu: Marcella hatte getötet.

Unwillkürlich wich Sina zurück.

Lazar hatte sie gewarnt, sie hatte es bloß nicht geglaubt. Hatte nicht daran glauben wollen, dass diese Frau, die ihr so bereitwillig Hilfe angeboten hatte, sie um ein Haar ebenfalls ermordet hätte.

Aber welche Erklärung gab es sonst? Sina hatte Marcella nie töten sehen, eigentlich nicht einmal trinken. Doch Marcella hatte selbst gesagt, dass sie flexibel war.

Was, wenn sie tatsächlich eine Mörderin war? Wenn es das war, was sie auch aus Sina machen wollte? Ein Monster ohne Moral, ohne Gewissen?

Sina wich weiter rückwärts, fort aus dem Todesdunst, der ihr Gegenüber umgab. »Das ist nicht die Freiheit, die ich suche«, keuchte sie.

»Und was suchst du sonst?« Ein hämisches Grinsen zog Marcellas Lippen auseinander. Darunter blitzten zwei weiße Fangzähne auf. »Einen weiteren Mann, dem du die Verantwortung für dein Leben aufbürden kannst?«

Erschrocken riss Sina die Augen auf.

Marcella lachte. »Glaubst du wirklich, ich wüsste nichts von deiner kleinen Eskapade?«, fuhr sie süffisant fort. »Erwarte dir keine Wunder von ihm. Schlimm genug, dass du dich dem erstbesten Unsterblichen an den Hals wirfst wie eine räudige Hündin …«

»Es reicht!« Sina ballte die Hände zu Fäusten, grub dabei die Fingernägel tief in ihre Handballen. Der Schmerz half ihr, sich auf ihre Wut zu konzentrieren, nicht auf die Scham und Bitterkeit, die Marcellas Worte in ihr auslösten. »Was ich mit wem tue, geht dich rein gar nichts an.«

»Das sehe ich anders. Du hast dich in meinen Schutz begeben, dich mir unterstellt.« Hochmütig lüpfte Marcella das Kinn. »Entsprechend liegt es in meiner Verantwortung, was du tust. Und mit wem.«

Die hatte doch nicht mehr alle Tassen im Schrank! Natürlich war Sina klar gewesen, dass Marcella nicht begeistert sein würde, wenn sie sich lieber Tipps von Cassius holte als von ihr. Nicht nur, dass sie Marcella damit ihrer Mentorenrolle beraubte, sie ersetzte sie auch noch ausgerechnet durch einen Kerl. Sina wusste nicht, weshalb, aber Marcella hasste Männer in einem Ausmaß, das mit gesundem Feminismus nichts mehr zu tun hatte.

Dennoch hatte Sina all das hingenommen, um einen Halt in ihrem vampirischen Dasein zu finden. Doch alles hatte seine Grenzen. Ihr reichte es.

»Dann entbinde ich dich hiermit von der Verantwortung«, erklärte sie kühl.

»Wie bitte?« Wut verzerrte Marcellas Gesicht zu einer hässlichen Fratze. Offensichtlich war sie Widerworte noch weniger gewohnt als Steinhäuser. Tja, dann würde Sina jetzt *ihr* etwas Neues beibringen.

Sie hatte keine Ahnung, was Marcella eigentlich von ihr wollte, aber das tat auch nichts mehr zur Sache. Sina ließ sich nicht wie einen Schoßhund dressieren. Und falls Marcella tatsächlich Menschen tötete, wollte Sina erst recht nichts mehr mit ihr zu tun haben. Schlimm genug, dass sie ihren hippokratischen Eid beugte, um von unschuldigen Menschen zu trinken – sie würde niemanden unterstützen, der Leben auslöschte. Und ganz bestimmt würde sie sich nicht zu einer Mörderin machen lassen!

»Die nächste SMS kannst du dir sparen«, fauchte sie. »Ich werde zu keinem Treffen mehr kommen.«

Ohne Marcellas Antwort abzuwarten, wandte Sina sich ab und lief die Treppen zur U-Bahn-Station hinauf.

KAPITEL 62
SINA

Marcella konnte sie mal kreuzweise. Es war ja nicht so, als hätte die Vampirin jemals irgendetwas für sie getan. Und jetzt tat sie, als hätten sie einen Blutpakt geschlossen, der ihr Sina quasi übereignete.

Der Gedanke ließ Sina schaudern. Was, wenn es tatsächlich irgendeine Form von Verhaltenskodex unter Unsterblichen gab, von dem sie nichts wusste? Marcella würde ihr diesbezüglich garantiert nicht die Wahrheit sagen. Im Gegensatz zu Cassius. Was auch immer sie beide verband – er würde ihr eine ehrliche Antwort auf ihre Fragen geben.

Seit ihrer gemeinsamen Nacht hatte sie jedoch nichts von ihm gehört. Sina hatte sich nicht bei ihm gemeldet, weil sie immer noch nicht wusste, wie sie seine Absichten einschätzen sollte – und er hatte sich ebenfalls in Schweigen gehüllt. Womöglich war sie für ihn wirklich nicht mehr als ein One-Night-Stand gewesen, und er sah keinen Grund, den Kontakt zu ihr zu suchen. Oder aber er wollte sie nicht bedrängen.

Die Art, wie er sich von ihr verabschiedet hatte, legte nahe, dass er einem Wiedersehen zumindest nicht abgeneigt war. Herausfinden würde sie es wohl nur, wenn sie ihn fragte. Außerdem war er, abgesehen von Marcella, der einzige Vampir, den sie kannte. Wenn sie Antworten wollte, musste sie wohl oder übel über ihren Schatten springen und den ersten Schritt wagen.

Ihre SMS kam als unzustellbar zurück. Sina fluchte. Die Telefonnummer, von der aus Cassius sie über Lazars Tod informiert hatte, war nicht länger vergeben. Der Kerl hatte beinhart die Nummer gewechselt! Also ehrlich, was war nur mit diesen verdammten Vampiren los? Hatten die noch nie was von Nachrichten-Apps oder Social Media gehört?

Frustriert stopfte Sina das Handy in die Manteltasche. An eine ruhige Nacht war jedenfalls nicht zu denken, dafür war sie viel zu sauer. Sie brauchte *wirklich* jemanden, mit dem sie reden konnte. Einfach bei Cassius zu Hause aufzukreuzen, kam allerdings nicht infrage. So aufrichtig er geklungen hatte, als er ihr angeboten hatte, für sie da zu sein … Sie wollte nicht, dass er ihr Auftauchen falsch verstand. Also tat sie das Nächstbeste: Sie ging ins *Sacre Cœur.*

Die Chance, ihn ein zweites Mal dort anzutreffen, war verschwindend gering, aber es war nun mal der einzige Teil seines Jagdgebiets, den sie kannte. Umso überraschter war sie, als sie die Anwesenheit eines anderen Vampirs spürte, kaum dass sie den Klub betrat. Wartete er etwa auf sie? Oder war es Marcella, der sie ein weiteres Mal direkt in die Arme lief?

Angespannt ging Sina die Treppe hinunter.

Es war tatsächlich Cassius. Er war jedoch nicht allein – in seinen Armen räkelte sich eine dunkelhaarige Schönheit. Die beiden drückten sich an eine schwarz getünchte Wand. Für menschliche Augen lag der Bereich zweifellos in den Schatten hinter dem Tanzbereich verborgen. Sina hingegen sah nur allzu deutlich, wie Cass das Gesicht in der Halsbeuge vergrub, die seine Begleiterin ihm erwartungsvoll entgegenstreckte.

Der Anblick wirkte erschreckend intim. In Sinas Brust zog sich etwas schmerzhaft zusammen.

Sie hatte keine Lust, das Gefühl zu ergründen, und erst recht wollte sie nicht dabei zusehen, wie Cassius diese Unbekannte da verführte. Doch gerade als Sina auf dem Absatz kehrtmachen wollte, blickte er auf. Offenbar hatte auch er ihre Nähe erspürt, denn sein Blick wanderte suchend durch den Klub – bis er sie fand.

Sina stockte. Jetzt abzuhauen, wäre einer Flucht gleichgekommen. Auf keinen Fall sollte er merken, wie unangenehm ihr diese Beobachtung war. Also nickte sie ihm zu und verzog sich an die Bar. Vielleicht erinnerte er sich ja an sein Versprechen und leistete ihr Gesellschaft, nachdem er getrunken hatte.

Aber was, wenn er mehr von seiner Bekanntschaft wollte? So unangenehm es Sina auch war, darüber nachzudenken ... Sie hatte die Frau gesehen. Die heutige Eroberung würde Cassius definitiv nicht vergeuden wollen.

Sina hatte eigentlich keinen Nerv, stundenlang auf ihn zu warten, nur um sich ein wenig Frust von der Seele zu reden. Ihr Ärger auf Marcella war mittlerweile größtenteils verflogen. Sie war müde. Und nachdem sie Cassius nun mit dieser Sterblichen gesehen hatte, wollte sie bloß noch nach Hause.

»Was darf's sein?«, fragte der bleich geschminkte Kerl hinter dem Bartresen.

»Einen Gin Tonic, bitte«, antwortete sie automatisch.

Nicht, dass sie vorgehabt hätte, ihn zu trinken. Sie wollte bloß nicht dasitzen, als würde sie darauf warten, dass ...

»Der geht auf mich.«

Cassius. Überrascht blickte Sina auf. Er stand unmittelbar hinter ihr, von seiner Begleitung war nichts zu sehen. Dabei wäre Sina jede Wette eingegangen, dass er noch nicht getrunken hatte. Hatte er seine Eroberung etwa abserviert? *Ihretwegen?*

»Ich wollte dich nicht um dein Abendessen bringen.«

Cassius setzte ein süffisantes Grinsen auf. »Wenn das so ist …« Er beugte sich vor, griff an ihr vorbei und nahm einen Schluck von ihrem Gin Tonic, ehe er ihr das Glas anbot. Dabei stand er so nah bei ihr, dass sein darauffolgendes Wispern unmittelbar an ihrem Ohr erklang. »Wie wäre es, wenn du es wiedergutmachst?«

Allein die Worte genügten, um ein erwartungsvolles Kribbeln in ihrem Bauch zu wecken. Und nicht nur dort. Das Ziehen in ihrem Schoß war so stark, dass es beinahe schmerzte. Ihr Puls beschleunigte sich, und das Grinsen auf Cass' Gesicht wurde noch breiter. Seine Nasenflügel bebten und machten deutlich, welche Signale er gerade von ihrem Körper empfing. Er konnte ihre Erregung *riechen.* Mitten in einem überfüllten Tanzklub.

Unwillkürlich presste Sina die Beine zusammen, doch Cassius stand nur da und sah sie an. Auch sie roch seine Nähe. Den Schweiß auf seiner Haut, sein mildes Aftershave, dezent genug, um für vampirische Sinne angenehm zu sein. Das schnelle Pochen seiner Halsschlagader und sein intensiver Blick riefen ihr den Geschmack seines Blutes in Erinnerung, durchtränkt vom Gefühlsrausch seiner Lust. Er hatte dasselbe in ihrem Blut geschmeckt. Cassius wusste längst, was er in ihr auslöste. Es gab nichts, wofür sie sich schämen musste. Ganz gleich, was sonst noch zwischen ihnen war – *das* wollten sie beide.

Sina stellte ihr Glas ab, ohne den Drink darin auch nur anzurühren. Cass trat einen Schritt zurück. Worte waren überbewertet. Als er ihr die Hand entgegenstreckte, legte Sina ihre Finger in die kühle Handfläche des Unsterblichen und folgte ihm aus dem Klub.

Kurz streifte ihr Blick dabei jene Frau, die Cassius vorhin bearbeitet hatte. Hasserfüllt sah die Fremde ihr entgegen. Sina konnte sich ein triumphierendes Lächeln nicht verkneifen. Diese Sterbliche hatte ja keine Ahnung, was genau ihr da entging …

Instinktiv verstärkte Sina den Griff um Cassius' Hand. Er erwiderte den Druck – und zog sie ins Freie.

Die Erregung begleitete sie aus dem Klub, wuchs mit jeder Minute des Weges, bis Sina glaubte, unter jedem noch so kurzen Blick, jeder flüchtigen Berührung zerbersten zu müssen.

Erneut gingen sie zu ihm, doch diesmal gab es kein Hinauszögern, kein vorsichtiges Herantasten. Kaum schlossen sich die Aufzugtüren hinter ihnen, prallten sie mit solcher Wucht aneinander, dass die verspiegelte Rückwand der Aufzugkabine zitterte. Nein, kein Mensch hätte einen solchen Kuss ertragen. Sina hingegen wollte noch viel mehr.

Sie wartete nicht darauf, dass Cassius die Führung übernahm. Sobald sie durch die Tür waren, schubste sie ihn in Richtung Bett. Er folgte ihrer Aufforderung nur zu gerne. Rückwärts gehend zog er sie mit sich, während sie einander von den lästigen Klamotten befreiten. Immer wieder strich seine Zunge dabei neckend über ihre Lippen, lockte Sina weiter, ohne den Kuss zu vertiefen.

Ein ungeduldiges Knurren bahnte sich aus ihrer Kehle. Mit einem schnellen Schritt überwand sie die Distanz zwischen ihnen und stieß ihn aufs Bett. Im nächsten Augenblick war sie über ihm, und als er sich aufrichten wollte, drückte sie ihn entschieden zurück auf die Matratze.

Cassius' Augen weiteten sich vor Überraschung, er bleckte die Reißzähne. Das zufriedene Keuchen, das aus seinem Mund drang, war jedoch unmissverständlich. Er packte ihren nackten Hintern und zog sie näher, bis sie auf seiner Hüfte zu sitzen kam.

Sina stützte eine Hand an seiner Schulter ab, kippte ihr Becken und rutschte tiefer. Sie stöhnte, als er in sie hineinglitt, doch ihr Blick hing an seinen leicht geöffneten Lippen – und den Eckzähnen, die darunter hervorblitzten. Da war sie wieder, diese Gier nach so viel mehr als nur Blut oder Sex. Das Verlangen danach, alle Grenzen niederzureißen, sich selbst zu verlieren und neu zusammenzusetzen.

Sie beugte sich vor, und als er diesmal den Oberkörper hochdrückte, ließ sie ihn gewähren. Er küsste sie, seine Zähne drückten hart an ihre Lippe. Sina schmeckte Blut und konnte nicht sagen, ob es ihr eigenes war, und falls ja, ob Cass sie mit Absicht gebissen hatte. Gleich darauf fühlte sie einen scharfen Schmerz an ihrer Zunge. *Das* war definitiv Absicht gewesen!

Sie knurrte, und Cass lachte leise. Sein nächster Biss traf ihre Kehle. Stöhnend klammerte sich Sina mit einer Hand an seine Schulter, während sie die andere in seinen Nacken legte und ihn noch näher an die Quelle ihres Blutes zog. Schwindel packte sie, füllte ihren Kopf mit einem unwirklichen Gefühl der Leichtigkeit. Sie schloss die Augen und gab sich einem Moment der Entrücktheit hin, ehe sie sich über Cassius' Hals beugte und den Biss erwiderte.

Er zog die Zähne zurück, leckte über ihre Haut … und murmelte ihren Namen.

Sina riss die Augen auf. »Was?«

Sie hätte geschworen, dass ihm das Wort nur herausgerutscht war, aber schon hatte er ihren Moment der Verblüffung ausgenutzt. Mit einer raschen Bewegung seiner Hüfte schubste er sie um, sodass sie in die schwarzen Kissen plumpste.

»Hey!«

Er grinste. Dann war er wieder über ihr, verschloss ihren Mund mit seinen Lippen, und Sina sank zurück in die Kissen. Sie genoss seine Berührungen, genoss sein Blut, das durch ihren Kreislauf rauschte, und die Leidenschaft, die sie mit ihm ungeniert ausleben konnte.

Sie ließ sich gehen, voll und ganz. Es war ein Geben und Nehmen, von dem sie nicht hätte sagen können, wie lange es dauerte, oder auch nur, wie oft sie es wiederholten. Sie erlebte seine Höhepunkte ebenso intensiv wie ihre eigenen, bis sie sich irgendwann erschöpft und müde in seinem Arm wiederfand, halb von verhedderten Laken bedeckt, den Kopf auf seine Brust gelegt.

Seine Fingerspitzen zeichneten träge Muster auf ihre nackte Schulter, als könnte er sich nicht dazu durchringen, die Berührungen abebben zu lassen.

Sina genoss die unerwartete Zärtlichkeit. Doch jetzt, wo ihr Verstand allmählich wieder einsetzte, fragte sie sich, ob er die Frauen, die er aussaugte, genauso handhabte. Er nahm sie niemals mit zu sich nach Hause, aber das war reiner Selbstschutz, um nicht enttarnt zu werden. Was wusste sie schon, welche Art von Liebhaber er normalerweise war? Vielleicht hatte sie der Frau im *Sacre Cœur* unrecht getan. Vielleicht hätte die Sterbliche einen ganz anderen Cassius erlebt.

Ein sanfter Kuss in ihren Nacken riss Sina aus ihren Gedanken.

»Ich bin froh, dass du gekommen bist«, murmelte Cassius.

Da war es wieder, dieses Ziehen in ihrer Brust. Sina wollte nicht darüber nachdenken, wollte nicht wissen, was es bedeutete. Nicht bei ihm.

»Ich dachte ja immer, du könntest mich nicht leiden.«

Der Satz war heraus, bevor Sina es verhindern konnte. Wenn es wenigstens sarkastisch geklungen hätte! Aber Sina machte sich nichts vor, zweifellos hörte Cassius die Unsicherheit in ihren Worten.

Er antwortete nicht, selbst seine Finger stellten ihr rastloses Wandern ein. Das Schweigen zog sich, bis Sina es nicht länger ertrug.

Abrupt setzte sie sich auf. »Vergiss es, ich hätte nicht …«

»Es ging nicht um dich.«

Verwundert blinzelte sie ihn an. »Was meinst du damit?«

»Dass ich dich nicht leiden konnte, hatte nichts mit dir zu tun. Du warst mir egal. Du warst nur ein verfluchter Mensch.«

Das war der Moment, in dem sie hätte aufstehen und gehen sollen, aber plötzlich fehlte ihr jegliche Kraft. Eisige Kälte breitete sich in ihrer Brust aus und streckte schneidende Klauen in ihre Glieder.

»Tut mir leid, so sollte das nicht klingen. Aber …« Mit einem Seufzen setzte Cass sich ebenfalls auf. Er legte die Ellbogen auf die hochgezogenen Knie und fuhr sich in einer frustrierten Geste durchs Haar. »Was erwartest du? Ich habe dich doch überhaupt nicht gekannt. Du warst eine Gefahr für Lazar, das war alles, was ich wusste. Ich hätte nie zulassen dürfen, dass er sich an dich ranschmeißt.«

Okay, jetzt verstand Sina gar nichts mehr. »Du warst sauer auf mich, weil Lazar sich in mich verliebt hat?«

»Kaum dass er dich gesehen hatte?« Cassius schnalzte mit der Zunge. »Wohl kaum. Zur Liebe gehört mehr als bloß Attraktivität und ein paar Pheromone. Es erfordert Zeit. Vertrauen. Aufrichtigkeit.« Er seufzte. »Versteh mich nicht falsch, vielleicht hat Lazar sich tatsächlich in dich verliebt. Ich glaube dir, dass du *ihn* geliebt hast. Aber …« Cassius sah sie an, und in seinen Augen lagen Trauer und Resignation. »Ich fürchte, du hast keine Ahnung, wie labil Lazar war. Es war keine Liebe, die ihn zu dir hingezogen hat, jedenfalls nicht zu Beginn. Du hast ihn an seine tote Frau erinnert.«

Seine Worte kamen einer Ohrfeige gleich. »Das ist nicht wahr.«

Mitleid lag in Cassius' Blick. Er wollte ihr das alles nicht sagen müssen. Dennoch tat er es. Warum?

»Du warst ein Mensch, Sina«, fuhr er leise fort. »Früher oder später hättest du Lazar verlassen. Wenn nicht in dem Moment, als du erfahren hast, was er war, dann eben, weil du alt geworden wärst. Menschen sterben, Sina. Und jemanden zu verlieren, den er mit seiner Frau gleichgesetzt hat, hätte Lazar vermutlich umgebracht.«

»Deshalb hast du also darauf beharrt, dass ich ihm noch eine Chance gebe, nachdem er mich gebissen hatte.« Sina konnte die Bitterkeit in ihrer Stimme nicht verbergen. Für Cassius war sie nur ein Mittel gewesen, um seinen Freund zufriedenzustellen. Und für Lazar …

Sie schlang die Decke um ihre Schultern. Seit ihrer Verwandlung fühlte sie eigentlich keine Kälte mehr, dennoch fröstelte sie nun. Lazar hatte seine Frau auf grausamste Weise verloren und sich deshalb von Sterblichen ferngehalten. Aber nicht von ihr.

Sie hatte geglaubt, dass er sie für etwas Besonderes gehalten hatte. Dass da eine tiefe Verbundenheit zwischen ihnen existiert hatte. Aber wieso hatte er überhaupt mit ihr gesprochen? Nur mit ihr und keiner Menschenseele sonst? Cassius' Erklärung ergab erschreckend viel Sinn. Sie hatte Lazar geglaubt, weil sie es hatte glauben wollen. Wie hatte sie nur so naiv sein können?

»Ich habe es getan, weil er dich gebraucht hat«, entgegnete Cassius. »Es spielt keine Rolle, ob ich seine Entscheidungen für gut befunden habe oder nicht. Er war mein Freund. Ich wollte nicht, dass er leidet.«

Und wie es ihr ergangen war, hatte keine Rolle gespielt. Sie war schließlich nur ein Mensch gewesen.

Sina schluckte. »Wieso erzählst du mir das alles ausgerechnet jetzt?«

»Keine Ahnung. Vielleicht, weil ich das Gefühl habe, dass das alles meine Schuld ist.« Er zupfte imaginäre Fussel aus dem Laken und schnippte sie vom Bett. »Dass ich euch im Stich gelassen habe, alle beide.« Er seufzte. »Ich hätte ihn niemals mitnehmen dürfen.«

Verwundert sah Sina ihn an. »Was meinst du damit?«

»Ich hatte dich zuerst gesehen. Damals, im *Sacre Cœur.*« Auch Cassius hatte wohl auf einen nonchalanten Klang seiner Worte gehofft, aber was das anging, scheiterte er genauso wie vorhin sie selbst. Als sie ihn ungläubig anstarrte, schnaubte er. »Was glaubst du denn, warum Lazar dort war? Du weißt, dass er nicht in Klubs gejagt hat.«

»Schon, aber …«

Lazar hatte ihr nie erzählt, dass er an jenem Abend nicht allein gewesen war. Dann hatte Cassius Marcella also ebenfalls gesehen? Wenn sie wirklich versucht hatte, Sina zu töten, musste Cass davon wissen, oder? Er konnte ihr die Antworten geben, die sie suchte!

Sina öffnete den Mund, um ihn nach der Unsterblichen zu fragen, doch Cassius kam ihr mit einem Geständnis zuvor.

»Hätte er mich nicht zurückgehalten, hätte ich dich gebissen.«

»Bitte *was?*«

Cass zuckte mit den Schultern. »Ich brauchte Blut. Du warst da. Also wollte ich es von dir nehmen.« Er seufzte und strich sacht über Sinas Handrücken. »Hätte Lazar nicht plötzlich Anspruch auf dich erhoben, wüsste ich jetzt also, wie du vorher geschmeckt hast.«

Das klang … ziemlich creepy. Sina entzog ihm ihre Hand.

»Dann warst du also *eifersüchtig?*« Fassungslos schüttelte sie den Kopf. »Ich habe die ganze Zeit geglaubt, du wärst der Meinung, ich wäre nicht gut genug für Lazar. Und dabei wolltest du mich einfach nur selbst beißen!«

Cassius warf ihr einen strafenden Blick zu. »Ich war *nicht* eifersüchtig«, widersprach er nachdrücklich. »Ich habe eure Beziehung respektiert. Und ich habe versucht, euch voreinander zu schützen.« Er schüttelte den Kopf. »Aber dieser Idiot konnte ja einfach nicht auf mich hören.«

Wut schlich sich in seine Stimme, die nächsten Worte strömten förmlich aus ihm hervor. »Er hat dich in eine Situation gebracht, von der er wusste, dass sie dich dazu verleiten würde, deine Hilfe anzubieten – obwohl er wusste, was es dich kosten würde.« Cassius streckte eine Hand hoch und zählte die Vorwürfe an seinen Fingern ab. »Er hat sich – und damit auch dich – den Vetrani ausgesetzt, obwohl wir *beide* ihm geraten haben, Hamburg fernzubleiben. Er hat dich verwandelt, obwohl er gewusst hat, wie sehr du mit ihm als Vampir gehadert hast. Und dann lässt er sich von den Vetrani-Ärschen umbringen und dich mit dem ganzen Scheiß einfach allein!«

Frustriert schüttelte Cassius den Kopf. »Ich hätte da sein müssen, spätestens nachdem die Vetrani ihn zum ersten Mal aufgespürt hatten. Aber er hatte mir versprochen, dass er es unter Kontrolle hat. Er hat

Anspruch auf dich erhoben, also hätte er, verdammt noch mal, auch auf dich aufpassen müssen!«

Da war es schon wieder: *Anspruch.*

»Niemand hat *Anspruch* auf mich, klar?«, fauchte sie. »Ich bin eine Person, kein Gegenstand!« Wieso meinten diese dämlichen Vampire alle, sie hätten das Recht, sie zu etikettieren wie ein Wäschestück?

»Lazar hat mich geliebt«, presste sie hervor.

»Ja, klar.« Cass schnaubte. »Lazar war ein verfluchter Egoist. Wenn er dich geliebt hat, warum hat er dich dann nicht beschützt?«

»Hör auf damit! Er war dein Freund. Wieso ziehst du über jemanden her, der sich nicht einmal mehr wehren kann?« Sie schüttelte den Kopf und rückte ein Stück von ihm ab. »Sicher, Lazar hat Fehler gemacht, aber das habe ich auch.«

»Tut mir leid.« Cassius stieß ein tiefes Seufzen aus und ließ sich zurück aufs Bett fallen. »Vermutlich habe ich einfach viel zu viele Jahre damit verbracht, den Kerl am Leben zu halten.« Seine Stimme wurde leiser. Er drehte den Kopf so, dass er ihr besser ins Gesicht blicken konnte.

»Lazar war depressiv, Sina. Ich habe ihn nie anders gekannt. Es gab ganze Jahrzehnte, in denen er auf sich allein gestellt nicht überlebt hätte. Er *wollte* leiden. Und du …« Cass presste die Lippen zusammen, als würde er erwägen, ob er ihr die nächsten Worte zumuten durfte.

»Anfangs dachte ich, du bringst ihn um«, gestand er schließlich. »Dass du nur ein weiterer Dolch wärst, den er sich selbst ins Fleisch rammt. Aber dann ist er aufgeblüht.« Er verzog den Mund zu einem traurigen Lächeln. »Du hast ihm gutgetan, Sina. Für eine Weile warst du sein Grund, am Leben zu bleiben. Nur hat er keine Rücksicht darauf genommen, was das für dich bedeutet.«

»Und es hat trotzdem nicht gereicht.« Tränen stiegen ihr in die Augen. Sie wandte sich ab.

»Du denkst, das wäre deine Schuld?« Das Laken raschelte hinter ihr, als Cass näher rückte. »Du kannst nicht von dir erwarten, gegen das Selbstmitleid eines zweihundert Jahre alten Vampirs anzukommen«, erklärte er leise. »Glaub mir, ich habe das lange genug versucht. Es grenzt eher an ein Wunder, dass er dich nicht in sein Elend mit hinuntergezogen hat.« Seine Hand glitt sacht über ihren Arm. »Du bist stärker, als man meint.«

»Klar. Wenn du das sagst.« Weil sie ja so super zurechtkam mit ihrem Leben.

Was war an ihr denn besser als an Lazar? Nur weil Cassius sie nicht während ihrer Tiefpunkte erlebte, bedeutete das noch lange nicht, dass es ihr in irgendeiner Form gut ging. Sie hasste jeden einzelnen Tag ihres Daseins.

Sina entzog sich der Berührung des Unsterblichen, stand auf und schlüpfte in ihre Sachen. Sie wollte nichts mehr von all dem hören.

Alarmiert setzte Cassius sich auf. »Was ist los?«

»Nichts.« Ihre Stimme klang zittrig, und Sina hasste sich dafür.

Sie schüttelte ihre Hose aus, aber das störrische Ding spießte sich trotzdem, als sie versuchte, das Bein hineinzustecken. Frustriert ruckelte sie am Stoff. Tränen brannten in ihren Augen. Lange würde Sina sie nicht mehr zurückhalten können. Das Letzte, was sie jetzt gebrauchen konnte, war, dass Cass sie auch noch heulen sah. Sie wollte nicht, dass er über sie genauso dachte wie über Lazar.

»Hey.« Sanfte Hände legten sich auf ihre, lösten die Jeans aus ihren Fingern. Dann nahm Cassius sie an den Schultern und drehte sie langsam, aber nachdrücklich zu sich herum. »Rede mit mir.«

Verbissen schüttelte Sina den Kopf. Stur blickte sie auf ihre nackten Füße hinunter, um die Tränen zu verbergen, die mittlerweile ihre Wangen hinabströmten, doch Cassius drückte ihr eine Hand unters Kinn und zwang sie so, ihn anzusehen.

Sein Blick war voller Sorge. »Ist alles in Ordnung?«

»Nein, nichts ist in Ordnung!«, schnauzte sie ihn an. »Wieso meinst du, dass es das sein sollte? Nur, weil ich keine Drogensüchtigen aussauge?« Sie riss sich von ihm los und schlang schützend die Arme um ihren fast nackten Oberkörper. »Du hast keine Ahnung, wie es mir geht.«

»Dann sag es mir«, bat er.

In kurzen, verkrampften Atemzügen sog Sina Luft durch die Nase. »Mir geht es beschissen!« Sie schluchzte und presste eine Faust an den Mund, um das Geräusch zu unterdrücken. Es gelang ihr nicht. »Ich will mich nicht an irgendwelche Kerle ranschmeißen müssen und mich von ihnen begrapschen lassen«, stieß sie aus. »Und nein, auch nicht von Frauen! Ich will überhaupt niemanden anfassen müssen!«

Cassius nickte nur. »Okay. Dann überlegen wir uns eine andere Strategie für dich.«

»Wozu? Was soll das bringen?« Sina schniefte. Sie wischte sich den Rotz von der Nase und wandte sich ab. »Ich bin kein Mensch mehr. Das Leben, an das ich mich klammere, ist eine Lüge. Alles, was ich mir in meinem Leben gewünscht habe … eine Familie gründen, mit jemandem zusammen alt werden … das werde ich jetzt niemals bekommen.« Sina griff nach ihrer Bluse und rieb sich damit die Tränen aus dem Gesicht. »Ich wollte noch so viel erleben.«

»Sina …«

»Nein.« Resigniert drehte sie sich zu ihm um. Sie war zu erschöpft, um die Wahrheit länger zurückzudrängen. »Du behauptest, Lazar hätte mich als Grund zum Leben missbraucht, aber wenigstens hatte er einen Grund. Welchen Sinn hat meines denn noch?«

»Ich weiß es nicht«, antwortete Cassius ruhig. »Welchen Sinn hatte es denn davor, den du jetzt verloren hast?«

Die Frage brachte sie aus dem Konzept. »Was?«

»Kinder und jemanden, mit dem man gemeinsam alt werden kann … Das sind alles Zukunftssachen. Zugegeben, auf die wirst du jetzt verzichten müssen. Aber selbst als Mensch waren das doch eher Möglichkeiten und keine Gewissheit. Also: Was hat dich bisher am Leben gehalten?«

Sina brauchte nicht lange nachzudenken. »Mein Studium«, war ihre erste Antwort. Als Cass lachte, korrigierte sie sich rasch: »Ich mag es, neue Sachen zu lernen. Zusammenhänge zu verstehen.«

Wie es aussah, musste sie doch ein wenig darüber nachdenken. Was war ihr wichtig?

»Ich hatte immer das Bedürfnis, Menschen zu helfen«, fuhr sie fort. »Dann waren da meine Hobbys, meine Freunde …« Sie brach ab.

Cassius nickte. »Das alles hast du immer noch.«

»Vielleicht«, lenkte Sina ein.

Immerhin schien die Freundschaft zu Levke die Verwandlung überdauert zu haben, und auch das Studium würde sie wohl abschließen können.

»Eben. Und ja, manche Dinge hast du verloren. Aber dafür hast du andere gewonnen.«

Als Sina ihm einen skeptischen Blick zuwarf, grinste er.

»Ich meine damit nicht nur den wilden Sex.« Er trat auf sie zu, stand nun unmittelbar vor ihr. »Du bist unsterblich, Sina, außerdem stärker und schneller als jeder Mensch. Denk an all das, was du dich nie zu tun getraut hast. Was du immer erleben wolltest, aber nicht konntest, weil es zu gefährlich war.«

So wie nachts allein in Klubs zu gehen.

Eine Idee, die Sina vor ihrer Verwandlung nie gekommen wäre – und die nun plötzlich zu ihrem Alltag gehörte. Sie war eine Frau, natürlich gab es hundert Dinge, die sie schon rein deshalb nie zu tun gewagt hatte, weil es nicht sicher war. Sie ahnte jedoch, dass seine Frage tiefer ging.

»Ich wollte immer reisen«, gab sie schließlich zu. »Ägypten, Indien, Persien … aber niemand wollte mit. Und allein …«

»Siehst du?« Cassius nickte zufrieden. »Krankheiten, Terroristen, Kriminalität … Das alles ist keine Gefahr mehr für dich. Du hast ein neues Leben gewonnen.«

»Vermutlich hast du recht.« Beschämt zupfte Sina an der zerknüllten Bluse in ihren Händen. »Hältst du mich jetzt ebenfalls für depressiv und labil?«

Zu ihrer Überraschung zog er sie in eine tröstende Umarmung.

»Ich halte dich für eine geistig völlig normale Frau in einer absolut ungewöhnlichen Situation«, murmelte er. »Es wäre seltsam, wenn du dir über all das keine Gedanken machen würdest.«

»Aber Lazar …«

»Lazar hatte Hunderte Jahre lang Zeit, sich mit seiner Situation zu arrangieren«, unterbrach er sie. »Du bist gerade einmal ein paar Wochen ein Vampir. Es ist völlig normal, dass du Zeit brauchst, um diesen Umbruch in all seinen Facetten zu verarbeiten.« Er seufzte. »Es tut mir leid, dass ich dich damit allein gelassen habe.«

Sina biss sich auf die Unterlippe. Ganz allein war sie ja nicht gewesen. Die Abhängigkeit von Marcella hatte allerdings nicht gerade dazu beigetragen, ihre Situation zu erleichtern. Jetzt denselben Fehler mit Cassius zu begehen, war so ziemlich das Letzte, was Sina wollte.

Sie drückte ihn von sich. »Was ist das hier für dich?«, fragte sie. »Was willst du von mir?«

»Braucht das Ganze unbedingt einen Namen?«

»Ja.« Sie wollte sich nicht ein weiteres Mal zu Dingen verpflichten, denen sie nie zugestimmt hatte.

»Also gut.« Cassius atmete durch und sah ihr in die Augen. »Für mich ist klar, was ich dir geben kann. Freundschaft. Unterstützung. Sex …« Er zwinkerte, wurde jedoch gleich wieder ernst. »Ich bin für dich da, wann immer du mich brauchst. Ganz egal, *was* du brauchst.«

»Weil du dich für mich verantwortlich fühlst?«

»In gewisser Weise, ja.«

Sina war sich nicht sicher, ob das die Antwort war, die sie sich erhofft, oder die, die sie gefürchtet hatte. Marcella hatte sich ebenfalls für sie verantwortlich gefühlt, und Sina wusste immer noch nicht, welche Rechte die Vampirin sich dadurch erwartet hatte.

Sie atmete durch. »Und was willst du dafür von mir?«

Überrascht hob Cassius die Augenbrauen. »Na, ich hoffe mal, dass ich dasselbe von dir bekomme.«

Also Freundschaft und Sex? Oder auch Unterstützung? Wobei denn?

Als sie nichts erwiderte, nahm Cassius ihr die Bluse ab und hängte sie über die Couchlehne. Dann ergriff er ihre Hände.

»Ich mag dich, Sina.« Sanft strich er über ihre Wange. »Alles andere – auch, was du mir geben möchtest – können wir gemeinsam herausfinden.«

Ein Kloß bildete sich in Sinas Hals. Verlegen räusperte sie sich.

»Weißt du … das würde um einiges romantischer klingen, wenn du nicht gerade splitterfasernackt vor mir stehen würdest.«

KAPITEL 63
ROMINA

In der Wohnung des Opfers hing ein muffiger Geruch. Ein kurzer Blick in die Küche genügte, um die Quelle des Gestanks auszumachen: In der Spüle stapelte sich das schmutzige Geschirr von mehreren Tagen.

Würde man unter solchen Umständen einen Fremden zu sich nach Hause einladen? Romina würde es nicht tun, aber junge Leute schienen da oft über andere Schmerzgrenzen zu verfügen. Der Rest des kleinen Apartments erschien ihr jedoch sauber und aufgeräumt, solange man vom Offensichtlichen absah: der Toten auf dem Bett – und der Sauerei drum herum.

Das Schlafzimmer des Opfers bildete einen deutlichen Kontrast zu den letzten beiden Tatorten, zu denen Dahlmann sie gerufen hatte. An den anderen Leichen war kein Tropfen Blut zu finden gewesen. Hier dagegen tränkte es einfach alles – die Bettwäsche, den billigen Niederflorteppich, den unordentlichen Kleiderhaufen, der am Fußende des Bettes auf dem Boden lag. Es sammelte sich in zähen Rinnsalen auf der nackten Haut der Toten.

Dennoch fiel es nicht schwer, die zahlreichen Schnitte und vor allem Bisswunden auszumachen, die den Körper der Leiche bedeckten. Die junge Frau lag auf der Matratze ausgestreckt, als hätte jemand ihre Arme und Beine an den Bettpfosten festgebunden, doch zumindest oberflächlich waren an Hand- und Fußgelenken keine Spuren festzustellen. Möglicherweise fand sich ja bei der Obduktion etwas, irgendwie musste die Tote schließlich fixiert worden sein. Romina konnte sich beim besten Willen nicht vorstellen, dass irgendjemand sich derart zurichten ließ, ohne sich angemessen zu wehren.

Die Frage war jedoch: Was sollte diese Aufbahrung? Das war kein gewöhnlicher Vampirmord, nicht bei der Menge an vergeudetem Blut. Diese junge Frau hatte keinen Untoten ernährt, sie war hingerichtet worden. Aber warum? Was war an ihr so besonders?

Möglicherweise ging es gar nicht um die Tote selbst. Womöglich war sie bloß eine Botschaft, und Romina musste sie nur noch entschlüsseln.

Jemand räusperte sich.

»Frau Korn?« Kühnke stand in der Tür, das Tablet in der Hand, mit dem er den Tatort dokumentiert hatte. Er deutete hinter sich zur Küche hin. »Das sollten Sie sich mal anschauen.«

Romina folgte ihm in die Küche und sah sich nun auch hier genauer um. Auf dem Tisch stand eine halb geleerte Tasse, deren Inhalt Romina nach kurzem Schnuppern als Kräutertee identifizierte. Auf dem Fensterbrett hockte ein dürrer Kaktus, der eher mit einer toten Spinne ähnelte als einer Pflanze.

»Da, am Kühlschrank«, wies Kühnke sie weiter.

Romina richtete ihren Blick auf die frei stehende Kühl-Gefrier-Kombi mit Metalltür, von der allerdings kaum etwas zu sehen war. Postkarten, Eintrittskarten und Fotos waren mit bunten Magnetbuchstaben daran befestigt. Romina überflog die Erinnerungsstücke. Sie musste nicht lange suchen. Eines der Fotos war ein Selfie ihres Opfers – und zeigte die junge Frau zusammen mit einer anderen, die Romina mittlerweile nur allzu gut kannte.

»Kristina Neubert«, murmelte sie. Offensichtlich besaß Kühnke doch das Zeug zu einem guten Assistenten.

Sie riss das Bild vom Kühlschrank. Das grellgrüne Magnet-B klapperte zu Boden und übertönte dabei beinahe das leise *Pling!*, das hinter ihr ertönte. Nur widerwillig nahm Romina den Blick von dem Foto, um ihr Handy aus der Hosentasche zu ziehen und die eingegangene Nachricht aufzurufen. Sie kam von Hauptkommissar Dahlmann. Im Anhang befand sich ebenfalls ein Bild.

Als Romina die Datei öffnete, stieß sie ein wütendes Keuchen aus. Wortlos reichte sie das Telefon an Kühnke weiter.

Schon wieder Neubert! Diesmal war es ein Schnappschuss, der in irgendeinem Nachtklub aufgenommen worden sein musste, durch die Menge der Tanzenden hindurch. Und auch auf diesem Bild war Neubert nicht allein. Es brauchte nicht viel Fantasie, um zu erkennen, dass der Mann, dem sie sich so vertraulich entgegenlehnte, ebenfalls kein Unbekannter war.

»Ist das … unser Tatverdächtiger?«, stieß Kühnke aus. »Der Kerl, der Monika Weißert gebissen hat?«

»Sieht ganz so aus.« Damit war das bereits der zweite Untote, in dessen Gesellschaft sie diese Zeugin vorfanden. Ein Zufall? Wohl kaum. Offensichtlich hatten sie den Fall Kristina Neubert zu schnell ad acta gelegt.

Romina steckte ihr Telefon ein. »Sie warten hier auf die Spurensicherung«, wies sie ihren Agenten an. »Sorgen Sie dafür, dass wirklich *alles* dokumentiert wird. Ich will alles über unser Opfer wissen.« Sie selbst würde sich indessen an Dahlmann ranhängen. Es wurde Zeit für ein neuerliches Gespräch mit der Medizinstudentin. Ganz offiziell diesmal.

An der Eingangstür hielt sie noch einmal inne. »Ach, und Kühnke? Gute Arbeit mit dem Foto.«

KAPITEL 64
CASSIUS

Diesmal nahm er sich die Zeit, die Blutbeutel im Wasserbad zu erwärmen. Damit fehlte zwar immer noch der Kick, den ein richtiges Mahl mit sich brachte, aber es schmeckte zumindest nicht mehr vollends beschissen.

Auch Sina schien sich ein wenig zu entspannen. Nachdem sie den Becher in einem Zug geleert hatte, sanken ihre Schultern langsam herab. Doch ihre nachdenkliche Miene blieb.

Cassius leckte sich das Blut von den Lippen und wusch den Becher aus. Es gab nichts Ekelhafteres als eine stinkende Küche. Jedenfalls nicht in der Wohnung eines Vampirs.

»Worüber grübelst du?«, fragte er.

Sina zuckte mit den Schultern, als wollte sie seine Frage abtun. Als er auffordernd die Augenbrauen hob, schüttelte sie den Kopf und trat ans Fenster. Cassius bezweifelte, dass es der Anblick der Hamburger

Skyline war, der sie dorthin zog. Den konnte man vom Wohnzimmer aus wesentlich besser genießen, besonders am Morgen.

»Es ist nichts«, behauptete sie. »Nur ... Ich habe gestern versucht, dich zu erreichen. Deine Nummer ist nicht vergeben.«

»Was?« Irritiert zog Cassius sein Telefon aus der Hosentasche und sah auf das Display. Keine versäumten Anrufe. Er wollte Sinas Vorwurf bereits abstreiten, da fiel ihm ein, dass er ihr tatsächlich nie seine neue Handynummer geschickt hatte. »Oh. Klar. Warte.« Kein Wunder, dass sie ihn nicht erreicht hatte.

Er suchte ihren Kontakt heraus und tippte ein *Hallo*. Kurz darauf drang das leise Summen einer eingehenden SMS aus dem Wohnzimmer. »Zufrieden?«, fragte er.

Sina nickte. »Danke.« Der grüblerische Ausdruck auf ihrem Gesicht verschwand immer noch nicht.

Mit einem Seufzen warf Cassius sein Handy auf den Küchentresen. »Okay, und jetzt raus damit. Was ist los? Du weißt, dass du mir alles sagen kannst.«

Sie sah auf, begegnete seinem Blick jedoch nur in der Spiegelung der Fensterscheibe. Ihr Unterkiefer bewegte sich, als würde sie versuchen, Worte hervorzuwürgen. Aber sosehr ihre Lippen auch zitterten, sie blieben krampfhaft geschlossen.

Ein ungutes Gefühl breitete sich in Cassius' Magengegend aus. So verängstigt hatte er sie nicht mehr gesehen, seit Lazar sie gebissen hatte.

Fürchtete sie sich etwa vor *ihm?*

Wohl kaum, sonst hätte sie nicht eben noch seine Nummer eingefordert. Also was dann?

Sina löste den Blick von seinem Spiegelbild und sah stattdessen nach draußen. »Warum ...« Ihre Stimme versagte, sie räusperte sich. »Warum wart ihr damals im *Sacre Coeur,* du und Lazar?«

Cassius runzelte die Stirn. Störte es sie, dass *er* Lazar in den Klub geschleppt hatte? Was hatte sein Freund Sina erzählt? Offensichtlich nicht alles, aber das war auch kein Wunder. Was an jenem Abend passiert war, ließ niemanden von ihnen gut aussehen. Gerade deshalb wären sie Sina die Wahrheit schuldig gewesen.

Cassius seufzte. »Gehen wir ins Wohnzimmer. Es ist eine lange Geschichte.«

Er erzählte sie ihr, ohne irgendetwas auszulassen. Nicht Marcella, nicht den Kampf oder seinen Versuch, von Sina zu trinken, und nicht das willkürlich gewählte Opfer, das er sich stattdessen einverleibt hatte. Auch nicht, was danach geschehen war. Dass er Lazars Rückkehr bemerkt hatte. Gesehen hatte, wie sein Freund sich an die Sterbliche heranmachte, die sie gerettet hatten – und gegangen war. Obwohl er geahnt hatte, dass Lazar sie nicht bloß als Beute sah. Er hatte sie beide im Stich gelassen … weil er sauer gewesen war.

Sina unterbrach seinen Bericht kein einziges Mal, dabei schienen seine Worte sie keineswegs zu beruhigen. Je länger er sprach, desto verzweifelter wirkte sie.

Cassius musterte sie ernst. »Das entspricht nicht dem, was du über den Abend wusstest«, vermutete er.

»Nein.« Zitternd holte sie Atem. »Andererseits schon. Aber das macht es nicht besser.« Sie barg das Gesicht in den Händen und rieb mit den Handballen über ihre Augenlider, als könnte sie damit die Erinnerungen vertreiben.

Cassius glaubte bereits, das Thema wäre für sie erledigt, als sie fortfuhr: »Ich war nicht allein nach Lazars Tod.« Sie ließ die Hände sinken. »Marcella hat mich gefunden.«

Mit gebleckten Reißzähnen schnellte Cassius in die Höhe. »Dich *gefunden?*«, spie er. Was hatte das zu bedeuten?

Schuldbewusst zuckte Sina zusammen. Sie rieb die Finger aneinander, suchte nach den richtigen Worten.

»Marcella hat mir aufgelauert, nach meiner Jagd. Lazar hatte sie erwähnt, aber immer nur als diffuses Schreckgespenst, vor dem er mich beschützen wollte. Etwas daran hat mich immer stutzig gemacht, und Marcella … Es war, als hätte sie die Antwort auf jede Ungereimtheit in seinem Verhalten.« Sina sah zu ihm auf, pure Verzweiflung lag in ihrem Blick. »Sie hat behauptet, dass sie mir helfen kann, mich nicht mehr schlecht zu fühlen. Ich Idiotin habe angenommen, dass sie mir einen besseren Weg zeigen will. Mittlerweile fürchte ich, dass sie bloß gedacht hat, sie könnte mich an das Töten gewöhnen. Dass ich mich nur oft genug den Schmerzen und Qualen meiner Opfer aussetzen muss, um es irgendwann zu genießen.«

Die Worte brachen aus ihr hervor, immer schneller. Cassius verstand kaum die Hälfte von dem, was sie redete, aber das Wesentliche begriff er. »Sie ist noch in Hamburg?«

Sina nickte betrübt. »Ich denke schon. Gestern Abend war sie jedenfalls noch hier.«

Und Sina hatte mit ihr paktiert! Cassius unterdrückte ein Knurren. Unmöglich zu sagen, welchen Mist die Vampirin ihr eingebläut hatte … oder was Sina ihrerseits preisgegeben hatte. Wie sollte er ihr vertrauen, wenn sie sich mit dieser Mörderin zusammengetan hatte?

»Wo ist sie?«, grollte er.

Sina hob ratlos die Hände. »Keine Ahnung. Sie ist total paranoid. Der Kontakt ging immer von ihr aus.«

»Wie?«

»Sie hat mir Nachrichten geschickt, über einen anonymen Onlinedienst.«

Okay, das würde nicht so einfach werden. Aber Datenschutz war nur dann ein Problem, wenn man den offiziellen Weg gehen wollte.

»Gib mir mal dein Handy.«

Sie tat, worum er sie gebeten hatte, und beobachtete nervös, wie er ihre Anrufprotokolle und die betreffenden Nachrichten kopierte. Rund zweimal die Woche hatte Marcella sie einbestellt, immer an anderen Tagen, zu anderen Zeiten, an andere Orte … Wozu?

»Worum ging es bei euren Treffen?«, wollte er wissen.

»Angeblich wollte sie mich unterweisen, aber ich hatte eher das Gefühl, dass sie mich kontrolliert. Und sie … weiß von dir.«

Wütend kniff er die Augen zusammen. »Du hast ihr von mir erzählt?«

»Nein! Aber … ich glaube, sie hat uns gesehen. Sie war ziemlich sauer.«

Das wunderte ihn wenig. Wie hatte Marcella gesagt? Sie teilte nicht.

Etwas anderes irritierte Cassius dafür umso mehr: »Ich habe sie nicht gefühlt.« Unruhig begann er, vor der Couch auf und ab zu gehen. Mit beiden Händen fuhr er sich durchs Haar. Was, wenn die Unsterbliche ihre Anwesenheit verschleiern konnte?

»Wenn sie sich das nächste Mal bei dir meldet …«

»Wird sie nicht«, erklärte Sina entschieden. »Ich habe ihr klargemacht, dass ich sie nicht wiedersehen will.«

Abrupt blieb Cassius stehen. »Fuck.«

Sina blinzelte verblüfft. »Wieso *fuck?* Sie wollte über mein Leben bestimmen! Und wenn sie wirklich eine Mörderin ist …«

»Ich weiß, aber diese Frau verträgt kein *Nein.* Lazar hat sie abgewiesen, und sie hat ihn den Vetrani ausgeliefert. Glaubst du wirklich, sie wird diese Ablehnung einfach schlucken? Von einem Frischling wie dir?«

»*Sie* hat Lazar …?« Sinas Augen weiteten sich, als sie die Tragweite dieser Information erfasste. Ein leises Wimmern drang aus ihrer Kehle, ehe sie die Hände vor den Mund schlug, um es zu unterdrücken.

»Ich habe bislang keinen konkreten Beweis dafür«, gab Cassius zu. »Aber er wäre nicht ihr erstes Opfer.«

In knappen Worten berichtete er ihr von den anderen Fällen, die er bislang aufgespürt hatte. Keiner davon ließ sich eindeutig auf Marcella zurückführen, doch in ihrer Gesamtheit zeichneten sie ein unmissverständliches Bild. Sie kopierte den Jagdstil eines Vampirs und mordete in seinem Namen, bis der örtliche Vampirjägerbund auftauchte und ihr Opfer zur Strecke brachte. Warum und wozu – er hatte keine Ahnung. Jeder brauchte ein Hobby. Vielleicht war das ihres.

»Sie hat gesagt, sie ist flexibel in ihrer Jagdmethode«, murmelte Sina. »Ich hätte nicht gedacht, dass sie damit so was meint.«

Cassius ließ sich neben Sina aufs Sofa fallen und musterte sie ernst. »Du musst dich von ihr fernhalten.«

Sie schnaubte. »Glaub mir, das habe ich vor.«

»Vielleicht solltest du hierbleiben.« Wenn Marcella sie wirklich derart beherrschen wollte, wusste sie zweifellos, wo Sina wohnte. Seine Adresse kannte sie mit etwas Glück noch nicht.

»Das ist lieb von dir, aber … nein, das will ich nicht. Außerdem …« Sina tippte auf ihr Telefon. »Du glaubst, dass du sie finden kannst, nicht wahr? Dann sollte sie besser nicht merken, dass irgendwas im Argen ist. Ich tue, als wäre alles normal.«

»Und du meinst, das kauft sie dir ab?«

Sie zuckte mit den Achseln. »Bei den Vetrani hat es geklappt.«

»Ja, aber auch mit mehr Glück als Verstand!«

Sina schürzte die Lippen. »Wenn sie dich bisher nicht auf dem Kieker hat, werde *ich* sie nicht auf deine Spur bringen.«

»Du lässt dich nicht davon abbringen, oder?« Ihr entschlossener Gesichtsausdruck war Antwort genug. Er seufzte. »Also gut. Dann nimm wenigstens ein paar Blutbeutel mit, damit du nicht jagen musst. Ich will nicht, dass sie dir noch einmal irgendwo auflauert.«

Diesmal nahm Sina die Blutkonserven an. Es brach ihm das Herz, wie erleichtert sie dabei wirkte. Niemals hätte er gedacht, dass sie das Jagen dermaßen hasste.

Ihr Abschied verlief unbeholfen. Interessant, dass Sina keinerlei Problem damit hatte, mit ihm ihre intimsten Ängste zu besprechen oder ihre Leidenschaft auszuleben, dann aber die Fassung verlor, wenn es um einen simplen Abschiedskuss ging. Sie wich seinem Blick aus, hob einen Moment die Hände, um ihn zu umarmen, ließ sie jedoch sofort wieder sinken, noch ehe er auf sie zutreten konnte. Nach kurzem Hin und Her erhielt er schließlich einen etwas unbeholfenen Kuss auf die Wange.

Nicht gerade der Abschied, der ihm vorgeschwebt hatte.

Er für seinen Teil hätte sie nur zu gern in den Arm genommen, aber solche Zärtlichkeiten schien sie nur hinzunehmen, wenn sie sich zuvor verausgabt hatten.

Cassius akzeptierte das. Er wusste ja selbst nicht, was er von dem halten sollte, was sich da zwischen ihnen entwickelte, doch er war gewillt, dem Ganzen seinen Lauf zu lassen.

Seine Sorge galt einem anderen Thema: Marcella und den Vetrani. Bislang hatten die Spuren, denen er gefolgt war, alle ins Nichts geführt. Das musste sich ändern. Er durfte nicht abwarten, bis die Unsterbliche ihr perfides Spiel auch bei Sina abzog – falls es dafür nicht bereits zu spät war.

Die eigentliche Gefahr ging jedoch von den Vampirjägern aus, also sollte er bei denen beginnen. Aber auch, was die Vetrani anging, hatte er nichts in der Hand. Der Name, den Sina ihm genannt hatte, lieferte keine Ergebnisse, und die Baupläne, die er sich besorgt hatte, ließen zu viele Optionen offen. Unglücklicherweise waren Tiefgaragen in Hamburg keine Seltenheit, sein Kontakt hatte ihm eine ganze Liste an möglichen Bauten geliefert. Das wäre nicht weiter schlimm gewesen, wenn er irgendetwas gehabt hätte, womit er sie hätte abgleichen können. Doch die medizinischen Gerätschaften hatten sich als Sackgasse herausgestellt. Sie wurden offensichtlich nicht über Hamburg geordert, sondern von einer übergeordneten Stelle aus zugeteilt und angeliefert.

Wenn Sina jedoch mit ihrer Vermutung richtiglag und die Vetrani mit der örtlichen Polizei kooperierten, dann mussten sie dort über eine Kontaktperson verfügen. Und die Sicherheitssysteme der Hamburger Polizei kannte Cassius in- und auswendig.

Er klappte sein Notebook auf und legte los.

Bislang war er davon ausgegangen, dass die Vetrani ihre Informationen auf eine ähnliche Weise erhielten wie er: durch Infiltration. Cassius verfluchte sich für seine Blindheit. Natürlich war es wesentlich effektiver, einfach jemanden zu bezahlen, der auf Vorkommnisse hinwies, die für den Jägerorden von Belang sein konnten. Das erforderte allerdings, dass diese Kontaktperson Zugriff auf alle relevanten Daten hatte. Die Frage war demnach: Wer bearbeitete die verdächtigen Mordfälle?

Erneut rief Cassius die Fallakten der Morde auf, die ihn damals überhaupt erst auf Marcellas Spur geführt hatten. Diesmal nahm er sich jedoch nicht die Opfer, sondern die Ermittler vor.

Es dauerte nicht lange, bis er auf einen Namen stieß: Ein gewisser Hauptkommissar Erich Dahlmann war mit allen Fällen betraut gewesen. Jeder der Mordfälle war erstaunlich rasch ad acta gelegt worden, weil die polizeilichen Ermittlungen keine Ergebnisse gebracht hatten. Vermutlich waren sie anschließend in der Zuständigkeit des Ordens gelandet.

Cassius bohrte tiefer. Wenn Dahlmann über einen direkten Kontakt zu den Vetrani verfügte, wollte er ihn finden. Stattdessen entdeckte er jedoch etwas ganz anderes: E-Mails. Die Absenderadresse war jedes Mal eine andere und existierte vermutlich gerade lange genug, um diese eine Mail zu verschicken. Der Name des Absenders dagegen blieb jedes Mal gleich: *Marcus Cultor.* Das musste Marcella sein. Auf diese Weise also lieferte sie die Vampire ans Messer!

Mit wachsender Anspannung klickte Cassius sich durch die Nachrichten. Die ältesten waren bereits mehrere Monate alt. Die jüngsten dagegen …

Cassius fluchte. Er musste Sina warnen!

KAPITEL 65
SINA

Unruhig trat Sina von einem Fuß auf den anderen. Unter ihrem Mantel trug sie nur eine dünne Sporthose und ein schlichtes Langarmshirt, doch es war nicht die Kälte, die ihr unter die Haut ging. Ihre Yogastunde begann in fünf Minuten, und Levke war nicht da.

Normalerweise hätte Sina sich längst umgezogen und im warmen Unterrichtsraum auf ihrer Matte ausgestreckt, um vor dem Training noch ein wenig zu entspannen, aber sie machte sich Sorgen. Levke hatte den ganzen Tag schon nicht auf ihre Nachrichten reagiert.

Zuerst hatte Sina es noch auf die Doppelbelastung mit den zwei Jobs geschoben. Sina hätte jedes Verständnis der Welt gehabt, wenn ihre Freundin die wenigen Stunden Freizeit, die ihr im Augenblick blieben, lieber auf der Couch herumgammelte, als sich im Yoga-Studio zu verrenken. Aber dass Levke ohne Vorwarnung nicht zum Training erschien, sah ihr nicht ähnlich. Wenn sie nicht kommen wollte, hätte sie abgesagt.

Also wo steckte sie?

Sinas Handy vibrierte. Klar, *jetzt* rief Levke an! Vermutlich hatte sie einfach verpennt.

Doch als Sinas klamme Finger endlich das Telefon aus ihrer Tasche gefummelt hatten, war es nicht der Name ihrer Freundin, der auf dem Display erschien – sondern der von Cassius.

Aufregung erfasste sie, zusammen mit einem nervösen Bauchflattern. Als sie ihn verlassen hatte, war er wild entschlossen gewesen, Marcellas Versteck aufzuspüren. Hatte er eine Spur gefunden? Und falls es so war ... Würde sie das wirklich wissen wollen?

»Frau Neubert?«

Erschrocken ließ sie das Handy sinken.

Zwei Männer traten auf sie zu. Einer von ihnen kam ihr vage bekannt vor, doch erst, als er einen Polizeiausweis zückte, erkannte sie ihn. Das war der Kerl, der sie nach der Entführung durch die Vetrani nach Hause gebracht hatte! Es kostete Sina einige Selbstbeherrschung, nicht ihre Reißzähne auszufahren.

»Guten Abend«, sagte er. »Ich bin Hauptkommissar Dahlmann, und das ist mein Kollege, Kommissar Brecht. Können wir Sie kurz sprechen?«

Sinas Oberlippe zuckte. »Ist es diesmal eine Polizeiangelegenheit?«, giftete sie. »Oder doch eher etwas anderes?«

Der rangniedrigere Polizist hob irritiert eine Augenbraue.

Dahlmann hingegen tat, als hätte sie überhaupt nichts gesagt. Er zückte einen billigen Fotodruck und hielt ihn ihr unter die Nase. »Kennen Sie diese Person?«

Die schlagfertige Erwiderung, die sie ihm hatte entgegenschleudern wollen, erstarb ihr auf den Lippen. Das Foto zeigte sie und Levke. Es war eine Kopie des Selfies, das an Levkes Kühlschrank hing.

Mit einem Mal war Sinas Mund staubtrocken.

»Natürlich«, krächzte sie. »Woher haben Sie dieses Bild?«

»Ich möchte Sie bitten, uns zu begleiten.« Der Hauptkommissar streckte eine Hand aus, um sie am Arm zu fassen.

Sina wich zurück. »Wohin?«

Sie wandte ihre Frage an den anderen Polizisten, in der Hoffnung, von ihm eine ehrliche Antwort zu erhalten. Auf keinen Fall würde sie sich von Dahlmann zu den Vetrani verfrachten lassen.

»Aufs Polizeirevier«, erklärte der Hauptkommissar. »Wir haben ein paar Fragen an Sie.«

»Wieso?« Nervös sah sie zwischen den beiden Männern hin und her. »Was ist mit Levke?«

»Können Sie mir sagen, wann Sie Frau Todorovik zuletzt gesehen haben?«

»Gestern Abend. Sie hat einen neuen Job am Theater und hat mich zur Vorstellung eingeladen.«

Der Kommissar notierte ihre Antwort in ein Notizheft, während Dahlmann bereits die nächste Frage an sie richtete.

»Wann und wo haben Sie sich verabschiedet?«

»U-Bahn Hudtwalckerstraße … keine Ahnung … gegen elf?« Allmählich wurde ihr die Sache unheimlich. »Worum geht es?«

»Sie haben sie also nicht nach Hause begleitet?«, hakte der Polizist nach, ohne auf ihre Frage einzugehen.

»Nein, wieso sollte ich?«

»Kann das irgendjemand bestätigen?«

Sina runzelte die Stirn. »Fragen Sie mich gerade, ob ich ein Alibi habe?«

»Haben Sie eines?«

»Wieso? Was … Geht es ihr gut?«

Die beiden Polizisten erwiderten nichts. Ihr Schweigen war Antwort genug.

Sina keuchte auf. »Nein, das … das muss ein Irrtum sein!« Aber niemand machte sich daran, diesen Irrtum aufzuklären.

»Es tut mir sehr leid«, behauptete Dahlmann.

Er redete noch weiter, doch seine folgenden Worte gingen in Sinas Schluchzen unter.

Der Boden sackte ihr unter den Füßen weg. Im letzten Augenblick streckte sie die Hand aus und fing sich an der Hausmauer ab.

Sie hätte Levke begleiten sollen. Sie hätte dafür sorgen müssen, dass ihre Freundin sicher nach Hause kam! Sie hatte keine »Ich bin gut nach Hause gekommen«-Nachricht erhalten – und es nicht einmal bemerkt, weil sie zu beschäftigt damit gewesen war, sich mit Cassius auszutoben. Wie hatte sie Levke nur derart im Stich lassen können?

»Was … was ist passiert?«, brachte Sina schließlich heraus.

Dahlmann seufzte. »Es ist besser, wir besprechen das am Revier.«

Die Fragen, die sie Sina stellten, liefen immer wieder auf dasselbe hinaus: Nein, sie hatten sich nicht gestritten. Nein, sie wusste nicht, ob Levke derzeit jemanden datete, aber bei zwei Jobs konnte sie sich das beim besten Willen nicht vorstellen. Nein, es gab niemanden, der bezeugen konnte, dass sie die Nacht allein zu Hause verbracht hatte.

Wieder und wieder dieselben Fragen, bis Dahlmann endlich kapitulierte und sich mit einem müden Schnaufen zurücklehnte.

Nun war Sina an der Reihe. »Waren Levkes Eltern schon hier?«

»Noch nicht.« Sie war überrascht, dass er antwortete.

Sina schluckte. »Kann ich … Levke sehen?«

Es war nicht so, dass sie es wollte. Aber möglicherweise war das alles doch ein Irrtum. Und falls nicht … Falls sie sich dem Unerträglichen stellen musste, fand sie vielleicht wenigstens einen Hinweis darauf, was mit ihrer Freundin geschehen war.

Sie würde die Leiche sehen, ob mit oder ohne Dahlmanns Einwilligung.

Zu ihrer Überraschung sagte er jedoch nur: »In Ordnung.« Fast so, als hätte er die ganze Zeit nur darauf gewartet, dass sie diese Frage stellte.

Noch mehr als seine Zustimmung verwunderte Sina, dass er sie ohne Umschweife selbst in die Gerichtsmedizin begleitete.

Sobald der Polizist die Tür zur Leichenhalle aufstieß, wehte ihr der unverkennbare Geruch der Toten entgegen, trotz der guten Belüftung und der Kühlung. Schon als Mensch hatte Sina den faulig süßen Verwesungsgestank immer verabscheut, aber ihr Studium hatte sie gelehrt, ihn zu ertragen. Entsprechend verzog sie keine Miene, als Dahlmann sie zu der Wand aus Stahltüren führte, hinter denen die Toten eingekühlt lagerten, durchnummeriert und fein säuberlich an den Zehen beschriftet.

Dahlmann öffnete eine der Schranktüren und zog die unterste der stählernen Liegen heraus. Der Körper, der sich unter dem weißen Laken abzeichnete, war schmal. Definitiv die Umrisse einer Frau.

»Sind Sie sicher, dass Sie das möchten?«, erkundigte sich der Hauptkommissar.

Sina nickte, redete sich ein, dass es nur eine weitere Leiche war. Wie die, die sie im Studium obduziert hatte.

Aber das war es nicht.

Das Gesicht, das unter dem Tuch zum Vorschein kam, gehörte keiner x-beliebigen Fremden. Das war Levke, mit der sie langweilige Vorlesungen, feuchtfröhliche Nächte und schmutzige Geheimnisse geteilt hatte. Mit der sie gelacht und geweint und immer wieder den Kampf gegen Liebeskummer angetreten hatte. Die ihr in Hamburg die besten Klubs und die billigsten Currywurstbuden gezeigt hatte. Und die sie gestern erst hatte umarmen wollen … und es nicht getan hatte.

Levkes Gesicht war blutleer, die Augen geschlossen. Das rote Haar war hinter ihren Kopf gekämmt, der Mund hing schlaff herab. Ihr Hals, ihre Schulter, ihre Brust … alles war übersät mit winzigen Wundmalen, die immer paarweise auftraten. Bissspuren eines Vampirs.

»Nein, nein, nein …« Sinas Beine gaben nach. Schluchzend fiel sie neben der Trage auf die Knie und klammerte sich dabei an das kalte Metall, auf dem ihre Freundin aufgebahrt war. Wer hatte ihr das angetan?

Aber Sina kannte die Antwort. Sie wusste, wer Levke getötet hatte – und warum. Es war ihre Schuld.

»Die Reue kommt ein wenig spät.«

Im ersten Moment begriff Sina nicht, dass der kühle Kommentar nicht ihrem Kopf entsprang, sondern hinter ihr erklang. Hasserfüllt blickte sie auf. »*Sie.*«

»Wie es scheint, habe ich Sie unterschätzt.« Betont langsam drückte Romina Korn die metallene Tür der Leichenhalle ins Schloss. Von Dahlmann war nichts mehr zu sehen. Dieser Arsch!

Hastig rappelte Sina sich auf und wischte sich die Tränen aus dem Gesicht. »Was wollen Sie hier?«, spie sie der Vetrani-Agentin entgegen.

»Ich will herausfinden, wer für den Tod von Frau Todorovik verantwortlich ist.« Korns Absätze klackten, während sie hochnäsig auf Sina zuschritt. »Sind Sie es?«

»Was stimmt nicht mit Ihnen?«, fuhr Sina sie an. »Levke war meine beste Freundin!«

»In Ihrer Position bedeutet das leider gar nichts. Menschen wie Sie würden alles tun, um sich die Gunst eines Untoten zu sichern.«

»Was?« Sina hatte keine Ahnung, wovon diese Frau redete.

Anstelle einer Antwort warf Korn ihr ein Stück Hochglanzpapier hin. Klatschend landete es zwischen ihnen auf dem Boden.

Sina schauderte. Das Foto zeigte sie und Cassius. Es musste bei ihrem ersten Wiedersehen aufgenommen worden sein.

»Und jetzt sagen Sie mir, Frau Neubert …« Korn blieb vor ihr stehen, keine zwei Meter entfernt. »Sollten Sie als angehende Ärztin nicht mehr Respekt vor dem Leben haben? Oder ist es vielleicht doch eher der Tod, der Sie fasziniert? Suchen Sie deshalb immer wieder die Nähe zu den Untoten?«

Sina wich ihrem Blick aus. »Nein, das ist nicht …«

»Das ist kein Vampir? Hören Sie auf, sich lächerlich zu machen!« Wütend wies Korn hinter sie. Sina wagte es nicht, ihrem Fingerzeig zu folgen und einen weiteren Blick auf Levkes Leichnam zu werfen.

»Zum zweiten Mal innerhalb eines Vierteljahres geht in Hamburg eine Mordserie los«, führte die Agentin aus. »Und zum zweiten Mal finde ich *Sie* im Umfeld des Mörders!«

Sie glaubte, *Cassius* hätte Levke umgebracht?

Heftig schüttelte Sina den Kopf. »Er war das nicht!«

Lauernd beugte Romina Korn sich vor. »Und das wissen Sie so genau, weil …?«

»Weil Sie sich irren!« Sina stolperte zur Seite und entkam so der Klammer zwischen Vetrani-Agentin und Levkes Leiche, aber Korn versperrte ihr weiterhin den Weg zur Tür. Und sie konnte schlecht preisgeben, dass Cassius die ganze Nacht mit ihr verbracht hatte.

Die Agentin folgte ihr unerbittlich, bedrängte sie nicht nur mit ihren Fragen, sondern auch durch ihre körperliche Nähe. Trieb sie vor sich her wie ein Stück Wild, das es zu erlegen galt. »Was wissen Sie, Frau Neubert?«

Hilflos wich Sina vor ihr zurück. »Können wir das nicht woanders besprechen?«

»Warum? Quält Sie die Konsequenz Ihres Verrats?«

Mehr, als diese dämliche Agentin jemals ahnen konnte. Dennoch schrie Sina: »Sie haben keine Ahnung! Ich hätte Levke mit meinem Leben beschützt, wenn ich gewusst hätte …«

»Wenn Sie *was* gewusst hätten? Hören Sie auf, sich zu belügen! Sie wussten sehr genau, mit wem Sie sich einlassen!«

»Lassen Sie mich in Ruhe!« Sina versuchte, sich an der Agentin vorbeizudrängen, doch Korn streckte die Arme aus und blockierte jeden Ausweg.

»Helfen Sie mir, den Mörder Ihrer Freundin unschädlich zu machen«, forderte sie.

»Das kann ich nicht!«

»Weil er Sie unter Kontrolle hat?«

»Nein!«

»Das lässt sich leicht herausfinden.« Die Vetrani-Agentin zog eine Waffe. »Sie kommen mit.«

Panik flutete Sinas Gedanken, lähmte ihren Verstand. Sie erinnerte sich an den Schmerz, den diese Waffen verursachten, an das Gefühl von Feuer in ihren Eingeweiden – und von eisiger Kälte, die sie verschlang. Sie erinnerte sich an ihren Tod.

Mit einer Geschwindigkeit, die Korn eindeutig nicht erwartet hatte, sprang sie die Agentin an. Sie stieß die Frau so heftig zur Seite, dass sie gegen die Kühlfächer prallte und eine deutliche Delle im Metall hinterließ. Stöhnend fiel die Agentin zu Boden.

Sofort wurde Sina von schlechtem Gewissen gepackt. Zögernd blieb sie stehen. Sie hatte die Frau nicht verletzen wollen!

Romina Korn dagegen kannte solche Skrupel nicht. Sie schoss.

Schmerz flammte in Sinas Brust auf. Erschrocken presste sie eine Hand auf die Wunde. Sie konnte fühlen, wie sich das Gewebe unter ihren Fingern schloss, doch das machte es nicht weniger qualvoll.

Die Agentin drückte bereits ein weiteres Mal ab, aber diesmal war Sina darauf gefasst. Sie wich aus, und die Kugel schlug hinter ihr in die Wand. Fliesensplitter regneten auf ihren Rücken herab. Sie musste hier weg! Sie war aufgeflogen, hatte sich zu schnell bewegt, zu viel Stärke gezeigt. Korn hatte sie bewusst provoziert, das wurde ihr jetzt klar. Und sie war in die Falle getappt. Ab sofort war völlig bedeutungslos, was sie tat. Für die Vetrani zählte nur, dass sie kein Mensch mehr war.

Endlich gelang es Sina, sich aus ihrer Schockstarre zu befreien. Sie wartete nicht auf den nächsten Schuss oder darauf, dass Dahlmanns

Leute auf den Tumult aufmerksam wurden und zur Verstärkung herbeieilten. Sina floh.

Sie rannte, so schnell sie konnte. So schnell, dass ein Mensch sie mit bloßem Auge kaum noch erkennen konnte. Sie durchbrach Türen, eilte Treppen hinauf und platzte durch die drahtverstärkte Glastür am Hintereingang des Gebäudes. In einem Scherbenregen landete sie auf dem Parkplatz, doch sie hielt nicht inne. Hier auf dem Gelände der Rechtsmedizin konnte sie womöglich noch entkommen. Wenn erst die Verstärkung der Polizei und der Vampirjäger auftauchten, war ihre Chance vertan.

Sooft sie ihre Existenz in den vergangenen Wochen verflucht hatte und sosehr Levkes Tod sie quälte – Sina wollte leben.

KAPITEL 66
ROMINA

»Verfluchte Scheiße!« Mit einer Hand drückte Romina einen Eisbeutel an ihren Hinterkopf. Mit der anderen zog sie ihr Telefon aus der Tasche und wählte Kühnkes Nummer.

Sie hatte sich täuschen lassen – von einer verdammten Zwanzigjährigen! Trotz aller Indizien war sie felsenfest davon überzeugt gewesen, dass Kristina Neubert immer noch ein Mensch war. Herrgott noch mal, diese Frau arbeitete in einem Krankenhaus! Es konnte doch nicht sein, dass sie dort nicht auffällig wurde!

Wie lange war sie bereits ein Blutsauger? Und wie zum Kuckuck war es ihr gelungen, unter dem Radar zu laufen, obwohl Romina eine Informantin auf sie angesetzt hatte?

Romina wäre jede Wette eingegangen, dass es der bislang unbekannte Vampir gewesen war, der die Studentin verwandelt hatte. Aber das müsste doch aufgefallen sein! Niemand durchlief eine derartige Veränderung, ohne dass es zu ein paar Kollateralschäden kam, und die hätte der Orden bemerken müssen.

Irgendjemand hatte gewaltigen Mist gebaut, und Romina wollte die verantwortliche Person finden und zur Rechenschaft ziehen – auch dann, wenn es sich dabei um sie selbst handelte. Vor allem dann.

Aber das war ihre letzte Option, nicht die erste.

»Ja?«, meldete sich Kühnke.

»Marla Wermann.« Romina knirschte mit den Zähnen. Das Sprechen ließ ihre Kopfschmerzen erst so richtig erblühen. Sie legte den Kopf in den Nacken und winkte Dahlmann heran, als er fragend eine Schmerztablette hochhielt. »Ich will die Frau in zwanzig Minuten in der Zentrale haben. Ist mir scheißegal, wie Sie das hinkriegen und was Wermann dazu sagt. Holen Sie sie.«

Die Krankenpflegerin hatte Wochen damit zugebracht, sich an die Medizinstudentin ranzuwanzen. Jetzt würde sich zeigen, ob ihre Einblicke etwas taugten.

»Wird erledigt.« Kühnke zögerte. »Gibt es eine neue Entwicklung?«

»Kristina Neubert wurde verwandelt.« Romina hielt sich nicht mit einem Wasserglas auf, sondern zerbiss die Schmerztablette und schluckte sie trocken hinunter. »Vermutlich hat sie die Kontrolle verloren und ihre Freundin angefallen.«

Kein Zweifel, Neuberts Trauer war echt gewesen, aber das besagte gar nichts. Möglicherweise hatte sie die Tat schlichtweg verdrängt. Junge Blutsauger waren unberechenbar.

»Geht es Ihnen gut?« Kühnke klang alarmiert. »Gibt es Verletzte?«

Vampire wurden selten ohne Gewalt enttarnt, das wusste er ebenso gut wie sie.

»Alles in Ordnung«, wehrte Romina ab. »Sie hat mich angegriffen, aber nur leicht erwischt.«

Dass Romina allein gewesen war, musste Kühnke nicht wissen. Sie war leichtsinnig gewesen, zu sehr davon überzeugt, recht zu haben. Es war pures Glück, dass sie mit einer Beule davongekommen war. Das änderte allerdings nichts am Resultat.

»Informieren Sie alle Einheiten in Hamburg und der näheren Umgebung«, befahl Romina. »Neubert ist keine Zeugin mehr. Sie ist unsere Zielperson.«

KAPITEL 67
SINA

In panischer Angst floh Sina durch die Stadt. Erst rannte sie einfach nur durch die Straßen, doch irgendwann bemerkte sie die irritierten Blicke der Menschen, an denen sie vorbeihuschte wie ein Schatten, und sie verlagerte ihre Flucht auf die Dächer, sprang über Gassen und Hinterhöfe hinweg. Ganz gleich, wie stark sie war – Lazar war stärker gewesen, und ihn hatten die Vampirjäger ohne Probleme ausgeschaltet. Sie musste ihnen entkommen. Aber wie?

Schwer atmend sah sie sich um. Ihre kopflose Flucht hatte sie tiefer in die Stadt geführt. Sie war nicht weit vom Hafen entfernt. Zu ihrer Rechten sah sie das Nikolai-Mahnmal und den Hamburger Michel aufragen, zu ihrer Linken die wellenförmig gezackten Umrisse der Elbphilharmonie.

Zumindest in der Elphi tummelten sich selbst um diese Uhrzeit noch vereinzelte Touristen: Konzertbesucher, die das Ende der Vorführung mit einem Blick über die nächtliche Stadt abschlossen. Eine Menschenmenge würde die Vetrani möglicherweise davon abhalten, sie an Ort und Stelle zu töten.

Dennoch konnte Sina sich nicht überwinden, ein Ticket für die Aussichtsplattform des Konzerthauses zu kaufen. Sie wollte und musste allein sein, um ihre Gedanken zu ordnen, also setzte sie sich, wo sie war.

Die Kälte des Kiesdaches drang durch ihre dünne Sporthose, ihre Brust schmerzte. Es hatte erstaunlich lange gedauert, bis Haut und Knochen verheilt waren. Ihr Körper wehrte sich gegen die Kugel, die irgendwo in ihrem Brustbein feststeckte. Ein paar Zentimeter weiter links, und es hätte ihr Herz getroffen. Zitternd schlang Sina die Arme um die Knie und barg das Gesicht in dieser Umklammerung.

Was sollte sie tun? Sie war am Ende. Marcella hatte Levke ermordet, nur um ihr eine Lektion zu erteilen. Die Vetrani wussten, wer sie war.

Sollte sie die Stadt verlassen? Aber was dann? Jeder, dem sie begegnete, würde zur nächsten Zielscheibe werden, wenn nicht von Vetrani, dann von dieser durchgeknallten Vampirin. Ihre Eltern, ihre Kollegen … Sie durfte niemanden mehr involvieren, sich niemandem mehr anvertrauen, selbst Cass nicht.

Cassius … Das war das nächste Problem. Es ging diesmal nicht bloß um sie selbst. Die Vetrani hatten ihn ebenfalls im Visier. Sie durfte nicht auch noch Cass verlieren. Sie musste ihn warnen!

Doch als Sina zum Telefon griff, klingelte es bereits. Sofort nahm sie das Gespräch an. »Cass, du musst abhauen, sie wissen von dir!«

»Und von dir«, entgegnete er. »Wo bist du?«

Das war alles, mehr fragte er nicht. Sina beugte sich über die Dachkante, fand ein Straßenschild und nannte ihm die ungefähre Adresse. »Ich bin auf dem Dach.«

»Ich bin in zehn Minuten da.«

Zitternd legte Sina auf. Dann stieß sie erleichtert den Atem aus. Sie wusste, es war egoistisch … aber sie war froh, sich ihrer Angst nicht allein stellen zu müssen.

Der schicke schwarze BMW, der wenig später vor dem Haus hielt, überraschte sie allerdings doch.

Cassius stieß die Beifahrertür auf. »Steig ein.«

Nervös sank sie in den sauberen und bestimmt verdammt teuren Ledersitz. Der Wagen roch noch fast neu, blassblaues Licht illuminierte eine hochmoderne Fahrzeugarmatur. Mit ihren durchnässten Sportsachen kam sie sich furchtbar schäbig darin vor.

Cassius wartete nicht, bis sie sich angeschnallt hatte. Er stieg aufs Gas und raste die nächtlichen Straßen entlang, fuhr erst auf die Amsinckstraße und dann über die Elbbrücken.

»Hast du dein Handy dabei?«, fragte er.

»Sicher.« Sina hielt es hoch.

Neben ihr glitt das Fenster der Autotür nach unten.

»Schmeiß es raus.«

»Was? Vergiss es!«

Er ignorierte ihren Protest, schnappte ihr kurzerhand das Telefon aus der Hand und warf es in die Elbe.

»Verdammt, was soll das?« Da waren ihre Fotos drauf, ihre Musik, Notizen fürs Studium … ihr halbes Leben!

Cassius warf ihr nur einen knappen Seitenblick zu. »Willst du den Vetrani entkommen oder nicht?« Das Fenster fuhr wieder nach oben. »Sie kennen dich, sie wissen genau, wer du bist. Dein Handy zu orten ist ihre leichteste Übung.«

»Das ist kein Grund, mich nicht mal meine Speicherkarte rausholen zu lassen!«

Er warf ihr einen überraschten Blick zu, ehe er sich erneut auf die Straße konzentrierte. Geschickt lenkte er den Wagen durch den spärlichen Verkehr.

»Tut mir leid. Daran habe ich nicht gedacht.«

Murrend verschränkte Sina die Arme vor der Brust. »Du fährst zu schnell. Du weißt, dass sie hier gerne blitzen?«

»Vorwiegend stadteinwärts. Und die Vetrani wissen ohnehin schon von mir.«

»Aber nicht, *wer* du bist! Ein Radarfoto mit deinem Gesicht drauf wäre genau das, was sie brauchen.«

Das brachte ihn dazu, vom Gas zu gehen.

Mit einem frustrierten Schnauben strich er sich eine lose Haarsträhne hinters Ohr. »Okay, offensichtlich weißt du einiges mehr als ich. Erzähl mir, was passiert ist.«

Das tat sie. Sina war selbst erstaunt, wie lange sie die Tränen zurückhalten konnte, doch schließlich brachen sie aus ihr hervor.

Cassius fluchte. Er verließ die Autobahn, setzte den Blinker und fuhr rücksichtslos in die nächstbeste Einfahrt. Dort stellte er den Motor ab und drehte sich zu ihr um, einen Ellbogen auf die Rücklehne seines Sitzes gelegt.

»Was willst du jetzt tun?«, erkundigte er sich.

Sina blinzelte. »Was kann ich denn schon machen?«

»Die Stadt verlassen. Das wäre Option eins.«

Es wäre das Beste, das wusste Sina. Ihre einzige Möglichkeit, den Vetrani zu entkommen. Ein weiteres Mal konnte sie nicht im Alltag untertauchen, sie *musste* weg. Aber bei dem Gedanken an Flucht krampfte sich alles in ihr zusammen. Sie konnte nicht einfach gehen, wohl wissend, dass Marcella ihre Freundin getötet hatte und sich nun einfach das nächste Opfer krallen würde.

Mit heiserer Stimme fragte sie: »Was ist Option zwei?«

Cassius musterte sie einen Moment, und seufzte schließlich. »Ich weiß, wo wir Marcella finden können.«

»Ernsthaft?« Sina setzte sich so hastig auf, dass ihr Knie gegen die Armatur stieß. »Wie das?«

»Sie hat Nachrichten an einen Kontaktmann der Vetrani geschickt, ähnlich wie bei dir. Die konnte ich zurückverfolgen. Sie ist gut darin, ihre Spuren zu verschleiern.« Er verzog den Mund zu einem wölfischen Grinsen. »Aber nicht gut genug. Den genauen Absender konnte ich zwar nicht eruieren, aber zumindest einen Quadranten, von wo aus die Nachrichten geschickt wurden.«

»Worauf wartest du dann noch?« Aufgebracht deutete Sina auf das Lenkrad. »Fahr los!«

»Gleich. Ich will nur …« Er atmete durch. »Du weißt, dass Rache dir deine Freundin nicht zurückbringen wird. Ebenso wenig, wie es Lazar geholfen hat, seine Familie wieder lebendig zu machen. Oder sich weniger schuldig zu fühlen.«

Sina schluckte. »Ich weiß. Darum geht es mir auch nicht.«

Natürlich wollte ein Teil von ihr Marcella für das büßen lassen, was sie Levke und Lazar angetan hatte, aber das war eben nur ein Teil.

»Sie ist ein Monster, eine Mörderin. Du hast Levke nicht gesehen, Cass. Ich kann nicht zulassen, dass Marcella das noch anderen antut.«

Er nickte. »Gut.« Ohne ein weiteres Wort startete er den Wagen und fuhr los.

Sina war so verblüfft, dass sie erst gar nicht wusste, warum seine knappe Antwort sie so aus dem Konzept brachte.

»Du musst nicht mitkommen«, sagte sie.

»Red keinen Mist. Marcella ist älter als ich. Sie wird dich zerfetzen.«

»Aber dich nicht?«

Er stieß ein trockenes Lachen aus. »Doch, mich wahrscheinlich auch. Ich hatte das Vergnügen bereits einmal, schon vergessen?«

Umso weniger verstand Sina, warum er sich dieser Konfrontation erneut aussetzen wollte.

»Du kanntest Levke doch gar nicht.«

»Nein, aber diese Frau hat Lazar auf dem Gewissen. Und uns beide wollte sie ebenfalls ausliefern.« Ein verbissenes Lächeln erschien auf seinem Gesicht. »*Mir* geht es durchaus um Rache. Ich erwarte mir nur keine Heilung davon. Außerdem …« Er warf ihr einen kurzen Seitenblick zu. »Ich habe dich schon einmal im Stich gelassen. Ein zweites Mal gehe ich nicht ohne dich.«

Sina spürte, wie ihr die Hitze in die Wangen schoss. »Ich habe mich nach Lazars Tod nicht verlassen gefühlt. Jedenfalls nicht von dir.« Er quälte sich wegen etwas, das sie ihm überhaupt nicht vorwarf.

Diesmal dauerte sein Seitenblick länger. »Das spielt keine Rolle.« Damit schien dieses Thema für ihn erledigt zu sein, denn er wechselte übergangslos zum vorherigen zurück. »Marcella ist eine Gefahr für Sterbliche und Vampire gleichermaßen. Sie muss zur Strecke gebracht werden. Zu zweit haben wir vielleicht eine Chance.«

»Wie erbaulich.«

Cass zwinkerte ihr zu. »Genau das schätzt du doch so an mir.«

KAPITEL 68
SINA

Der Zielquadrant, wie Cassius es nannte, lag in einem Wohngebiet nördlich der Alster. Was bedeutete, dass sie umkehren und wieder stadteinwärts fahren mussten.

»Wieso bist du überhaupt auf die Autobahn gefahren, wenn du genau gewusst hast, dass das die falsche Richtung ist?«, murrte Sina.

»Weil es der schnellste Weg aus der Stadt gewesen wäre«, gab Cassius nüchtern zurück. »Ich hätte nicht gedacht, dass du dich tatsächlich für Option zwei entscheidest.«

Verwundert stellte Sina fest, dass sie nicht sagen konnte, ob *er* sie so schlecht kannte – oder sie sich selbst. Er hatte recht, sie war nicht gerade eine Kämpfernatur. Aber sie ging Konflikten auch nicht endlos aus dem Weg. Alles hatte seine Grenzen, und Marcella hatte jede einzelne davon gesprengt.

»Und du wärst einfach so mit mir abgehauen?«, fragte sie. »Du hättest auf deine Rache verzichtet?«

Cass zuckte nur mit den Schultern. »Ich wäre zurückgekommen.«

Was erst recht idiotisch gewesen wäre.

Sina seufzte und lehnte sich in ihrem Sitz zurück. Was sie jetzt vorhatten, grenzte ebenso an Selbstmord. Wenn Marcella sie nicht in den Erdboden stampfte, würden es die Vetrani tun. Aber sie könnte nicht mit dem Wissen weiterleben, dass Marcella ungestraft davonkam. Sie musste wenigstens versuchen, die Vampirin aufzuhalten.

»Wie willst du sie eigentlich finden?«, fragte sie, mehr, um sich abzulenken denn aus tatsächlicher Neugier.

»Wenn ich sie richtig einschätze, wird das gar nicht notwendig sein«, murmelte Cassius. »Sie wird uns finden.«

Sina nickte. »Ich glaube, sie kann Vampire aufspüren. Besser als andere.«

Er hob eine Augenbraue, sah jedoch weiter geradeaus. »Dann erst recht.«

Die Fahrt dauerte nicht besonders lange, um diese Zeit waren die Straßen so gut wie leer.

»Hier irgendwo muss es sein«, sagte Cassius schließlich. »In dieser Gasse oder der nächsten.« Kurzerhand lenkte er den BMW in eine Baustelleneinfahrt und stieg aus.

Sina folgte seinem Beispiel und legte den Kopf in den Nacken. Sie waren umgeben von mehrstöckigen Altbauten. Hohe Bäume verbargen die stuckverzierten Fassaden zum Teil, dahinter lauerte Dunkelheit. Das Viertel schlief.

»Und was jetzt?«, fragte Sina.

»Wir gehen spazieren.«

Cass bemühte sich um einen lockeren Tonfall, aber er konnte seine Anspannung nicht verbergen. Er fürchtete Marcella. Seltsamerweise beruhigte diese Erkenntnis Sina. Es war der Beweis dafür, dass sie beide noch nicht vollends den Verstand verloren hatten.

Aneinandergedrängt wie ein einsames Liebespaar gingen sie durch die nächtlichen Gassen, betrachteten forschend die unbeleuchteten Fenster und blickten in die dunklen Zimmer dahinter. Eine Weile lang fragte Sina sich, wonach sie dabei suchten, dann spürte sie es: eine Welle von Übelkeit, die sie streifte und sich gleich darauf zurückzog. Beim nächsten Wellengang war das Gefühl bereits nachdrücklicher, und beim dritten ... Sina würgte.

Auch Cassius keuchte. »Dort.« Er deutete auf ein ehemals weißes Gebäude vor ihnen. »Ich kann sie spüren.«

Sina presste eine Hand in ihren Magen. »Ich nicht.«

Sie wusste, wie es sich anfühlte, Marcella gegenüberzustehen. Das hier war etwas anderes. Es glich einer Krankheit, doch es war keine, die sie aus der Klinik kannte. Das hier war mehr als bloß ein körperliches Leiden.

Was in aller Welt fühlte sie da? Und warum trat es nur hier auf, und auch noch so geballt?

Sie registrierte eine Berührung an ihrem Ellbogen und blickte in Cassius' besorgtes Gesicht.

»Alles okay?«

»Es geht.« Die Übelkeit war erdrückend, aber es gelang Sina, sie zurückzudrängen. Sie hatte genug Übung darin, ihre eigenen Befindlichkeiten auszublenden. Sie atmete durch und straffte sich. »Gehen wir hinein.«

Von außen betrachtet wirkte der Altbau einladend. Hohe Fenster, Säulen an den Balkonen. Kein Wunder, dass es Marcella hier gefiel.

Die Eingangstür bestand aus Echtholz, war jedoch kaum einen Zentimeter dick und mit einer Fensterscheibe versehen. Cassius brach das Schloss mit einem einzigen kurzen Ruck an der Tür. Augenblicklich verstärkte sich der furchtbare Geruch.

Ringsum in den Wohnungen nahm Sina Geräusche wahr. Das dumpfe Stapfen von Schritten, das Schaben von Stühlen, die zurückgeschoben wurden. Irgendwo referierte die monotone Stimme eines Nachrichtensprechers.

Es dauerte eine Weile, ehe sie begriff, was daran seltsam war: Es war mitten in der Nacht. Die Hausbewohner sollten schlafen – oder zumindest das Licht anmachen, wenn sie schon herumgeisterten. Aber das Haus hatte genauso im Dunkeln gelegen wie alle anderen in der Umgebung.

»Was ist hier los?«, wisperte sie.

Ehe Cassius eine Antwort geben konnte, ertönte ein lautes Knarzen, direkt über ihr.

Erschrocken zuckte Sina zusammen. Sie eilte die enge Treppe in das obere Stockwerk hinauf … und prallte zurück. Auf dem Flur stand ein Mensch. Oder vielmehr das Abbild eines Menschen.

Der hohlwangige Mann starrte durch sie hindurch. Sah er sie überhaupt? Das unbeleuchtete Treppenhaus schien ihm keine Schwierigkeiten zu bereiten, aber wer konnte das schon sagen? Er reagierte nicht im Geringsten auf Sinas Auftauchen, schlurfte nur antriebslos und ohne erkennbares Ziel an ihr vorbei.

»Blutsklaven«, zischte Cassius neben ihr.

Überrascht drehte Sina sich zu ihm um. »Was?«

»Lebende Blutbeutel. Marcella hat sich in dieses Haus gehockt wie eine Spinne ins Netz, schön an der Nahrungsquelle.«

Das erklärte zumindest den leeren Blick. Sina schauderte. Cassius hatte ihr erzählt, dass Marcella die Beeinflussung von Sterblichen durchaus beherrschte. Aber das hier?

Sina zählte die Türen. Es waren vier Wohnungen auf dieser Etage, und es gab vier Stockwerke. Also mindestens sechzehn Menschen.

»Wie kann sie die alle unter Kontrolle halten?«

»Nicht mit Manipulation.« Cass verzog angewidert den Mund. »Diese Menschen befinden sich nicht bloß in Trance. Sie haben keinen Willen mehr. Marcella hat ihnen ihr Blut zu trinken gegeben und sie damit an sich gebunden.« Sein Tonfall machte deutlich, was er von dieser solchen Methode der »Jagd« hielt.

Sinas Hände wurden klamm. Das also hatten die Vetrani Lazar unterstellt, als sie Sina gefragt hatten, ob sie von seinem Blut getrunken hatte. Sie hatten Sina für ein willenloses Opfer gehalten, gerade noch fähig, ein paar Fragen zu beantworten. Lazar hatte jedoch nie etwas Derartiges getan.

Sina schon. Schaudernd dachte sie an Frau Ullrich.

»Wie viel Blut?«, stieß sie aus.

Cassius warf ihr einen undeutbaren Blick zu. »Ich glaube, wir haben einiges zu bereden, falls wir das hier überleben.«

Wie betäubt nickte Sina. *Falls.*

Sie folgte Cassius weiter nach oben. Hinter ihnen ging eine Wohnungstür auf, vor ihnen eine weitere. Nach und nach traten die Bewohnerinnen und Bewohner ins Treppenhaus und starrten ihnen aus müden Augen entgegen. Männer, Frauen … Kinder.

Der Anblick der ausgezehrten kleinen Gestalten verstärkte Sinas Übelkeit. Selbst diese Kinder waren dem Tod näher als dem Leben. Falls Sina noch irgendwelche Zweifel daran gehegt hätte, dass Marcella ein wahrhaftiges Monster war, dann sollten sie jetzt beseitigt sein.

»Sie muss doch spüren, dass wir hier sind«, flüsterte sie. »Wieso zeigt sie sich nicht?«

»Warum wohl?« Cassius nickte zur letzten Etage hoch. »Sie erwartet uns.«

Entgegen Sinas Einschätzung gab es im obersten Stockwerk nur eine Tür. Sie stand offen.

Hier waren keine Menschen zu sehen, und wenn Sinas Nase sie nicht trog, hatten sich hier oben auch schon länger keine Sterblichen mehr aufgehalten. Das hier war Marcellas Reich.

Das war es jedoch nicht immer gewesen, wie bereits der erste Blick ins Innere der Wohnung zeigte. Familienfotos hingen an den Wänden, und in einer Ecke des Vorzimmers stapelten sich Rollschuhe, Matschhosen und Gummistiefel. Auf Kniehöhe hatte jemand mit Ölkreide wackelige Kringel auf die Tapete gemalt, darunter klebte ein rosa glitzernder Pferdesticker.

Ohnmächtige Wut stieg in Sina auf und verdrängte ihre Übelkeit. Sie ballte die Fäuste. Es war keine Frage, was mit der Familie geschehen war, die hier einmal gelebt hatte. Marcella duldete keine Konkurrenz.

Wie hatte sie die Vampirin nur derart unterschätzen können? Sie war so blind gewesen!

Sina zuckte zusammen, als sie eine Berührung am unteren Rücken fühlte, doch es war nur Cassius, der ihr bestärkend eine Hand auflegte, um sie dann weiter in jene Richtung zu schieben, in der das Wohnzimmer liegen musste. Cassius hatte recht: Sie wurden erwartet.

Marcella thronte selbstzufrieden auf dem roten Plüschsofa, die Arme neben sich auf dunklen Kissen platziert. *Wie eine Spinne im Netz.* Sina hatte nicht geahnt, wie treffend dieser Vergleich sein würde.

Die Unsterbliche schürzte die blutroten Lippen. Ihr Blick streifte Sina, doch es war Cassius, den sie ansprach.

»Da bist du ja. Du musst verzeihen – wie es aussieht, sitze ich immer noch in *deiner* Stadt.« Sie schmunzelte. »Ich danke dir, dass du dir die Mühe gemacht hast, meinen abtrünnigen Lehrling zurückzubringen. So werde ich also heute *zwei* Unsterbliche trinken.«

Ihre Stimme verlor niemals den Plauderton, sodass Sina im ersten Augenblick überhaupt nicht begriff, was sie da gerade gesagt hatte. Dann stieß Cassius ein zorniges Knurren aus, und der Groschen fiel.

Mit einer beschwichtigenden Geste hielt Sina ihren Freund zurück.

»Wieso hast du das nicht auch bei Lazar gemacht, wenn du ihn loswerden wolltest?«, fragte sie. »Warum ihn stattdessen an die Vetrani verraten?«

Nun endlich wandte Marcella sich ihr zu. »Ich hätte wissen müssen, dass du meine Lektionen nicht begreifst, Kristina. Er war ein Mann, schwach und dumm. Sein Geschlecht hat die Unsterblichkeit nicht verdient! Weshalb sollte ich mir an jemandem wie ihm die Finger schmutzig machen? Die Vampirjäger sind ein überaus nützliches Werkzeug. Ebenso wie du eines warst.Er war ein Mann, schwach und dumm. Sein Geschlecht hat die Unsterblichkeit nicht verdient! Weshalb sollte ich mir an jemandem wie ihm die Finger schmutzig machen? Die Vampirjäger sind ein überaus nützliches Werkzeug. Ebenso wie du eines warst.

Irgendetwas in Sina zerbrach. Sie hätte es selbst nicht für möglich gehalten, aber insgeheim hatte sie wohl immer noch auf einen Irrtum gehofft. Darauf, dass Marcella ihre Vorwürfe bestritt … Doch sie belog sich nur selbst. Marcella war ein Monster, immer gewesen. Sina hatte bloß die Augen davor verschlossen.

»Und Levke?«, stieß sie hervor. »Wieso musste sie sterben?«

»Deine Sterbliche?« Marcella schnalzte mit der Zunge. »Das hast du dir ja wohl selbst zuzuschreiben. *Du* bist diejenige, die sich von *mir* abgewandt hat. Und das alles für den da?« Geringschätzig deutete sie auf Cassius. »So habe ich dich nicht erzogen.«

»*Erzogen?*« Sina bebte vor Wut. »Was denkst du, was ich bin?«

»Unbrauchbar, wie es scheint.« Marcella stieß ein leidendes Seufzen aus. »Schade.«

Sina kam nicht mehr dazu, etwas zu entgegnen.

Als hätten sie nur auf diesen Befehl gewartet, platzten die Hausbewohner herein. Einer geistlosen Horde gleich strömten sie in das Wohnzimmer und drängten auf Sina und Cassius zu.

KAPITEL 69
ROMINA

Marla Wermann betrat Rominas Büro mit einem missmutigen Brummen. »Wissen Sie eigentlich, wie spät es …«

»Setzen Sie sich!« Romina hatte keine Geduld für lasche Ausreden. Nicht jetzt.

Folgsam klappte ihre Informantin den Mund zu und platzierte ihren Hintern auf dem Stuhl vor Rominas Schreibtisch. Immerhin etwas.

Wermann sah müde aus. Vielleicht hatte sie Spätschicht gehabt, ganz bestimmt hatte sie kaum Schlaf bekommen. Ja, natürlich wusste Romina, wie spät es war. Aber diese Blutsauger trieben sich nun mal bevorzugt nachts herum.

Sie winkte Kühnke heran und drückte ihm zwei leere Patronenhülsen in die Hand. »Ich habe die Zielperson angeschossen«, erklärte sie. »Mit ein wenig Glück hat sie die Kugel nicht entfernt. Eine der beiden Seriennummern muss es sein.«

Ihr Assistent nickte knapp. Romina schloss hinter ihm die Tür, ehe sie vor ihrer Informantin Aufstellung nahm und die Arme vor der Brust verschränkte.

»Kristina Neubert«, sagte sie scharf. »Wie ist Ihre Einschätzung?«

Die Krankenpflegerin hatte den kurzen Austausch argwöhnisch beobachtet. Nun runzelte sie die Stirn.

»Dafür holen Sie mich extra her?« Gähnend rieb Wermann sich die blutunterlaufenen Augen. »Es gibt nichts Neues. Sie arbeitet, ist beliebt …«

»Sie ist ein Vampir.«

Wermann hielt mitten in der Bewegung inne. »Das ist unmöglich.«

»Ich habe es mit eigenen Augen gesehen. Also, entweder sind Sie Ihr Geld als Informantin nicht wert, oder wir haben es mit einer Untoten zu tun, die sich selbst unter schwierigsten Bedingungen tarnen kann.«

Die Informantin klappte den Mund auf, doch es dauerte ein paar Sekunden, bis tatsächlich Worte hervorkamen. »Ich schwöre bei Gott, ich habe sie genau beobachtet! Sie ist ein Mensch, ein guter noch dazu!«

Romina stieß ein unwilliges Schnauben aus. Wermann war nicht die Erste, die plötzlich frömmelte, nachdem sie ins Umfeld der Vetrani geraten war. Der Orden brachte stets die Religiosität in den Leuten hervor.

Möglicherweise waren es auch einfach die Religionsfanatiker, die sich von den Vetrani angezogen fühlten. Wenn es Untote gab, musste es schließlich auch einen Gott geben, so die Logik.

Romina konnte diese Hoffnung durchaus verstehen, sie teilte sie nur nicht. Ungeachtet seines Namens hatte der Orden sich bereits vor über hundert Jahren von der Kirche losgeeist. Nur formal standen die Vetrani noch unter der Schirmherrschaft des Vatikans. Romina bezweifelte, dass irgendeiner der alten Säcke in Rom auch nur ahnte, dass Vampirjägerorden tatsächlich existierten.

Mit einem Seufzen zog sie die Schublade ihres Pults auf und nahm mehrere Zehnschussmagazine mit Zerfetzern heraus.

Bestürzung zeichnete sich auf dem Gesicht der Krankenpflegerin ab. »Was … was haben Sie vor?«

»Wonach sieht es denn aus?« Romina zog ihre Pistole aus dem Holster. Sie drückte das gebrauchte Magazin heraus, füllte es mit Vampirkillerpatronen auf und ließ es nach einer kurzen Prüfung wieder in die Glock einrasten. Die Ersatzmagazine steckte sie in die Tasche. »Neubert ist nicht einfach in Hamburg aufgetaucht. Jemand hier hat sie verwandelt, was bedeutet, dass wir es voraussichtlich nicht nur mit einem, sondern gleich mit zwei Blutsaugern zu tun haben.« Ganz gleich, wie unerfahren Neubert sein mochte, zwei Untote auf einmal waren kein Zuckerschlecken. Es galt, schwere Geschütze aufzufahren.

Mit einem Mal kam Leben in Wermann. »Sie können doch nicht einfach auf sie schießen! Kristina ist unschuldig!«

»Warum beharren Sie so darauf?«, entgegnete Romina barsch. »Neubert hat sich eindeutig offenbart, sonst hätte ich nicht auf sie geschossen. Es gibt keinen Zweifel mehr daran, dass sie mittlerweile zu den Blutsaugern gehört.«

Zu Lebzeiten mochte die Studentin ein guter Mensch gewesen sein, aber diese Zeiten waren vorbei. Zu deutlich stand Romina das Bild der Toten vor Augen. Levke Todorovik war Neuberts Freundin gewesen, und die Untote hatte sie abgeschlachtet wie ein Opferlamm.

»Sie hat mich angegriffen«, schloss Romina. »Unschuld sieht anders aus.«

Ungläubig schüttelte Wermann den Kopf. »Das muss ein Irrtum sein, sie …«

Ihr Gejammer wurde unterbrochen, als Kühnke die Tür aufdrückte. »Wir haben sie geortet«, erklärte er.

Romina nickte und aktivierte die Stadtkarte auf ihrem Übersichtsbildschirm. Ein kleiner roter Punkt blinkte im Norden der Stadt. Der Tracker ihrer Kugel steckte also noch in der Vampirin.

Entschlossen schob sie ihre Waffe zurück ins Holster. »Dann los.«

KAPITEL 70
SINA

Marcellas Blutsklaven schoben sich langsam, aber unaufhaltsam in den Raum und drängten Sina und Cassius dabei auf ihre Herrin zu. Ihre Leiber versperrten den einzigen Ausweg. Den beiden Vampiren blieb gar keine Wahl, sie mussten sich Marcella stellen.

Cassius schien damit keine Probleme zu haben. Mit gebleckten Reißzähnen ging er zum Angriff über. Seine Bewegungen waren so schnell, dass selbst Sina ihnen kaum folgen konnte.

Marcella hingegen empfing ihn völlig unbeeindruckt. In einem Moment saß sie noch entspannt auf dem Sofa, im nächsten prallte sie mit solcher Wucht gegen Cassius, dass die Fensterscheiben zitterten. Mühelos stieß sie ihren Gegner zurück. Der Couchtisch splitterte. Sofort war Cassius wieder auf den Beinen. Er krallte sich ein Regal und schleuderte es Marcella entgegen. Die Vampirin wischte es achtlos beiseite und griff erneut an. Die Hände zu Klauen geformt, rammte sie Cass die manikürten Fingernägel ins Gesicht.

Nun, da sie die beiden in Aktion sah, begriff Sina endlich, was Cassius gemeint hatte. Welche Chance hätte sie alleine gegen ihre Mentorin gehabt? Marcella hätte sie zerquetscht wie ein lästiges Insekt. Selbst Cass stieß an seine Grenzen. Sina musste ihm helfen!

Sie schüttelte ihre Schockstarre ab, aber es war zu spät. Kalte Hände grapschten nach ihr, zogen sie in eine vielarmige, nach Tod stinkende Umklammerung.

Sina schrie auf. Sie versuchte, sich aus den Griffen der zombiehaften Sterblichen zu befreien, doch kaum war sie einen der Hausbewohner losgeworden, traten drei andere an seine Stelle. Ihre Hände waren überall. Sie rissen an Sinas Kleidern, ihren Haaren. Sie krallten sich in ihre Haut, griffen ihr in den Mund, in Augen und Ohren.

Verzweifelt wehrte Sina sie ab. Sie hatte keine Angst, dass diese Menschen ihr etwas zuleide tun könnten. Vielmehr fürchtete sie sich vor dem, was sie *ihnen* antun könnte – und Marcella wusste das. Die Konfrontation mit Romina Korn hatte Sina auf schlimmste Weise demonstriert, was selbst eine beiläufige Bewegung bewirken konnte. Marcellas Blutsklaven waren unschuldig, Sina wollte ihnen nicht wehtun.

Diese armen Sterblichen kannten jedoch keine solchen Hemmungen. Ihr Auftrag lautete, Sina zu verletzen – und offenbar verfügten sie über keinerlei Selbsterhaltungstrieb.

Sina würgte, als schmutzige Fingernägel ihr am Gaumen entlangschrammten. Wie leicht wäre es, zuzubeißen, Knochen und Fleisch zu durchtrennen …

Die Finger packten ihre Zunge. Magensäure vermischt mit halb verdautem Blut schoss Sina in den Mund. Hustend riss sie die Hand der Sterblichen aus ihrem Rachen. Sie stieß die Frau von sich und erbrach sich auf den Boden.

Schon waren die nächsten Blutzombies heran. Hilfe suchend sah Sina sich um, doch von Cassius war keine Unterstützung zu erwarten, Marcella hatte ihn in die TV-Wand geschleudert. Keuchend und knurrend kämpfte er sich aus den Überresten des Möbelstücks hervor. Die Wunden in seinem Gesicht waren verheilt, dafür hing nun sein linker Arm schlaff herab. Ausgerenkt. Der würde nicht von selbst heilen – und Marcella hatte eindeutig nicht vor, ihm die Zeit zu geben, sich um die Verletzung zu kümmern. Fauchend sprang sie auf ihn los, rammte ihn und riss ihn dabei erneut zu Boden.

»Cass!« Verzweiflung packte Sina, als sie sah, wie Marcella ihre Reißzähne ausfuhr und sie Cassius in die Schulter schlug. Sie musste ihm helfen!

Gröber als beabsichtigt stieß sie ihre menschlichen Gegner von sich, aber schon im nächsten Augenblick wurde sie von ihnen zu Boden gerungen. Das Gewicht der Sterblichen presste ihr den Atem aus der Lunge. Sie war unsterblich, vermutlich brauchte sie gar keinen Sauerstoff – ihr Körper behauptete jedoch etwas anderes. Panisch schlug Sina um sich. Sie versuchte, sich hochzustemmen, und bekam einen Schuhabsatz ins Gesicht.

Gurgelnde Geräusche drangen an ihr Ohr. *Cassius* … Sie musste ihm helfen. Aber wie? *Wie?*

Sie wand sich unter dem Berg von menschlichen Leibern, der sie auf dem Boden festnagelte. Ihre Panik wuchs – und brach in einem mentalen Rundumschlag aus ihr hervor.

Der Griff der Sterblichen erschlaffte. Sie ließen nicht los, dazu standen sie zu sehr unter Marcellas Einfluss, doch die fehlende Orientierung ließ sie einen Augenblick innehalten. Genug für eine Vampirin, um sie abzuschütteln. Sina sprang auf die Beine, ihre Zurückhaltung war vergessen. Sie bahnte sich einen Weg durch die benommenen Sterblichen, setzte über die Trümmer einer Essgruppe hinweg und sprang Marcella an.

Es war, als würde sie gegen massiven Stahl prallen. Die Unsterbliche wankte keinen Millimeter unter Sinas Angriff. Geradezu beiläufig packte sie Sina am Kragen und warf sie beiseite, ehe sie sich aufrichtete. Blut troff von ihren gefletschten Zähnen.

Cassius stöhnte, also war er immerhin am Leben. Die Frage war, wie lange das noch für Sina galt.

Abgrundtiefer Hass sprach aus Marcellas Blick, als sie sich ihrem ehemaligen Schützling zuwandte. Sie griff nach Sina, das blutige Maul gierig aufgerissen, und kreischte auf, als Cassius sich seinerseits in ihr Bein verbiss. Marcella holte mit dem Fuß aus, um ihm einen Tritt zu verpassen, aber diesmal war Cassius schneller. Er riss ihr das Standbein weg. Marcella geriet aus dem Gleichgewicht. Cass verpasste ihr einen Schlag ins Gesicht, und sie stolperte fauchend zurück.

Er wollte gerade nachsetzen, als das Fenster mit einem lauten Knall implodierte. Glasscherben prasselten hernieder, Cassius stockte. Entsetzt sah Sina den Blutfleck, der sich rasch an seinem Schulterblatt ausbreitete. War das ein Schuss gewesen?

Wankend drehte Cass sich um. Sina schrie auf, als sie das Gegenstück der Schusswunde sah. Die Kugel hatte ihm beim Austritt die gesamte rechte Seite der Brust zerfetzt. Cassius taumelte, fiel auf die Knie. Sofort war Sina bei ihm. Sie wollte ihn stützen, doch er rappelte sich bereits wieder in die Höhe.

Sein Blick ging an ihr vorbei zur Tür. »Vetrani«, keuchte er.

Sina folgte seinem Blick. Eine Welle von Hass spülte durch ihren Körper. Natürlich war es Romina Korn, die das verwüstete Wohnzimmer betrat. In Begleitung von vier Vetrani-Agenten, bis unters Kinn durch kugelsichere Westen geschützt und offensichtlich gerüstet für ein Großgefecht.

Das Geschoss, das Cass getroffen hatte, war jedoch durch das Fenster gekommen. Es musste von einem Scharfschützen stammen – was bedeutete, dass sie umzingelt waren. Es gab kein Entkommen.

Tiefe Hoffnungslosigkeit ergriff Sina. Sie konnten nicht an noch einer Front kämpfen. Sie würden sterben. Hier. Jetzt. Die Frage war nur, welcher ihrer Feinde es zu Ende brachte.

Korn hielt ihre Pistole auf Sina gerichtet, doch ihr Blick huschte umher, während sie versuchte, die Situation einzuschätzen. Drei Vampire, die einander an die Gurgel gingen, dazu die ganzen zombiegleichen Menschen, die mitten in ihrem Tun innegehalten hatten, als hätte man sie einfach ausgeknipst … Das war eindeutig nicht, was die Vetrani-Agentin erwartet hatte.

»Keiner rührt sich!«, befahl Korn.

Langsam drehten Marcellas Blutsklaven ihr die Köpfe zu.

Der Lauf ihrer Waffe ruckte herum. »Stillhalten, habe ich gesagt!«

Erschrocken stellte Sina fest, dass die Vetrani nicht unterscheiden konnten, wer unsterblich war und wer nicht. Vielleicht wollten sie es auch nicht. Und Marcella war es offensichtlich egal, was mit ihren Blutspendern geschah, sie schien es sogar darauf anzulegen, dass sie als Kanonenfutter endeten.

»Nicht schießen!«, schrie Sina. Sie kniff die Augen zusammen, in Erwartung, dass ihr Ruf ihr ebenfalls eine Kugel einhandelte, aber sie konnte nicht schweigen. »Das sind Menschen!«

Die Vetrani schossen nicht, doch zumindest Romina Korn richtete ihre Waffe erneut auf Sina.

An ihrer Seite spannte Cass die Muskeln an. Kein Zweifel, er würde versuchen, die Vetrani auszuschalten. Bei ein paar von ihnen würde ihm das bestimmt gelingen, sie hatte gesehen, wie schnell er sich bewegen konnte. Aber es würde nicht reichen. Es musste einen anderen Weg geben.

Hastig redete Sina weiter. »Sie haben behauptet, Sie wollten Levkes Mörderin fassen. Hier ist sie! Diese Frau hat meine Freundin umgebracht!«

»Ach bitte.« Marcella stieß ein abschätziges Lachen aus. »Was soll das werden? Der Feind meiner Feinde ist mein Freund, oder was?« Sie stand auf und wischte sich betont gleichgültig das Blut von den Lippen. »Und wieder stellst du dich auf die Seite der Verlierer.«

Ohne weitere Vorwarnung griffen die Blutsklaven an. Sie stürzten sich auf die Vetrani, die glücklicherweise Hemmungen zu haben schienen, die menschlichen Hausbewohner einfach abzuknallen.

»Die Blutsauger!«, brüllte Korn. Sie schlug mit dem Griff ihrer Waffe um sich. »Schießt auf die verdammten Blutsauger!«

Cassius sprang auf. Schneller, als Sina reagieren konnte, hatte er einen der zerbrochenen Stühle gepackt und sich auf Marcella gestürzt. Die Vampirin fuhr herum, um ihn abzuwehren, doch damit hatte Cass gerechnet. Er nutzte ihre Drehung, um ihr das zersplitterte Holz ins Maul zu rammen.

Entsetzt schlug Sina die Hände vor den Mund. Verletzungen in der Notaufnahme zu sehen, war eine Sache. Zu erleben, wie sie zugefügt wurden …

Die Blutsklaven gerieten ins Stocken. Der Bann, mit dem Marcella sie unter Kontrolle gehalten hatte, schwand.

Mit einem Ruck riss Cassius den improvisierten Pfahl herum. Marcellas Kiefer knackte deutlich. Das hielt die Vampirin jedoch nicht davon ab, ihrerseits auf ihn loszugehen. Sie krallte ihre spitzen Nägel in Cassius' Hals, zerriss ihm Haut und Muskeln. Gurgelnd stieß er sie von sich.

Gerade rechtzeitig, denn die Vetrani eröffneten das Feuer. Marcellas Leib zuckte unter dem erbarmungslosen Kugelhagel, der sie regelrecht zerfetzte. Sie schrie gegen das Holz in ihrem Rachen an. Ihre Beine brachen, sie stürzte zu Boden … Aber sie starb nicht.

»Sina.«

Voller Entsetzen hatte Sina das Geschehen beobachtet, unfähig, sich davon abzuwenden. Erst als Cassius sie an sich heranzog und schützend den unverletzten Arm um sie schlang, drang das Grauen in seiner ganzen Gewalt zu ihr durch. Schluchzend barg sie das Gesicht an Cassius' Schulter, um die Hinrichtung der Vampirin nicht mit ansehen zu müssen. Ja, sie hatte Marcella gehasst für das, was sie Levke angetan hatte. Aber so ein Ende … Das war unwürdig, es war einfach nur grauenvoll! Und der Gedanke, dass die Vetrani mit Lazar ebenso verfahren waren …

Die Schüsse erstarben. Sina blickte auf.

Romina Korn musterte sie kalt.

»Schafft die Menschen hier raus«, wies sie ihre Leute an. »Bevor sie zu sich kommen und das hier sehen.« Sie ließ Sina keine Sekunde aus den Augen – oder aus dem Visier.

Cassius spannte sich an. Sein linker Arm hing kraftlos herab, Blut troff von seinem Hals und der Schusswunde an seiner Brust. Geschwächt, wie er war, konnte er sich doch unmöglich Chancen ausrechnen, gegen die Vetrani zu gewinnen.

Instinktiv schob Sina sich vor ihn. Sie würde ihn nicht schützen können, aber kampflos würde auch sie nicht aufgeben.

Doch Korn drückte nicht ab, sondern zog nur argwöhnisch die Augenbrauen zusammen. »Wie lange?«, fragte sie. »Wie lange sind Sie bereits ein Vampir?«

Sina schnaubte. Was wollte sie jetzt hören? Ein Geständnis? Eine Rechtfertigung? Sie hatte Sina von Anfang an für eine Art Vampirgroupie gehalten. Welchen Unterschied machte es also, wann sie vom Opfer zur Täterin geworden war?

»Seit *Ihre* Leute mich erschossen haben«, spie Sina aus. Sie konnte ihre Verbitterung nicht zurückhalten. Die Vetrani hatten sie zu dem gemacht, was sie jetzt war! Und nun verurteilten sie Sina dafür, dass sie am Leben geblieben war?

Falls diese Information für Romina Korn unerwartet kam, ließ die Agentin es sich nicht anmerken. »Wann war das?«, wollte sie wissen.

»Vor sechs Wochen.« Spielte das denn wirklich eine Rolle?

Offensichtlich tat es das. Korn nickte und steckte die Waffe weg. Sina verstand die Welt nicht mehr.

»Sie kommen mit mir mit«, entschied die Vetrani-Agentin.

»Von wegen!« Cassius' Stimme klang kratzig, vermutlich hatte Marcella seine Stimmbänder erwischt. An seiner Entschlossenheit änderte das nichts. Schützend baute er sich vor Sina auf. »Wenn Sie Sina wollen, müssen Sie erst an mir vorbei.«

Korn seufzte genervt. »Wir haben im Haus gegenüber fünf Scharfschützen platziert. Ich habe absolut kein Problem damit, Sie in einen blutigen Haufen Scheiße zu verwandeln. Mich interessiert Neubert, Sie sind mir egal. Eine falsche Bewegung, und Sie enden wie Ihre Freundin da.« Sie deutete auf Marcellas Überreste, aus denen nun ein leises Röcheln erklang.

Voller Entsetzen stellte Sina fest, dass der unförmige Haufen noch atmete. »Sie lebt noch!«, wisperte sie.

»Darum kümmern wir uns gleich«, kommentierte Korn trocken. »Also?«

Blieb ihr denn eine Wahl? Vermutlich sollte Sina es als gutes Zeichen ansehen, dass die Vetrani sie nicht kurzerhand ohne große Worte zu Brei schossen. Aber was, wenn das, was sie mit ihr vorhatten, noch wesentlich schlimmer war?

Und falls sie mitging … Was würden die Vampirjäger mit Cassius anstellen? Sie würden ihm wohl kaum einen schönen Abend wünschen und ihn einfach ziehen lassen.

Es gab nur eine Möglichkeit.

Sina war lange genug davongelaufen. Sie schob ihre Finger um Cassius' Arm und drückte beruhigend zu, ehe sie sich an Korn wandte.

»Wir kommen mit.«

TEIL VII

Aus der Dunkelheit ins Licht

KAPITEL 71
SINA

Man hatte sie von Cassius getrennt, kaum dass sie die Zentrale der Vampirjäger erreicht hatten. Sina hatte keine Ahnung, wohin man ihn gebracht hatte. Sie selbst fand sich in einem Verhörraum wieder, ähnlich jenem, in dem sie ihren ersten Aufenthalt bei den Vetrani verbracht hatte – und diesmal war sie angekettet.

»Was soll das alles?« Wütend funkelte sie Romina Korn an. »Wieso haben Sie mich hierhergebracht?«

Die Agentin gab sich unbeeindruckt. »Ich will verstehen, was vor sich geht.« Sie zog den Stuhl auf der anderen Seite des Tisches zurück und setzte sich, außerhalb von Sinas Reichweite.

»Und dafür ist das hier nötig?« Es klirrte, als Sina die Handschellen anhob.

»Sie haben mich schon einmal angegriffen«, konterte die Vampirjägerin.

»Weil *Sie* auf mich gezielt haben! Ich dachte, Sie erschießen mich!«

Korn schnaubte. »Wir schießen nicht auf Menschen.«

»Das habe ich anders erlebt.«

»Das sagten Sie bereits.« Die Agentin lehnte sich zurück. Sie schlug die Beine übereinander, verschränkte ihre Hände ineinander und umfasste das obere Knie. »Das ist einer der Punkte, über die ich sprechen möchte.«

»Was gibt es da zu besprechen?«, entgegnete Sina voller Bitterkeit. »Ihre Leute haben mich erschossen. Lazar hat mich verwandelt, damit ich nicht sterbe. Ich wollte das nicht, aber das hat niemanden interessiert.«

»Lazar ist Jens Banesch?«, vergewisserte Korn sich.

Sina nickte.

»Und der andere Kerl, wer ist das?«

Stur kniff Sina die Augen zusammen. »Warum fragen Sie ihn das nicht selbst?«

»Das habe ich. Allerdings spricht er nicht mit mir.« Kein Wunder. »Ich hatte gehofft, dass Sie sich einsichtiger zeigen, Frau Neubert.«

»Warum?«, fragte Sina. »Was wollen Sie von mir hören? Dass es okay ist, wenn Sie mich endgültig umbringen, weil ich ja ohnehin nur ein wertloser Blutsauger bin?«

»Empfinden Sie es so?«

»Nein!«

»Schade.« Korn ließ sie einige Augenblicke lang in ihrem Zorn schwelen, ehe sie weitersprach. »Falls es stimmt, dass meine Agenten auf Sie geschossen haben, als Sie noch ein Mensch waren, bedaure ich das aufrichtig. Ich nehme an, diese Agenten gehörten zu dem Trupp, den Ihr Freund ausgelöscht hat?« Als Sina bejahte, nickte Korn. »Dann betrachte ich die Sache damit als abgeschlossen.«

Sina sah das Zucken am Kehlkopf der Agentin, ebenso wie das Verkrampfen ihrer Kiefermuskeln. In Sinas Augen waren die toten Agenten Feinde gewesen. Mörder, die Lazar und ihr mit niedersten Absichten aufgelauert hatten. Für Romina Korn waren es Kollegen gewesen, vielleicht sogar Freunde.

Für die Toten konnte Sina kein Mitleid aufbringen, aber sie konnte den Schmerz ihres Gegenübers zumindest akzeptieren.

Die Agentin fasste sich rasch. »Erklären Sie mir jetzt, was passiert ist?«

Müde zuckte Sina mit den Achseln. »Was wollen Sie denn wissen?«

»Was hatte es mit der Vampirin auf sich, gegen die Sie da gekämpft haben? Sie haben behauptet, sie hätte Levke Todorovik getötet.«

Sina sah auf ihre gefesselten Hände hinab. Verloren rieb sie die Finger aneinander. »Marcella hat unzählige Menschen getötet. Levke war nur ein Opfer von vielen.« Die Vetrani mussten nicht wissen, dass es ihre Schuld war, dass Marcella überhaupt erst auf Levke aufmerksam geworden war.

Interessiert beugte die Agentin sich vor. »Kennen Sie noch weitere Opfer?«

»Die kennen Sie besser als ich. Soweit ich weiß, haben Sie einige der Morde Lazar angekreidet.« Sina seufzte. »Und den Rest vermutlich mir.«

»Und *Ihre* Opfer?«, fragte Korn. »Was ist mit denen?«

»Was soll mit denen sein? Soweit ich weiß, sitzen sie wohlbehalten zu Hause.«

Spöttisch hob die Agentin eine Augenbraue. »Sie töten also nicht?«

»Nein!« Dass sie das überhaupt betonen musste! »Ja, ich bin ein Vampir. Aber das macht mich noch lange nicht zur Mörderin!«

Korn schnalzte mit der Zunge. »Meine Erfahrung ist da eine andere.«

»Und bei wie vielen ›Blutsaugern‹ nehmen Sie sich die Zeit, da nachzufragen?«, entgegnete Sina zornig. »Ich bin Ärztin! Dass ich kein Mensch mehr bin, ändert nichts daran, dass ich anderen Menschen helfen will! Ich bin keine Gefahr, aber *mich* verfolgen Sie! Erklären Sie mir doch mal lieber, wie es sein kann, dass jemand wie Marcella massenhaft Leute umbringt und sich ein ganzes verdammtes Haus voller persönlicher Blutsklaven hält, und niemandem fällt so etwas auf? Ich dachte, dafür seid ihr Vetrani da! Um Menschen zu schützen!«

Die Agentin ließ Sinas Ausbruch über sich ergehen, ohne auch nur mit der Wimper zu zucken.

Frustriert sackte Sina in ihrem Stuhl zurück. »Wenn es Ihnen nur darum geht, Vampire abzuknallen, warum reden Sie dann überhaupt mit mir?«

Korn setzte ein schmallippiges Lächeln auf. »Sie haben eine Fürsprecherin.« Sie hob die Hand und winkte.

Mit einem leisen Klicken öffnete sich die Tür. Herein kam Marla.

Sinas Mund klappte auf, als sie die Pflegerin erkannte. »Du?«

Was tat sie hier? War sie etwa eine Vampirjägerin? Wusste sie, was Sina geworden war? Auf merkwürdige Weise fühlte Sina sich ertappt.

Auch Marla schien die Begegnung unangenehm zu sein. Nervös biss sie auf ihrer Unterlippe herum. »Hallo, Kristina.«

Sina schüttelte den Kopf. »Du gehörst zu den Vetrani?« Sie wollte es einfach nicht glauben.

»Frau Wermann ist eine der Personen, die uns auf verdächtige Vorkommnisse hinweisen«, erklärte Korn. »In den vergangenen Wochen hatte sie ein verstärktes Augenmerk auf Sie.«

»Und?« Sina machte sich nicht die Mühe, ihre Verbitterung zu verbergen. »War ich spannend?«

»Nein. Laut Frau Wermann haben Sie sich benommen wie ein stinknormaler Mensch.« Die Agentin seufzte. »Und wie eine gute Ärztin. Das ist der Grund, weshalb Sie hier sitzen. Frau Wermann möchte für Sie bürgen – und ich bin geneigt, dieser Bitte stattzugeben.«

Verblüfft sah Sina zu der Pflegekraft auf. »Was soll das heißen?«

Korn löste die Hände von ihrem Knie und lenkte damit Sinas Aufmerksamkeit zurück auf sich.

»Das bedeutet, dass ich Ihnen jetzt ein Angebot mache. Sie sind eine kluge Frau, Neubert. Sie werden es annehmen.«

KAPITEL 72
CASSIUS

Sie hatten ihn eingekerkert wie ein Tier. Dass der Raum sauber und mit einer kleinen Pritsche ausgestattet war, änderte daran gar nichts. Es gab kein Fenster, keinen Weg, sich die Zeit zu vertreiben – und keinen Weg hinaus. Zellentür, Wände und Decke waren mit Stahlplatten verkleidet, der Boden mit leicht abwaschbarem Linoleum ausgelegt. Aus einer der oberen Ecken starrte ihn das kalte Auge einer Kamera an.

Cassius ließ seine schmerzenden Schultern kreisen und bleckte die Zähne. Wie hatte er nur zulassen können, dass er hier landete? Er hätte sich wehren sollen. Natürlich wäre es ein aussichtsloser Kampf gewesen, aber wenigstens hätte er seine Integrität bewahrt. Er wäre in Freiheit gestorben. Besser ein blutiges Ende als dieses Warten auf nichts.

Wieso hatten die Vetrani ihn überhaupt mitgenommen? Als Druckmittel für Sina? Wozu, was wollten sie von ihr? Was geschah dort draußen, während er hier festsaß, zu absoluter Untätigkeit verdammt? Und wie zur Hölle hatten diese Aasgeier sie überhaupt gefunden?

Er warf einen finsteren Blick zur Überwachungskamera hoch. Wenn er dieses Ding zertrümmerte, würden die Vetrani vielleicht jemanden schicken, damit sie ihn weiterhin beobachten konnten. Dieser

Jemand würde die Tür öffnen – und ihm dadurch eine Möglichkeit auftun. Zu kämpfen, wenn schon nicht zur Flucht. Es würde immerhin das Warten beenden.

Aber wollte er wirklich sterben?

Scheiß drauf. Er hatte nichts zu verlieren.

Entschlossen sprang er hoch und riss die Kamera von der Wand. Es gab keine Funken, kein zufriedenstellendes Zischen der Elektronik. Nur die rote Kontrollleuchte erlosch. Frustriert warf er das Schrottding zu Boden.

Es dauerte nicht lange, bis ein metallenes Klacken aus der Tür drang, gefolgt von dem durchdringenden Schaben der Verriegelung. Cassius spannte sich an, bereit zum Sprung. Die Tür glitt zur Seite, und eine schmale Gestalt trat ein. Cassius rammte sie mit voller Wucht, warf sie gegen die Wand und drückte ihr den Unterarm an die Kehle.

Da erst erkannte er, wen die Vetrani da zu ihm hereingeschickt hatten. Augenblicklich löste er den Druck.

»Sina!«

Sie schluckte und verzog den Mund. Mit einem gequälten Räuspern rieb sie sich den Hals. Einem Menschen hätte er vermutlich längerfristigen Schaden zugefügt, aber auch für eine Unsterbliche musste sein Angriff unangenehm gewesen sein.

»Tut mir leid. Bist du okay?«

»Geht schon.« Sie schluckte noch einmal, und diesmal schien es ihr keine Schmerzen mehr zu bereiten. »Hätte ich anklopfen sollen?«

Cassius lachte auf. »Ich … Scheiße, ich hab mir Sorgen um dich gemacht!« Behutsam strich er ihr über die Oberarme. Er musterte sie ernst. »Ist alles in Ordnung?«

»Mir geht es gut.« Sina bemühte sich um ein Lächeln, doch es fiel ebenso verkrampft aus wie ihr Scherz mit dem Anklopfen. »Ich halte einiges aus.«

»Aber die Vetrani …« Sein Blick huschte zur Tür. Drei bewaffnete Agenten standen davor und beobachteten sie mit kalten Mienen. Er senkte die Stimme. »Was ist los? Was wollten sie von dir? Wie konntest du …«

Sina schüttelte den Kopf und zog ihn von der Tür weg.

Das war also kein Befreiungsversuch. Was war es dann?

Misstrauisch kniff er die Augen zusammen. »Sie haben dich gehen lassen?«

»Es ist kompliziert.« Sina löste sich aus seiner Umklammerung, setzte sich auf die Pritsche und klopfte einladend auf den Platz neben sich. »Die Kurzfassung ist, dass ich jetzt eine von ihnen bin.«

»Du verarschst mich.« Aber Sinas zerknirschter Gesichtsausdruck machte klar, dass das kein Scherz war. »Du bist eine Agentin der *Vetrani in Dei Signo*«, wiederholte er, um ganz sicherzugehen, dass er sie richtig verstanden hatte.

Sina nickte betrübt. Das konnte doch nicht ihr Ernst sein!

Eine Weile herrschte Schweigen zwischen ihnen. Dann stieß Cassius einen Fluch aus und plumpste neben ihr auf die Pritsche. »Okay. Erklär's mir.«

Sina zuckte mit den Schultern. Mit einem Mal wirkte sie wieder so zerbrechlich wie damals, als er sie im *Sacre Cœur* beobachtet hatte. »Marcella hatte recht. Der Feind meiner Feinde ist mein Freund.«

»Also verbündest du dich mit den Leuten, die unseresgleichen jagen?« Cassius schnaubte. »Diese Arschlöcher haben Lazar auf dem Gewissen. Stört dich das nicht?«

Schmerz zeichnete sich auf ihrem Gesicht ab. »Doch, natürlich.« Sie seufzte und klemmte die verschränkten Hände zwischen ihre Knie. »Aber du hast selbst gesagt, dass Rache ihn nicht zurückbringt. Ich kann nur versuchen, irgendwie weiterzumachen. Lazar ist gestorben, weil Marcella Menschen getötet und die Morde ihm angehängt hat. *Sie* ist der Feind, den ich bekämpfen muss.«

»Marcella ist tot.«

»Aber es gibt andere wie sie«, entgegnete Sina. »Unsterbliche, die sich nicht um Moral oder Anstand scheren, denen ein Leben nichts bedeutet. Wenn ich verhindern kann, dass jemand wie sie herumläuft und Leute tötet, ganz gleich, ob Menschen oder Vampire … sollte ich das dann nicht tun?« Zitternd holte Sina Luft. »Am eigentlichen Ziel der Vetrani ist nichts auszusetzen«, behauptete sie. »Sie wollen einfach nur, dass keine Menschen sterben.«

Ungläubig schüttelte Cassius den Kopf. »Sie haben dich einer Gehirnwäsche unterzogen.«

»Das ist Blödsinn.« Sina warf ihm einen wütenden Blick zu. »Denkst du, mir fällt das alles leicht? Ich habe *nicht* vergessen, was diese Leute Lazar angetan haben. Oder mir.« Ihre Lippe bebte. »Du weißt, woran ich glaube. Gott gehört da nicht dazu.« Sie sah ihn an, und ihr Blick hatte etwas Flehendes. Sie wollte, dass er sie verstand. »Ich halte nichts von ihrer Ideologie, Cass. Aber das ist die Wahl, vor die sie mich gestellt haben: mich ihnen anschließen – oder sterben.«

Und sie wollte nicht sterben. Natürlich nicht, schließlich hatte er alles getan, um ihr zu zeigen, dass auch ihr neues Dasein lebenswert war.

Als er nichts erwiderte, sank sie in sich zusammen. »Vielleicht bin ich einfach nur feige.«

Cassius stieß ein leises Lachen aus. »Nein. Du bist vieles, aber feige bist du nicht.«

Seine Bemerkung rang Sina ein kleines Lächeln ab.

»Jedenfalls«, fuhr sie nach einer Weile fort, »wie es aussieht, arbeiten sie gelegentlich mit Vampiren zusammen. Selten, aber es kommt vor.«

»Wie mit Marcella?«

Sina schüttelte den Kopf. »Dann hätten die Vetrani sie nicht ausgeschaltet.«

Cassius fragte sich, wie viel davon Sina sich zusammenreimte – und wie viel purem Wunschdenken entsprang.

Unsicher zupfte sie am Ärmel ihres Shirts. »Ich will nicht, dass solche Vampire wie Marcella rumlaufen und Menschen töten«, bekannte sie leise. »Wenn ich die wirklichen Monster aufspüren und damit verhindern kann, dass die Vetrani unschuldige Vampire ins Visier nehmen …« Endlich sah sie Cassius in die Augen. »Wenn ich jetzt die Chance habe, etwas zu ändern, eine bessere Welt zu sschaffen, auch für uns … sollte ich die nicht ergreifen? Mein Wunsch war es immer, anderen zu helfen. Vielleicht ist das der Weg.«

»Dein Wunsch war es, Ärztin zu sein«, erinnerte er sie.

»Das kann ich immer noch werden! Unter dem Schutz der Vetrani muss ich mich dazu nicht einmal verstellen.«

Das alles waren Ausreden, das musste ihr selbst klar sein. Sie versuchte, Argumente zu finden, dabei zählte letztendlich nur ein einziges: Die Vetrani würden sie töten, wenn sie sich ihnen verweigerte. Sina wollte leben, daran sah Cassius nichts Verwerfliches. Die Frage war nur, ob sie sich wirklich darüber im Klaren war, welchen Preis sie dafür bezahlen würde.

Aber letztlich spielte das keine Rolle mehr.

»Deine Entscheidung ist gefallen«, stellte er fest.

Sina nickte stumm.

»Verstehe.« Sie war also eine Vampirjägerin, von der Freundin zum Feind geworden. Cassius atmete durch. »Was bedeutet das für mich? Die Vetrani werden mich wohl kaum einfach gehen lassen.«

»Nein, das werden sie nicht.« Sie sah ihm ins Gesicht, und er konnte sehen, wie schwer ihr das fiel. Angst lag in ihren Augen. Aber wovor? Vor dem Abschied, der nun bevorstand?

Cassius wappnete sich. Ihm war von Anfang an klar gewesen, dass er diesen Raum nicht lebend verlassen würde. Sein Blick huschte zur Tür und zu den Wachposten, die dort platziert waren. Drei Sterbliche waren nicht genug, um ihn auszuschalten. Die Vetrani mussten das wissen.

»Wenn ich mich wehre, töten sie auch dich«, vermutete er.

»Du musst nicht sterben.« Sinas Gesicht nahm einen verzweifelten Ausdruck an. »Du kannst dieselbe Entscheidung treffen wie ich.«

»Und mich von den Vetrani benutzen lassen?«

»Es wäre eine Chance, am Leben zu bleiben.«

Selbst wenn es so wäre, diese Entscheidung lag nicht allein bei ihm. »Wieso sollten sie zustimmen?«, knurrte er. »Es ging ihnen nur um dich. Schon vergessen? Ich bin ihnen egal.«

Abgesehen davon hatte er keinerlei Ambitionen, mit dem Feind zusammenzuarbeiten. Im Gegenteil, er hatte gerade erst selbst ein Netzwerk ins Leben gerufen, um die Unsterblichen gegen die Jägergilden zu vereinen. Sina wusste das. Wollte sie ihn da wirklich zwingen, ihre eigenen Leute zu verraten?

»Vertraust du mir?«, fragte sie unvermittelt.

Cassius schnaubte. »Dir? Jederzeit. Den Vetrani? Kein bisschen.«

Sobald Sina ihnen nicht mehr nützlich erschien, würden die Vampirjäger sie töten. Das musste sie doch selbst erkennen!

Er stimmte Sina zu, dass Abtrünnige wie Marcella eine Gefahr darstellten, auch unter den Unsterblichen. Und ja, die Zeit war reif für eine Veränderung. Er bezweifelte jedoch, dass diese von den Vetrani ausgehen würde. Wie viel Einsatz Sina auch zeigen mochte, für die Vampirjäger waren sie bloß Blutsauger, unmenschlicher Abschaum, den sie niemals akzeptieren würden.

Sina presste die Lippen zusammen. Was ihr auch durch den Kopf ging, sie wollte es nicht laut aussprechen. Nicht hier, wo die Vetrani jedes ihrer Worte mitbekamen.

Sie hat es ihnen nicht verraten, erkannte er.

Welche Hilfe sie sich auch von ihm erhoffte, sie versuchte, es vor den Vampirjägern geheim zu halten. Was hoffentlich bedeutete, dass sie ihre Situation doch realistischer einschätzte, als er zunächst gedacht hatte.

Sie warf einen nervösen Blick zur Tür hin. Wie viel Zeit hatte man ihr für dieses Gespräch gegeben? Wie viel Zeit, um sein Leben zu retten?

Forschend betrachtete Cassius die junge Vampirin. Sie kannte ihn. Sie wusste, wozu er fähig war und wie er sich seine Informationen beschaffte. War es das, was sie ihm mit ihrem Schweigen mitzuteilen versuchte? Sie benutzte die Vetrani – und wollte, dass er es ihr gleichtat?

»Sina.« Sanft nahm er ihre Hand und drückte sie. »Was ich dir im Auto gesagt habe, gilt immer noch. Ein zweites Mal lasse ich dich nicht im Stich.«

Erleichtert atmete sie auf. »Dann bist du also dabei?«

Er war nicht naiv. Sina mochte glauben, die Vetrani in die richtige Richtung lenken zu können. Was das anging, blieb Cassius skeptisch. Einen Widerstand anzetteln dagegen …

Wenn er erst einmal Zugriff auf die Systeme der Vampirjäger besaß, konnte er die gewonnenen Informationen nutzen, um sie den Unsterblichen zukommen zu lassen. Oder er konnte dafür sorgen, dass sein Gesicht aus den Datenbanken verschwand, und untertauchen.

Er und Sina wollten dasselbe. Wie üblich hatten sie unterschiedliche

Methoden, um ihr Ziel zu erreichen – aber das hatte sie auch bisher nicht davon abgehalten, das Beste aus ihrer Allianz zu machen.

»Ich bin dabei.«

KAPITEL 73
SINA

Der Atem ihrer ehemaligen Patientin ging ungleichmäßig, er rasselte in ihrer Brust. Sacht strich Sina über die altersfleckigen Hände, die so viel schmaler waren als bei ihrem letzten Besuch. Der Venenkatheter wirkte massiver als der Arm, in dem er steckte.

»Wie geht es Ihnen?«, fragte sie leise.

Frau Ullrich verzog den Mund. Ihre Haut war dünn wie Papier, ihre Stimme bloß noch ein schwaches Wispern, als sie antwortete. »Die Infusionen. Das hilft … gar nichts mehr … gegen die Schmerzen.«

Sina nickte mitfühlend. Das hatte sie befürchtet.

»Es geht zu Ende.« Beruhigend strich Sina über die knochige Hand ihrer Patientin. Diese Tatsache zu beschönigen, wäre einer Lüge gleichgekommen. Frau Ullrich hatte Besseres verdient. »Gibt es etwas, was ich für Sie tun kann?«

»Das ist lieb von Ihnen, aber …« Die Sterbende hustete. »Ich will nur noch … schlafen. Wie lange … dauert sterben?«

Sina wünschte, sie hätte eine Antwort darauf. Stunden? Tage?

»Sie haben keine Angst«, stellte sie erstaunt fest.

»Doch.« Ein trauriges Lächeln erschien auf dem faltigen Gesicht der Sterblichen. »Aber was ändert das?«

Nichts vermutlich. Sina wünschte wirklich, sie könnte der armen Frau helfen. Aber es gab kein Heilmittel, nur den Tod.

»Können Sie … mich schlafen lassen?« Die Lippen der alten Frau zitterten. »Ich will keine Schmerzen mehr.«

Sina spürte, wie ihr die Tränen kamen. Dann war das also der letzte Abschied.

Frau Ullrich litt, doch dem Krankenhauspersonal waren die Hände gebunden. Aktive Sterbehilfe war in Deutschland verboten. Keiner der Ärzte würde ihr Leben beenden, ganz gleich, ob sie darum bat oder nicht. Die einzige legale Möglichkeit bestand darin, Beihilfe zum Selbstmord zu leisten. Doch selbst wenn jemand sich in diesen rechtlichen Graubereich gewagt und der alten Frau die notwendigen Medikamente dafür zur Verfügung gestellt hätte – sie war nicht in der Lage, sie sich selbst zu verabreichen.

Aber das waren menschliche Gesetze. Sina war kein Mensch mehr, für sie galten andere Regeln.

»Möchten Sie träumen?«, fragte sie.

Ihre Patientin blickte sie aus wässrigen Augen an. »Etwas Schönes?«

Sina nickte.

»Dann ja.« Müde schloss Frau Ullrich die Lider. Sie fragte nicht, ob Sina dazu imstande war. Vielleicht ahnte sie mehr, als sie zu erkennen gegeben hatte.

Ein letztes Mal drückte Sina die zerbrechlichen Finger. Dann führte sie die Hand ihrer Patientin an die Lippen. Die Adern darauf traten deutlich hervor. Es bedurfte nur eines kleinen Kratzers, um die dünne Haut zu durchdringen.

Stinkendes, von Tod durchtränktes Blut quoll in Sinas Mund. Sie musste sich zwingen, es nicht sofort wieder auszuspucken. Gegen jeden Instinkt schluckte sie den kranken Lebenssaft.

Augenblicklich war sie von Schmerzen erfüllt. Frau Ullrichs Krankheit drang in sie ein, strömte in ihren Geist. Sina ließ es zu, wie sie früher die Übelkeit im Anatomiesaal zugelassen hatte. Dann schob sie die Empfindung beiseite und suchte nach dem, was darunter lag. Die Erinnerungen und Gefühle, die Frau Ullrich ihr Leben lang begleitet hatten. Die Liebe zu ihrer Tochter. Der Stolz, der sie im Hörsaal erfüllte, wenn sie die Studenten mit ihrer Begeisterung für den Stoff ansteckte. Abendessen im Kreis ihrer Familie. Der Tag ihrer Hochzeit. Schneewanderungen durch den Wald mit ihrem Großvater.

Frau Ullrich stieß ein glückliches Seufzen aus. Ihr verkrampfter dürrer Leib entspannte sich, ihre Gesichtszüge wurden weich.

»Wie schön«, seufzte sie.

Sina konnte die Tränen nicht länger zurückhalten. Sie weinte, während ihre Gedanken tiefer glitten, bis sie nicht länger nur den Geist, sondern auch den Körper der alten Frau durchdrangen. Sie fand das Herz und drückte zu, verlangsamte seinen Schlag. Träger und träger bewegte sich der Muskel … bis er schließlich ganz erschlaffte.

Ein leiser, durchgehender Piepton holte Sina in die Realität des Krankenzimmers zurück.

Es war vorbei. Der Vitalparametermonitor zeigte eine Nulllinie. Frau Ullrich war gestorben.

Eines natürlichen Todes, mit einem Lächeln auf dem Gesicht, ohne Schmerzen.

An Sinas Trauer änderte das nichts.

»Gute Reise«, flüsterte sie.

Sie verließ Frau Ullrich, nur Augenblicke, bevor die Ärzte in das Krankenzimmer stürmten. Sina drückte sich an ihnen vorbei, nur ein Schatten unter vielen. Niemand schenkte ihr Beachtung. Niemand würde an dem Tod der alten Dame etwas Verdächtiges finden, nicht einmal Marla Wermann.

Gedankenverloren strich Sina über die Stelle an ihrem Schlüsselbein, an der die Vetrani ihr den Ortungschip eingesetzt hatten. Die schmerzhafte Kugel hatte man ihr entfernt, der neue Fremdkörper war kaum zu spüren. Dennoch war Sina sich stets bewusst, dass er da war. Es störte sie nicht. Sie war Ärztin – sie wusste, wie sie das Ding loswurde, sobald der Zeitpunkt gekommen war.

Bis dahin hatte sie vor, die Vetrani für ihre Zwecke zu nutzen.

Cassius empfand den Orden als Fessel, für sie hingegen war es ein Schritt in die Freiheit. Keine Stundenhotels oder stinkenden Gassen mehr. Keine Angst vor Verfolgern, ganz gleich, ob Mensch oder Vampir. Sie konnte Menschenleben retten, wie sie es immer gewollt hatte.

Allerdings nicht, indem sie den Wegen der Vetrani folgte. Romina Korn glaubte, sie unter Kontrolle zu haben, aber Sina war kein Schoßhündchen. Sie war es nicht für Marcella gewesen, und ganz bestimmt würde sie es nicht für die Vetrani sein. Sie verfolgte ihre eigenen Ziele.

Sina verließ die Klinik durch den Haupteingang. Kühle, feuchte Luft empfing sie, als sie in die Nacht hinaustrat. Sina atmete auf. Sie fühlte

Cassius' Anwesenheit, noch ehe sie seine Gestalt auf dem Dach gegenüber ausmachte. Sein vertrauter Anblick vertrieb die Trauer und die Schmerzen, die Sina ihrer Patientin abgenommen hatte. Sie lächelte.

Sie hatte immer noch keine Ahnung, was das zwischen ihr und Cass eigentlich war, doch für den Augenblick war ihr das egal. Was zählte, war das, was sie miteinander erreichen konnten.

Sina schritt über den Platz und zu dem Haus, auf dem er auf sie wartete. Ohne innezuhalten, sprang sie an die Fassade und erklomm den dunkelroten Klinker. Ihre Finger fanden die schmalen Rillen zwischen den Steinen, ihre Arme trugen sie voller Kraft nach oben. Sie hatte keine Angst, zu fallen. Cassius hatte recht: Ihr Vampirdasein hatte ihr einiges genommen, aber es hatte ihr auch neue Möglichkeiten eröffnet.

Sie ergriff die Hand, die Cassius ihr entgegenstreckte, und ließ sich von ihm auf das Dach ziehen. Seite an Seite blickten sie auf das nächtliche Hamburg hinab.

Vor ihnen lagen noch Jahrhunderte. Sina hatte vor, das Beste daraus zu machen.

NACHWORT UND DANKSAGUNG

Hier ist er also: der Roman, der mich zumindest in seinen Anfängen seit zwanzig Jahren begleitet hat. Für gewöhnlich ist das nun die Stelle, an der ich all den tollen Menschen danke, die mich auf dieser Reise unterstützt haben. Diesmal jedoch möchte ich mit einer Entschuldigung beginnen, denn:

Natürlich gehe ich nicht davon aus, dass die Mitarbeiterinnen und Mitarbeiter des Roten Kreuzes nebenbei einen regen Handel mit Blutkonserven betreiben! Blut spenden ist eine wichtige Sache, damit rettet ihr Leben. (Vielleicht auch das eines Vampirs, wer weiß.)

Auch die Nachtklubs von St. Pauli gelten meines Wissens nach nicht als Jagdgebiet für Untote, und es läuft auch niemand Gefahr, in einer Hamburger oder sonstigen Klinik von Blutsaugern operiert zu werden.

Deshalb, um niemanden in Misskredit zu bringen, habe ich mich auch entschieden, alle »bösen« Örtlichkeiten entweder nicht namentlich zu nennen oder kurzerhand zu erfinden. Es gibt (bedauerlicherweise?) kein *Sacre Cœur*, kein *Träumchen*, kein *Beckers* und kein *Nocturnal*. Den Jazzclub in Eimsbüttel dagegen werdet ihr finden, ebenso wie das *Winterhuder Fährhaus* und Sinas geliebtes vegetarisches Curry in der *Hamburger Meile*.

Und falls jemandem das Muster der Namensgebung für die einzelnen Abschnitte in diesem Buch aufgefallen ist, hier die Auflösung für alle:

Strangers in the Night – Frank Sinatra
Bitter Sweet Symphony – The Verve
Sound of Silence – Simon & Garfunkel
Straight to Hell – Rage
Wicked Game – Chris Isaak

Boulevard of Broken Dreams – Green Day
Out of the Dark (Into the Light) – Falco

So, jetzt aber!

Besten Dank an meine Mitschülerinnen damals in der HBLA, die vor zwanzig Jahren tatsächlich die grottenschlechte Erstfassung der ersten Kapitel gelesen haben und sogar mehr davon wollten.

Danke an Kai, der mir nicht nur Einblicke in das Hamburger Studentenleben gegeben hat, sondern auch die gesamte Geschichte kontinuierlich zerpflückt hat. Danke für deine unendliche Unterstützung, ob moralisch, kritisch oder kaffeetechnisch, wenn die Schreibnächte mal wieder lang waren und die Schokolade knapp.

Besten Dank auch an Michael, der mich an seinen Erfahrungen im Praktischen Jahr hat teilhaben lassen und mir in medizinischen Fragen zur Seite gestanden hat. Wie wir festgestellt haben, unterscheiden sich deutsche von österreichischen Krankenhäusern doch sehr. Etwaige Diskrepanzen zählen daher als künstlerische Freiheit, und alle Fehler, die ihr diesbezüglich findet, sind ganz allein darauf zurückzuführen, dass ich etwas falsch verstanden habe oder zu stur war, es einzusehen. Alles, was richtig ist, ist sein Verdienst.

Ein großer Dank an Maria Weber vom Knaur Verlag, die mein Exposé nicht nur aus dem Stapel gezupft und für lesenswert befunden hat, sondern mich in zahlreichen Gesprächen ermutigt hat, den Vampirjägerorden weitere geheime Details zu entlocken.

Ein herzliches Dankeschön an Michael und Kathi, die mir geholfen haben, das Manuskript überhaupt verlagstauglich zu machen. Von geliebten Formulierungen Abschied zu nehmen, fällt manchmal schwer, besonders nach so langer Zeit.

Danke auch an meine Agentin Antje Hartmann, ohne die es dieses Buch nicht gegeben hätte, und meine Lektorin Beate De Salve, die mir noch den einen oder anderen Denkanstoß verpasst hat, als ich mich bereits im sicheren Hafen gewähnt hatte.

Und natürlich: Danke euch, liebe Lesenden, dass ihr auch noch bis hierher durchgehalten habt! Wir lesen uns im nächsten Buch!